U0657399

这情感仍会在你心中流动

【名家手迹背后的故事】

潘耀明 著

作家出版社

目录

序：用生命写作的人
——名家岁月留痕

严家炎

我与潘耀明先生相识于1992年秋天。我到香港中文大学访学，金庸先生得知后，委派潘耀明来接我去他位于香港太平山麓的家。我们相谈甚欢，潘耀明则谦逊有礼地坐在一旁，始终面带微笑。

那时的潘耀明，刚接手金庸先生创办的《明报月刊》总经理兼总编辑一职，至今已近三十载。其间我们曾在多个金庸小说国际研讨会上相遇，多次一起陪伴金庸先生游览内地的名胜古迹，也曾多次出席他主持的文学与文化交流会议，拙作则有幸多次在《明报月刊》发表。

如今的潘耀明，已被誉为香港著名作家、编辑家、出版家、文学活动家。除继续主持《明报月刊》外，还兼任香港作家联会会长、世界华文文学联会执行会长、世界华文旅游文学联会会长、香港世界华文文艺研究学会会长等职务。2019年春，韩国、中国内地及香港的一些有识之士，有鉴于潘耀明以香港为基地，在四十多年的历史中，于文学创作、编辑出版、文学社团、国际文化与文学交流等方面付出的巨大辛劳，创下的不朽业绩，理应得到世界华文文学界高度认可的初衷，在韩国首尔举行了“潘耀明（彦火）文学事业国际学术研讨会”；在济州举办了“潘耀明与世界华文文学研讨会”。我因事先承诺了另一个会议，错过了韩国之约。稍后在北京相聚，潘耀明只字未提韩国的事，仍如当年一样的谦逊有礼。

最近，我收到作家出版社寄来托我写序的潘耀明新著《这情感仍会在你心中流动》（以下简称本书），方知这些年潘耀明在万忙之中，还抽时间收集整理了四十多年来，他与大陆和海外文学家来往交流的大量书信、照片和字画，并从中挑选出精华部分，汇集写就了这部四百多页的大著。捧读这部书稿，不禁令我百感交集，单单看他拜访过的茅盾、巴金、老舍、冰心、曹禺、丁玲、艾青、端木蕻良、萧乾、钱锺书、沈从文、俞平伯、汪曾祺、吴祖光、新凤霞、柯灵 …… 无一不是新文学史上熠熠闪光的文学大家，就非常之难得，而且每位人士他都不止拜访过一两次，交往时间一般都长达数年，十多年，甚至几十年，包括书信往来，比如他和萧乾通信就长达二十年，外加在香港难以计数和热情周到的接待。新时期的著名新老作家如茹志鹃、秦牧、张贤亮、蔡其矫、郭风、何为 …… 他也都有交往。这部书中收录了他与这些人士的部分书信和受赠书画。这些通信和书画登陆内地还是首次，而本书中的众多采访笔记，更是首次公之于世。我相信，对上述文艺家进行的如此大量、多次、有实录的采访，迄今为止，海内外包括大陆在内，只有潘耀明先生一人做到了，由此可知这部作品弥足珍贵。

更令人无比感慨的是，潘耀明独自开始这项重大工程的时间点，是四十多年前内地“文革”刚结束不久，几乎被摧残殆尽的文学界和文化界，都是一片荒芜的时候。许多冤假错案还远未澄清昭雪，我和我的同道们也正忙于高校现当代文学教育的拨乱反正书归正传，而无暇顾及其他。潘耀明当时先是担任《海洋文艺》杂志执行编辑，继后在香港三联书店工作。少年时代就萌发的对中国文学的热爱与痴迷，使他对创作了这些作品的文学家们充满了崇敬和向往。1978年夏天，侨办主任廖承志邀请了一批香港出版界代表团访问内地，潘耀明有幸成为代表团的成员。他立即抓住这个难得的机会，踏上了拜访和结识那些早已铭刻在心的文艺家之路，目标远远不只是“约稿”而已。

官方安排的活动之一，是让“文革”中被批判后复出的文艺家与香港文学界的朋友会面，而他最想见的诗人艾青却不在里面。那时刚从新疆劳改回来的艾青还没有获得平反。潘耀明便按照聂华苓女士给他的地址，“私访”了艾青。激情似火、笔名“彦火”的潘耀明，见到早已心仪的大诗人艾青的兴奋与激动，历经磨难的艾青先生见到这位来自香港、仰慕自己已久的文学青年的惊喜与慰藉，想必都是难以名状的。摆谈中，艾青得知潘耀明最喜欢自己的两首诗《我爱这土地》和《时代》，后来便特别誊抄了写于1938年的《我爱这土地》，书写了“若火轮飞旋于沙丘之上，太阳向我滚来”的墨宝给他留作纪念，潘耀明都收入了本书，使我们有幸观赏。自此他们开始了多年的交往。在物资匮乏的年代，潘耀明自己收入并不宽裕的时候，在香港热情接待了艾青夫妇，还买了录音机、计算机和速溶咖啡送给艾青。随后，潘耀明在艾青家认识了闽籍知名诗人蔡其矫，从此结为好友，也在本书中对蔡其矫做了专项介绍。

1981年潘耀明以虔诚之心，拜望冰心先生，后来又拜望过多次。他敬慕冰心战胜病魔顽强的毅力和看待死亡超然的洒脱。冰心打心里喜欢这位钟情于文学的福建同乡，显得格外高兴，特亲自挥毫，写了一张秀丽的小楷给他：“海波不住地问着岩石，岩山永久沉默着不曾回答；然而它这沉默，已经过百千万回的思索。”潘耀明深为感激地写道：“这也是冰心自己的写照。冰心爱大海，人世间一切的卑微、污秽和不安，都将为大海广袤的襟怀所净化。无欲则刚，这也许使她能一直葆有青春的心态和清泉一样净澈洁明的灵性。”

巴金先生也是潘耀明无比敬慕和多次拜访的著名作家。他认为，巴金一再彰显“说真话”的精神，在假话满天飞的今天，令人对他崇高的人格，肃然起敬。潘耀明去年在整理作家的手迹时，初步统计巴金给他的信札至少有十二封。最近重新翻阅作家信札时，又发现了巴金一封新的信。这封信是笔者负笈美国，在纽约大学攻读出版管理和杂志学期间，巴金从上海寄给他的，袒露了心迹，弥足珍贵。潘耀明把这封信收进了本书，令我们也有幸分享。

潘耀明得知巴金逝世的噩耗时，悲痛之余告诉了在英国剑桥大学攻读博士学位的金庸先生，请他为自己主编的新一期杂志“巴金特辑”写篇文章。金庸得知后连夜赶写了一篇悼念文章《正直醇雅，永为激励》。文中提到他早年读《家》《春》《秋》，觉得没有读武侠小说过瘾，“直到自己也写了小说，才明白巴金先生功力之深，才把他和鲁迅、沈从文三位先生列为我近代最佩服的文人。”“如果我遇到巴金那样重大的压力，也难免写些违心之论，但后来却决不能像他那样慷慨正直地自我检讨，痛自谴责。”他还说，巴金在“文革”时饱受磨难，但意志坚毅，不仅活了下来，而且写出了“这部掷地作金声、惊天动地的《随想录》”“实在是中国文化界的大幸事”。相信这也是潘耀明和我们共同的心声。

潘耀明对文学的钟情与执着，使他能从作家们的作品中读出别样的韵味和价值。例如一般评论者往往将沈从文归于乡土文学，擅长写乡间的小人物。潘耀明却认为，“贯穿沈从文作品的创作思想，是在城市与乡村两个世界的对立中建构的。人神的统一与分裂、人与自然的契合与人性的扭曲、原始生命力量等等，所有这些对人生的观察，已使沈从文进入哲学的领域。”沈从文笔下的这些小人物，“都是有血有肉、可亲可爱的，他们有勇敢、正直的人性的光辉的一面，也有愚昧无知和粗鲁的一面，沈从文与其他作家迥然不同的，是他连这些小人物的负面也不忍苛责，而是以宽容谅解的态度视之，显现他博爱的精神。”他对沈从文的钦佩不止于此，还不吝笔墨详细介绍了沈从文因回避政治干扰，转行研究古代服饰及相关文物的杰出成就以及为此所付出的超乎寻常的艰辛代价。他认为：

“综观沈从文毕生事业，他的服饰研究成就不可能不提，值得大书特书。”

潘耀明痴迷这些作家学者的作品才华，同时也崇敬他们高尚的人格人品。俞平伯先生上世纪50年代初就因《红楼梦》批判犯上被打入冷宫，沉寂数十年，潘耀明认为他的道德文章如高山流水，仰之弥高，照样多次上门拜望，而且用了四节的篇幅介绍了这位一身傲骨的学者，如何在长期寂寥冷漠中坚持学术研究，笔耕不辍，硕果累累。从中我们也得知，俞平伯的处女作《红楼梦辨》原稿失而复得的奇特故事。潘耀明推想：“假如俞平伯失去了稿件，假如他没有出版《红楼梦辨》，就不会发生1954年批判他的红学研究，‘文革’中也不会被当‘资产阶级学术权威’来揪斗……”俞平伯也把《红楼梦辨》稿的失而复得比喻为“塞翁失马”，不胜感慨。他将潘耀明这位热情真挚的后辈视为知音，俞平伯的外孙韦柰在《旧时月色——俞平伯身边的人和事》一书中写道：“外祖父喜他的为人，也喜他的才气，常夸奖他是一个很有作为的青年。在潘耀明迁居太古城时，外祖父曾书‘既醉情拈杯酒绿，迟归喜遇碗灯红’联赠他。”

本书名曰《这情感仍会在你心中流动》，正是“这情感”，支撑着潘耀明付出了常人难以想象的时间、精力和心血，成就了与老一辈学者作家们难能可贵的隔代情谊。但是，能够使这些文坛大师们接纳他并长期保持联系，当然不能仅仅靠情谊。既然是知音，就要有共同语言，就要有令大师们觉得有话可说、有信可写的丰厚的知识和学养。正是俞平伯所感受到的潘耀明的“才气”，使他得到了大师们心悦诚服的认可。

在学术界都流传着这样的说法，钱锺书先生为了做学问，常常是闭门谢客的。在潘耀明心中，“钱先生的学问如浩瀚大海，他学识渊博，精通五国文字。我看中国从古到今没有一个人能与他相比，单是《谈艺录》与《管锥编》的学术成就，已足以震古烁今了。”然而，钱先生不仅向潘耀明敞开了家门，多次与他推心置腹地交谈，如有关《谈艺录》先后修改出版的经过等；还有不少书信往来，信中尊称潘耀明为“兄”；不止一次赠送潘耀明墨宝；更让他拍摄了好几张生动难求的照片，有一张照片上还有极少与外人合影的杨绛先生。

潘耀明的才气，来自他多年对文学、对出版事业孜孜不倦的追求和勤奋努力。在数十年的生涯中，身兼多项国际国内文化交流重任的潘耀明，还出版了近三十部书，每一部都有独特的视角和思考，每一部都是妙笔生花、美文迭出。早在70年代末、80年代初他就出版了《当代中国作家风貌》，后来又出过《当代中国作家风貌》续编，堪称首屈一指。单是主编《明报月刊》近三十年，他为之所写的卷首语就将近三百篇，如汇编成集也有好几部。《明报月刊》是深受海内外广大知识分子首肯和喜爱的杂志，每一期的内容都涉及时事、政论、科技、文学、艺术、美食等等，而且作者不乏名家大腕。要写好这样一本杂志的卷首语，所需要的有关知识涵养以及笔头功力，可想而知。潘耀明不虚此职，信手拈来便是一篇篇包含历史、文化、文学、哲思的泛散文，有学者称他是“破茧而出的散文文体家”，实不为过。

本书也处处闪现这位散文文体家的过人才华，比如他写端木蕻良送他的两帧画：“一张是罗汉松，一张是风荷，都是水墨国画，不设色，更显其功夫。罗汉松莽莽苍苍，粗壮的枝干和如戈戟的针叶，颇见精神；风荷墨色厚重，迎风右摆，柔中见刚，别有韵致。”他写汪曾祺的家书：“文字精练、幽默、风趣，可读性极高。他写他在美国所遇到的人和事及所见所闻所感，笔下如一条涓涓清流，澄澈中不含沙石，果然与一般家书迥异，后者往往失之琐碎。”他写秦牧的散文：“作者文笔清新隽永，既有‘怒潮奔马’那样的豪放，也有‘吹箫踏月’那样的清幽；既有司空图《廿四诗品》中指出‘荒荒油云，寥寥长风’的雄浑，也有‘娟娟群松，下有漪流’的清奇。”他写福建诗人郭风：“果尔蒙的大胆想象和奇异的联想，凡尔哈伦的充满了对于生之礼赞的力量和乐观，阿左林的精练简洁的文句、对于西班牙乡间和小镇上的劳动者和景物的尊崇的感情，都对少年的郭风发生深刻的影响，特别是这些作家的象征手法和对家乡深沉的感情，对于郭风创作的影响，更是刻骨难忘的。”

潘耀明以他的为人和才气得到了大师们的信任和倚重，他们不但将自己的文章交给他主办的《海洋文艺》和《明报月刊》发表，自己的书稿也请他帮忙出版。卞之琳先生与潘耀明有二十多封书信往来，其中不乏逾千字的长信。1979年人民文学出版社出版了卞之琳的《雕虫纪历——1930—1958》，但因为“私生活中一个隐秘因素”，他把1939年前写的诗删去了不少，而潘耀明认为这些诗的可读性相对地高，所以利用在香港三联书店任职的机会，为他出版了繁体字版《雕虫纪历——1930—1958》(增订版)，增加了三十首诗，让读者一睹为快。巴金先生的《随想录》繁体字版，也是在上世纪80年代初请潘耀明在香港三联书店出版的。

潘耀明1978年与萧乾相识，一直到他1999年去世，往来与书信从未间断。1982年潘耀明第一次赴美，萧乾怕他人生路不熟，给他写了六七封推荐信，以便沿途有人照应，令潘耀明很感动。萧乾和夫人文洁若晚年“搬动大山”翻译《尤利西斯》，也令潘耀明深感钦佩。沈从文曾经是萧乾的恩师，后来两人之间有了怨气，外人讳莫如深。萧乾生前写了《我与沈老关系的澄清——吾师沈从文》的文章，叮嘱文洁若待他身后再发表。萧乾逝世后，文洁若把文章交给了潘耀明，特地嘱咐他在《明报月刊》发表。潘耀明遵嘱发表于2001年12月号《明报月刊》，两人结怨的前因后果才为外人所知。萧乾生前还写有一篇三十多页的长文，这是一本记录了他初恋的私人笔记，也是请潘耀明在《明报月刊》发表的。

类似潘耀明与大师们亲密互动的故事，本书中比比皆是。1983年秋，潘耀明与吴祖光、茹志鹃、王安忆、陈映真、七等生为同一届的美国爱荷华国际写作计划邀请的华人作家。他与吴祖光同住一套房间，彼此分工合作，吴祖光负责去超市买菜，潘耀明则不辞辛劳负责烹饪每日两餐，两人相处三个月，关系十分融洽。临别时吴祖光题赠报恩诗一首："不屈为至贵，最富是清贫。"潘耀明深谙，典出隋朝王通的名句，"不辱于人谓之贵，不取于人谓之富"，很能启迪人心。这次相聚也开启了潘耀明与吴祖光、新凤霞夫妇的交往之旅。在潘耀明的笔下，我们不仅看到了文坛上这对现实版牛郎织女的恋爱经过，看到了他们在各自的舞台所展现的精彩绝活，也看到了双双戴上右派帽子以及"文革"所经历的严酷磨难，还看到了新凤霞在被迫害致残后，从文盲到笔耕不辍写出三十部作品、逾四百万字的著述。20世纪80年代，潘耀明负责香港三联书店的编辑部，曾参与筹划了一套《回忆与随想文丛》，主要是老作家的回忆文集，其中有一部就是新凤霞执笔的。

本书既展现了大师们的精神风貌、创作才华，也没有忽视常被大师的光华遮蔽的女中豪杰的业绩。赵清阁在文学史上往往是在谈到老舍时，作为他的红颜知己被人们提及。但潘耀明用了将近一万字的篇幅，历数她多才多艺的非凡生涯。既披露了她与老舍相识相知难以割舍的情感，也记述了她后来为此而付出的数十年的隐忍与孤苦。而潘耀明笔下的老舍夫人胡絜青也深明大义，晚年"竭力亲自为老舍整理了不少文集，还亲自写序。如《老舍文集》《老舍生活与创作自述》《文牛》等，还把早年老舍创作、因政治原因未能出版的《正红旗下》，也重新校订整理出版”。同时潘耀明还让我们知道了胡絜青本人也是师从齐白石的一级画师，有幸见到胡絜青1981年在香港举办画展时，赠给潘耀明暗含寓意、相当生动的小鸡包围蟋蟀的中轴水墨画。

可见，这部丰富而厚重的著作，在现当代文学史上应该是独一无二的。

前言：心中宛有当时在

潘耀明

时代已进入网络化，文人写稿不用再像以往一样，一笔一画地爬格子，而是清一色用计算机写稿；通信也不用书写了，用“伊妹儿”（E-mail）或微信，既简便又快捷。

书写的年代已逐渐远去。文人的信札、手迹已成为历史陈迹。

上世纪七八十年代，我做过现代中国作家研究，编过文学书和文化杂志，与文化人接触和交往特别多，也收集了一些文人墨宝、手迹。

香港两家大学——香港城市大学及香港浸会大学先后举办了我的“现代文人书画手札特展”和“现当代名作家手稿书画展”。过去对这些墨宝、手迹都没有好好整理过，因这两次展览，我花了死功夫，翻箱倒箧，竟然拣出逾百件的作品，只是藏品三分之一，大都是有代表性的作品。

巴金的信札有十三封之多，都是用钢笔书写的。他晚年身体不大好，字体很小，却很清晰。内容大都是谈他的创作经验和近况，其中不少内容涉及他写《随想录》的点点滴滴。他的繁体字版《随想录》是在上世纪八十年代初由香港三联书店出版，我当时负责三联书店编辑部，所以就出版繁体版的《随想录》事宜与他有过较多的书信来往。

我手上还有巴金《随想录·总序》及《随想录》繁体版的序言原稿。

巴金一再彰显“说真话”的精神，在假话满天飞的今天，重温这些信札，令人对他崇高的人格，肃然起敬。

艾青是我最早认识的内地诗人，那已是四十多年前的1978年了。他刚摘了右派帽子，从新疆石河子回到北京，也可以说他是我最早的忘年交，最早有书信往来。

信大都是他亲自写和复的，后来，他身体欠安，才由夫人高瑛代笔。他的许多诗篇都是我早年所熟读的。他那一首《我爱这土地》很感人，我每次朗读，都不禁热泪盈眶。我从没读到一首同样的诗篇可以对祖国爱得那么深沉！所以我特地请他誊抄一遍给我。

在作家的信札中，我收有萧乾信件共有七八十封。信札牵涉的内容十分广泛，包括他的书稿、生活、近况等等。他是一个热心人，他还向我推介不少海外文化界朋友。他的字比较潦草，但仔细辨认，还是可以明了的。

俞平伯先生的信札特别珍贵，都是在八十岁以后亲笔写的信，共有二十七封，也是十分珍贵。

钱锺书的信札都是用毛笔写的，如他的文章，挥斥方遒，龙飞凤舞，苍劲而逸致，很有收藏价值。

关于墨宝方面，沈从文、俞平伯、茅盾、叶圣陶、萧军、端木蕻良、汪曾祺、赵清阁、张充和等都是文人、作家兼书法家。

萧红的三个男人——萧军、端木蕻良、骆宾基，我与他们都有较多交往，也有他们三个人的墨宝，并略窥他们之间复杂的关系。

俞平伯的书法十分清秀，别有风骨。某次，他知道我要搬新居，特别写了一对联来志贺：

既醉情拈杯酒绿

迟归喜遇碗灯红

我搬了几次家，这对联一直悬挂在我的客厅中。每次归家读到这对联，都会令我感到难言的温煦和亲切感。

作家中，擅画画的，就我所交往的，端木蕻良和汪曾祺是特别出众的。前者是芸芸东北作家中最是才气横溢不过的；后者的小说、散文都很空灵而慧黠，他的书法、画也很讲意境，备受称许。

金庸曾说过，他没有真正学过书法，但他的书法自成一体，别饶兴味。他为我2000年两部在上海文艺出版社出版的随笔《鱼化石的印记》《永恒流动的情感》题的字，言简意赅，很有情味。值得一录——

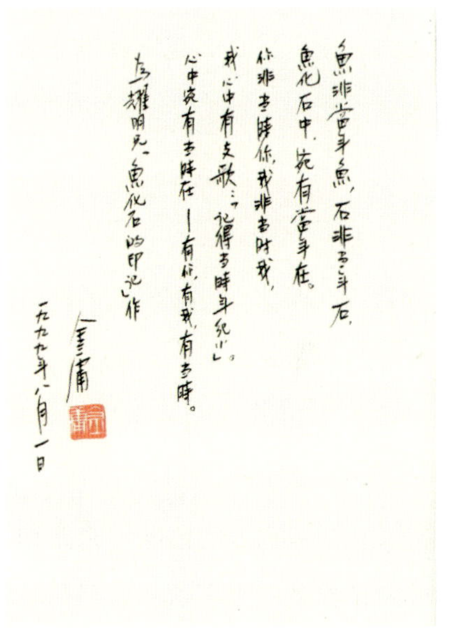

鱼非当年鱼，石非当年石，

鱼化石中，宛有当年在。

你非当时你，我非当时我，

我心中有支歌：“记得当时年纪小。”

心中宛有当时在——有你，有我，有当时。

为耀明兄《鱼化石的印记》作

——金庸

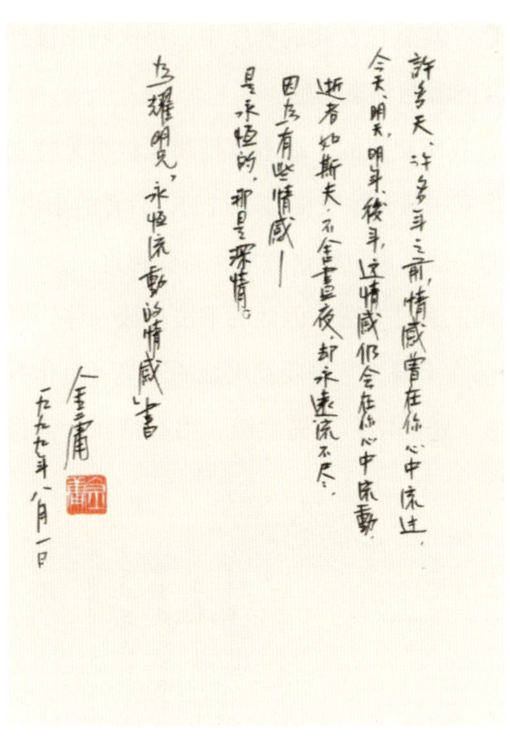

許多天、許多年之前，情感曾在你心中流過，
今天、明天，明年、後年，这情感仍会在你心中流動。
逝者如斯夫，不舍晝夜，却永遠流不盡。
因為有些情感／
是永恒的，那是深情。
為耀明兄，永恒流動的情感書
金庸
一九九七年八月一日

许多天、许多年之前，情感曾在你心中流过，

今天、明天，明年、后年，这情感仍会在你心中流动，

逝者如斯夫，不舍昼夜，却永远流不尽，

因为有些情感——是永恒的，那是深情。

为耀明兄《永恒流动的情感》书

——金庸

此外，我还拥有金庸一帧较罕有条幅。是我请金庸为我题郑燮的《竹石》诗：“咬定青山不放松，立根原在破岩中。千磨万击还坚劲，任尔东西南北风。”结果金庸根据后两句诗的意思改写题赠给我：

千磨万击强身术

东西南北过耳风

耀明兄有励志联谨为书之

——金庸

写这对联的时候，我刚给金庸挡了一位文人的暗箭（以后有机会我会专文解释），从这对联用意可想而知。后来我一直把金庸的墨宝悬挂在厅中，以为自勉。

以上这些手迹以及书写的文字，都是深情的，曾在文化人心间流过，以笔记下，也将是恒久的。

知名学者、文学评论家严家炎教授百忙中慨然赐序，严夫人卢晓蓉女士从旁协助纠正文稿资料，不胜荣幸，深受鼓舞，铭然于怀！

此书能够成功出版，特别要感谢吴义勤兄。在一次文友饭局中，谈起我与作家的交往和作家手迹收藏，他主动表示作家出版社乐意出版此书。本书大量后勤繁杂的编辑工作，得力于丁文梅女士及彭洁明女士辛勤的付出，谨此一并感谢。

2020年11月13日

上帝与魔鬼都是人的化身
——诗人艾青的墨迹

2015年年初，艾青的夫人高瑛大姐从北京南下“私访”香港，时值她有一本新书《艾未未的母亲、艾青的夫人——高瑛自述》在香港出版。她不想惊动传媒，只给我捎了信息。

她是勇敢的女人！早年她与艾青共同遭到迫害，与艾青一道劳改、受批判。自从艾青逝世后，她孑然撑持了一家子的担子。八十多岁的老人，历风雨而弥坚。

高瑛大姐一行，在香港勾留三天。她说，她过去对香港印象不太好。这次重莅，只是想感受香港自由开放的氛围。

艾青40年代曾两度经香港，因是路过，印象并不深刻。1980年，艾青、高瑛夫妇再一次莅临香港，这是他们与王蒙一起接受美国“爱荷华国际写作计划”主任聂华苓、保罗·安格尔夫妇邀请到美国途次香港的。

这一期间，我在香港三联书店任职，曾参与接待他们。

当年香港三联书店只有两个招待所，一在北角侨辉大厦，一在九龙土瓜湾中华大厦，都是在闹市，环境及设施条件都不是很好。

艾青他们被安排在九龙招待所，那区的空气较混浊，而且招待所侧畔刚在起屋，打桩机竟日轰轰隆隆不停。艾青等人白天给吵得耳朵嗡嗡不绝，苦不堪言。

时值8月，是秋老虎肆虐的日子。那个年代，招待所还没装冷气，只有电风扇劲吹，害得艾青也睡不好觉。艾青对这次香港行印象不佳。

待艾青等人从美国回程经香港，被安排住在三联书店北角招待所，便没有那么吵闹。

元旦那天，我特地带他们登上太平山。从蜿蜒回旋的上山路，看到不少掩映在树木间的楼宇。艾青说，山上的屋与山下的屋，真是有天渊之别呀！我说，楼价也有天渊之别。

那天天晴日丽，山风徐徐，登上太平山山顶，豁然开朗，艾青也为之精神一振，话语也多了。他说，香港也有她美的一面，不过多是用金钱砌的。

艾青后来参加第一届“新加坡国际文艺营”，与萧军、萧乾一道经过香港，我带他们游海洋公园，乘电缆车，举目海阔天空，下瞰山水一色，令人心旷神怡。此后，艾青对香港的印象也比过去好得多。

但是，“文革”后复出的艾青，行踪所及，写过美国爱荷华，写过新加坡 …… 却没有写过香港。可见，香港在诗人印记，并未掀起情感的微澜，也谈不上诗兴。正如高瑛大姐说的：“这儿并不是天堂！”

那天与高瑛大姐通了电话，翻开了日历，才知道艾青已走了十六个年头，令人怃然。

1980年，时值中国刚改革开放不久，已届七十岁的艾青，仍然豪气干云，特地写了一帧条幅送给我：“若火轮飞旋于沙丘之上，太阳向我滚来。”这两句诗是摘录自艾青写于40年代的长诗《向太阳》，年轻的艾青怀着满腔热血的激情，追求光明、进步，向往革命，讴歌“一切把人类从苦难里拯救出来的人物”。诗写道：“从远古的墓茔／从黑暗的年代／从人类死亡之流的那边／震惊沉睡的山脉／若火轮飞旋于沙丘之上／太阳向我滚来 …… ”

这几句诗的关键词是“太阳向我滚来”，“滚”字是诗眼，展现读者面前的是恢宏的画面，气势磅礴。前面几句，都是为“太阳向我滚来”做伏笔。暗喻“太阳”是从历史的远处滚来，不管这漫长的历史多么黑暗，又多么艰难，“太阳”以它不可阻挡的气势，光亮亮地滚来了。诗人用意很明白：历史是不可阻挡的，光明的到来是必然的。

日月嬗变，时移势易。我没有问诗人，写这两句诗，是否还是当年的心态，还是有新的感受、新的解读。

我想，在崭新的时代，饱经沧桑的诗人肯定心潮起伏，难掩激动之情。一句“太阳向我滚来”，是否也可以注入新的注解：诗人以当家做主的姿态出现，不再像过去那样怀着对太阳礼拜的卑微心态，我想，时代变了，更准确的说法，应是太阳向人民的诗人（艾青有“人民的诗人”之称）滚来了！

2015年5月杪，高瑛大姐打了几通电话来，让我专程上一趟北京，说有要事与我谈。到了北京，高瑛大姐把她珍藏多年的艾青的另一帧条幅郑重其事地转赠给我。

条幅的内容是“上帝与魔鬼／都是人的化身”，出自艾青的《花与刺》，这两句诗意喻最崇高的与最丑陋的，都是人类制造出来的。

艾青是无神论者，他既否定上帝的存在，也反对神权、反对人间造神运动。他曾呐喊道：“要用科学代替迷信”“不依靠神明的怜悯，不等待上帝的恩赐。”（《在浪尖上》）并直接对“上帝”的存在表示质疑和否定。

在《人和上帝》中，艾青还通过人和“上帝”的相互埋怨，深刻揭示了“上帝”只是人为了欺骗自己而创造出来的荒诞形象，建立在人的荒诞性的基础上。艾青自己便深受造神运动之害。

艾青后期给别人题字，多用上这句话，也可视作他晚年的心声。高瑛大姐告诉我，这帧字写于艾青八十岁之前，他还未断胳膊

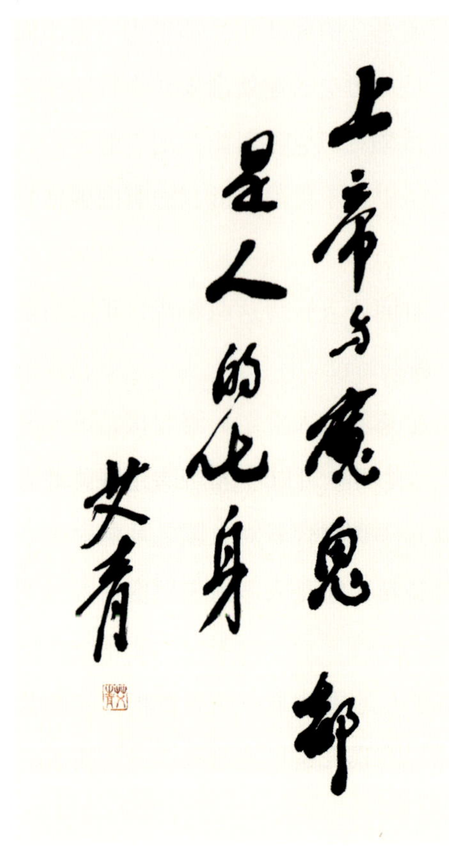

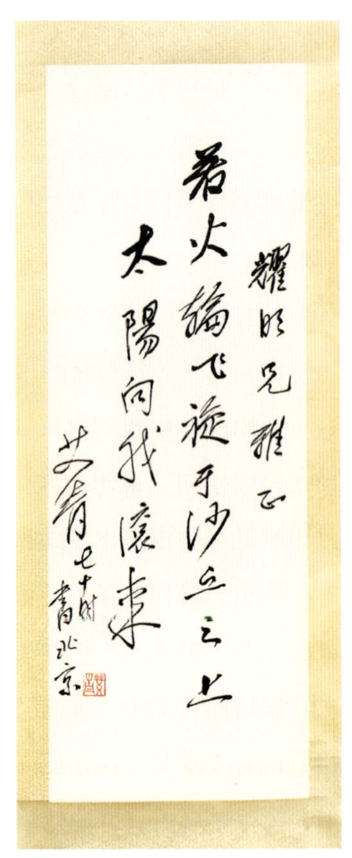

之前写的。所以还写得不错，她一直藏到今天。

我恭敬地奉接这帧墨宝，恍惚捧着诗人那一颗矢志追求真理和光明的跃动的心。

艾青：我爱这土地

第一次见到艾青是在1978年夏天。那年内地刚开放，侨办主任廖承志邀请了一批香港出版界代表团访问（团长是香港出版家蓝真先生），我也是代表团的成员。

第一站是首都北京，其中由官方安排的活动之一，是让“文革”中被批判、后复出的文艺家与我们会面，画家有李可染、黄永玉、华君武等等，作家、诗人有姚雪垠、贺敬之、臧克家等等。我与香港来的诗人何达，满以为在这个场合可以见到心仪的诗人艾青，结果艾青没有出现。

持聂华苓所给的地址，我与何达在北京民族饭店雇了一辆车子，决定私访艾青，车子穿街插巷地兜了好一会儿，终于在一条狭窄的胡同找到门牌。

原来艾青虽然返了北京，还未被正式平反，到了翌年才正式恢复荣誉和享有政治地位。我第一回见到心仪的诗人，也许太兴奋了，真不知从何说起。艾青、高瑛因“拨乱反正”，恢复自由身，脸膛仍流溢着新疆的阳光，红彤彤的，加上他们的热情可掬，令人有一见如故之感。

高瑛满脸歉意地说我们是远客，没有好东西招待，说罢从双架床床底摸出一个大西瓜送给我们，说是刚从新疆捎来，让我们带到酒店吃。

第　页

我爱这土地

假如我是一只鸟，
我也应该用嘶哑的喉咙歌唱：
这被暴风雨所打击着的土地，
这永远汹涌着我们的悲愤的河流，
这无止息地吹刮着的激怒的风，
和那来自林间的无比温柔的黎明……
——然后我死了，
连羽毛也腐烂在土地里面。

为什么我的眼里常含泪水？
因为我对这土地爱得深沉……

1938年11月17日

抄录旧作一首呈赠
耀明先生以作纪念
艾青　1978年8月19日
北京

20×20=400　　人民文学出版社稿纸

其景象今天忆起，仍历历在目。记得那次见面，艾青问我最喜欢他哪一首诗，我说了两首诗名，一是《我爱这土地》，一是《时代》，后来艾青也特别誊抄了《我爱这土地》这首写于1938年的旧诗给我作纪念。这首诗，是艾青的成名作，表达了艾青对历经磨难的祖国的深沉感情。

打从1978年认识艾青伉俪开始，一直与他们保持联系，从未间断过通函。双方来往的信函，始初是由艾青亲自执笔的，后来均由高瑛代笔。

我在这里选了两封艾青的亲笔信。一封是写于1978年12月27

日；一封写于1979年4月24日。

耀明先生：

不久前收到你的信和贺年片，昨天又收到挂历，一并谢谢你了。

我从大庆、鞍钢回来，一直忙得不亦乐乎，把许多该写的信都拖延下来了，真对不起。在这三个月的时间里，的确写了不少东西，有些是逼出来的，这样下去很危险——完全陷于被动了。要把被动的局面扭转过来，还得费一些时间，欠下的文债太多了。

你写蔡其矫的文章我已看到了。他回福建之后曾来过一信，我还是因为忙，至今还没有给他回信。

人民出版社的范用同志曾说要把我写的《艾青诗选·自序》给你在《海洋文艺》上发表，也要我通知你，我因为考

第　页

耀明先生：

不久前收到你的信和贺年片，昨天又收到挂历，一并谢谢你了。

我从大庆、鞍钢回来，一直忙得不亦乐乎，把许多该写的信都拖延下来了，真对不起。在这三个月的时间里，的确写了不少东西，有些是逼出来的，这样下去很危险——完全陷于被动了。要把被动的局面扭转过来，还得费一些时间，欠下的文债太多了。

你写蔡其矫的文章我已看到了。他回福建之后曾来过一信，我还是因为忙，至今还没有给他回信。

人民出版社的范用同志曾说要把我写的“艾青诗选·自序”给你在“海洋

15×16=240　　人民文学

第　页

文艺”上发表，也要我通知你，我因为考虑到“海洋”可能不太合适，所以没有告诉你。我不知道他已经把稿子寄给你。

我考虑的是：“海洋”的读者对象主要在青年一代，而我的稿子多少有些烟火气，读了会呛人的。这个稿件不合适，我可以另找一篇抒情味重的再给你。你看怎么样？你们需要怎么样的文章不妨告诉我，即使我自己写不出，我也可以代你们约稿。

这里的印刷很慢，我的诗选据说要在明年四五月才能出版，出版了一定寄给你请指教。匆匆祝

新年快乐！高瑛问候你。　　艾青 一九七八年十二月二十七日

15×16=240　　人民文学

虑到《海洋》可能不太合适，所以没有告诉你。我不知道他是否已把稿子寄给你。

我考虑的是:《海洋》的读者对象主要在东南亚一带，而我的稿子多少有些烟火气，读了会呛人的。这个稿件不合适，我可以另找一点抒情味写的再给你，你看怎么样？你们需要怎么样的文章不妨告诉我，即使我自己写不出，我也可以代你们约稿。

这边的印刷很慢，我的诗选据说要在明年四五月才能出版，等出版了一定寄你请指教。匆匆祝

新年快乐！高瑛问候你。

艾青

一九七八年十二月二十七日

艾青从新疆劳改返北京后，获中国作家协会邀请参观大庆油田和鞍山钢铁公司。

他从文坛复出后，不少报刊向他约稿，所以信中提到“欠下的文债太多了”。

我于1978年夏天在艾青家认识闽籍知名诗人蔡其矫（他是舒婷诗歌的启蒙老师），返港后，我写了一篇《速写抒情诗人蔡其矫》，发表在香港《新晚报·风华版》。发表后，曾寄奉他指疵。

《艾青诗选·自序》即是《在汽笛长鸣声中》（见下文第二封信）。

信中提到香港《海洋文艺》，我曾在那里当编辑（主编是吴其敏先生）。

耀明先生：

来信收到，林信先生与“大一”设计公司经理由张仃陪

同于临走前一天到我家，吃了一顿极随便的便饭，两人拍了一些我收藏的册页，林信并送我一架录音机与小型电子计算机，我都只好收下；他也带来你给我的一罐高级咖啡，谢谢。

关于林信所赠的东西，说你给我出主意究竟如何报答才好，请你直说，因你是我的朋友，用不到客气。

我的三国之行，是否路经香港不得而知，我个人当然很想能走香港，因我所到过的香港将过去了半个世纪，变化一定很大。如路过香港将拜访你，也可以见见你的夫人。

《在汽笛长鸣声中》剪报均已收到，勿念，错字不少，只得由他去了。所谓稿费，请存你处。我和高瑛都准备给《海洋文艺》写稿。

此间外文局出版的《中国文学》下期着重介绍我的作品，你如需要，等出版后将寄你。

去年一别又已半年，不知你何时能再来？

请告诉我：你需要什么人的画，只要是我熟识的人，我

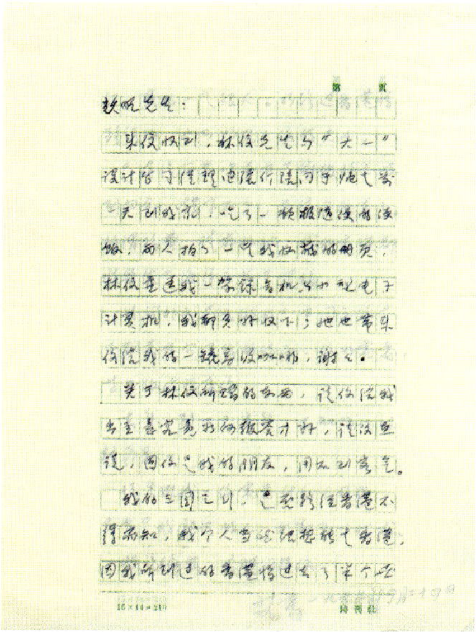

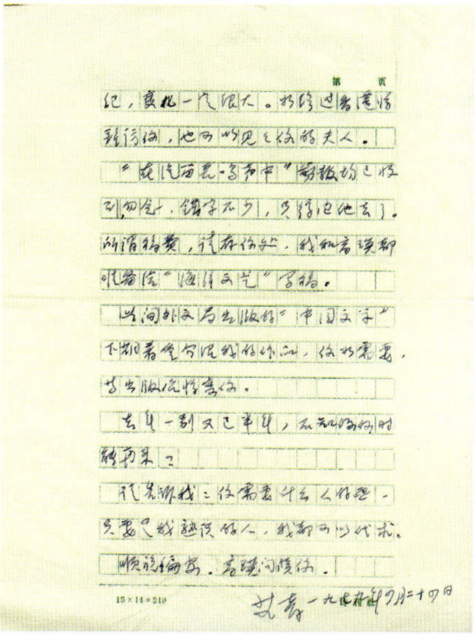

都可以代求。

顺祝编安。高瑛问候你。

艾青

一九七九年四月二十四日

我曾托香港大一设计学院林信兄，给艾青捎去录音机和计算机、速溶咖啡一罐。那个年代，这三样东西在内地是紧俏物品。张仃是中央工艺美术学院院长，驰名焦墨画家。

《在汽笛长鸣声中》是艾青复出后第一本诗集的序言，是高瑛大姐之前寄给我并转送《新晚报·风华版》刊登的，结果报纸出来后，发现有不少错字。

信中提到的《中国文学》是英文版，由作家凤子的美国籍丈夫当主编的。

艾青早年在法国习画，认识不少画家。他问笔者需要什么画，我不便造次，所以一直没敢请他代向画家索画。他后来在1979年赴美国参加“爱荷华国际写作计划”，途次香港，捎了一帧张仃的焦墨山水画给我。

冰心的岁月

每当忆起冰心老人，内心便泛起一份欢忭。

冰心是1999年1月逝世的。我最后一次见到冰心是1998年的初秋。北京8月的阳光最澄亮，惦念着住院的冰心，某天，我蓦地对大型舞蹈《丝路花雨》的女主角裴长青说，你开车，我们一道去探望冰心老人。

去探望冰心当然要带玫瑰花。她老人家最爱玫瑰，巴金于每年冰心的生日都要老远从上海派人捎去一大束玫瑰，她一看到玫瑰便笑呵呵地乐开了。上两次探望冰心，已感到她不大认得人，除非她的家人和如舒乙等这些老朋友还依稀可辨。到了医院大门口，不免有点踌躇。

探冰心不容易，手续繁复，要先通话，待对方亲友认同，才派人来接访客上去，主要是老人家住院已四年，怕闲杂人打扰。小裴跑去老远为我购了一束玫瑰花，我从香港携去一盒西洋参，在医院门口接待处办了探访手续，这一天冰心家人没在身边，由她的保姆下来接我们。

见到卧床的冰心，她看到小裴手上的玫瑰花，清癯的脸上漾起一朵笑容。保姆说已经很久没有人送玫瑰花了。

冰心鼻子里插着一条管子以输进流质的食物，她比以前更瘦小了，因患后期糖尿病，身体瑟缩地弓着像一只大虾米，见状令人心酸！

我挨近她的耳畔大声与她喊话，她还能听见。问她贵庚，她答说是“九十八岁”，她对自己的生日也记得很清楚。忆起冰心的诗句：“我知道了，时间呵！你正一分一分的，消磨我青年的光阴！”有点伤感，但又想起她从不放弃对人间美好事物的孜孜追求，稍稍感到慰安。

记得八年前我见到冰心，她刚过了九十岁，精神状态比起任何一个同龄的老年人都要棒。九十岁的老人，还能以毛笔写字、写文章，手一点也不抖；她平常讲话，与人交谈，还是那么有条理、富逻辑，一点也不拖沓、啰唆。她说话不慌不忙，像一条小溪，汩汩流进听者的心间。

冰心也有其他老年人的毛病，如她曾经中风、右半身偏瘫、摔跤折断过左胯骨、动过大手术。对于所有这些，她都是安之若素——抱着既来之，则安之的态度。

她中风后偏瘫，曾从零开始，练习写字、学习走路……1981年冬天我去探望她，她刚中风不久，行动维艰，但她表现出来的，仍是那么怡然，不像一些人那样愁眉苦脸的。我在那次探访后，曾写了一篇长文，题为《冰心的岁月》，文章的结尾，我援引了艾略特的话：“青春不是人生的一段岁月／它是心灵的一种状况／青春不是娇美的躯体和柔唇红颜／它是鲜明的情感，丰富的想象，向上的愿望／和清泉一样净澈洁明的灵性。”

冰心自称，她福州家里曾有林则徐写的一对联：“海纳百川有容乃大／壁立千仞无欲则刚。”

这也是冰心自己的写照。冰心爱大海，人世间一切的卑微、污秽和不安，都将为大海广袤的襟怀所净化。无欲则刚，这也许使她能一直葆有青春的心态和清泉一样净澈洁明的灵性。

冰心是我所见到最快乐的老作家。与老年人交谈，最怕唉声叹气，暮气沉沉，小病说成大病，大病说成绝症，凄凄惨惨戚戚，仿佛全世界

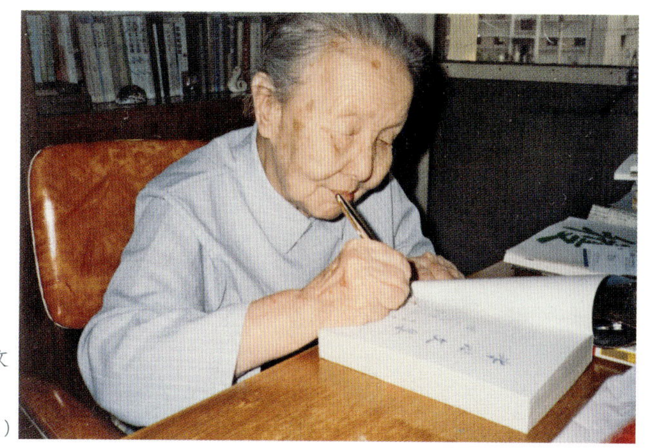

冰心题赠《冰心文集》给彦火
(1989年8月彦火摄)

的人都在与他作对。冰心之所以快乐，因她远离了那些老年人的陋习。

年纪大，不免想到死。晚年的冰心有一次见到我，倏地对我说，她想起了两句话，可以表达她目前的心境。她跟着在我的拍纸簿上写了两句话："人间的追悼会，就是天上的婚筵。"

老年人对死亡看得那么轻松、坦然，我还未遇见过。当然，这其中还包含着她对夫婿吴文藻先生的怀念。吴文藻先她在十多年前逝世，那意味着当她一旦离开人世间，便可以在天国与老伴重逢。

令人感到纳罕的是，吴文藻过去身体一直是很壮健的，相反地，冰心在青年时代，一直是孱弱的，经常要卧躺在病榻上。

我第二次与冰心老人晤面是1989年秋，我刚巧出差北京，瞅个空隙，作家张洁拉着我去拜访冰心。冰心中风后已痊愈。

她把她新出版的《冰心文集》题赠给我。

1981年我第一次拜访冰心，她知道我是福建老乡，显得格外高兴，特亲自挥毫，写了一张秀丽的小楷给我。她在淡雅的信笺上写了四句诗是："海波不住地问着岩石，岩山永久沉默着不曾回答；然而它这沉默，已经过百千万回的思索。"

誊写的正是她的代表作《繁星·春水》中的诗句。这是冰心受

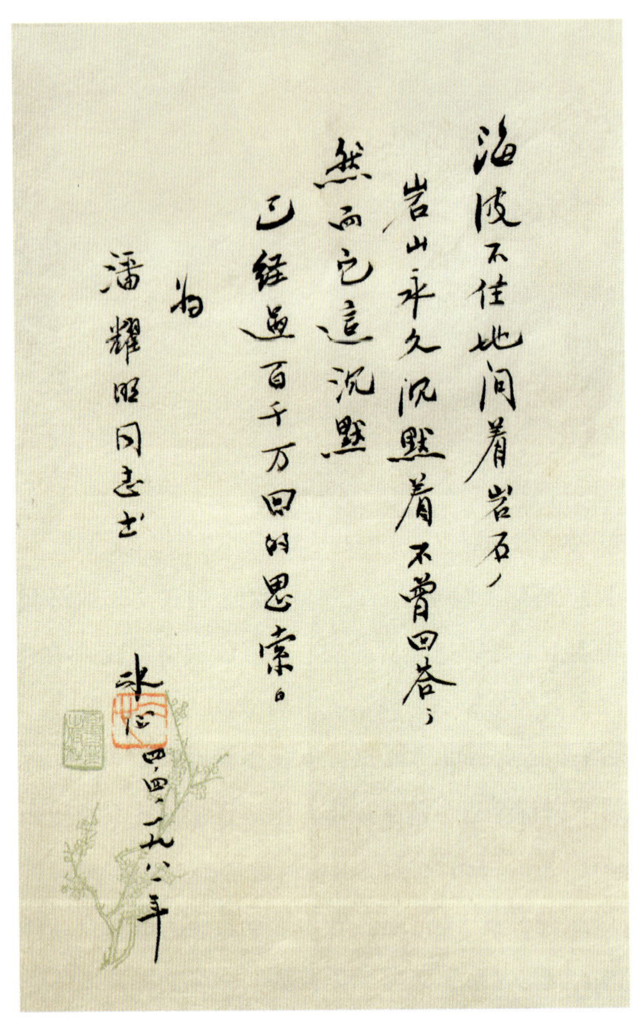
海波不住地问着岩石，
岩石永久沉默着不曾回答；
然而它这沉默
已经过百千万回的思索。
为
潘耀明同志书
冰心
四、四、一九八一年

到泰戈尔《飞鸟集》的影响写成的。套她自己的话来说，是她“零碎的思想”的记录。后来，她觉得自己那些三言两语的小杂感里也有着诗的影子，才整理成为两本小诗集出版。

冰心这些含蓄隽永、富于哲理的小诗，曾拨动千千万万年轻人的久已沉默的心弦，在她的影响下，“五四”以来的新诗，还进入一个小诗流行的时代。

冰心题赠的四句诗，感情真挚深沉，语言清新典雅，给人以回味和启迪。

很现代的叶圣陶

做了逾四十年的编辑，在年轻人面前，往往自称为“老编辑”，这个“老”字，并不是指“资深”。“老”不一定是“资深”，“资深”不光指的是经验，也包含了学养、深度和厚度。

说起“资深的编辑”，前辈文人中，我首先想到叶圣陶（1894—1988）。

记得第一次去拜访叶圣陶老，是1979年初秋，北京香山红叶尽染的时节，年逾八旬、霜雪毛发、皑亮白眉、银白胡子的他，精神仍健旺，侃侃言谈，有条不紊，葆有中国旧时文人的气派和风范。

第一次见面，他便向我表示，他近来阅读发现当前出版的书籍和报刊的错字、别字不少，这是他过去所罕见的，他还特别提到香港的报刊。

叶老所阅读的报刊和书籍，还包括朋友给他捎去的香港及海外出版物。

叶老忧心忡忡地说，这可要贻误读者啊！

叶老说他在商务印书馆当过校对和编辑。商务出过不少青少年知识读物，如《万有文库》等，还有教科书，都不容许有错别字，否则便会“误人子弟”。

他说，他所身处年代的出版工作，除了编辑外，校对是一项顶重要的职务，所以旧时的出版物，在封面或扉页或版权页上，都注有“校勘者”的名字，以示郑重。

作为长期在编辑行业工作的笔者，听罢不禁为之肃然起敬。

其实叶圣陶在1923年当商务印书馆的编辑之前，已有长达十一年的中小学语文教学的经验。

难得的是叶圣陶虽然是一个煦煦学者和作家，但一点也不抱残守缺和故步自封。在中国内地，他是第一个提出“易读法”的人。

他还亲自撰写文章指出：“现在大家都忙，挤出点时间来不怎么容易。如果只花半小时光景就能读完一篇，读完之后又觉得有所得，很有些回味，引起了好些联想，这简直是一种享受。”（见1979年《人民文学》）

其实在40年代，他与朱自清便合编了《精读指导举隅》《略读指导举隅》，他强调：“就学习而言，精读是主体，略读是补充；但就效果而言，精读是准备，略读才是应用。”“略读既以训练读书为目标，自当要求他们速读，读得快。”

速读、易读法，在西方已有逾百年历史，叶圣陶却是最早把这种现代的阅读方式介绍到中国的。

在新文学作家中，叶圣陶是很重视社会效益和读者效应的作家。

他一再强调，在教学上，教师眼中要“以学生为本位”；编辑眼中要有读者，作为一个编辑，在编书前要“为读者着想”；作为一个作者，在“写作之前为读者着想。写作之中为读者着想，写完之后还是为读者着想。心里老记着读者，作者才能凭借写在纸上的文字，把自己的思想和感情传达给读者，跟读者交心。”（《叶圣陶文集》）

叶圣陶的主张和言论是很现代的。

话得说回来，叶圣陶之重视社会效益、“为读者着想”，并不是无的放矢，一味追求市场效益和迎合读者的口味。相反地，他是以严谨的编辑态度和严谨的写作态度对待的。他自己便以身作则。

叶圣陶写了不少作品是针对青少年读者的，如《稻草人》《皇帝的新衣》《古代英雄的石像》等童话，都是言之有物、文情并茂，对中年读者来说，是耳熟能详的。

叶圣陶文笔练达，文章结构严谨完整，语言均经精工提炼，他自称后期“斟酌字句的癖习越来越深”，不愧为语言大师。

叶圣陶的《皇帝的新衣》比之安徒生的同名童话，更饶有现实意义。叶圣陶按着安徒生这个故事的情节发展下去，说是皇帝为了维护自己的尊严，明知被愚弄，还一意孤行，颁下法律，不准人们说他没穿衣服，他不但宣布要永远穿一套“新衣”，而且勒令“谁故意说坏话就是坏蛋，反叛，立刻逮来，杀！”并且说这是“最新的法律”。后来事情发展下去，皇帝不但滥杀无辜，就连他宠爱的妃子、大臣也不放过，只是为了所谓说“错话”，便要“正法”，弄到人心惶惶，人人自危。后来“老成的人”觉得皇帝太过分了，大伙儿便联合向皇帝请愿，衷诚地提出如下的要求：

> 我们请求皇帝，给我们言论自由，给我们嬉笑自由，那些胆敢说皇帝、笑皇帝的，确是罪大恶极，该死，杀了一点儿也不冤枉。可是我们决不那样，我们只要言论自由，只要嬉笑自由。

你看这个皇帝怎样回答：“自由是你们的东西吗？你们要自由，就不要做我的人民；做我的人民，就得遵守我的法律。”

这则童话，对现实是很大的反讽。

叶圣陶与弘一大师过往甚密，他的书法以清秀脱俗见称，我曾写信向他求一帧墨宝。

1980年夏，叶圣陶托友人捎给我一帧条幅，那是他誊写的稼轩词中的《西江月·夜行黄沙道中》：

> 明月别枝惊鹊，清风半夜鸣蝉。稻花香里说丰年，听取蛙声一片。

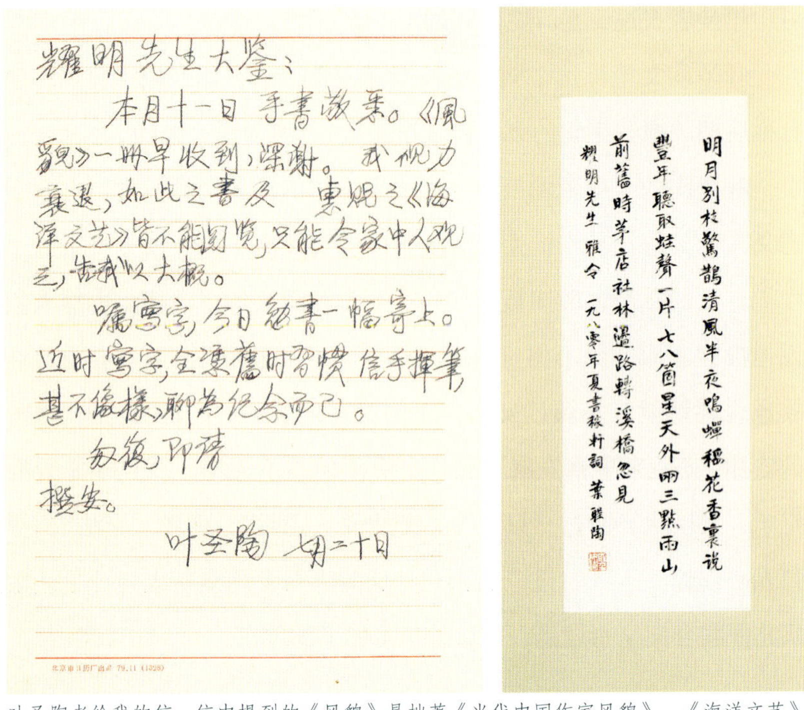
耀明先生大鑒：
本月十一日手書敬悉。《風貌》一册早收到，深谢。我视力衰退，如此之書及惠贶之《海洋文艺》皆不能阅览，只能令家中人观之，告我以大概。
嘱写字，今日勉書一幅寄上。近时写字，全凭旧时习惯信手挥笔，甚不像样，聊为纪念而已。
匆復，即請
撰安。
叶圣陶 七月二十日

叶圣陶老给我的信。信中提到的《风貌》是拙著《当代中国作家风貌》，《海洋文艺》是70年代香港的文艺刊物，我曾在那里当编辑。信中提到“勉书一幅寄上”，指的就是他题赠的《西江月·夜行黄沙道中》。

七八个星天外，两三点雨山前。旧时茅店社林边，路转溪桥忽见。

难能可贵的是，九十多岁的老人，仍然写得一手工整方正的小楷，一点也不马虎，“好比一堂谦恭温良的君子人，不亢不卑，和颜悦色”（禅悦），自有一股亲和力。

这首词是辛弃疾贬官闲居江西时的作品，描写的是黄沙岭的夜景。好一幅明月清风、疏星稀雨、鹊惊蝉鸣、稻花飘香、蛙声一片的田园风景画！

1980年内地刚开放，叶老相信也为中国崭新形势所鼓舞，所以心情是愉快的，冀望祖国大地展现出一派和平、丰美而欣欣向荣的景象。

令人惋惜的茅盾

记得1981年4月的春风，是乏力的，除了偶尔瞥见几树杨柳，悄悄地抽出鹅黄的芯芽，便是一式残冬的景象，灰楞楞的枝丫，古老四合院灰褐斑斑的檐墙，行人灰蓝的冬衣……这一切都覆罩在冷冷的色调之中。风吹来，也是料峭瑟瑟，仿佛在悲咽……

当我在人民文学出版社朱中英女士的引导之下，步入北京交道口南三条胡同时，周围的一切是冷寂的，这使得我们的步履也迟滞起来。这一天，是4月3日，离中国新文学运动开拓者之一——茅盾先生（1896年7月4日—1981年3月27日）逝世，已一个多星期。我们叩着厚重的木门，我的脑海倏地闪现一朵清澈的笑容，但这仅仅是一种痴妄而已，因为开门的是一位缠着黑臂纱的女士，这就是长期以来为茅盾搜罗材料、整理笔记，也是儿媳也是秘书的陈小曼女士，她默默地把我们迎进院子左边一间雅洁的客厅。客厅不大，却显得精巧，正中是一张长沙发，两边也各放着一张对称的单人沙发，中央是一张长方形茶几，几上放一个高大而精致的玻璃花瓶，通体透亮，与挂在墙壁上的对联相辉映。对联是郭沫若题赠的，句云：

胸藏万汇凭吞吐

笔有千钧任歙张

字、句均蕴含磅礴的气势，也蕴含着深长的意念，使我感到空间陡地朗豁起来。

招呼我们的，除了陈小曼女士，还有她的夫婿、茅盾的儿子沈霜（韦韬）先生。

沈霜怀着沉痛向我们缕述茅盾先生晚年的情况，特别是从1980年到逝世前的生活和创作活动——

茅盾从1980年入冬以后，就开始气喘，身体很羸弱，人也日渐消瘦，体重只剩九十斤。

茅盾逝世前一段日子，哮喘病很严重，但他一直没有辍笔，仍然继续写他的回忆录——《我走过的道路》。最初他还能颤巍巍地走到与睡房相通的书房创作，后来走不动了，便走到卧床侧的小书桌去写，而每次只能坐十来分钟至半小时。

我虽然没有目睹这一切，脑海中却一直定格着一尊老骥伏枥、坚毅不屈的身影，历久常新。

提起茅盾，我一直感到惋惜和不安。

我做现代中国作家研究，与内地作家直接对话始于1978年内地的开放期。在与我交往的新文学作家之中，茅盾的身体状态是较不好的一位。已逾耄期之年的茅盾，埋首写他的回忆录——《我走过的道路》。直到1981年他逝世之前，他只写了此书的上卷、中卷，把未竟的下卷也一起带走了。

相信，于茅盾来说，这也是他毕生的遗憾。作为这部回忆录香港繁体版的编者，不免感到惋惜。

其实，我感到最大的惋惜，还是茅盾当了文化部长后，他的旺盛的创作力委顿了，甚至停止了。

据茅盾的儿媳妇陈小曼女士私下向我透露，茅盾起初原不想当文化部长，他曾向周恩来提出过，说他是一个作家，不会当官，还是让他写他的作品，当时周恩来曾表示同意，后来毛泽东亲自向茅

沈霜夫妇在茅盾逝世不久接受作者慰问（彦火摄）

盾提出，说是因为考虑到人事的安排等问题，不得不请他去当文化部长，茅盾才说，既然是整个工作需要，他只好照办。随着行政事务的羁身，例如接待外宾和许许多多的外事活动，他已没有精力继续进行写作了。

回忆年轻时读茅盾的《子夜》，很受感动。这是茅盾描写中国社会现象的滥觞，也是以“工业金融”为题材的都市小说，内容宏大，构思缜密，小说拢括的人物凡一百人，可谓笔力万钧！之后茅盾还写了长篇小说《腐蚀》等，也受到好评。

茅盾后来当了文化部长后，只好把写作撂在一边。

茅盾晚年，把生命余焰全扑在写作上。据陈小曼女士透露，茅盾写作都是亲力亲为的，他不习惯录音和让别人代笔，但除了行政工作外，他平常还要频繁地接待踵门求见的人群，例如题词写字，作者请求给他的作品题书名，杂志请求题刊名，全国大大小小书刊不计其数，连县那级的刊物也找上来，茅盾又因盛情难却，不便拒绝。此外，求见的人还有询问30年代文坛纷杂的人事的，请求给他们的作品提意见的……纠缠不休，穷于应付。这些事情占去茅盾很多时间，使他不能心无旁骛地专心创作。

我曾向沈霜探询，茅盾先生的两部长篇《霜叶红似二月花》和《锻炼》，都是写于较早的年代，原来打算继续写的，为什么后来却中断了？

沈霜说，《锻炼》写于1948年下半年，主要是反映抗战时期的生活，当时写了二十五章，共十多万字，从未出版过。在“文革”期间，因为有一个时期是靠边站的，沈霜夫妇曾征求茅盾的意见，是否将《锻炼》继续写下去，他当时也有构思过，并且考虑了下面应该怎么写，而且还动笔写了一些，跟着1975年形势有了新的变化（指“反右倾翻案风”），这桩创作计划，又为其他事务所冲掉了。直到这次患病在医院，茅盾还表示，这次病好了以后，先把回忆录完成，有精力的话，应该把《锻炼》继续写完，“《霜叶红似二月花》嘛，我看就这样了吧，不想再搞了。”但过了不久，病情急转直下，他已感到自己不行了。

未完成的《锻炼》，后来由香港时代图书公司出版。

与茅盾相识恨晚。我手头上收藏的一帧他的墨宝，写于1980年10月，是他逝世半年前写的。

沈霜托人捎我并附函说，这是他父亲近期精神稍好时提笔写的条幅，弥足珍贵。茅公的条幅里所写的诗，猜想写于1978年开放之后，诗曰：

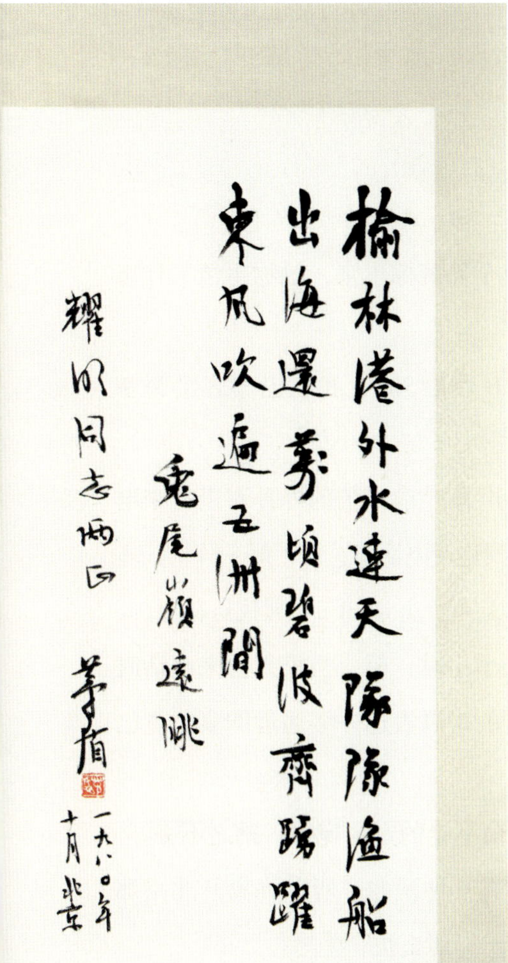

榆林港外水连天，
队队渔船出海还。
万顷碧波齐踊跃，
东风吹遍五洲间。

榆林港是海南省三亚市东南部海港，港湾水深浪静，群山环抱，蔚为天然良港、国防要地。兔尾岭位于亚龙湾与大东海之间，紧邻榆林港，清晨揖迎亚龙湾旭日东升，傍晚背送大东海落日余晖，渔舟点点，如诗如画。

茅盾在诗句里，对开放后的中国难掩喜悦之情：眺望万顷波涛，心潮起伏，放眼东风吹遍寰宇，意兴逸飞，欣然下笔，充弥喜乐的情绪！

无可奈何的俞平伯

最近把俞平伯老的信札及墨宝全部翻拣出来，触物生情，往事依依，心情起伏。

记得1990年巴黎时间10月16日凌晨5时，我在巴黎客寓睡梦中给电话响声吵醒。

拎起电话筒，传来家人感伤的声音："俞平伯的外孙韦柰打来电话，让我通知你，俞平老逝世了！"我握着电话筒，愣了好一阵子，才嘱家人代打电话给俞平老的家属致以慰问，并通知韦柰兄代送花圈。

虽说巴黎的时间比香港早了七个小时，但，当家人再来电话时说俞平老已立即火化了，我仅剩下的聊以表达一缕遥远的哀思竟已晚了！

那一天透早醒来，瘫在床上，俞平老的音容宛在，拂之不去。

1988年9月初去探望他，我已有某种预兆，所以临离开北京那一天，又去看他一次，还料不到他走得那么快。

当时的他，几近"植物人"，除了保姆一天两餐抱他起来喝稀烂的粥水，他一直躺在床上，浑然不觉。连他平素最疼爱的外孙韦柰，也不知道他在想什么。

"他的离去，未尝不是一种解脱。"他来得孤寂，走得也孤寂，连一句话也没有留下。他逝世后立即火化，是他早年向家人所作的遗嘱。

一代红学大家、一代文学宗师，丢除了一切繁文缛节——不要说隆重的追悼会、告别仪式，连他的友人向他表达悼念也来不及。

他孑然地走了，伴着他走的还有那一身坚韧不拔的傲骨！

1987 年秋，俞平伯参加清华大学创校 75 周年纪念时摄。前排右三为俞平伯。（俞平伯赠彦火照片）

俞平伯喜欢用嘴叼着烟（韦柰摄于彦火家）

俞平伯 1987 年参加清华大学创校 75 周年纪念，特地跑到清华园的朱自清纪念亭拍照留念。右为俞平伯女儿俞成。（俞平伯赠彦火照片）

彥火先生：承赠
大著「当代中国作家風貌」一书，论述精详。阅於我
的一部分推奖颇多，虽看过原稿，仍觉惭愧，
感谢々々。述其他作家，得广闻见，亦幸事也。
如有人拟续作紅楼梦，那向所未知，看此事很
有意義，却非容易。
港刊《廣角镜》載吴世昌与周汝昌笔战
之文，曾見之否？亦紅学之新闻也。
前賜稿酬中，拟購速溶咖啡二小瓶，不知
方便否？想
您事忙，未敢迳渎，便希
示及。如此布谢，顺候
撰祺
俞平伯 六月五日
Nestle Golden Blend

北京市西城区印刷厂出品 79.3（1338）

这是俞平伯 1978 年 6 月 5 日寄给我的信，拙著《当代中国作家风貌》收入《家学渊源的俞平伯》一文。我曾向他探询续《红楼梦》的可能性。信中提到香港《广角镜》报道吴世昌与周汝昌笔战，也可见俞平伯态度。他喜欢喝咖啡，还亲自用英文写上所需速溶咖啡的牌子。

俞平老的外孙韦柰，4月下杪从北京打来长途电话，说俞平老第二次中风，已呈昏迷状态，又说他与母亲（俞平伯的女儿）苦劝俞平老住院，老人家恁地不肯。理由很简单，家里的条件再不好，还是自己的窝。

正如韦柰说：“他一生为人正直善良，性格豁达倔强。”这也许是俞平老“倔强”的一面。

1990年1月4日是俞平老的九十大寿，我曾在香港《明报》专栏写过一篇祝贺文章。

当时俞平老身体已很孱弱了。韦柰每次来信提及俞平老的健康，一次比一次担忧，我是一直捏着一把冷汗的。

1989年5月下杪赴北京公干，特地跑去看望他，当时他已病卧

床榻，举箸不灵。我怀着怏怏的心情走出三里河南沙沟俞寓。

过去，每次去探俞平老，都很开心。快九十岁的老人家，每次听见我来，便颤巍巍地从房间走到客厅。他执拗不让家人扶持。在他纷沓的步履中，我感到那一份执着，从有点佝偻而矮小的躯体散发出来。

他喜欢抽烟，拿一根烟放在嘴上一直叼着，一支又一支地抽。每次我探访，都给他捎上一条香烟。

1987年前的一次会面，他见到我时显得特别高兴，他告诉我，前几天刚参加过清华大学校庆，并在他的好友朱自清纪念碑前拍了照片。说罢把唯一的照片和嘉宾襟条送给我，我把嘉宾条别在衣襟上。他天真地笑了。

俞平老是甘于寂寞的人，自从1953年受到点名批判后，很少在公众场合露面，即使在1978年内地文艺政策开放后，许多老作家、老学者纷纷参加公开的文化、政治活动，俞平老仍然是深居简出。

晚年的他致力于旧词的钻研，闲来与他的夫人许宝驯女士合作谱写了不少昆曲。

俞平老与年长他四岁的夫人是患难与共、恩爱很深的伴侣，1982年许夫人逝世，俞平老作悼亡诗《半帷呻吟》，情意款款。

俞平老逝世后，在香港报章上看到一篇文章，谈到俞平伯和梁漱溟之不同，说他“直到死还都是‘文艺’的”，而梁漱溟则参过政。

诚然，俞平伯先生是典型的温文尔雅书生，他是学者，也是文学家。学者是倾向于理性、冷澈的，文学家则多是热情的拥抱。俞平老在“五四”时期，曾奋力呐喊过，大力倡导“平民诗”“民众文学”。也许这是他受到时代的感召。

但热情平复后，他又埋首于学术研究——研治他的《红楼梦》和古典诗词。这是他的本分，始终没有丢弃。

大抵这就是文章所指的“文艺的”俞平伯。

尽管俞平伯自“五四”新文学运动后，几乎没有涉足政治的圈子，但政治却偏偏找上他。俞平伯是新中国成立后“文坛三公案”的主角之一（其余两个主角是《武训传》的姚克、“胡风反革命集团”的胡风）。

“三公”之一的俞平伯，相信直到逝世的一天，还不知他为什么会成为“反动学术权威”。因为他不过是以一个学者求真求实的态度去研究中国的古典名著《红楼梦》。

对他，这永远是解不开的谜。

我们低首于没奈何的光景下，这便是没有奈何中底奈何。

近来，整理俞平伯先生的赠书，发现一本他早年的诗集——《忆》，其中有以上的话语。

这本诗集写于1925年，中国内忧外患，文化人“低首于没奈何的光景下”，去追忆过去的梦——特别是儿时的梦，无疑是“没有奈何中底奈何”。

当时的俞平伯也不过是二十出头的光景，已置身“可诅咒的一切”的世界了，因此，他只能暂避于“疯魔似的童年的眷念”的港湾。

这是生逢乱世唯一可行的自我慰解！

俞平老本人便很喜欢写梦境，如《梦记》《我想》等。他的《忆》有这样两句诗：

小燕子其实也无所爱，

只是沉浸在朦胧而飘忽的夏夜梦里罢了。

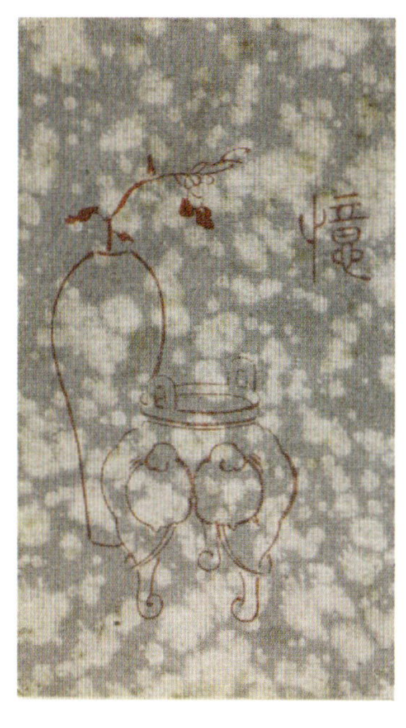

俞平伯 1925 年出版的诗集《忆》，小三十二开，线装。书的右侧穿着两股咖啡色丝线，打成蝴蝶结；封面、封底用银灰色白花纹的双层白棉纸；正文版式用古籍书的直行格式，内有丰子恺的插图和朱自清的跋，收有三十六首情味真挚、充弥童心的诗歌，玻璃版，石印，很是精致。

小燕子可视为俞平老的自况自喻。对于他来说，人生是一大梦，如果他不在朦胧的梦中去寻求心灵的慰藉、精神的寄托，他在大半生的政治风暴、巨大的人生逆流中，早已遭到灭顶之灾。这是无奈何中的奈何！

韦柰曾告诉我，俞平老病重的时候，曾念叨着“给写文章的人寄钱”，他知道香港写文章的文化人过得挺不容易，而这收钱人竟是文学后辈的我，那款款情谊，岂止于一泓的潭水，里边包含着殷殷的期待。

每当想起这桩事，便激动不已。

我与俞平老虽是忘年之交，他的道德文章，如高山流水，仰之弥高，我这个文学小辈，穷一生努力，也难以沾到边。想到他在视力几乎为零的情况下勉力为他家乡学校写的横匾——“业精于勤”，我便为之抖擞精神，没敢躲懒。

早慧的红学大家俞平伯

俞平伯的外孙韦柰兄，2011年出版了一本新书《旧时月色——俞平伯身边的人和事》（中国华侨出版社），读后倍感亲切。

书内有一段话特别提到笔者，讲的是1986年俞平伯来香港讲学的事。原文如下：

> 他第二次演说《红楼梦》是在1986年11月19日至25日在香港。大力促成此事的，是香港著名作家潘耀明（彦火）。他与外祖父的交往始于20世纪70年代。外祖父喜他的为人，也喜他的才气，常夸奖他是一个很有作为的青年。在潘耀明迁居太古城时，外祖父曾书“既醉情拈杯酒绿，迟归喜遇碗灯红”联赠他。1986年3月，一次闲谈中，外祖父回忆起他20年代经香港去美国的事，言谈中流露出对香港的怀念。由此，潘耀明产生了让老人重莅香港的念头，并即刻着手筹划，终获香港中华文化促进中心和香港三联书店之邀。

韦柰上述的话，谈到笔者的地方，不免有谬赞之嫌！在大师面前，笔者只是一个小学生而已。承俞老不弃，引为忘年交，反而感到惕惕不安。

倒是为了实现老人家来香港的夙愿，笔者曾经多方奔走，终于促成俞老香港之行，蔚为香港文坛盛事。

俞平伯是红学大师，1953年在被毛泽东点名批判后，从此在文

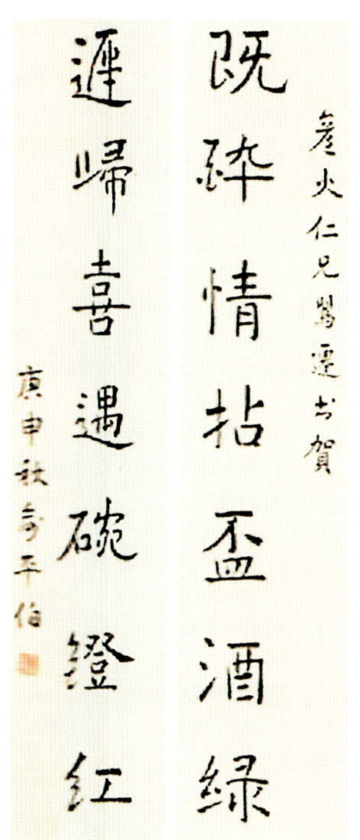

1980年我搬家，俞平伯闻悉后特地惠下一副对联以祝贺。一直悬挂在客厅中。

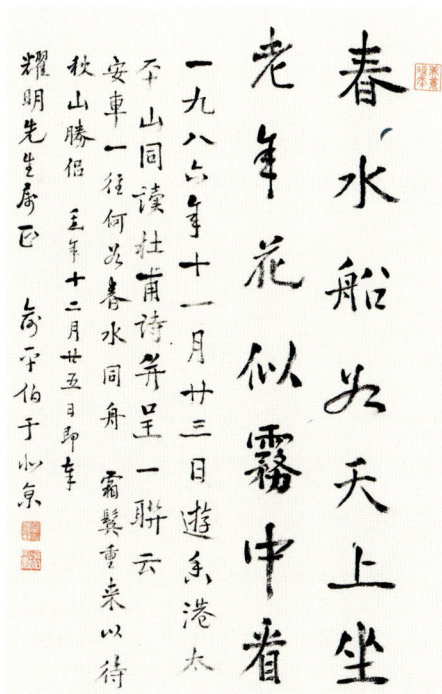

俞平伯1986年秋游香港，返北京后，给我寄了一张字，内含两副对联。其一是“春水船如天上坐，老年花似雾中看”，其二是“安车一往何如春水同舟，霜鬓重来以待秋山胜侣”。

坛消失了四分之一世纪。他出师早，年轻时已才学九斗，一个二十岁出头的毛头小子，写了一部洋洋洒洒的《红楼梦辨》，20世纪50年代便受到大批判。从此不在公开场合谈《红楼梦》，不知者以为他已与《红楼梦》绝缘。其实不然，他私下还是悄悄地钻研。

迄到1986年1月20日，他在中国社会科学院文学研究所，为他从事学术活动六十五周年举行的庆祝会上，他整理了《1980年5月26日上国际〈红楼梦〉研讨会书》和旧作《评〈好了歌〉》作为大会发言。在《1980年5月26日上国际〈红楼梦〉研讨会书》一文中，他提出对《红楼梦》研究工作的三点见解，很有见地，令人刮目相看。

他的意见简括如下：

一、《红楼梦》可以从历史、政治、社会各个角度来看，但它本身属文艺范畴，毕竟是小说。论它的思想性，又有关哲学。这应是主要的，而过去似乎说得较少。今后似应从文、哲两方面加以探讨。

二、应当怎样读《红楼梦》呢？只读白文，未免孤陋寡闻；博览群书，又感迷失路途。摈而勿读与钻牛角尖，殆两失之。为今之计，似宜编一“入门”“概论”之类，俾众易明，不更旁求冥索，于爱读是书者或不无小补。

三、本书虽是杰作，终未完篇；若推崇过高，则离大众愈远，曲为比附则真赏愈迷，良为无益。这或由于过分热情之故。如能把距离放远些，或从另一角度来看，则可避免许多烟雾，而《红楼梦》的真相亦可以稍稍澄清了。

俞平伯以上三点心得，可谓微言大义，对研究和爱好《红楼梦》者，无不有启发性。

1986年俞平伯老应邀莅临香港，引起轰动。他在香港中华文化促进中心的讲题是《索隐派与自传说闲评》。

他在演说中，一语道破了“红学”研究存在的弊病。他指出：

《红楼梦》是小说，这一点大家好像都不怀疑，而事实上却并非如此，两派总想把它当作一种史料来研究。像考古学家那样，敲敲打打，似乎非如此便不能过瘾，就会贬低了《红楼梦》的身价。其实这种做法，都出自一个误会，那就是钻牛角尖。结果非但不能有更深一步的研究，反而把自己也给弄糊涂了。

晚年的俞平伯，身体力行，已跳出之前研究的窠臼，反对敲敲打打、钻牛角尖，而是把《红楼梦》当作小说看待，从文史哲的角度来研究和评断。这是他对红学研究的新了悟。

说起俞平伯研究《红楼梦》，有一段令人唏嘘的故事。俞平伯曾自况自喻地说：“我仅是读过《红楼梦》而已，且当年提及‘红学’，只是一种笑谈，哪想后来竟认真起来。”

记得俞平伯的妻舅许宝骙，曾撰文介绍俞平伯的处女作《红楼梦辨》原稿失而复得的曲折经过，时值年富力健的俞平伯，历时三个月写完了《红楼梦辨》，“兴冲冲地抱着一捆红格纸上誊写清楚的原稿，出门去看朋友（也可能就是到出版商家去交稿）。傍晚回家时，只见神情发愣，仿若有所失。哪知竟真的是有所失——稿子丢了！原来是雇乘黄包车，把纸卷放在座位上忘了拿，等到想起去追，车已远去，无处可寻了。俞平伯夫妇木然相对，心里别提有多别扭了。偏偏事有凑巧，过了几天，顾颉刚先生（或是朱自清）来信，说他一日在马路上看见一个收旧货的鼓儿担上赫然放着一堆文稿，不免走近去瞧，竟然就是‘大作’。他惊诧之下，便花了点小钱收买回来。于是‘完璧归赵’。”

俞平伯忆及此事，感慨良多，他曾对韦柰说：“若此稿找不到，我是绝没有勇气重写的，也许会就此将对《红楼梦》的研究搁置。”

假如俞平伯失去了稿件，假如他没有出版《红楼梦辨》，就不会发生1954年批判他的红学研究，“文革”中也不会被当“资产阶级学术权威”来揪斗……

俞平伯对《红楼梦辨》失稿往迹，不胜感慨。他曾在一封信中指出：“稿子失而复得，有似塞翁故事，信乎‘一饮一啄莫非前定’也。垂老话旧，情味弥永；而前尘如梦，迹之愈觉迷糊，又不禁为之黯然矣!”

感情内敛的俞平伯，对影响他一生的这一本著作，其慨叹之情，跃然于纸。

倾国安知真国色
——俞平伯对陈圆圆、西施的评价

很多人以为俞平伯只是一个书呆子型的学者兼作家，年纪轻轻便受批判的他，会从此意志消沉，一蹶不振。其实，正因为俞平伯个性倔强，他虽然被迫沉默了，在心里并不屈服，他临到逝世之前，还念叨着再续《红楼梦》，据韦柰透露，在弥留时期，意识不太清的时候，他还勉力在涂写有关《红楼梦》的东西，虽然迹近涂鸦，也可见他点点的心迹。

俞平伯的一生虽然败也《红楼梦》，成也《红楼梦》，念念在兹的还是与他“生死之交”的《红楼梦》。

在俞平伯送我的墨迹之中，有两幅皆与《红楼梦》相关。《红楼梦》第六十四回“幽淑女悲题五美吟　浪荡子情遗九龙佩”，写到林黛玉慨然而作的《五美吟》。俞平伯早年也曾有感而作《五美吟》，与林黛玉隔代呼应，但后来俞版的《五美吟》却遗失了。晚年俞平伯再补作《越女二首》和《续越女二首》，以抒寄志趣。

1979年题赠给我的小张书法，是一首七绝，题注写道：“昔有《五美吟》，已佚。忆得咏西施句，补作一章，称《越女二首》。”

一

西施初出苎萝村，破碎家山隐泪痕。

一去沼吴还霸越，五湖无地感君恩。

苎萝村位于浙江省杭州市萧山区临浦镇，是中国四大美人之

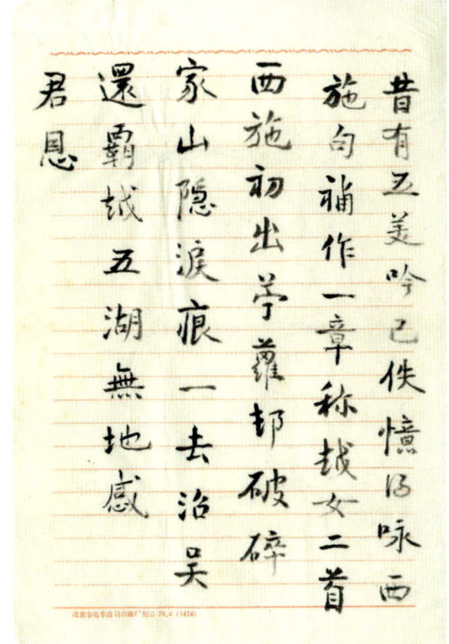

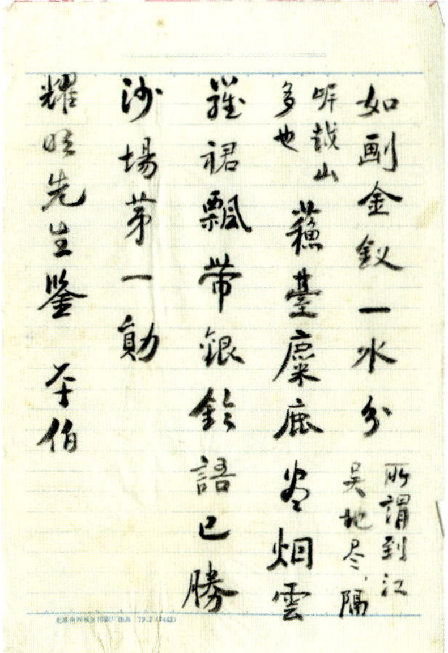

1979 年俞平伯题赠作者的小张书法《越女二首》

一 —— 西施的故乡，目前还遗下西施庙、浣纱台等景点；“沼吴”指被消灭了的吴国。

二

如划金钗一水分（俞注：所谓“到江吴地尽，隔岸越山多”也），苏台麋鹿尽烟云。

罗裙飘带银铃语，已胜沙场第一勋。

“苏台”即指今姑苏，末一句意喻美人计犹胜十万兵。

第二幅题赠的墨迹，横批是写于1981年，俞平伯自题也是《越女二首》，都是七绝。其实，这应是《续越女二首》才对。俞注：“杂用吴谚殊非雅音，似前人所未言，然未免唐突西子矣！”

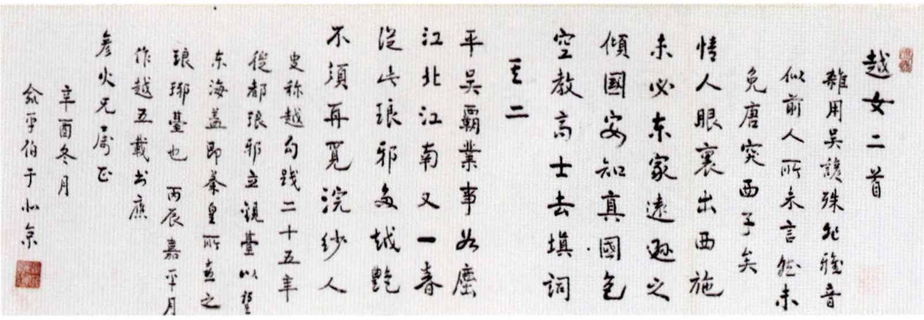

1981 年题赠作者《续越女二首》

一

情人眼里出西施，未必东家远逊之。

倾国安知真国色，空教高士去填词。

二

平吴霸业事如尘，江北江南又一春。

从此琅邪多越艳，不须再觅浣纱人。

俞注：史称越勾践二十五年徙都琅邪（琊）立观台，以望东海，盖即秦皇所（重）筑之琅琊台也，丙辰嘉平月作。越五载……

这两首诗原作于1976年，诗中提到“琅邪”，郡名，位于今山东省诸城市，在南朝时称齐置，位于今江苏东海县。

俞平伯一直觉得历史上传说的所谓美女，大都是穿凿附会、后人绘声绘影所致，查实也不过是一介凡人，即寻常的洗衣女（浣纱人），不过是飞上枝头变凤凰而已。好一句“倾国安知真国色，空教高士去填词”，对附庸风雅的高士，备极揶揄和讽刺！

《五美吟》原是林黛玉借“古史中有才色的女子”寄慨之作，所写各事并不都是出自史实的。林黛玉嗟叹“一代倾城”的西施如江水东流，浪花消逝，徒然令人怀念，其命运之不幸，远在白头浣纱的“东村女”之上。这是间接写她寄身贾府，虽有知己如贾宝玉等的体贴，但她已预感病体日重、难久于世的悲哀。

至于俞平伯为何对《五美吟》那么感兴趣，是有原因的。

且说俞平伯与陈寅恪都是大学问家，惺惺相惜，堪称挚交。俞平伯早年曾以楷书抄写唐代韦庄的《秦妇吟》赠陈寅恪，陈寅恪把它悬挂于室，加以推敲，其间又就韦诗中的疑点，与俞平伯交换意见。但是两人对个别历史人物的观点，并不尽相同。

陈寅恪穷晚年写的《柳如是别传》，包括他花大气力考证吴梅村《圆圆曲》写作年代时，论证《圆圆曲》实与梅村另一首诗《听女道士卞玉京弹琴歌》也是作于同一年代 —— 换言之,《圆圆曲》之写作是由卞玉京（又名赛赛，明末清初著名歌伎）向吴梅村倾诉其后来沦落情形引起的，所以《圆圆曲》并非如世人所认为的只是写吴三桂、陈圆圆二人悲欢离合情事，亦不只是为讽刺吴三桂而作，这首诗包含建州入关后江南女子以及秦淮佳丽受凌辱劫掠的悲惨遭遇等等。对此，俞平伯是有看法的。

陈寅恪晚年双眼已盲，双腿又断，只能以口述方式，由助手黄萱女士记录。《柳如是别传》描写的柳如是乃明末清初的名妓，嫁给钱谦益。陈寅恪对柳如是评价极高，认为是“民族独立之精神”，为之“感泣不能自已”。

换言之,《柳如是别传》主旨志在表扬柳氏沉湘复楚的奇志，同时也在对当时佳丽名姝遭受的不幸寄予无限同情。陈寅恪后来被论者咸赞称:“以史家之具眼而兼有诗人大慈大悲的心来写这本书的。”

陈寅恪对吴梅村，以致对陈圆圆等人的肯定，俞平伯并不以为然。

俞平伯在评论吴梅村的诗，特别是《圆圆曲》时，排众而出，他指出，近代的邢沅（即圆圆）其地位的变化亦犹古时的西施。这在吴梅村《圆圆曲》中写得很清楚。吴梅村以邢沅为西子后身，“虽似谰言”，却也有其道理。

俞先生隐晦地表示，不管吴梅村有多大成就，但他的人格始终存在着莫大缺憾。问题在于吴氏降清，是“以夷变夏”，这已不仅仅只是一姓的兴亡问题了，千秋殷鉴，也是衰盛的关键所在，这是读史者应当深思的。

至于陈圆圆作为倾国倾城的事，是由于吴三桂引建州入关，才广为流传的。意喻陈圆圆也不过是西施的翻版，前者原是歌伎，后者原是洗衣女。

俞平伯曾有致叶圣陶的信，说到陈寅恪长期失明，由他人协助终成巨制《柳如是别传》，但在信札括号内复加说：“言其努力，弟不欣赏。”（见全集卷八，页390）

另一位大学者钱锺书，对此书也不苟同，认为陈寅恪没必要为柳如是写那么大的书。

俞平伯对文人过于强调风尘女子在中国历史上的作用，别有看法，俞平伯晚年所作的《越女二首》及《续越女二首》正可以窥见他的史观之一二。西施（越女）原不过是洗衣女，后因与吴王夫差和越王勾践有关而名声大噪，不过是时势造英雄也，古今文人则借此舞文弄墨，无疑有自作多情之嫌！

俞平伯迟来的春天

月前在整理信札，翻出俞平伯先生的外孙韦柰写的一篇短文：《外祖父俞平伯赠诗香港友人》。这篇短文写于1986年，当年韦柰寄给我，希望在圣诞前夕发表，但收到稿后已过了圣诞，结果此文一直积存至今，因韦柰从未提起，我亦淡忘了。我的这一疏忽，一晃二十六年。

俞先生在香港首次就《红楼梦》研究新见解发表演讲，轰动一时。当时中华文化促进中心的会堂被挤得水泄不通，后来还加开了另外的一间偏室给听众，后者只能从荧光幕看到俞先生的风采。

俞先生在港受到传媒及港人热烈欢迎，心情难以平复，返京后，写了以下一首诗：

耶诞节前留赠港友

颉刚老去朱公死
更有何人道短长
梦里香江留昨醉
芙蓉秋色一平章

下款署名“平伯”，并有“时校芙蓉诔”之句。

韦柰对此诗作了注解：“我的外祖父旧日老友很多，诗中为什么只提顾颉刚、朱自清两位？他解释说：‘与顾颉刚是谈《红楼梦》，朱自清则与《桨声灯影里的秦淮河》’有关。都是在香港时的话题。

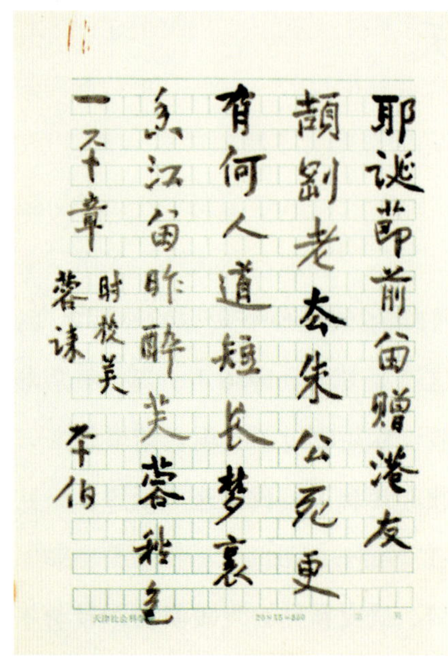

俞平伯于1986年秋游香港返京后，题赠给香港朋友的诗。

第三句‘梦里香江留昨醉’，则表达了他对香港友人的感激之情。香港七天的生活，在他梦中依然可见。目前，他正在认真勘校《芙蓉诔》，或许会有短文，这就是最后一句所指。”

二十六年后，人事沧桑。俞先生已于1990年10月16日逝世。但他的道德文章，经过悠悠岁月江河的冲刷，越益亮丽。

俞平伯1986年的香港之行，留下不少佳话。

早年香港中学四年级语文课本曾选用俞平伯的《桨声灯影里的秦淮河》。俞平伯访港，香港的老报人周石通过笔者请俞平伯为他主编的《青年园地》题字。俞平伯一口答应，他对此一点也不马虎，于清晨6点钟，临窗伏案，在视力很差的情况下，为香港青少年勉力写了“千里之行，起于足下”八个字。

这八个字，寄托了一位大师对青少年的殷切期望。他的外孙韦柰为此撰文写道：“我的外祖父，自幼学习中国古典文学。四岁开始读书，一口气读了八年，读的第一本书是《大学》，那时的书都是线装本，所以到他七岁时，所读过的书累积起来，已超过了他的身高。从此以后，书从未离开过他。”

俞平伯不仅是红学家，在现存的中国作家中，如果要说到学识的渊博，俞平伯可以说是有数的一位了。他不仅精通旧诗词，新诗的创作也颇丰，他还是散文家、著名昆曲家，此外，他还偶写小说。

俞平伯长于书香世家，但他对滚滚世纪洪流并没有畏避，1919年当他在国立北京大学读文科时即参加“五四”运动。他的文化活动比这还要早，还在他的大学时期便开始，他在一封答笔者信中说：“我在1917 — 1918年，因受《新青年》影响，偕同学办《新潮》杂志，开始写白话文。第一篇论文是谈新旧道德问题，题目已不记得，我的第一首新诗，登在《新青年》上，比《冬夜之公园》更早。”

俞平伯在新诗上的建树颇大，他不但出版过不少新诗集，如《冬夜》《西还》《忆》和《雪朝》（与朱自清等同人合集），还提倡“诗的平民化”“要恢复诗的共和国”，并著文《社会上对于新诗的各种心理观》，同新诗歌运动的激烈反对者进行过斗争。与此同时，他还于1922年1月1日，和朱自清、郑振铎、刘延陵几个人创办了《诗》杂志，引起广泛的重视。

除新诗外，俞平伯写得一手典雅流丽的散文，自成一家。我曾探询他在过去众多的著作中，最喜爱的是哪一部，他回答道：“过去我写的，现在都不喜欢。比较喜欢的是《燕知草》（开明版）。”关于《燕知草》，王瑶在《中国新文学史稿》中有这样的评价：“《燕知草》写的全是杭州的事情，是回忆中的景色与人物的追摹。他的文字不重视细致的素描，喜欢‘夹叙夹议’的抒写感触，很像旧日笔记的风格。文言文的辞藻很多，因为他要那点涩味；絮絮道来，

君憶南湖蕩槳時老人祠下共尋詩而今陌上花開日應有將雛舊燕知
昔年杭州西湖月下老人祠詩寫奉
彥火先生正 一九七九年除夕俞平伯

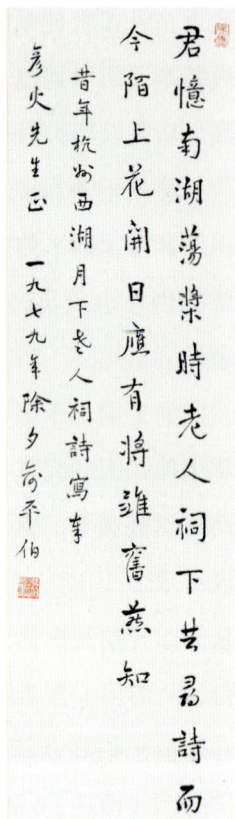

左上：1979 年 5 月 26 日，北京成立《红楼梦学刊》编委会大会。
右起：俞平伯、顾颉刚、王昆仑、茅盾。

左下：俞平伯（左三）在香港巧遇外孙韦柰（左）、韦梅（右一）的葡萄牙籍祖母。
这还是俞平伯首次见到他的姻亲。（彦火 1986 年摄于彦火家）

右：1979 年除夕，俞平伯老欣然写了一帧条幅给我。这是他在"文革"被批斗后复出不久写的，心情特别好。记录了 1922 年偕夫人等游杭州西湖写的一首诗《月下老人祠下》。

有的是知识分子的洒脱与趣味。"

俞平伯散文很典丽，那几乎是公认的了，他的那点"涩味"，正是知识分子所欣赏的。

从他与朱自清以同一题目分别写作的《桨声灯影里的秦淮河》，可以明显地看到俞平伯的散文特色。通篇散文意趣俊逸，诗意酣浓，充满了灵气和朦胧的美感。

俞平伯晚年仍致力于旧词的钻研，他的《唐宋词选释》，俱具功力。

俞平伯还是昆曲专家。北京昆曲研习社自1956年成立到1964年停止活动的八年间，始终是由俞平伯主持各项活动的。俞平伯夫人许宝驯，也是昆曲的老前辈，他们夫妇曾合作谱写了不少曲子。

在“文革”期间，俞平伯的寓所北京老君堂曾被捣毁，他本人并被停职审查多年。1966年，俞平伯以望七之年，被迫到中国社会科学院做打扫工作，后来又同比他还大四岁的夫人许宝驯一同下放到河南息县“五七干校”劳动。迄至1975年10月才恢复自由，却又不幸于一星期后患右侧中风，出门要坐轮椅，走动时需人扶持。

俞平伯正式被平反，是1986年1月，中国社会科学院召开了纪念他从事学术研究工作六十五周年纪念会。中国社科院院长胡绳代表组织否定了对俞平伯的批判，并重申确定他在红学研究上的重大成果。

讲真话的巴金

2005年10月17日巴金逝世，他的道德文章曾引起热议。

巴金以文坛长跑者的雄姿，冲破百岁的生死界限，以一百零一岁的高龄画上休止符，曳下袅袅不绝如缕的余音。

在此之前的六年漫长岁月，巴金已处于昏迷状态。静躺在上海华东医院的“无言的巴金”，相信他的心境像极了他于1927年在巴黎写的第一部小说《灭亡》状态：“完全置于孤独寂寥之中。”

巴金一直是孤独的，因为他要在一个黑白混淆的年代去“忠实地生活，正直地奋斗，爱那需要爱的，恨那摧残爱的”。巴金要以一个人的力量与一个时代角力，难免会产生“时不我与”的苍凉感，注定要孤独终生。

巴金逝世后，不少论者指出，巴金除了在中国文坛享有崇高地位外，最主要是他晚年竭力提倡“讲真话”的难能可贵。坊间有论者调侃巴金提倡“讲真话”不过是做人基本原则，道理太显浅，可谓乏善足陈云云。

殊不知今时今日，口称“讲真话”者大都只是属于纸上谈兵而已，真正做到“讲真话”的人，凤毛麟角，反而哄上瞒下、口蜜腹剑、媚上压下、跟红顶白、欺善怕恶的马屁精比比皆是。

“文革”之后，巴金一直强调“讲真话”，他自己也身体力行，为了提醒自己和世人，他不惜挖自己的疮疤，把自己在“文革”中讲的违心话和做的违心事，一股脑儿倾倒出来，暴露于光天化日之下，以便痛定思痛，用心良苦。从“文革”走过来的文化人——

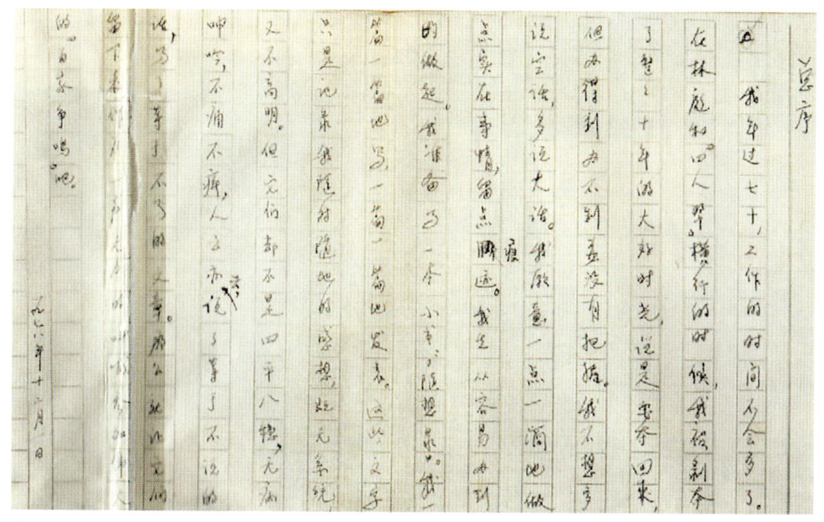

巴金晚年耗八年时间花大心血写的《随想录》香港版繁体版总序

就是时下的文化人，也不容易正视自己过去的历史，更不要说本着自己的良知，不做随风摇摆的墙头草，不讲假话、妄话，要做一个讲真话的谔谔之士，可谓戛戛乎其难也。

巴金在《随想录》合订本的后记指出：“我们这一代人的毛病就是空话说得太多。写作了六十几年我应当向宽容的读者请罪。我怀着感激的心向你们告别，同时献上我这五本小书，我称它们为‘真话的书’。我这一生不知说过多少假话，但是我希望在这里你们会看到我的真诚的心。这是最后的一次了。为着你们我愿意再到油锅里受一次煎熬。”巴金这一自我反戈，是具震撼性的。

1994年诺贝尔文学奖获奖者、日本作家大江健三郎，对巴金的道德文章做了较全面和深刻的肯定，他表示：“……《家》《春》《秋》是亚洲最为宏大的三部曲。目前，我也完成了自己的三部曲，越发感受到先生的伟大。先生的《随想录》树立了一个永恒的典范——在时代的大潮中，作家、知识分子应当如何生活。我会仰视着这个典范来回顾自身。”

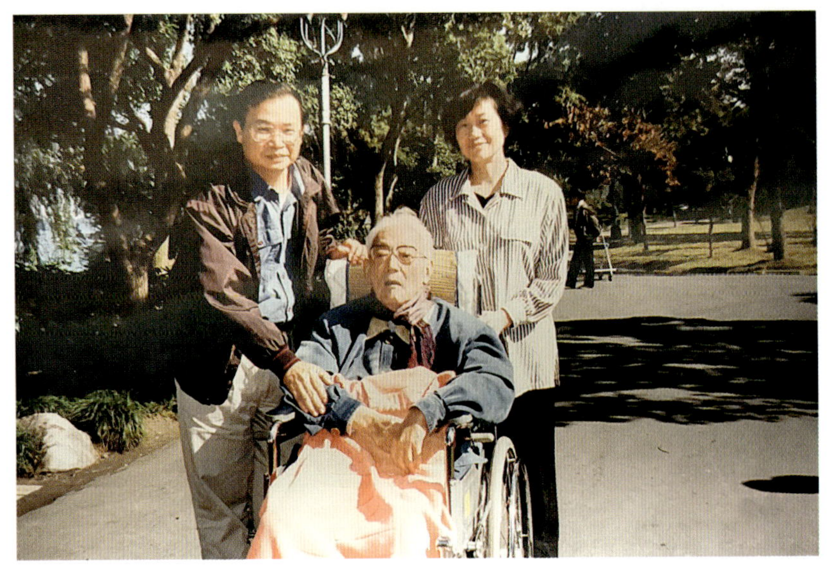

1995 年秋，彦火赴杭州办事，获悉巴金在杭州国宾馆休养，于 10 月 25 日特往拜访，与巴金摄于杭州国宾馆疗养所（右为巴金女儿李小林）。

记得当时我把巴金逝世的噩耗告诉人在英国剑桥大学的金庸，请他为我主编的新一期杂志策划的“巴金特辑”写篇文章，金庸听罢夤夜写了一篇悼念文章。我收到稿后，又把稿传真给巴金的家属。金庸在《正直醇雅，永为激励》（见《明报月刊》2005年11月号）为题的文章中，提到早年他读《家》《春》《秋》没有读武侠小说过瘾，“直到自己也写了小说，才明白巴金先生功力之深，才把他和鲁迅、沈从文三位先生列为我近代最佩服的文人。”

金庸写道，他读了巴金的《随想录》后自忖：“如果我遇到巴金那样重大的压力，也难免写些违心之论，但后来却决不能像他那样慷慨正直地自我检讨，痛自谴责。”他说，巴金在“文革”时饱受磨难，但意志坚毅，不仅活了下来，而且写出了“这部掷地作金声、惊天动地的《随想录》”“实在是中国文化界的大幸事”。

金庸对巴金的推许，与乎大江健三郎的评价，不谋而合。两个作家都是写了小说后，才觉得巴金的小说的巨大成就。他们都对巴金晚年写的《随想录》所做的自我解剖、批判的精神和人格力量，表示了深切的敬佩之情。可见，具有迩密渊远文化关系的中日两个代表性作家，对巴金的评价，是“人同此心，心同此理”。

对于过去的文学之路，巴金自己做了以下的概括：“不曾玩弄人生，不曾装饰人生，我是在作品中生活，在生活中奋斗。”巴金是脚踏实地者。人生是万花筒，万花筒之中，布满坑坑壑壑，巴金是从坑坑壑壑走过来的。这是需要具有勇毅的精神的。他在十九岁冲破家庭的樊笼，怀着大的勇气离开成都时，慨然写下两个短句，作为他人生的座右铭：“奋斗就是生活，人生只有前进。”

巴金的生活创作之路，基本没有背离他的座右铭。他写下近六百万字的小说、散文、杂文，如果把他的译著加在一起，应该超过一千万字。

巴金创作不辍，即使在“文革”十年那样艰难的生活，他已披专政的“黑老K”的恶名，白天受到红卫兵铜皮带的鞭打，他也还是揪个空间，攀上原是汽车房的狭小顶楼，去进行赫尔岑《往事与随想》的翻译。他一边翻译，一边进入赫尔岑的世界中，与这位19世纪的俄国思想家、作家一起，去感受沙皇时期俄国社会黑暗般的煎熬。

创作是巴金的第一生命，他的笔从来未停歇过，他的作品、他的正直精神，将永远激励着后人。

愤愤不平的巴金

去年6月下旬，香港城市大学艺廊为我举办了一次“现代文人书画手札特展”。我在整理作家手迹中，初步统计巴金给我的信札共有十二封。最近重新翻阅作家信札时，又发现了巴金一封新的信。

这一封信是笔者负笈美国，在纽约大学攻读出版管理和杂志学期间，巴金从上海寄给我的信，弥足珍贵。

这一封信，是年届八十一岁的巴金，亲笔用英文誊写了我纽约的住址，并且在左上角也细心地写了他在上海的住址，一丝不苟，捧读这封信，不禁为之动容。

时间是1985年3月13日。当时笔者在纽约留学期间，为美洲《华侨日报》主编“读书周刊”，曾向各方文坛友好征稿，其中相信也包括巴金先生在内。事后想起，不免孟浪。

巴金在回信中写道：

> 信早收到，我患病未愈，写字困难，写封短信也很吃力，写文章更不用说了。我的《随想录》都是一笔一笔地写出来的，因为先在香港发表，受到一些人的责难，其实《大公报》还是我们自己的报纸。我身体不好，又想写点东西，做点事情，需要安静，我害怕干扰，不愿意给谣言提供资料，因此不想在你们的报纸副刊写文章，请原谅。上次在香港小住十八天，没有见到您，感到遗憾，希望您在学习方面取得大的成就。

巴金在这封信特别提到他的《随想录》“在香港发表，受到一些人的责难，其实《大公报》还是我们自己的报纸”，语带无奈。

巴金在此之前的1982年7月24日给我的另一封信，也提到相关的事。

巴金在这封信中提到“《鹰的歌》标题下的注文内您要加上几个字，我同意”。关于《鹰的歌》，背后有一个曲折的故事。

巴金五卷本的《随想录》写于1978年的中国开放年代，完成于1986年，耗去巴金整整八年交瘁的心血。巴金自称，五卷本的《随想录》中不少篇章是在病榻中用颤抖的手艰难运笔，“每页满是血迹，但更多的却是十年创伤的脓血”。巴金把笔当作手术刀，做了深刻的自剖，毫无保留地刺向自己，挑开累累的伤疤，令人在伤痛中彻悟，允称“讲真话的书”。

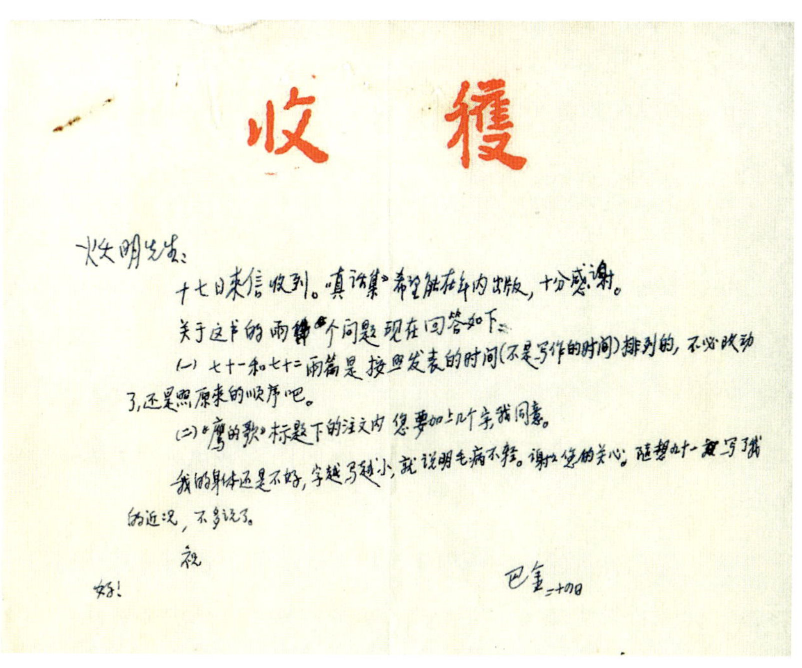

收获

耀明先生：

十七日来信收到。《真话集》希望能在年内出版，十分感谢。

关于这书的两个问题现在回答如下：

(一) 七十一和七十二两篇是按照发表的时间（不是写作的时间）排列的，不必改动了，还是照原来的顺序吧。

(二)《鹰的歌》标题下的注文内您要加上几个字，我同意。

我的身体还是不好，字越写越小，就说明毛病不轻。谢谢您的关心。随想九十一篇写了我的近况，不多说了。

祝

好！

巴金 二十四日

巴金1982年7月24日给彦火（潘耀明）的信，特别提到《鹰的歌》的处理。

1987 年作者（右）登门拜访巴金（唐一国摄）

在中国的文坛，这种高度自我反省的精神和以一丝不苟的态度做认真忏悔，还是破天荒第一遭，所以具有深远的意义。

巴金的《随想录》分别在他主编的上海《收获》杂志和香港《大公报·大公园》发表，他与《大公报》的一段不愉快经历就是源于《鹰的歌》——

早年香港《大公报》驻京代表和《大公报》副刊主编潘际坰（笔名唐琼）与巴金先生论交，关系迩密，因了他的关系，巴老把他的《随想录》给《大公报》副刊和上海《收获》杂志同时发表，并由北京三联书店和香港三联书店分别出版简体字版和繁体字版，一向相安无事。

为了纪念鲁迅诞生一百周年，巴金先生于1981年7月下旬写了一篇《怀念鲁迅先生》，先送到《收获》杂志，待出了清样后，他把文章寄给香港《大公报·大公园》的编者，结果被编者删得面目全非，举凡文章与“文化大革命”相关或略有牵连的句子，均给编辑无情之刀砍掉。

最令人百思莫解的是文中提到鲁迅先生的自我况喻“一条牛，吃的是草，挤出来的是奶和血”也给删掉，原因是“牛”与“文革牛棚”有关云云。这种匪夷所思的上纲上线的做法，与“文革”的标准相仿，难怪巴老给气煞了。

巴金的《怀念鲁迅先生》文章被删改，他感到愤慨莫名之余，曾托北京三联书店负责人范用告诉我，要求出香港版的香港三联书店把《鹰的歌》内文抽起，只保存目录，以表示抗议，这就是“存目无文”的原因。

当时我以编辑部名义给他写了一封信，表示在书目《鹰的歌》之下注明“存目”两个字，他在上述的复信中表示同意。巴老的《鹰的歌》记叙了他的《怀念鲁迅先生》被《大公报》编者删改的经过。顺带一提，后来1988年香港三联书店出版《巴金随想录》(合订本)时，巴金已把《鹰的歌》补上去了。

巴金在三年后给笔者的信，重提《大公报》这起风波，可见他内心为此而一直愤愤不平！

巴金谈诺贝尔文学奖

2012诺贝尔文学奖得主莫言，是第一位中国籍获奖作家，相信听到这个消息，长眠地下的巴金，肯定会格外高兴！

溯自三十多年前，巴金于20世纪70年代末，在答复我的一封回信中，曾预期中国作家将会获诺贝尔文学奖。

巴金所以谈起诺贝尔文学奖，起因是中国刚开放不久，巴金应邀于1979年4月25日访问法国十八天，不仅震动了巴黎，而且被视为世界瞩目的文坛大事。法国巴黎《世界报》著名记者和作家雷米（Pierre Jean Remy）报道巴金访法时，称巴金为“当今最伟大的小说家之一”“现年七十五岁的安详的长者”。

当时，法国的学界就有很多人将它与1979年的诺贝尔文学奖联系起来。其实，这个传闻，应直溯至1977年，当时法国的汉学家已准备提名巴金为应届的诺贝尔文学奖的竞逐者，后听说因考虑到中国当时的政策未必愿意接受这一荣誉，所以才搁置下来。

1979年4月我曾去信探询巴金先生对诺贝尔文学奖的意见，他在回信中说：“诺贝尔奖金的事我也不清楚，大概是谣传或者是一些法国汉学家的愿望，好像他们都为之努力。我没有什么意见，只是我认为在东方，印度和日本都有人得了诺贝尔奖金，也会有中国人闯进这个‘禁区’的……”

至于作为巴金自己，假如当年获法国汉学家提名竞逐诺贝尔文学奖，其机会率如何？

巴金的小说等作品，在海内外的发行量是很大的，但有些人却认为其艺术技巧未臻善美，对作品的文学价值产生怀疑，这是有点吹毛求疵的。

其实文学作品的价值，除了艺术性之外，还应该包含思想性和历史性，法国的巴金作品研究专家明兴礼博士（Dr.J.Monsteleet）曾指出："巴金小说的价值，不只是在现时代，而特别在将来的时候要保留着，因为他的小说是代表一个时代的转变，这好似一部影片，在上面有无数的中国人所表演的悲剧。"

这是明兴礼在读完巴金的整个作品后所下的结论。而这个结论，比之某些所谓中国论者要来得中肯。明兴礼更进一步指出："巴金在小说中所描写的英雄们，都有着坚强的信念，这是好似一支20世纪的十字军，为了解救千千万万的青年脱离那封建制度的毒害，向着这充满罪恶的旧社会发动了神圣的战争。在这些图画里，巴金虽然不像茅盾那样注意历史事实的记录，但是他另外给我们描绘了新旧二势力间所发生的冲突。"巴金不是很早便宣称"我的最大的敌人"是"一切旧的传统观念"吗？他的小说，便是有力的见证。

至于在毗邻的日本，除了1994年获诺贝尔文学奖的大江健三郎对巴金有高度评价外，日本名古屋南山大学的中裕史教授，虽然未曾与巴金有过谋面，但他读过巴金大部分著作，他认为："巴金先生是一位20世纪的时代亲历者与20世纪中国文学的见证人。巴金先生在文学创作上做出巨大的贡献。他根据自己的生活体验而写作的《家》是读者最熟悉的、影响最深远的长篇小说。在晚年还完成了《随想录》。巴金先生也在文学研究上做出杰出的贡献。"

俄罗斯当代汉学泰斗阿列克谢耶夫（B · M · A л eKceeB，1881 — 1951）曾经这样向俄国读者介绍中国文坛耆宿巴金："巴金是现代中国作家中的一位巨匠，他的创作在中华人民共和国及其境外早就得到了应有的普及。"

巴金的散文很丰盈，不能说很精髓，也不是雕琢之作，却是自然流露的，是真挚的、热情的；因此，也是感人的。这是巴金散文的艺术特色。

巴金在《生之忏悔》和《短简》中一再宣示：“我不是个艺术家。”“我写文章如同在生活。”他所以情不自禁提起笔写文章，是因为他“无论在什么地方总看见那一股生活的激流在动荡，在创造它自己的道路，通过乱山碎石中间”。

生活的召唤，使巴金锲而不舍地运起手上的笔，而笔下的文字，多是他的生活阅历、真情的抒发，所以他的散文，往往情景交融，勃然生色。

王国维在《人间词话》中说：“能写真景物、真感情者，谓之有境界，否则谓之无境界。”巴金的散文就属于“有境界”的一种，浑朴、感人！

巴金晚年的作品，特别是《随想录》等，更是直抒胸臆的剖白，受到海内外评者的嘉许。至于巴金《随想录》的文学价值则评价不一。

巴金在《〈随想录〉合订本新记》中特别谈到这点，巴金写道：

> 为什么会有人那么深切地厌恶我的《随想录》？只有在头一次把“随想”收集成书的时候，我才明白就因为我要人们牢牢记住“文革”。第一卷问世不久我便受到围攻，香港七位大学生在老师的指挥下赤膊上阵，七个人一样声调，挥舞棍棒，杀了过来，还说我的“随想”“文法上不通顺”，又缺乏“文学技巧”。不用我苦思苦想，他们的一句话使我开了窍，他们责备我在一本小书内用了四十七处“四人帮”，原来都是为了“文革”。他们不让建立“‘文革’博物馆”，有的

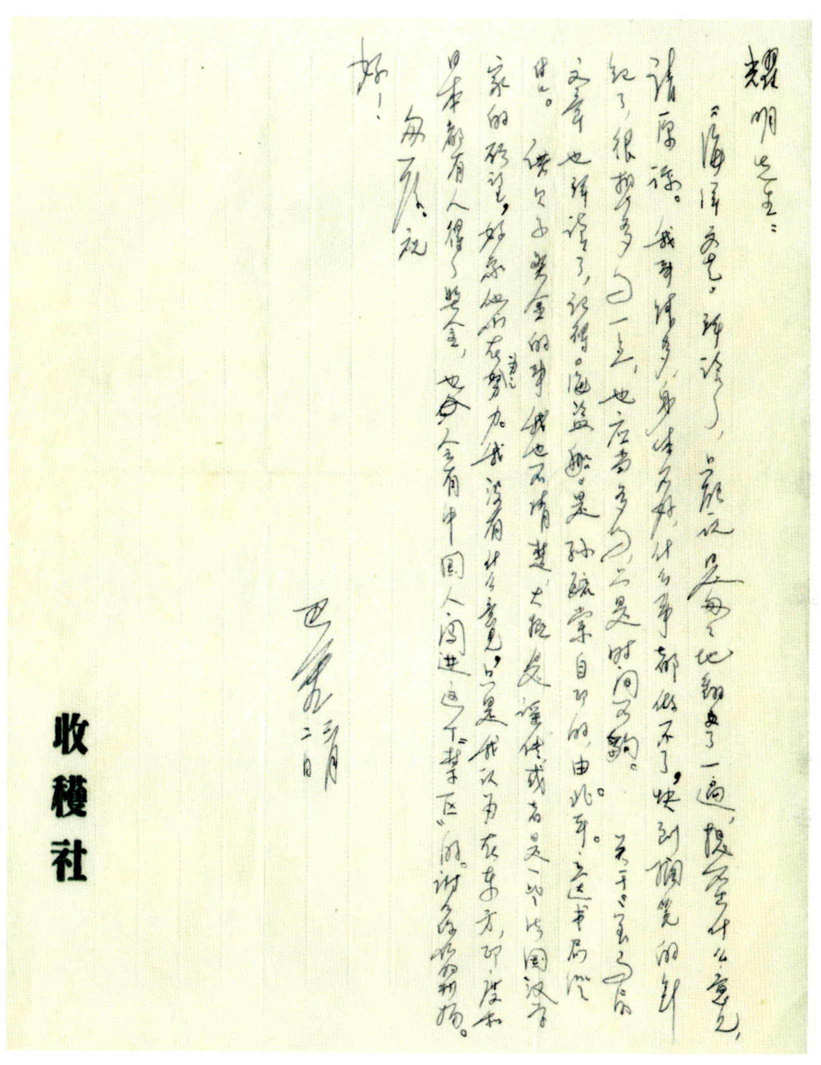

耀明先生：

《海洋文艺》收到了，只能说是每期地翻看了一遍，提不出什么意见，请原谅。我身体多病，什么事都做不了，快到搁笔的年纪了，很想多写一点，也应当多写，只是时间不够。关于孙毓棠的文章也读过了，记得《海盗船》是孙毓棠自印的，由北平文化书局代售。诺贝尔奖金的事我也不清楚，大概是译作或者是一些外国汉学家的推荐，好像他们在努力，我没有什么意见，只是我认为东方，印度和日本都有人得了奖金，也会有中国人闯进这个"禁区"的。谢谢你的新书。

祝

好！

巴金

三月二日

这是巴金于1979年3月2日复我的信。我当时在香港《海洋文艺》任职，并给巴金寄赠刊物。信中提到《海盗船》，是我曾因要写一篇关于孙毓棠的文章，向巴金探询孙毓棠作品出版的情况。

人甚至不许谈论“文革”，要大家都忘记在我们国土上发生过的那些事情。

巴金提到香港大学的学生、老师批判《随想录》，其实是当年港大黎活仁教授作的一场“秀”。

陈思和在《巴金随想录手稿本·跋》中写道：“现代人的日子越来越好过，一些应该忘记的和不应该忘记的东西都慢慢地被遗忘，但有了《随想录》的存在，就像《拉贝日记》被发表一样，有这样的读物被一代一代的人所阅读，讲真话的传统被一代一代的人所继承，鬼魅们到底会有所收敛。”

巴金是否获得诺贝尔文学奖并不重要，只是巴金晚年彰显不畏强权的大勇精神，相信除了鲁迅，没有一个现代中国作家可以与之伦比。金庸在巴金逝世悼念文章中指出，巴金是和鲁迅、沈从文被列为他近代最佩服的人！

夸父战士式的风范

——谈巴金的手稿

最近重新翻阅《巴金随想录手稿本》（1998年，上海文化出版社出版），仍然深受感动。这套一函四册的手稿本，第一版拢共只印了九百五十册，巴金曾亲笔签名寄我一套。从这套手稿本，可以看到巴金晚年生活的心迹。巴金不是书法家，他的著作全部是用墨水笔或用圆珠笔写的。

严格来说，他的字不算太工整，也没有硬笔书法的功力。

但他幼细、不甚讲究章法、时粗时幼的蝇头小字，仍然是清楚可读的，感觉上还有一股不屈的张力。

主催其事的陈思和先生认为，巴金的手稿虽然没有毛笔字的墨香，但在气质上却有一种夸父战士的风范。

陈思和在《巴金随想录手稿本·跋》中指出："在写作《随想录》期间，巴金先生几次生病入院，年老体衰是任何强者也无法阻挡的生理现象，尤其是帕金森氏症，使老人的手难以握笔写字。记得有一次巴金先生对我说，他写作时，脑海里文思汹涌，可是握笔的右手却僵在纸上动弹不得，他着急得要用左手去推。那时正是他写《随想录》之四《病中集》的时候。其实这样的艰难劳动贯穿了《随想录》的整个写作过程，这些颤抖的文字可以作证。这些字迹是一种能量，熔铸了作家巴金晚年生命的全部力度；它是一种思想，形象地表达了作家生命不息战斗不止的精神状态。"

巴金这套《随想录》的手稿，尚有九篇见遗，只以"存目"方式出现，深以为憾。

巴金《随想录》的香港版，曾是经我的手编辑出版的，其间也有与巴金通过信。

巴金的信，大都很简短，但精要得很，短短一百几十字，把要说的事逐一列明。但他每次写信，信末的日期，往往只写月、日，不写年份。如果没有及时加上，往往不知何年写的。这部手稿也有这个毛病。

我保存巴金的另一帧手稿，是他晚年撰写的另一部倾力之作《创作回忆录》的《后记》中的《再记》。

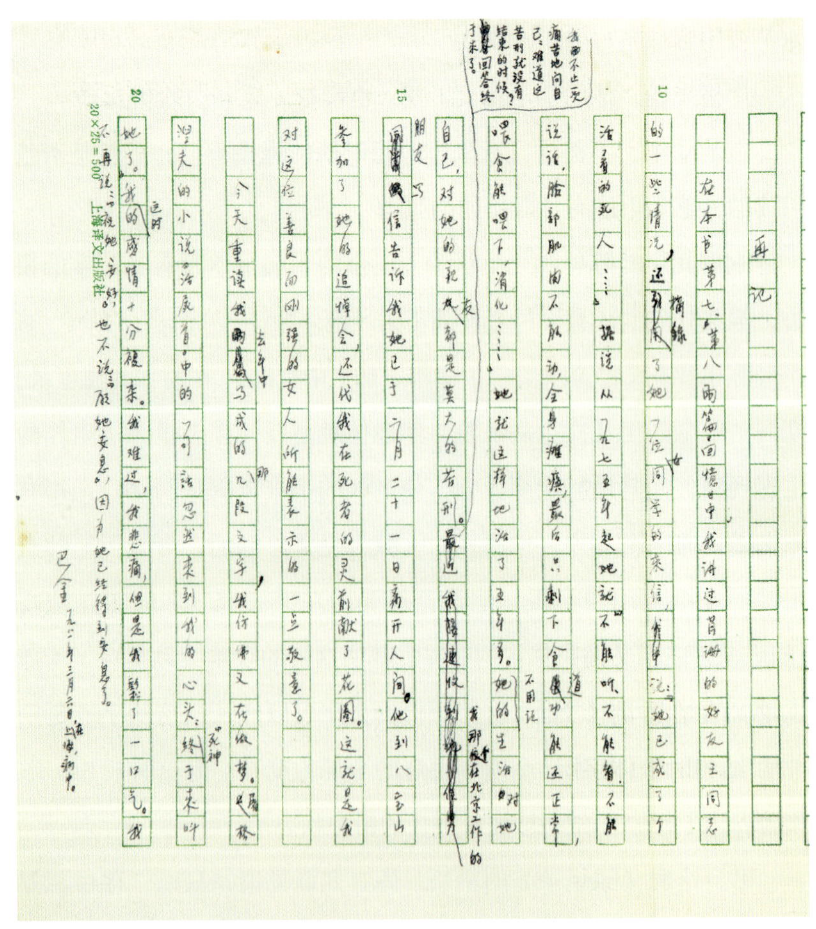
再记

在本书第七、第八两篇回忆中我讲过肖珊的好友王同志的一些情况，还摘引了她一位女同学的来信，信中说：她已成了个活着的死人……。据说从一九七五年起她就不能听、不能看、不能说话，脑部肌肉不能动，全身瘫痪，最后只剩下食道还能正常。喂食能喂下、消化……。她就这样地活了五年多。她的生活对她自己，对她的亲友都是莫大的苦刑。

我不止一次痛苦地问自己：难道这苦刑就没有结束的时候？回答终于来了。

最近我那位在北京工作的朋友写信告诉我她已于二月二十一日离开人间。他到八宝山参加了她的追悼会，还代我在死者的灵前献了花圈。这就是我对这位善良而刚强的女人所能表示的一点敬意了。

今天重读我去年中写成的那几段文字，我仿佛又在做梦。屠格涅夫的小说《活尸首》中的一句话忽然来到我的心头：“死神终于来叫她了。”这时我的感情十分复杂。我难过，我悲痛，但是我松了一口气。我不再说“祝她多好”，也不说“祝她安息”，因为她已经得到安息了。

巴金 一九八一年三月六日

20×25=500 上海译文出版社

巴金的《创作回忆录·再记》手稿

《创作回忆录》的写作时间，比起《随想录》还要早四个多月。巴金晚年大力呼吁建立中国现代文学馆的主张，最早便是在《创作回忆录》中郑重其事地提出的。

1979年2月12日，巴金在给萧乾的回信中指出："我去年曾答应人文社（人民文学出版社），写一本《创作回忆录》…… 但我最近写文章每一篇常有两三句不合'长官意志'的话，麻烦编辑同志费神删改，因此不一定写出来就用得上。"

1978年开放后，茅盾、阳翰笙、胡风、陈学昭、徐懋庸、姚雪垠等老作家纷纷写回忆录，巴金曾公开声言拒绝写"自传""回忆录"，至于《创作回忆录》又当别论，他表示："我既然写了那许多作品，而且因为它们受到长期的批评和十年的批斗，对这些作品至今还存在着各种各样的议论以至于吱吱喳喳，那么回忆一番它们写作的经过，写出来帮助读者了解我当时的思想感情，自己似乎有这样的责任 ……"

从1978年7月开始，到1980年年底结束，历时一年半，巴金在香港《文汇报》发表了十一篇创作回忆录。

巴金在《后记》中写道："出版这本小书，我有一个愿望：我的声音不论是微弱或者响亮，它是在替中国现代文学馆的出现喝道。让这样一所资料馆早日建立起来！"

巴金写《创作回忆录》，前面提到的应人民文学出版社之约，在出版后记，又说是为香港《文汇报》庆祝创刊三十年而写的，所以散篇是在香港《文汇报》发表，应是同时为两家文化机构所邀约的。结集时繁体字版仍交给香港三联书店于1981年9月出版，简体字版则由人民文学出版社出版，于1982年1月出版。

《创作回忆录》出版时，巴金是写了《后记》，后又写了《再记》。他给我寄来的《后记》是贴了已刊登报纸的文本，《再记》则

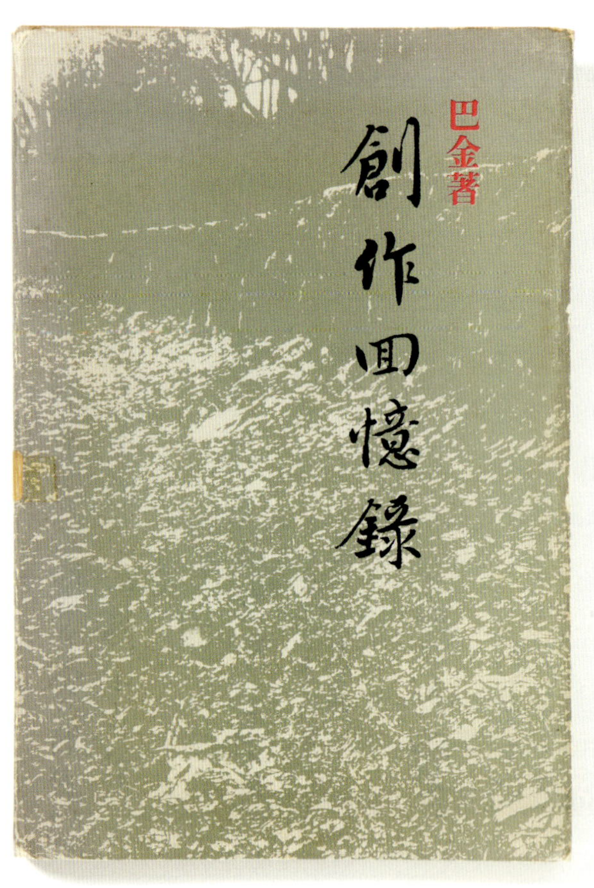

巴金把寄自香港的繁体版《创作回忆录》签赠给彦火，并亲自在封套写上地址，还写“挂刷”两个字，以挂号邮寄给彦火（潘耀明）。

是后来亲笔加写的。

《创作回忆录》的开篇就为朋友丽尼鸣冤，之后写到了卢芷芬、王树藏、香表哥、三哥、表妹等人。与此同时也写到了萧珊，细腻动人，文章记载他与萧珊的新婚之夜：

> 我们结婚那天的晚上，在镇上小饭馆里要了一份清炖鸡和两样小菜，我们两个在暗淡的灯光下从容地夹菜、碰杯，吃完晚饭，散着步回到宾馆。宾馆里，我们在一盏清油灯的微光下谈着过去的事情和未来的日子。……我们谈着，谈着，感到宁静的幸福。四周没有一声人语，但是溪水流得很急，整夜都是水声，声音大而且单调。

文情殷切，令人动容。

《再记》补述了巴金夫人萧珊好友王同志临终之前成了“活着的死人”的境地，这使巴金感到非常难过和不安，巴金听到了她逝世消息后，感情复杂，但同时也为之透了一口气，遥祝她安息。

《创作回忆录》出版十年后，巴金发表了谈话：“我写这小书倒是替几位朋友雪冤，洗掉污泥浊水，让那些清白的名字重见天日。我下笔的时候总觉得有一种力量在推动我，我要完成任务，而且我完成了任务，这小书起了作用。”

巴金是一个重情义的人。当他收到我邮寄的《巴金随想录手稿本》繁体字版的样书后，他签赠一本繁体字版的样书，并亲自在函寄的封套上誊写了香港地址寄给我。收到他的赠书，亲炙他的墨迹，我感极为之泫然。

钱锺书妙谈官话和流水

钱锺书先生本人便是一部博大精深的巨构，能通读其作品，戛戛乎其难也。单是他的《管锥编》及《谈艺录》，要入其堂奥谈何容易，能读通的人相信也只有凤毛麟角。

他的挚友柯灵便是其中的佼佼者。柯灵在《促膝闲话锺书君》一文中，对钱先生的学问刻画得入木三分：

> 钱氏的两大精神支柱是渊博和睿智，二者互相渗透，互为羽翼，浑然一体，如影随形。他博览群书，古今中外文史哲，无所不窥，无所不精，睿智使他进得去，出得来，提得起，放得下，升堂入室，揽天下珍奇入我襟抱，神而化之，不蹈故常，绝傍前人，熔铸为卓然一家的“钱学”。渊博使他站得高，望得远，看得透，撒得开，灵心慧眼，明辨深思，热爱人生而超然物外，洞达世情而不染一尘，水晶般的透明与坚实，形成他立身处世的独特风格。这种品质，反映在文字里，就是层出不穷的警句，因为他本身就是一个天才的警句。渊博与睿智，二者缺一，就不是钱锺书了。

柯灵说钱先生“他本身就是一个天才的警句”，因为能“揽天下珍奇入我襟抱，神而化之”，加上“灵心慧眼”，所以下笔文思泉涌，妙句妙喻油然而生。

许多研究者大都从他的作品如《围城》及学术著作去见证他的

妙思妙喻妙见及警句，其实他的散文也处处生花，句句机锋。

我们且以世人较少闻问的两篇短文为例。其一是《报纸的开放是大趋势》；其二是《表示风向的一片树叶》。前者只有二百字，后者也只有六百字。

《报纸的开放是大趋势》文章极短，却击中要害。开首的一段原话是这样的：

> 我们现在是个开放中的社会，报纸的改革就是开放的一个表现。今年报纸的开放程度已经出于有些人的意外了，这是大趋势。官话已经不中听了，但多少还得说；只要有官存在，就不可能没有官话。

文章第二段提到“《光明日报》影响很大”的字眼，理应是为《光明日报》而写的，文末却注明：“原载《人民日报》一九八八年九月二十二日”（《钱锺书散文》浙江文艺版）。从这一注解揣摩，原文大抵是为《光明日报》而写的，却为《人民日报》所转载。

我翻查了钱锺书著作目录，果然估计不错，原文最初登载于1988年6月3日的《光明日报》，题目是《报纸的开放是大趋势——我看〈光明日报〉》。从时间看，文章率先于1988年6月3日《光明日报》披载，却于三个多月后的9月22日为《人民日报》所转载。

那一个年代，内地呈现出开放局面，传媒从过去的一言堂局面走向多元意见，是教许多文化人鼓舞的事，所以钱锺书的文章有“今年报纸的开放程度已经出于有些人的意外了”，并喜滋滋地以为“这是大趋势”，一矢中的地指出“官话已经不中听了”，其歇后语，大抵是“官样文章可以休矣！”

不管怎样，“官话已经不中听了”，从古到今已是客观事实，不

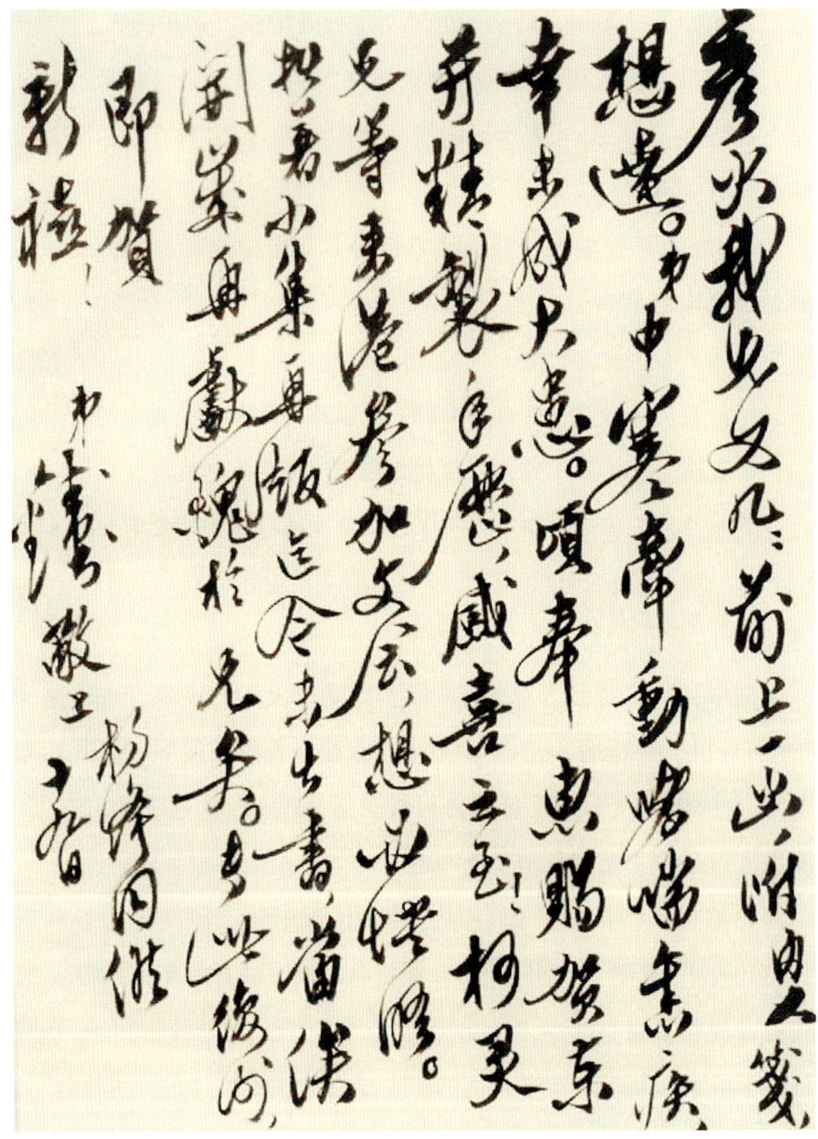

这封信提到“前上一函，附内人笺，想达”，指的是之前钱先生来信，附有钱夫人杨绛的一封信。杨绛信中提到她的《干校六记》英文翻译出“双胞胎”的事。当时我正拟给她出版澳洲年轻汉学家白杰明翻译的英文版，结果又闹出美国汉学家葛浩文同时出英译本的事，杨绛表示并不认识葛浩文。

信中钱先生还提到他因中风寒，牵动哮喘旧疾，尚幸没有酿成大病。信中，提到收到我寄“精制年历”，也提到柯灵来港参加中文大学与香港三联书店联合举办的现代中文文学研讨会。也说明他与柯灵经常互通消息，交情非一般。

彦火与钱锺书（左一）夫妇合影，杨绛一向低调，极少与外人合影。（1989年5月北京三里河南沙湾钱寓）

过于今为烈罢了。至于装腔作势的打官腔、写官样文章，更是令人闻风而遁，甚至适得其反。邓小平自己也不喜欢不着边际的官话，喜欢讲“不管白猫黑猫，会捉老鼠就是好猫”的平实而简洁的话，用平民语言来传达改革开放信息，结果全国老百姓都听进去了，从而使改革开放一举成功。

至于《表示风向的一片树叶》，我在《钱锺书著述·目录》查到一条注目：“载一九八八年九月廿六日《人民日报》”。后来根据这一线索，在《钱锺书散文》和网上都查不到，最后打了一通长途电话给上海同济大学的喻大翔教授，请他代查一下，结果还要劳动他跑了一次上海图书馆才查到原文。

原来钱先生这篇文章是为他在台湾出版的《谈艺录》而写的。钱先生写道，“君家门前水，我家门前流”往往变为“盈盈一水间，脉脉不得语”，就像海峡两岸的大陆和台湾这种正反转化是事物的平常现象，譬如生活里，使彼此了解、和解的是语言，而正是语言也常使人彼此误解以致冤仇不解。

水原是流通的，但也会有阻隔的时候，“由通而忽隔，当然也会正反转化，由隔而忽通。”海峡两岸的大陆与台湾的水域，过去正是“盈盈一水间，脉脉不得语”，因政治的原因，由流通而阻隔，只有咫尺天涯之慨！后来由文化带动，忽而由阻而通了。

钱先生登陆台湾的第一本书《谈艺录》已是80年代后期的事，之前在台湾地下书店流通的，都用“哲良”或“默存”笔名。钱先生小名仰光（又作仰宣），学名锺书，字哲良，后改默存。当年台湾警备司令部并不知道“默存”或“哲良”是钱锺书，正如不知道“周豫才”是鲁迅一样，从而使新文学的这一朵薪火，可以在台湾这个海岛断断续续、明明灭灭地延续下来。

水是流通的，恁地人为力量是阻隔不住的，海峡两岸后来的“三通”，证明钱先生的预见是英明而正确的。

钱锺书的一封长信

笔者于1981年4月访问钱锺书，录音访问整理后，曾给钱先生过目。钱先生在给我的复信中，有“那篇录音，在你是弦上之箭、喉头之痰，势在必发，志在必吐。只能认识必然性以享受自由了”之句。

也许这篇访问记整理后，还可以入钱先生的法眼，他后来在他的《宋诗选注》（香港天地图书公司出版）的序言中，特别加以摘引。

最近在整理钱先生给我的信札中，发现一帧1982年1月13日亲笔写的新春祝贺的题字，倍添温馨。

与钱先生通信，钱先生大都以一手漂亮的毛笔字复信。在所有钱先生的信札中，只有一帧是用圆珠笔写的，很是罕见。也许这封信要回复笔者所探询的问题太多，用毛笔字作答，不免费力，所以他改用圆珠笔。这封信也许可以为研究钱锺书先生提供一个素材，特全信照录如下：

彦火先生文几：

得信甚感。弟一病经年，精力衰退。来函所询各节，只能略道梗概。《谈艺录》重印事，请阅《增订本》序文，便知经过；此书重印后，不及一年，即复再版，颇易得也。《人民日报》之舒展兄、花城出版社之黄伟经兄皆于拙著嗜痂有癖，舒兄并着手分类编选；二君怂恿，弟“烈女怕缠夫”，不得已

中国社会科学院文学研究所

彦火先生文几：

得信甚感。弟一病经年，精力衰退。来函所询各节，祗能略道梗概。《谈艺录》重印事，请阅《增订本》序文，便知经过；此书重印後，不及一年即须再版，[illegible]。《人民日报》之舒展兄、花城出版社之黄伟经兄皆於拙著嗜痂有癖，舒兄并着手分类编选；二君错爱，弟[illegible]，不得已允其请。至拙集云云，则台湾苏正隆先生与中华及香港天地接洽後，又亲自惠临，言定将出版拙著七种为一集。弟去夏得大函後，奉复一信；後港友剪寄报纸，见兄一文已将敝函撮要发表。《宋诗选注》将由此间人民文学出版社第六次重印，同时由香港天地出版，弟应天地陈松龄先生之请，作一短序，序中即引大著《风貌》中一节，并标明兄大名；该序由陈松龄先生交《文汇报》发表，兄一检即得。窃意大著如由台湾新版，可不妨将去年弟函（[illegible]）及今年该序中有关处补附，以见兄我交情。其余不必[illegible]改，以存当时面目。弟向不照相，无以奉寄。[illegible]《随笔》（1988年第4期）上有一篇友记弟旧事者，[illegible]。[illegible]

暑安

钱锺书上 七月廿七日

杨绛同候

允所请。至拙集云云，则台湾苏正隆先生与中华及香港天地接洽后，又亲自惠临，言定将出版拙著七种为一集。弟去夏得大函后，奉复一信，后港友剪寄报纸，见兄一文已收敝函撮要发表。《宋诗选注》将由此间人民文学出版社第六次重印，同时由香港天地出版，弟应天地陈松龄先生之请，作一短序，序中即引大著《风貌》中一节，并标明兄大名；该序由陈松龄先生交《文汇报》发表，兄一检即得。窃意大著如由台湾新版，可不妨将去年弟函（论毕业论文等）及今年该序中有关处补附，以见兄我交情。其余不必增改，以存当时面目。弟久不照相，无堪奉寄。题签遵命写就呈上，病后腕力目力都不济，恐徒玷大著，如不合用，即抛弃之，万不客气。最新出版之《随笔》（1988年第4期）上有一旧友记弟旧事者，末尾引弟今春与彼之信，弟之近况尽此信中数语。草草奉复，即问暑安

锺书上 七月廿七日

杨绛问候

钱锺书先生这封信，所包含内容甚多，信是1988年7月27日发出的。钱先生长期患有哮喘病，不时复发，信中提到“精力衰退”，并无虚言。

信中对《谈艺录》的出版及台湾、香港版《钱锺书作品集》着墨较多。

钱先生的《谈艺录》完成于20世纪40年代。夏志清对此评价甚高：“钱著《谈艺录》是中国诗话里集大成的一部巨著，也是第一部广采西洋批评来译注中国诗学的创新之作。”

钱先生在1981年接受我的访问时表示，他对《谈艺录》不满意，要“全心痛改”。他还取出旧版本，上面有不少篇章有他修改的蝇头小字改订的文字，密密麻麻。他当时曾表示不大可能出版，最后终于在三年后出版。一时洛阳纸贵，这就是钱先生在信中所说，重印后“不及一年，即复再版”。

这本书于1988年11月出台湾版。

信中也提到《人民日报》的编辑舒展和广东花城出版社的编辑黄伟经，因钟爱钱先生的著作，如信中所说“皆于拙著嗜痂有癖”，

钱锺书与他的书桌（1981 年彦火摄）

提到舒展把他的著作“分类编选”。

信中提到的台湾“苏正隆先生”，乃是台湾书林出版社老板，在他的奔走下，在台湾出版了七卷本《钱锺书作品集》，正是钱先生信中所提的“拙著七种为一集”了。

至于《宋诗选注》，也是钱先生的另一部扛鼎之作，却命途多舛，据钱先生对我说，这本书于1957年出版后，“正碰上国内批判‘白专道路’，被选中为样品，作为‘资产阶级文学研究’的代表作，引起了一些批判文章。”

钱先生自己对这部选本颇有自得之意。他告诉我，日本京都大学小川环树先生在《中国文学报》写了一篇很长的书评，作了肯定，说“有了这本书以后，中国文学史的宋代部分得改写了”。

《宋诗选注》出版后，当时在台湾的胡适转辗读到原书，曾作了评论：“黄山谷的诗只选四首，王荆公、苏东坡的略多一些。我不太爱读黄山谷的诗。钱锺书没有用经济史观来解释，听说共产党要清算他了。”“他是故意选些有关社会问题的诗，不过他的注确实写得不错。还是可以看的。”（《胡适之先生晚年谈话录》，1959年）

信中说，钱先生在香港天地图书版本的《宋诗选注》短序中，曾引用拙著《当代中国作家风貌·正、续编》“中一节”（香港昭明版）。

《当代中国作家风貌》后来易名为《当代大陆作家风貌》，由台湾远景出版社出版。钱先生希望我把在原书中论述他毕生文学创作的文章，即信中所指“论毕业论文等”及他关于《宋诗选注》序言新增材料——“该序中有关处补附”加上去。

我曾请钱先生为拙著台湾版《当代大陆作家风貌》题签，钱先生题来了，可惜书出版后发现台湾版却没有用上，令人遗憾！

钱锺书的妙喻与幽默

在现代社会，特别是当今的商业社会，生活之弦绷得紧紧的，幽默是生活不可或缺的润滑剂。德国作家胡戈在《傻瓜年谱》指出：“人生越严肃，就越是需要诙谐。”

什么是真正的幽默？美国作家休斯下了注脚：“所谓幽默，是到口的肥鸭竟然飞了而还能一笑置之。”

休斯所谓的“一笑置之”，不一定指的是开心的笑，也许是心有不甘的苦笑哩！在这个节骨眼儿上，当然苦笑比勃然大怒或恼羞成怒得宜，或相对怡然得多了。

马克·吐温更是说到骨子里去：“幽默的内在根源不是欢乐，而是悲哀；天堂里是没有幽默的。”

走笔至此，读者肯定感到索然无味，因为这太像抛书包，抛得太不像样了，一点幽默也没有。

谈到幽默，在中国作家之中，我首先想起林语堂，他老人家早年还办过《幽默》杂志。

如果要月旦或贫嘴，林语堂式的幽默也许还是属于休斯式的、源自美式的幽默——美国人临死之前，往往还不忘幽自己一默——开自己的玩笑。说穿了，也不过是强颜欢笑而已。

说到幽默的深刻，钱锺书先生倒是少有的例子。

过去在与钱先生交谈中，曾摘下他在讲话中的妙喻与幽默。兹录如下——

他在谈到老年人时说道：“老年人是不能作什么估计的，可以

彦火（左）与钱锺书（1981 年 4 月摄于钱锺书书房）

说是无估计可言。我觉得一个人到了五十岁以后，许多事情都拿不定。”“比如日常生活问题，也不易应付，小如一张凳子、一扇门、一层楼，都是天天碰到的东西，也可以任意使用它们，一旦年老了，好像这些东西都会使乖，跟你为难，和你较量一下，为你制造障碍。至于身体上的功能，包括头脑的运作，年轻时候可以置之不理的，现在你都得向它们打招呼，进行团结工作，它们可以随时怠工甚至罢工（笑）。所以我的写作计划不是没有，但是只能做到多少就算多少。”

在谈到他的代表作《围城》时，他说道：“代表？你看我这个是代表什么？又不是‘人大代表’的代表（笑），所以也没所谓代表不代表，你说是吗？只是我过去写的东西，要说代表，只能说代表过去那个时候的水平，那个时候的看法。现在我自己并不满意。那个时候写得很快，不过两年的工夫。这次重版之前，我重新看了一看，觉得许多地方应当改写、重写，因为错字错得很多，但要改写，甚至重写是很花功夫的。我当时只在词句上作了很少很少的修改，但出版社一定要出，只好让他出。假如 —— 天下最快活的是‘假如’，最伤心的也是‘假如’（笑），假如当时我的另一部长篇小说《百合心》写得成，应该比《围城》好些。但我不知是不是命运，当时大约写了二万字，1949年夏天，全家从上海迁到北京，当时乱哄哄，把稿子丢了，查来查去查不到。这我在《围城》的《重印前记》提到过，倒是省事。如果稿子没有丢，心里痒得很，解放后肯定还会继续写。如果那几年（笔者按：指‘文革’）给查到，肯定会遭殃！”

在谈到他的《宋诗选注》，他说道：“选诗很像有些学会之类选举会长、理事等，有‘终身制’‘分身制’（笑）。一首诗是历来选本都选进的，你若不选，就惹起是非；一首诗是近年来其他选本都选的，要是你不选，人家也找岔子，正像上届的会长和理事，这届得保留名位，兄弟组织的会长和理事，本会也得拉上几个作为装点或‘统战’（笑）。所以老是那几首诗在历代和同时各种选本里出现。评选者的懒惰和懦怯或势利，巩固和扩大了作者的大名和诗名。这是构成文学史的一个小因素，也是文艺社会学里一个有趣的问题。”

在说到写文章时，他说：“有一位叫莱翁·法格（Leon Fargue）的法国作家，他曾讲过一句话，写文章好比追女孩子。他说，假如

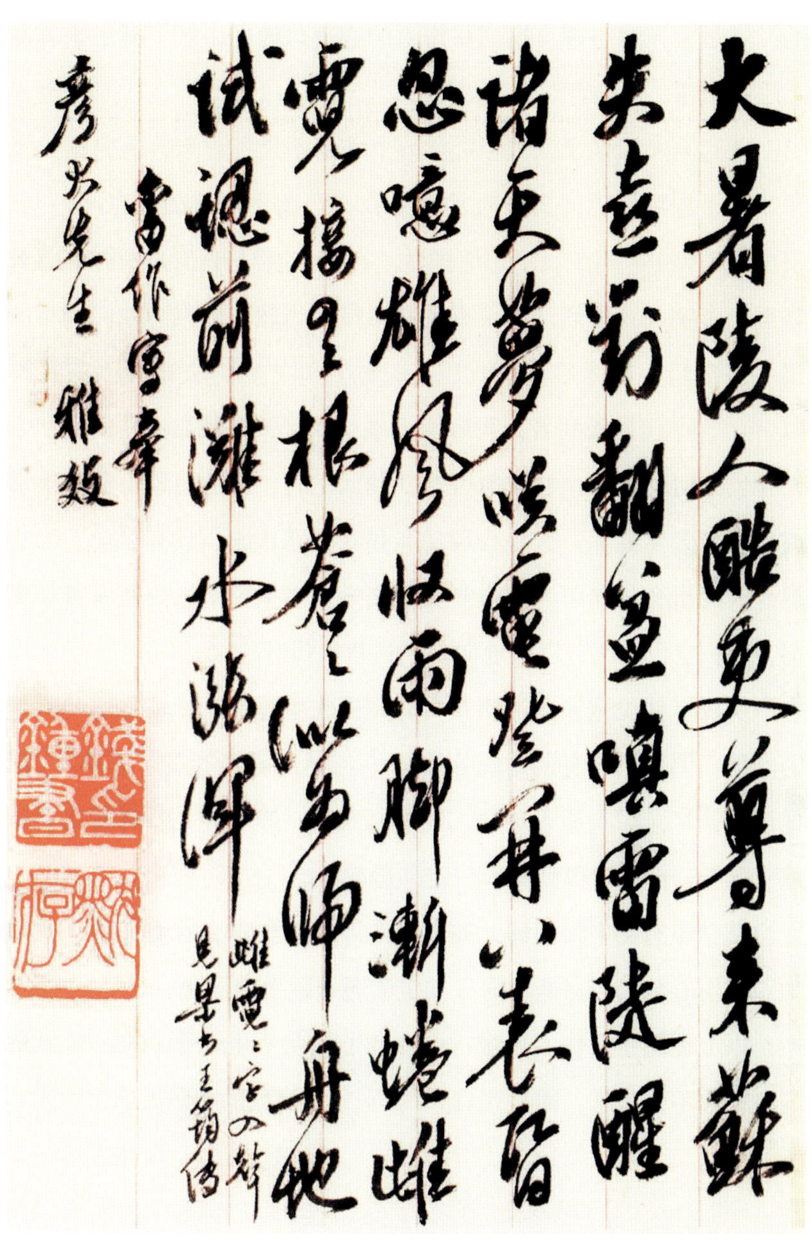

钱锺书1982年春赠彦火墨宝。原诗写于1941年，收入《槐聚诗存》。钱先生在诗末注明："雌霓"之"霓"字为入声，见《梁书·王筠传》。

你追一个女孩子，究竟喜欢容易上手的，还是难上手的？这是一个诙谐的比喻。就算你只能追到容易上手的女孩子，还是瞧不起她的。这是常人的心理，也是写作人的心理，他们一般不满足于容易上手的东西，而是喜欢从难处着手。”

谈到写《回忆录》，他说：“一个作家不是一只狗，一只狗拉了屎，撒了尿后，走回头路时常常要找自己留下痕迹的地点闻一闻、嗅一嗅（笑）。至少我不想那样做。有些作家对自己过去写的文章，甚至一个字、一段话，都很重视和珍惜，当然，那因为他们所写的稿字字珠玑，值得珍惜，我还有一些自知之明，去年有人叫我写《自传》，亦代是居间者，我敬谢不敏。回忆，是最靠不住的，一个人在创作时的想象往往贫薄可怜，到回忆时，他的想象力常常丰富离奇得惊人（笑），这是心理功能和我们恶作剧，只有尽量不给它捉弄人的机会。你以为怎样？反正文学史考据家不愁没有题目和资料，咱们也没有义务巴巴地向他们送货上门。”

从以上钱先生谈话的摘录可知，钱先生是深谙幽默之道的。他的幽默，偶尔也含有谐谑成分的——今人俗语所指的“恶搞”，如他说写回忆录像狗撒了屎尿，还要回头嗅一嗅、闻一番；写文章像追女孩子一样，追得到，不一定瞧得起她。

其中也有笑中带泪的，如“写作计划”与政治运动的冲击；“假如”的伤心与快活；老人的日常生活遇到棘手的问题……

以上钱先生所作的比喻，也许合了马克·吐温所说的：“幽默的内在根源不是欢乐，而是悲哀。”特别是对当代的中国人而言。

钱锺书唯一的访问记

2013年是钱锺书先生（1910 — 1998）逝世十五周年，写到这里，我不禁想起钱先生在《围城》内有一段话："……文人最喜欢有人死，可以有题目做哀悼的文章。棺材店和殡仪馆只做新死人的生意，文人的生意，文人会向一年、几年、几十年，甚至几百年的陈死人身上生发。'周年逝世纪念'和'三百年祭'，一样是好题目。死掉太太 —— 或者死掉丈夫，因为有女作家 —— 这题目尤其好；旁人尽管有文才，太太或丈夫只是你的，这是注册专利的题目。"（《围城》，234页，人民文学版）

当然，以上这段话，只是小说里的文字，但却带有讽喻味，今笔者自动送上门，真是罪过！

钱先生的学问如浩瀚大海，他学识渊博，精通五国文字。我看中国从古到今没有一个人能与他相比，单是《谈艺录》与《管锥编》的学术成就，已足以震古烁今了。前者批评了自唐至清的诗文，古今互参，中西比较，契合印证，开创中国比较文学的先河；后者更是广征博引，穷探力索，"博览群书而匠心独运，融化百花以自成一味，皆有来历而别具面目"，可以"博大精深"四个字冠之。

钱先生少年时，自称读书的"食肠很大"，无论是诗歌、小说、戏曲、"极俗的书" —— 他曾告诉我，《肉蒲团》的文字也甚清通；还是"精微深奥"的"大部著作"，甚至"重得拿不动的大字典、辞书、百科全书"，他都"甜咸杂进"。这个习惯后来还在他的学术研究当中加以贯彻，可以说，他兼具集各家大成，并衍生新义的

钱锺书 1981 年 4 月接受彦火访问时摄

“神功”。据钱先生夫人杨绛表示，他名叫锺书，“锺书只是‘钟书’而已，新书到手忍不住翻阅一下。”钱先生岂仅“钟书”而已，难得的是，钱先生有过目不忘的本领。“钟书”者，读破万卷之书也。

钱先生的作品，还包括小说、散文。他的小说《围城》，对中国知识分子的心理刻画，妙到毫巅。

这本小说于1947年由晨光出版公司出版，在不到两年时间印了三版，读书界评价极高，当时上海的《大公报》便予高度评价，认为文字的铺展技巧，“每一对话，每一况喻，都如珠玑似的射着晶莹的光芒，使读者不敢逼视又不得不睁上去，不相干的引典，砌在棱刺毕备的岩石缝里则又不觉得勉强。作者的想象力是丰富的，丰富得不暇采撷，于是在庸凡的尘寰剪影里挤满了掇摭不尽的花果，随意地熟堕在每一行每一章”。

钱先生自1949年后便不再进行文学创作，加上他为人很低调，也没在公开的文化活动露面，海外知道他的行迹极少。海外有一段时间，曾流传钱先生去世的消息。夏志清先生于1976年还特地写了一篇悼念文章《追念钱锺书先生》。

钱先生的《围城》在新中国成立后一直没有重印，直到1980年这一年，人民文学出版社才重印出版。但在海外，夏志清在其著作《中国现代小说史》已给予钱锺书先生极高的评价。所以海外读者知道钱锺书先生的很多。

夏志清指出:“《围城》是中国近代文学中最有趣和最用心经营的小说，可能亦是最伟大的一部。作为讽刺文学，它令人想起像《儒林外史》那一类的著名中国古典小说；但它比它们优胜，因为它有统一的结构和更丰富的喜剧性。”

《围城》的第一本外文版是由美国印第安纳出版社出版，此后陆续出了俄、法、德、日、捷克等外国文字，这些都是因夏先生的推荐。夏先生功不可没。

我是直到1981年在翻译家冯亦代的介绍下，才认识钱先生的。那一年仲春，我们联袂前往钱先生三里河的寓所拜候他。

钱先生从来不接受访问。我那天打破了惯例，携同录音机，开宗明义地把钱先生的谈话录了下来，后来整理成访问记。这里也仗着钱先生与冯亦代多年的交情。

这是钱先生复出后唯一的一篇正式接受访问的访问记。那一次访问，钱先生虽然患了慢性支气管炎，但谈笑风生，妙语如珠，他谈了他还想继续写《管锥编》的计划和对《谈艺录》的修订等等。此后，我每次赴京，都去探望钱先生和住在他毗邻的俞平伯先生。

在以后的日子，也与钱先生写了好几通信，钱先生几乎逢信必复。钱先生虽然学问渊博如汪洋大海，但对后学从来不居高临下，也不假于辞色，而是循循善诱，嘉勉有加，还不惮其烦地为后学排难解纷，令后学如沐春风，如沾雨露，终生受用。

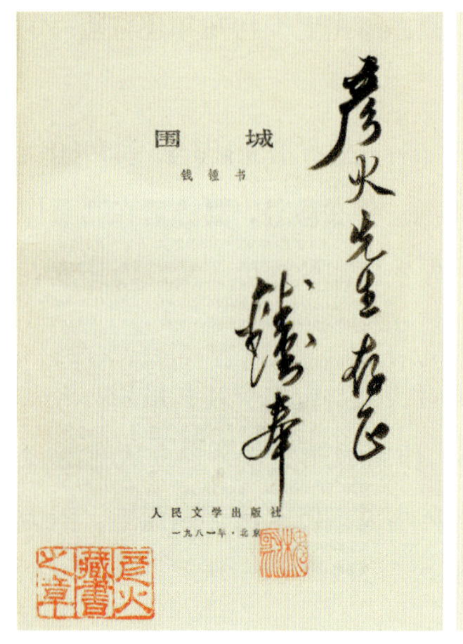

钱锺书题赠彦火的代表作《围城》，
是1949年新中国成立后的首印版。

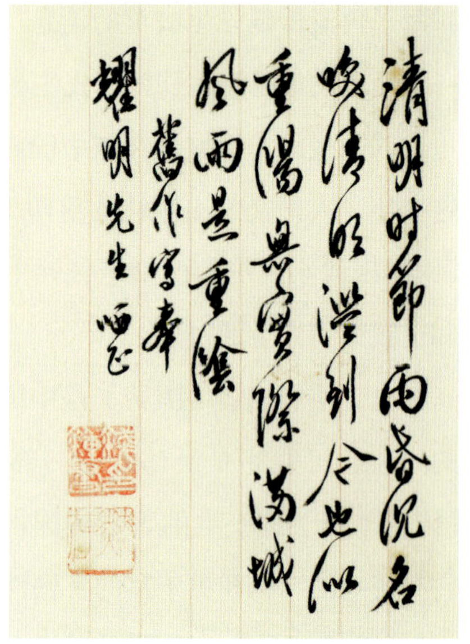

钱锺书1982年题赠彦火（潘耀明）的诗

钱先生写文章或做人处事，一丝不苟，而且亲力亲为，他在《访问记》后（见拙著《当代大陆作家风貌》，台湾远景版），表示准备续写《管锥编》，我建议他找助手帮他做一些杂务，以减轻负担，他认真地说：“……有过建议说我找一个助手帮我写信，但是光写中文信还不成，因为还有不少外国朋友的信，我总不能找几个助手单单帮我写信，并且，老年人更容易自我中心，对助手往往不仅当他是手，甚至当他是‘腿’——跑腿，或‘脚’FOOTMAN。这对年轻人是一种‘奴役’，我并不认为我是够格的‘大师’，可以享受这种特权。也没有什么东西值得年轻人付了这样的代价来跟我学习。”

这番话，俱见钱先生的谦逊和恢宏的气度。

萧红与端木蕻良

萧红一生之中，有四个男人。与萧红办理正式结婚手续的，只有端木蕻良。萧红与第一位男人汪恩甲订婚后同居两年，与第二位男人萧军同居六年。1938年萧红寄居在西安西北战地服务团，萧军与萧红分手。

同年5月，与端木蕻良在武汉结婚。迄至1943年萧红在香港逝世，端木蕻良与萧红结合达五年之久。五年之中有三年是在香港度过的。为了避难，端木蕻良与萧红双双南下香港，先住在金巴利道诺士佛台，后迁入尖沙咀乐道八号二楼。

端木蕻良这一期间为周鲸文编《时代批评》杂志，他与萧红也替《星岛日报》写稿。

端木蕻良与萧红在香港期间曾发生感情纠葛，一说是端木曾喜欢某人的小姨太。

1941年12月8日，太平洋战争爆发，萧红染上肺病，端木曾请骆宾基协助照拂，一度传说他自己拟只身返回内地，但后来他回心转意，重返萧红身边，并把萧红送入养和医院医治。

骆宾基著《萧红小传》，暗指萧红在病重中，端木弃她而去，并质疑端木对萧红的感情。我曾就此事询及端木，他是断然否定的。他向我表示，一对夫妇天天吵架，不可能和他们的创作成比例，夫妇不和绝不是创作的动力，只要排比一下他们的创作产量和质量，这个问题就会迎刃而解的。

先看萧红的著作。在这期间，萧红的著作有《回忆鲁迅先生》

（1939年重庆版）、《呼兰河传》（长篇小说，1940年12月香港完稿，1942年由桂林上海杂志公司出版）。其他尚有《小城三月》《马伯乐》《旷野的呼喊》等等。《呼兰河传》更是萧红继小说《生死场》之后的另一部杰作，而且写作技巧更趋圆熟。

我们回头看一看端木在这期间的著作：《科尔沁旗草原》（1939年重庆出版）、《风陵渡》（1940年香港出版）、《江南风景》（1940年香港出版）、《新都花絮》（1940年香港出版）、《大时代》（《人间传奇》第五部，在香港《时代文学》连载）。这期间出版的《科尔沁旗草原》，是端木的代表作，作品的数量和质量，也大大超越前一时期。

周鲸文是端木与萧红在香港期间最亲密的人。他曾说过："两人的感情基本并不虚假，端木是文人气质，身体又弱，小时是母亲最小的儿子，养成了'娇'的习性，而萧红小时没得到母亲的爱，很年轻就跑出了家，她只有坚强的性格，而处处又需求支持和爱。这两性格凑在一起，都在有所需求，而彼此在动荡的时代，都得不到对方给予的满足。"

柳亚子甚至说他们的结合是"文坛驰骋联双璧"，句曰："谔谔曹郎奠万哗，温馨更爱女郎花。文坛驰骋联双璧，病榻殷勤伺一茶。""曹郎"即指端木，柳亚子在"病榻"句下且有这样的注释："月中余再顾萧红女士于病榻，感其挚爱之情，不能忘也。"

端木与萧红曾经倾心相爱过，却也不排除有过裂痕。

端木在萧红卧病期间，传说要跟骆宾基他们突围返内地，但他最终因萧红病重放弃了，并守护着萧红，直到萧红逝世。1957年，端木以萧红丈夫的名义，委托中国作家协会广州分会，将萧红原葬于香港浅水湾的骨灰，运回广州安葬。

1986年，我曾促成俞平伯访香港（他是坐轮椅来港的）。尔后，这封信是端木于1982年9月9日写给我的，信中提到，他把之前一首旧词“改了改”，寄我。这首词词牌是《满江红》，抒发其早年与萧红这位知音在香港“情牵意深”的共同生活，哪怕是“月转星沉”，悠悠岁月，这种缱绻情怀不减反增。

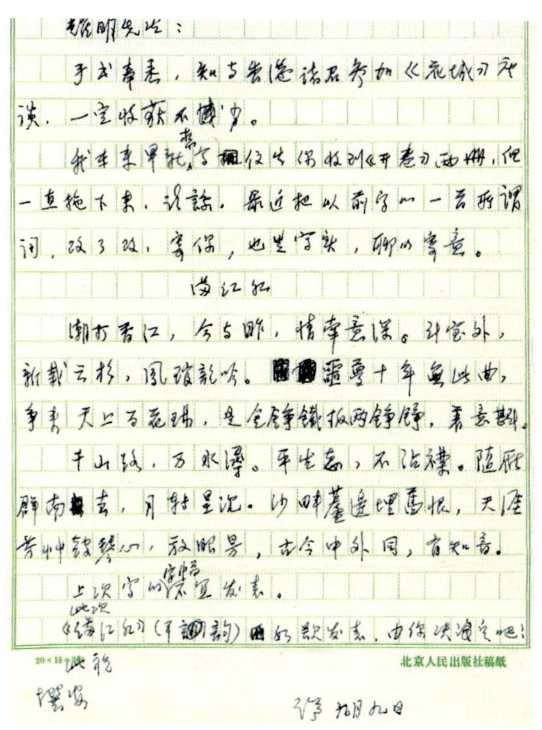

耀明兄如：

手书奉悉，知与[illegible]诸君参加《花城》[illegible]座谈，一定收获不浅的。

我本来早就答应了[illegible]，但一直拖下来，没法。最近把以前写的一首所谓词，改了改，寄你，也是写歌，聊以寄意。

满江红

潮打香江，今与昨，情牵意深。斗室外，新栽云杉，凤琯龙吟。噩梦十年无此曲，争看天上百花场，是金铮铁板两铮铮，著意斟。

千山路，万水浔，平生意，不沾襟。随雁群南去，月转星沉。沙畔芦边埋旧恨，天涯芳草鼓琴心。放眼寻，古今中外同，有知音。

上次写的[illegible]不宜发表。

此次《满江红》（平韵）如可以发表，由你决定吧！

此颂

撰安

端 九月九日

北京人民出版社稿纸

《满江红》

潮打香江，今与昨，情牵意深。斗室外，新栽云杉，凤琯龙吟。噩梦十年无此曲，争看天上百花场，是金铮铁板两铮铮，著意斟。

千山路、万水浔，平生意，不沾襟。随雁群南去，月转星沉。沙畔芦边埋旧恨，天涯芳草鼓琴心。放眼寻，古今中外同，有知音。

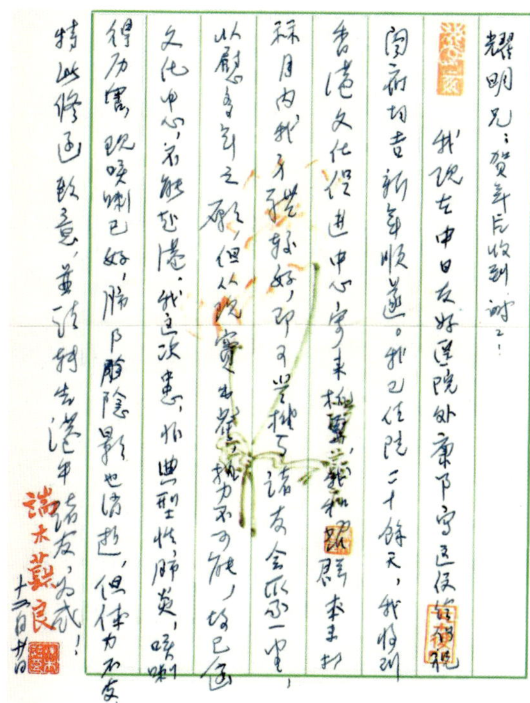

耀明兄：贺年片收到，谢谢！

我现在中日友好医院外宾[illegible]写这[illegible]，祝阖府均吉，新年顺遂。我已住院二十余天，[illegible]香港文化促进中心寄来机票，[illegible]元月内我[illegible]即可与诸友会聚一堂，以慰多年之愿，但从现实出发，[illegible]力不可能，故已[illegible]文化中心，不能赴港。我这次患[illegible]典型性肺炎，咳嗽已好，肺部阴影也消[illegible]，但体力不支，特此修函致意，并请转告港中诸友，为感！

端木蕻良 十二月廿日

这是1982年12月20日端木给我的信，信中提到他不能来港。在这之前，端木曾表示希望来港，我曾为之努力，结果他还是来不了，功亏一篑。

我曾有一个心愿，希望能让端木蕻良旧地重游。端木也向我表示了这个愿望，后来终获香港中华文化促进中心的支持，于1989年杪，邀请他与夫人钟耀群女士来港讲学，事先也获得他首肯了。结果当香港中华文化促进中心给他寄机票时，他又以“体力不支”为由，婉谢了（见附信）。从而未能实现他多年的夙愿。

七年后，端木因“体力衰竭”，于1996年10月6日逝世。端木临终遗嘱，将遗体火化后，把部分骨灰运来香港，撒于海中。报道说，端木此举是因1940年到1943年，曾在香港工作过，对香港存有感情。

端木遗言把骨灰撒在维多利亚海港，可见其对香港的深厚情感。我以为，端木之对香港有特殊感情，不仅仅因他曾在香港工作过——那不过是短短三年光景而已，相信其主因是他在香港有过一段刻骨铭心的情感。

端木在1982年9月9日给我的信中，特别填写了一首《满江红》词，抒寄他情牵香江，哪怕是月转星沉，岁月嬗变，于他来说，思念之情却不绝如缕，仿佛插上翅膀伴随南下雁群，去寻觅他那芳草琴心的知音，情深意切。

萧红与萧军

2013年2月至3月，香港艺术节推出以东北著名女作家萧红一生为题材的歌剧《萧红》，令人瞩目。

萧红及其作品近年成为舞台热门题材。四年前的2009年，著名导演查明哲，根据萧红代表作《生死场》和《呼兰河传》改编的大型评剧《我那呼兰河》，在国家大剧院戏剧场上演，赢得口碑。

萧红一生之中，有四个男人与她有过不同程度的关系。其中三个是东北知名作家，包括萧军、端木蕻良、骆宾基。

1981年秋，彦火与艾青、萧军、萧乾等人参加“新加坡第一届文艺营”后，一艾、二萧经香港返内地。彦火特别带萧军去浅水湾凭吊一番——萧红当年骨灰就埋在浅水湾滩头。（彦火摄）

我与这三位作家均有交往，也略知他们个中交往的底蕴。

这里先说萧红第一个作家丈夫萧军。

萧红是一个薄命作家。当她中学毕业，刚巧十七岁，便在家长的安排下与哈尔滨同乡汪恩甲订婚，1932年萧红与他共赋同居，并以赊账形式入住哈尔滨的东兴顺旅馆。在萧红怀孕后，汪以借钱为由，一去不返，把萧红撇在旅馆。旅馆老板因萧红没法交租金，准备把她卖给妓馆还债。

萧红在恐慌下，只好向哈尔滨《国际协报》副刊主编求救。该主编一时无对策，只好写一封安慰信连同几本文学书，让在那里发表过文章的萧军捎去。

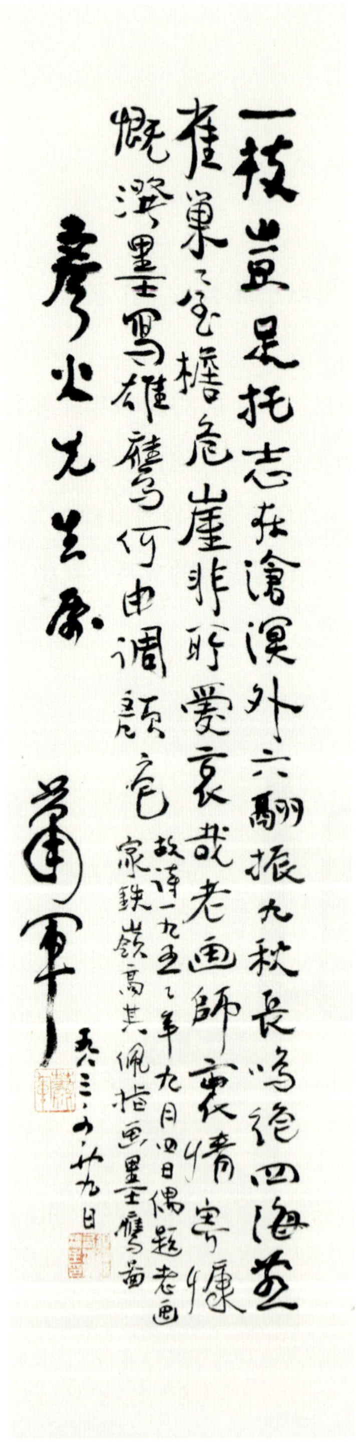

这帧字是萧军从香港返北京后题赠的旧诗作。诗注提到的“老画家高其佩”，清代官员、画家，指画开山祖。他是名宦后裔，为清汉军镶白旗轻骑都尉高天爵的第五子。雍正期间曾升刑部右侍郎，后惨遭革职，从此脱离仕途，时年六十七岁。他虽久居他乡，身游宦海，但不忘故乡，在画上常题有“铁岭高其佩指画”，其指画已神乎其技。此诗是萧军借高其佩指画墨鹰图抒怀寄志。

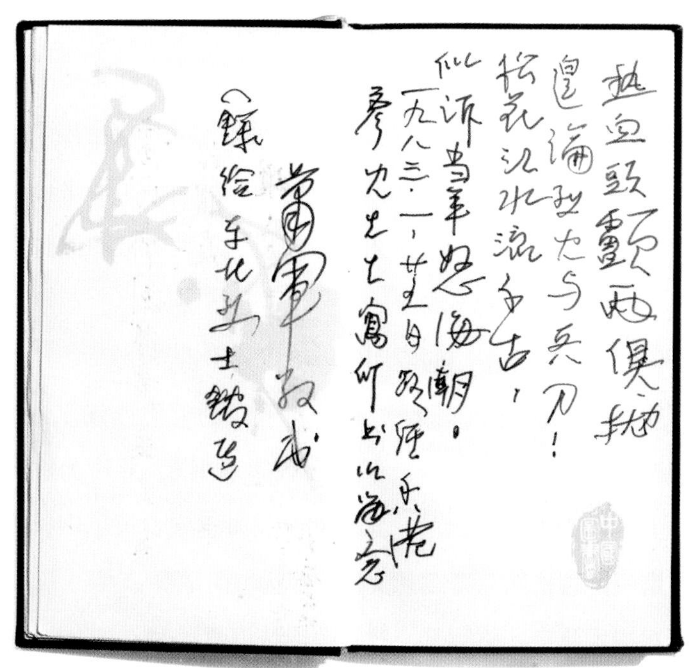

这首诗是 1983 年 1 月杪萧军参加新加坡第一届“国际华文文艺营”回程途次香港时，到访我的寓所所题赠的，诗句澎湃激昂。

两萧晤面，萧军读到萧红写的小诗和听到她缕述的经历，这个硬汉被打动了。

萧军原名刘鸿霖，萧是他的笔名。因为他喜欢《打渔杀家》里头的老渔夫萧恩，因此笔名就用萧。又因为他是军人出身，所以就干脆叫萧军。

换言之，萧军葆有东北男人的粗犷野性，也有好打不平的禀赋。

那个年月，在东北大水淹没东兴顺旅馆之际，萧军凫水把萧红搭救出来，上演了一场轰轰烈烈的英雄救美的现代剧。

套萧军的话是“我们遇合了，我们结合了”。

两萧的结合，也许是天意，他们之后的仳离，也是冥冥中注定的宿命。

萧军是军人出身，有刚烈甚至粗暴的一面，萧红是彻头彻尾的弱女子，是一只饱经风浪的独木舟，需要有一个平静的海湾停泊。萧军说，萧红是小夜曲，他自己是交响乐，一刚一柔本来可以兼济和合，奏出一阕天上人间美满乐曲。相反，若两者某一方走上了极端，肯定会变调的，溃不成曲。

两萧经历了六年情感的跋涉，最终以分手告终。

萧军的代表作《八月的乡村》和萧红的《生死场》，都是于1935年在鲁迅先生的协助下，编入《奴隶丛书》，并作为重点出版物，由上海容光书局出版的。难得的是，鲁迅亲自写了序，有名人效应，甫一出版，两萧即震动文坛，成为一时瑜亮。

相对端木蕻良、骆宾基，我是较晚认识萧军的。

1983年1月，新加坡举行第一届“国际华文文艺营”，内地被邀请的作家有萧军、萧乾、艾青，香港则邀请了金庸与我。金庸无暇去，我则应约赴会，萧乾与艾青都是老朋友，与萧军素昧平生。萧军是在女儿萧耘陪同下出席的。萧军身躯岸然，白发苍苍，阔脸大鼻，容光焕发，步履刚健，声如洪钟。已届八十岁老人，腰板仍是挺直的，颇有军人的遗风。他是三位老作家中，身体状态最好的。五年后萧军在北京逝世，2013年6月恰巧是他逝世二十五周年。

那一年，内地三位老作家参加新加坡“国际华文文艺营”后，回程途次香港，我陪同两萧（萧军、萧乾）一艾（艾青）在香港度过一段难忘的日子。

萧军在香港期间，我们谈起萧红南来香港的事。

20世纪40年代，许多知名左派文化人、作家因为政治迫害，南下香港避难。萧红也跟随端木蕻良南来，两年后，萧红在香港逝世，下葬浅水湾。因香港政府不重视文化遗迹，萧红墓给荒废了，

1981 年与萧军同游浅水湾

当时“萧红墓已经被糟蹋得到了令人难以忍受的地步”（叶灵凤语）。1957年在包括叶灵凤、曹聚仁等有心的文化人奔走下，终于把萧红遗骨迁往广州东郊银河公墓安葬。

不管怎样，浅水湾是萧红的葬身之地，我主动请缨，陪萧军及其千金萧耘到浅水湾滩头，凭吊一代才女始初下葬之地。同行的还有萧乾的太太文洁若。

岁月不居，沧海桑田，当年萧红下葬处，已无从辨认。那天风和日丽，与萧军父女在浅水湾漫步，很是写意，倒是耳鼓涨满潮声风涛，仿佛在诉说一个教人肠断的故事，令人黯然。

端木蕻良的忧郁和孤独

土地是一个巨大的影子，铺在我的面前，使我的感情重添了一层辽阔。当感情的河流涨起来了，一个人就想起了声音和词句。夏天和秋天，积水和水沟一般平了。泪水和眼眶平潮了，泪珠就滚落了。我的接近文学是由于我的儿时的忧郁和孤独。

这种忧郁和孤独，我相信是土地的荒凉和辽阔传染给我的。在我的性格的本质上有一种繁华的热情。这种繁华的热情对荒凉和空旷抗议起来，这样形成一种心灵的重压和性情的奔流。这种感情的实质表现在日常生活里就是我的做人的姿态，表现在文章里，就是《科尔沁旗草原》《大地的海》《大江》《大时代》……

在萧红生命中三个作家男人之中，要说到才气及文学成就，相信端木蕻良应是首屈一指了。

在与端木的交往中，他特别寄了早年他写的《我的创作经验》（原载1944年上海《万象》月刊）给我，说文章吐露了他写作的动机和心态。上面援引的正是文章中的两段话。

这两段话大致可以勾勒出端木的创作源泉。

阅读端木的作品，可以感受到他所追求的四种东西：风土，人情，性格，氛围。

《科尔沁旗草原》虽然在民族危机的大前提下，也不可避免地

彦火与端木蕻良夫妇合影，端木夫人是著名话剧演员钟耀群，晚年协助端木完成《曹雪芹》。

融汇进40年代“救亡”大主题的话语，但小说以科尔沁旗草原做背景，为读者铺陈了东北黑土地的历史与现实、社会与文化的画卷，别有引人入胜的地方。

《科尔沁旗草原》是端木二十一岁时的作品，迄今读来仍有现实意义。小说中的主人公——丁宁，用时新的语言说就是一位“知识青年”，又是与传统富人不同的“富二代”。他就读于南方的一所大学，休假回到了东北的农村——科尔沁旗草原，小说由此以激越雄浑和华美冷艳的两种笔调讲述了一个沉郁凄美的故事。

三年的大学生活，授予他现代的科学文化知识，再加上城市强势的环境：社会、思想、文化、经济……把这些农人子弟来了一个“脱胎换骨”的变化，他认为自己成了时代的“新人”。

“新人”回到了原始蛮力的农村，他是雄心勃勃的，充满改造者的壮志。但很快遭受到严重挑战。他为自己的身份找不到新的定

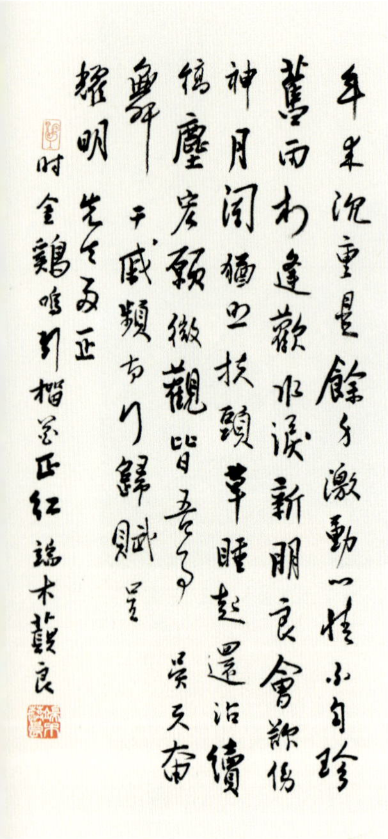

端木蕻良在 1978 年题赠我的条幅

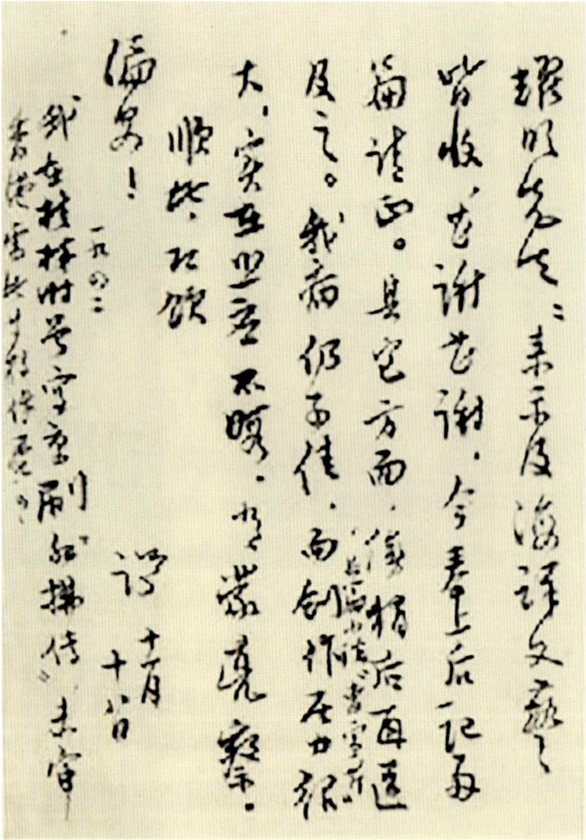

我收到端木共二十多封信。此信写于 1978 年，虽短，却涉及多方面的内容。信中提及的《后记》，是为他香港版小说《憎恨》所写的。

他寄给《海洋文艺》刊登，信中谈到照应不暇的《曹雪芹》，是他晚年的写作计划。

至于信末提到他在 1942 年桂林写的京剧《红拂传》，今天鲜有知道者。他当时曾征询我香港出版的可能性，可惜因市场的局限，未能如愿。

位，而陷入不能自拔的矛盾中。新的认识高度，让他看到草原上的家乡还蕴藏深厚的生命力，但是解开这个结的阻力，恰恰是来自自己的家族。

《科尔沁旗草原》只写了第一部，其实他还打算写第二、第三部，他早年在接受我的访问时，表示他对后面两部已有通盘计划。

其实，端木早年已开始《科尔沁旗草原》第二部的写作了，可惜已写好的五章文稿，却在桂林散失了，令他感到心灰意冷。

囿于家庭背景，端木虽然也受到时代的感召，参加了不少爱国政治活动，也曾想与时下的青年那样充满热情和激昂情绪，就是做不来。到底这不是他的本性。

他与萧军不同，革命圣地延安不是他唯一理想的归宿，相反地，他在创作上才找到真正情感的依归。他的创作土壤源自他的故土，在他的作品中，仍然可以嗅到大草原的气息和泥土的芳香。

也许革命在端木的内心深处只是一个似近还远的字眼。所以端木写道："土地传给我一种生命的固执。土地的沉郁的忧郁性，猛烈地感染了我，使我爱好沉厚和真实，使我也像土地一样负载了许多东西。当野草在西风里萧萧作响的时候，我踽踽地在路上走，感到土地泛溢出一种熟识的热度，在我们脚底。土地使我有一种力量，也使我有一种悲伤。我不能理解这是为什么，总之，我是负载了它。而且，我常常想，假如我死了，埋在土里了，这并不是一件可悲的事，我可以常常亲尝着。我活着好像是专门为了写出土地的历史而来的。"

端木在1979年接受我访问时，曾告诉我，他对《科尔沁旗草原》后两部的基本人物架构已了然于怀了。

他说道："具体到一个人身上，就像大山吧，原是游击队长，在第二部里主要写他。从《科尔沁旗草原》第一部的蛛丝马迹可以看出，他要离开丁府，他要走出去，走出去当然要抗日了。至于丁宁呢？我的安排是：将来他不是一个真正代表民族力量的人，但他有这想法，以民族的命运自任。这种知识分子，这种家庭都有这种想法，好像舍我其谁，其实他不能担负，他是受批判的，他又不能走到民族资本家那一步，他不喜欢这东西。实际上这种人就是唱高调的。”

端木又说：“在中国像胡适等等都是属于这种类型的，我都跟他们接触过。大山是第二部的主角，丁宁是第三部的主角。”

在丁宁的身上，不难读到端木的忧郁与孤独，甚至有点彷徨的心境。这也是大时代下中国知识分子的写照。

也许“主题先行”的创作思想，并不符合端木的性格，晚年的端木，并没有着手去完成《科尔沁旗草原》的三部曲，而是埋头写起他的《曹雪芹》，这是后话。

生死相隔不相忘
——端木蕻良与萧红

生死相隔不相忘，落月满屋梁，梅边柳畔，呼兰河也是潇湘，洗去千年旧点，墨镂斑竹新篁。

惜烛不与魅争光，箧剑自生芒，风霜历尽情无限，山和水同一弦章。天涯海角非远，银河夜夜相望。

——《风入松·为萧红扫墓》

这是萧红骨灰从香港迁葬广州银河公墓的三十年后，端木蕻良在妻子钟耀群陪同下前往致祭时写的词，不乏令人一再吟诵的佳句。最末一句“天涯海角非远，银河夜夜相望”令人低回不已！

端木蕻良在萧红逝世十八年后才再娶，是否表示他一直对萧红难以忘怀？萧红逝世后，他写了不少悼念的诗词，明眼人都知道带有忏悔的成分，个中是矫情还是真意？令人感到扑朔迷离。

2013年香港艺术节在香港大会堂歌剧院上演的室内歌剧《萧红》，我看了第一场，全场满座，观众情绪是激昂的。编剧简化了萧红短暂、曲折而复杂的人生轨迹，使剧情更加紧凑。美中不足的是歌剧涉及萧红生命的男人，只有萧军和鲁迅。

以一个小时十五分的歌剧，不可能完全呈现萧红色彩丰富的感情生活，也是预料之内的。但是歌剧完全没有傍及萧红与端木蕻良一起的最后一段重要感情生活——只是从丁玲口中约略提到一句，是令熟悉萧红生平的人，感到遗憾的事。

不管怎样，相对之前的男人，端木蕻良对萧红创作的影响是相对大的，对萧红的感情也显得相对地深厚隽永。

萧红因萧军举措的粗暴及其感情出轨而仳离，她最后情归端木蕻良，可惜因端木的内向性格及温文尔雅的柔弱，找不到另一个感情的港湾，是可想而知的。

不少评者把端木蕻良视作介入两萧感情的第三者而加以非议，是不公允的。萧红自己说："……掏肝剖肺地说，我和端木蕻良没有什么罗曼蒂克的恋爱历史。是我在决定同三郎永远分开的时候才发现了端木蕻良。我对端木蕻良没有什么过高的希求，我只想过正常的老百姓式的夫妻生活。没有争吵，没有打闹，没有不忠，没有讥笑，有的只是互相谅解、爱护、体贴。"

萧红赠给端木的定情之物：一串相思豆和一枝小竹竿，是有特别含义的。相思豆代表了爱情，竹竿是坚贞不移的象征。

1938年4月，身怀六甲的萧红与端木在武汉大同酒家结婚，开宗明义地公告亲友。可惜婚后端木蕻良未能满足萧红所说的"正常的老百姓式的夫妻生活"，也是意料之事。

端木出身大家庭，自幼受到家人照顾，依赖性较强，独立生活能力较差，加上生性忧郁，是一个典型的旧文人本色，与萧红因生活坎坷所衍生的倔强、勇敢性格，和自主的生活能力，相形见绌。萧红想要的是呵护、关爱甚至生活的照拂，端木在这一方面却是阙如的，这难免使萧红感到失望、气苦。

可是，两人在创作路上，却取得前所未有的默契。

打个比方，萧红在重庆开笔的《呼兰河传》和《马伯乐》，是待到香港才完成的，这也有着端木的一份功劳。

起初，萧红对《呼兰河传》小说的书名感到犹豫不决，恰恰是端木给她出的主意。端木读过《尼罗河传》，觉得书名有气势，建议萧红以她家乡呼兰县的呼兰河命名。这就是《呼兰河传》书名的由来。

端木蕻良在1980年7月初画了两帧画给我，一张是“罗汉松”，一张是“风荷”，都署上“巧月作”，是有特别用意的。巧月指7月，这两帧画正是在七夕节那段期间画的。七夕节是牛郎织女相会的日子，今人已目为“中国情人节”。端木蕻良的画题为“风荷”，相信是暗喻萧红的出污泥而不染、迎风弥坚的美德和性格，而“罗汉松”则表征强壮而坚定的意念，难免有端木蕻良自况自喻的影子。

端木还破天荒为萧红画插图，在孔海立的《端木蕻良传》和袁权的《萧红全传》中都提到此事。

萧红的《小城三月》于1941年7月在《时代文学》第一卷第二期发表，文末注道：“1941年，夏重抄。”可见这是1940年末或1941年初写成的，大抵是萧红写的最后一篇小说。

小说刊载时还有两幅插图，一幅署名“金咏霓”，一幅署名“京平”（荆坪），都是端木蕻良的笔名。一幅画的是哈尔滨的马车夫在大雪中奔跑；一幅画的是翠姨、松花江对岸的景色和近处的啤酒桶。

端木没有去过哈尔滨，对哈尔滨不熟悉，萧红就给他出主意。端木按照萧红的意思作了这两幅插图，连学过画的萧红亦大为赞赏，她高兴地在画上加题“小城三月”和签名。署名“金咏霓”是从《楚辞》“虹霓纷其朝霞兮”而来，抒发一种向往的心情，俱见端木的才气。

可见，端木与萧红在创作上是相濡以沫的，这也许正是他们两人结合的最大基石。

端木蕻良是多才多艺的作家，他不光诗、文章写得好，还擅书画。他曾送过我两帧画、一张条幅，文友浏览后都予称许。

两帧画，一张是罗汉松，一张是风荷，都是水墨国画，不设色，更显其功夫。罗汉松莽莽苍苍，粗壮的枝干和如戈戟的针叶，颇见精神；风荷墨色厚重，迎风右摆，柔中见刚，别有韵致。记得，我曾向他索一张画，转赠给美国“爱荷华国际写作计划”主任聂华苓，聂华苓也颇欣赏。

萧红与骆宾基的姊弟恋

萧红生命中的最后一个男人是骆宾基，他较萧军和端木蕻良年轻。

萧红在逝世前，骆宾基在病榻伴随她四十四天。

骆宾基后来在他撰写的《萧红小传》中，曾巨细无遗地记录了与萧红相处的日子，成为后来研究萧红的重要史料。

因为骆宾基无微不至的照拂，萧红心存感激，相反地，对她卧病时曾一度离开她的端木蕻良则心存怨怼。

年届二十五岁的骆宾基于1941年秋从内地到香港，大约10月间，去九龙乐道探望萧红，这是他们的初次邂逅。

我曾以书信形式，探询骆宾基，关于他与萧红交往的内情。

骆宾基对此，作了十分详细的答复。

骆宾基在复信中说："12月8日，太平洋战争爆发，当天一早（在日本轰炸机开始轰炸的三十分钟之内）我就先去看她，原想商议一起躲到农村，即九龙郊区去避难，这样就必须先协助她，安排她去农村住下来之后，我才能再回到自己的寓所去取手稿及衣物等，以相就为邻，有个照应。岂知去后未能脱身，直让送她到香港半山的住宅区，又转铜锣湾，三移思豪大酒店，那已是次日的傍晚了。在乐道，我本答应萧（彦火按：指萧军），一定把她安置妥当以后再离开，而且也被她的同居者（彦火按：指端木蕻良，下同）恳托一助，但我却怎么也想不到一到思豪大酒店，萧红的同居人竟不辞而别了。《大公报》记者杨刚来访萧红之后，萧对我说，T（彦

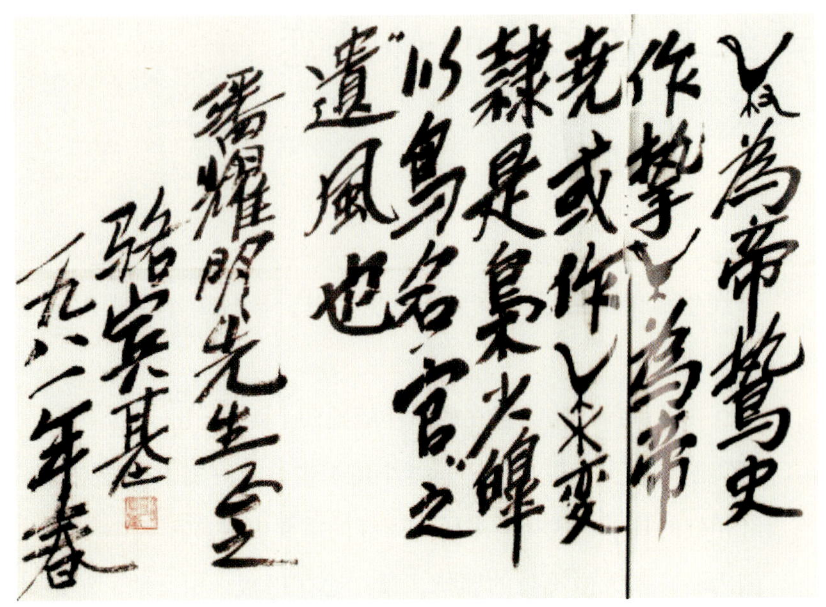

骆宾基于 1981 年春题赠潘耀明（彦火）的书法，写的是“鸟”这个字的演变过程。骆宾基是研究金文的专家。

火按：指端木蕻良，下同）随人走了，不再来了！于是作为与病人共患难同生死的护理者的责任就不容推辞地落在我的肩上了。此后朝夕相处四十天，而那个 T 君则在我走后的第三十四天又不告而来了（距萧红逝世仅仅只有十天），并把行李带到养和医院，说是要陪我护理病人。”

当然这是骆宾基的版本。骆宾基在《萧红小传》行文中，对 T 君多有贬义，相反地，对萧军评价是相对正面的。

骆宾基在给我的复信中，进一步表示道：“问题是早已经在太平洋战争开始之次日（1941 年 12 月 9 日），萧进入思豪大酒店之夜开始，直到四十四天之后逝于圣士提反临时医务站，萧红是独身一人，再也没有什么‘终身伴侣’之类的人物在这世界上存在着了。萧红与 T 的同居关系随着战争的爆发而在这天就宣告解除了（骆与

骆宾基（左）与彦火摄于北京寓所（1981 年）

萧只是文艺战线上的同时代人的战友关系、道义关系而亲切如姊弟——彦火按：这是骆宾基的加注）。这是历史的真实，是不容以伪善代替的。矛盾本质，就在这里。”

按骆宾基的说法，他在战乱中与萧红厮守四十四天，“谱写着纯真深挚、为俗人永远不得理解的文坛佳话。”萧红在炮弹声中的病榻上，曾向他表示过：“我们死在一起好了！”这段姊弟恋，虽短暂，却深刻，俾使骆宾基后来写了单行本《萧红小传》。

1942年1月22日中午12点，萧红饮恨香江。逝世时只有三十一岁。临死前已经不能言语。萧红在自己的版权遗嘱里面，做了这样的安排：散文集《商市街》归弟弟，小说《生死场》归萧军，《呼兰河传》归骆宾基。而作为萧红的丈夫端木蕻良，什么都没有。萧红辞世时候，端木蕻良和骆宾基全都在场。他们一齐埋葬了萧红。然后他们一块逃难到了广西桂林。

端木对外间月旦他与萧红感情，基本上保持缄默的态度。倒是端木的家人，包括他的侄子、一些学者和夫人钟耀群都曾撰文为他辩护。以下是为端木翻案的另一版本——

当年萧红进入圣士提反临时医务站动手术之前，萧红就与端木蕻良交代了后事。一是要端木蕻良保护她的作品，将来不要让人随意删改她的作品。版权都由端木负责。她亲笔立一个字据，被端木蕻良当面撕掉了。他认为一来自己是她的丈夫，妻子的版权理应由丈夫继承；二来立字据，不是表明萧红不久于人世？不该让她落下死亡的阴影。而萧红担心的是她早期作品的版权，她不很放心。二是，萧红多年前就谈过，她若死了，想埋在鲁迅先生的墓旁。那是她的恩师，没有鲁迅，没有自己的今天，端木蕻良完全尊重她的选择，只要将来条件允许。那么眼前呢？萧红提出，把自己埋在一个风景区，要面向大海，要用白色的绸子包裹自己。第三件事，是要端木蕻良答应，将来有条件时，一定要去哈尔滨，把她与汪恩甲生的孩子寻找回来。第四件事，是如何酬谢骆宾基，人家毕竟是个外人，肯留下来实属不易，为此，她与端木蕻良商量多次。后来萧红提出，骆宾基是为自己留下的，不如把自己某本书的版税赠送他更有意义些。萧红提出把将来再版的《生死场》的版税给他，那是自己的成名作。端木蕻良则认为,《生死场》已再版多次，篇幅又不大，加起来版税不会有多少，不如把《呼兰河传》将来出书的版税送他，这是本新书，再版机会多，篇幅也长。萧红同意了，于是把骆宾基找来，当面告诉了他。

这一起长期悬疑的文坛笔墨官司，当事者各执一词，孰真孰假，只有长眠地下的萧红晓得，反正萧红生命中关系迩密的三个男人已先后逝世了，相信他们在泉下也有一番激烈的交锋。

骆宾基与《金文新考》

萧红生命中的三个作家男人，就文学成就而言，也许都无法超逾萧红。

中国现代文学的研究者，特别是外国汉学家，所以对萧红的这三个作家男人感兴趣，恰恰只是因为萧红的关系。

20世纪80年代初，日本汉学家池上贞子女士特地跑来找我，说她从端木蕻良处获悉，端木曾把萧红的一半骨灰葬在圣士提反女校的秋千架下（此处当时是法国传教士所办临时医疗站所在，萧红正是在这里下世的）。

我曾陪同池上贞子去圣士提反女校，去寻觅萧红骨灰下葬处，可惜已无从辨认了。

可见外国汉学家关心的只是与萧红相关的资料。美国汉学家葛浩文（Howard Goldblatt）在写《萧红传》（英文版）的时候，连骆宾基写的《萧红小传》也未读过。

一位与萧红、萧军、端木蕻良、骆宾基熟稔的中国当代作家林斤澜，更说过这样的一句话："萧军、端木蕻良、骆宾基活到八十几岁，但都没有多少杰作流芳。萧红三十一岁，一部《呼兰河传》石破天惊，抒情牧歌，奇美惊世，像是灿烂的星星，悬挂在文学的夜空，永永远远！"

林斤澜的评价也许是对的，却不够全面。以骆宾基为例，他的文学成就相对是较弱的一个，可是他在现代中国文学史上，也是有一定的地位的。

骆宾基的文学道路，是从十九岁开始的。1933年春父亲病故，无力供他继续升学，1935年他曾意图越境到苏联求学未果，1936年5月怀着一丝希望南下，跑到冒险家乐园的上海，住在法租界，开始写他第一部文学作品《边陲线上》，这是以抗日救国军为题材的长篇小说。当时他已完成了一半，便效法萧军做法（萧军的《八月的乡村》由鲁迅推荐，并在上海出版），把稿寄给鲁迅，但鲁迅当时已身染沉疴，不能代为推介了。

后来茅盾看了骆宾基寄去的誊清稿，答应代为介绍出版社，并获得萧军的鼓励，可是天马书店正准备发排这部长篇之际，全面抗战开始（本书于1939年由上海文化生活出版社出版），骆宾基不得不暂时结束“亭子间”的生活。

40年代是骆宾基的重要创作期。1940年冬初，骆宾基到了桂林，在聂绀弩的帮助下得以在桂林安居下来，创作欲焰炽旺，发表了中篇小说《吴非有》（载《自由中国》）、短篇《寂寞》、童话《鹦鹉和燕子》（后由文化供应社出版）和长篇小说《人与土地》。1941年“皖南事变”发生，骆宾基由广州湾去澳门转香港，不久邂逅了卧病的萧红，在战乱中与萧红厮守四十四天，这成了骆宾基后来所写的《萧红小传》的素材。

骆宾基在“文革”后，几乎在文坛销声匿迹。1980年笔者在福建榕城，欣遇研究骆宾基的龙岩师范学院讲师赖丹先生，并了解到骆宾基这些年来的生活和创作情况——

1956年，骆宾基由于与胡风稔熟的关系，曾卷进株连广大的“胡风集团”案件，被视作胡风集团的嫌疑分子而审查一年。

当年骆宾基只有三十九岁，时值盛年，猝遭此打击，不禁心灰意冷，便产生与文艺告别的念头，于是把兴趣转移到文史方面，开始钻研古代典籍《诗经》与《中国古代社会研究》等，因而不得不

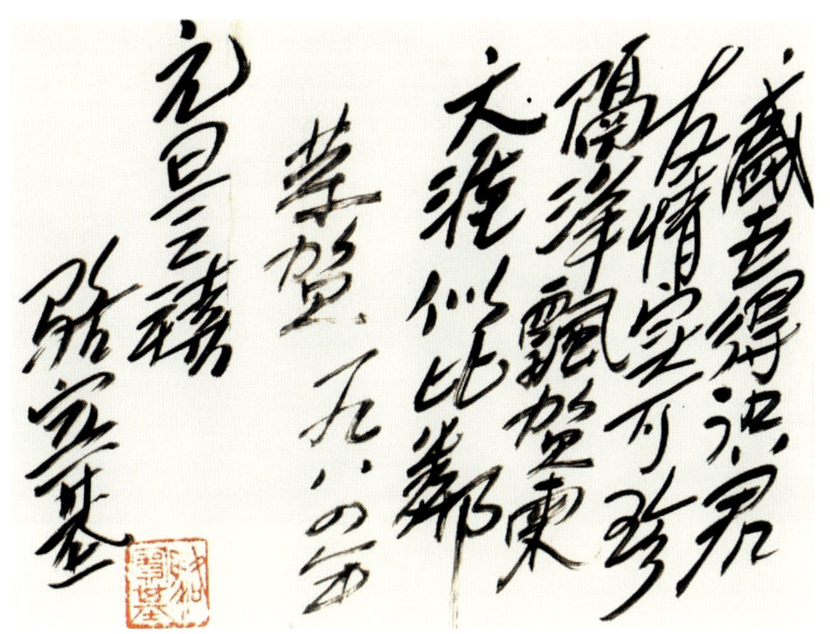

这是骆宾基寄到纽约给我的一张贺年卡，当时我在纽约大学(NYU)留学。

接触到殷墟甲骨文字之源，以确训诂。1962年，骆宾基又推翻原议，放弃这方面的研究，因为在研读上述史籍中，他初步对郭沫若在金文研究方面的结论产生疑问，因为他发现了“可能是古五帝时期的金文，应早于殷墟甲骨千年以上”，这无异是与郭沫若唱对台戏。后来骆宾基三思之后，终以投鼠忌器，搁置研究。

“文革”十年，骆宾基又受到另一次冲击，再次宣告与文学诀别。从1972年开始，由于患了高血压症，他得以半天休假，偷得空闲，便在家里重起炉灶，弄起金文的研究来了。照骆宾基的话说，“实际上当时我是找个精神上的避风港，作为求得唯一安慰自己，解决大痛大苦的方法。”打从这时开始，他便开始作读书札记，兼及《诗经》《左传》的研究。后来骆宾基写成一部近五十万字的《金文新考》(1987年，山西人民出版社)。

骆宾基在北京寓所书房伏案侧影（1981 年彦火摄）

这部《金文新考》积累了骆宾基多年来的研究心得，除了《典籍篇》，余分三辑，包括《货币集》《兵铭集》《人物集》（鲧、尧、舜、禹四篇），作者提出以下过去未得出的结论：“中国在公元前四千年，就已经有了青铜。这和埃及的青铜时代开始的公认年限是相同的。”他进一步指出：“1956年在陕西西安半坡遗址的发掘中，就出土过铜片，是由高级合金制成的。半坡遗址经碳素测定的年代，为距今六千年。由此可知，以前定半坡遗址为新石器遗址，那就完全不对了。”

骆宾基以自己的研究心得，希望“纠正金文研究方面的千年之误”，包括由宋代欧阳修、薛尚功，清末吴大澂和在文字学方面有过卓越贡献的王国维在研究中之“误”，直到对现代胡适、鼎堂先生等学者之“误”，骆宾基均提出自己的见解；此外还对“汉学家李约瑟博士的某些论点”，也提出了异议。

骆宾基在以后与我的通信中的话题，大都涉及金文研究，可见他在另一个领域——金文研究上的成果。

与吴祖光搭伙之谊

在我认识及相交的芸芸老作家之中，吴祖光是人格最统一、个性最鲜明的作家之一。

1983年秋，我与吴祖光、茹志鹃、王安忆、陈映真、七等生为同一届的美国爱荷华国际写作计划（International Writing Program, The University of Iowa，简称IWP）邀请的华人作家。

除了七等生较落群外，我们几个华人作家加上来自韩国的许世旭夫妇，三个月下来，相处得融洽无间。

我们一干人与IWP的三十多位来自不同国家和地区的作家，都被安排住在五月花公寓（Mayflower Residence Hall）。我与吴祖光是毗邻，共享一个厨房。

IWP每月发放一笔钱给每位作家，作为作家们的膳食费和零用。

IWP每周有专车接载作家到大型超市购买菜及日常用品。换言之，每位作家都要自己举炊。

这对于外国作家及其他作家大都可以应付裕如。但是，来自内地的作家，特别是男性作家大都没有入过厨房，所以不少内地作家大都是夫妇档——携同夫人一起来，由夫人打点一切。

吴祖光夫人新凤霞在“文革”期间因失医致瘫痪不能同来。我便兼负照料吴祖光起居饮食之责。

我与吴祖光分工合作，吴祖光建议由他去超市买菜，我则负责举炊。

那个时候，我除了参加IWP活动，还在爱荷华大学兼修语言课，中午来不及返寓所。

我于每天前一个晚上，除了做当天的晚饭，还给吴祖光多做一份翌天的午饭。

吴祖光是一个慷慨大度的人，每趟到超市，都购买了大包小包的蔬果、肉类，应有尽有，塞满雪柜，我则施展浑身解数，每顿饭都做出二菜一汤或三菜一汤。吴祖光满意极了，逢人便称赞，临别还写了一首“报恩诗”赠我。

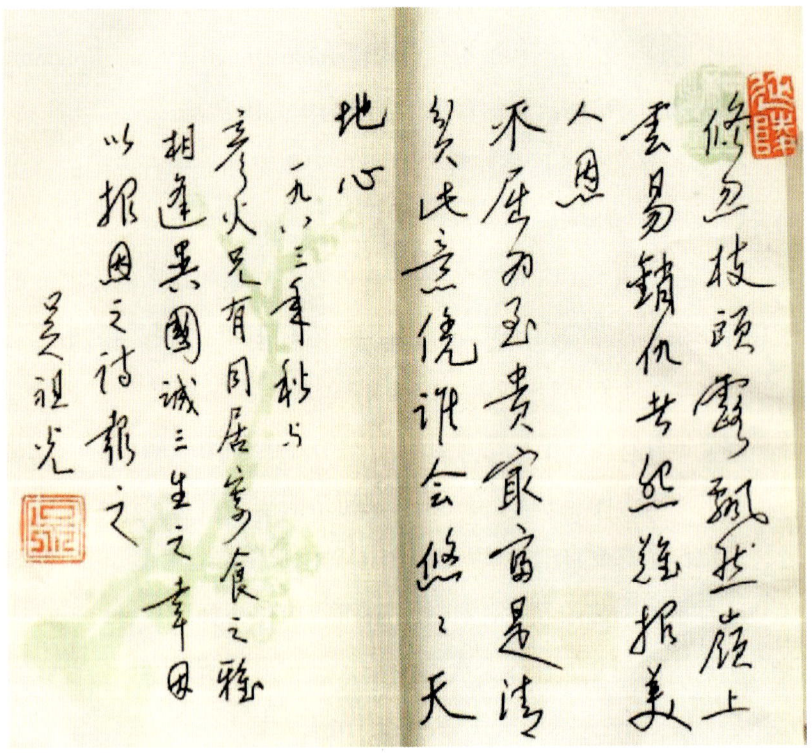
修为枝头露飘然岭上
云易销仇苦怨难报美
人恩
不屈为至贵最富是清
贫此意凭谁会悠悠天
地心
一九八三年秋与
彦火兄有同居寓食之缘
相逢异国识三生之幸因
以报恩之诗报之
吴祖光

吴祖光题赠我的“报恩诗”。“不屈为至贵，最富是清贫。”典出隋朝王通的名句：“不辱于人谓之贵，不取于人谓之富。”，很能启迪人心。

IWP主持人聂华苓与夫婿保罗·安格尔（Paul Engle）定期举行会餐，我与吴祖光每次都捎上两三个菜，不外是闽南炒米粉、豉油鸡或加一个卤水蛋、卤肉。

除了陈映真的酒鸡、红烧蹄髈，我的烹饪水平，也薄有名气。

吴祖光对烹饪也不是一窍不通的。他说他当年被遣送北大荒劳动改造时，学到一门手艺，就是腌制泡菜。

他某次购了一棵大白菜，把大白菜洗涤后，滤干、切段，再混入盐巴、白糖、辣椒，放在一个大玻璃瓶子里，然后倒进洗米水，浸满大白菜，密封，置放在阴暗处。

一周后，拔开封盖，已是一瓶美味诱人的泡菜。每顿饭，吴祖光都用长匙从瓶里掬出一小碟泡菜，用来佐饭特别醒胃。

吴祖光以洗米水代替醋，土法腌制泡菜，连来自韩国的诗人许世旭伉俪也啧啧称奇。

吴祖光感喟，在北大荒劳改的年代，食物匮乏，个个家徒四壁，人人都在挖空心思弄点吃食以填辘辘饥肠！

吴祖光为人疏爽大方，古道热肠，广结善缘，而且生性耿直，敢言敢说，参加IWP的作家都十分喜欢他。

某日，遐迩海内外的密宗林云大师到访。聂华苓召集华人作家到她家一叙。

在与林云大师的交谈中，聂华苓忽发奇想，她要林云大师观察我们几个作家的外表，并以一句话来形容各人的性格。

林云大师环顾各人一眼，便做出以下的结论——

他说，如果让吴祖光请朋友吃饭，他袋中有一百元，以他的性格，他的花费度，往往超出一百元，不敷之数，哪怕是回家取钱还是向朋友借贷，他都在所不惜。

轮到我，林云大师说，我袋中如果有一百元，会老老实实地告诉朋友，说我只有一百元，就以一百元用度为准。

还有其他作家，有的袋中有一百元，说是袋中只有五十元；有的袋中有一百元，说是只能花五十元，留五十元以防其他必时之需。

林云大师对吴祖光的性格，可谓一语中的，他对朋友端的是推心置腹，两肋插刀，尽显其柔情侠气和豪爽性格。

吴祖光快人快语，他去了一遭美国后，人家问他去美国最大的感受是什么，他答得直截：“中国只有一个雷锋，美国到处都是雷锋。”他说，在美国助人才真正是快乐之本。美国人见到陌生人大都会主动打招呼、问好，见到路有不平便会拔刀相助，与雷锋一样从不留下姓名。在美国，这种助人精神，已蔚成社会风气，当然，吴祖光所说的，更多的是他身处美国中部爱荷华城的体验。

爱荷华是美国中西部一个大学城，人口只有五万，少了一份大都会的商业味，多了一份小镇的人情味，民风淳朴，人与人的关系很融洽。

吴祖光天生是乐天派，他在任何环境下，都能保持开朗的心情，整天价乐呵呵，我在美国与他相处三个月，从未见过他愁眉苦脸。

他说，他有一班朋友已足够了，其他什么也不重要。换作别人，历经政治暴风雨的摧折，晚年还遭受到退党处分，早已苦兮兮地既怨天又怨地了。

他也有不忿，不平则鸣，天不怕地不怕，贵在不自艾自怨。

翩然的白面书生
——吴祖光的文采风流

与吴祖光交往，是一桩再愉快不过的事。

因他成名得早，著作等身，从国人论资排辈的习俗中，他的地位是很崇高的。当年毛头小子的我，对他可说是仰之弥高。但在与他的交往中，他从不摆长辈架子，十分平易近人，加上他心态年轻，竟与我称兄道弟起来。

每次到北京或他到香港，哪怕是他再忙碌也要约同私下一叙。

记得20世纪80年代，睽违二十多年的他，第一次应邀到香港，颇为轰动，因他不少戏剧都在香港演出过，他还在香港拍过多部电影，如《春风秋雨》《莫负青春》等，知名度很高。他甫到机场，

吴祖光第一次访港，特地抽空探访彦火（1988年8月13日摄于彦火鲗鱼涌金舫大厦家的阳台）

记者已把他团团包围，要在候机室开记者招待会。相信他也知道有此一着，事先已通知我到机场接他。一旦记者招待会完了后，突围而出，立即要我带他开溜。

他在酒店安顿下来后，恁地要到我的家看看，我真有点受宠若惊。

吴祖光个子不高，苍苍白发衬着一张娃娃脸，鹤发童颜，八十多岁的人，一点老态也没有，有点像金庸武侠小说笔下的周伯通。

有一次与他聊起，他说很欣赏周伯通的性格，他本人喜欢无拘无束的生活，虽然他出身名门望族——他的父亲吴瀛是故宫创办人，著名收藏家，国民党元老吴稚晖、张群的朋友，却有周伯通那一份天真和通透。

吴祖光在内地“反右”“文革”中都备受打压，尚幸他禀性乐天，熬过了政治斗争的风雨。1978年吴祖光复出后，创作力炽旺，新剧本纷纷出笼，在一年间，他连续发表了三个京剧本：《凤求凰》《三打陶三春》和《红娘子》。虽是历史题材和传统形式，但吴祖光以新颖的艺术手法，赋予旧剧鲜奇的生命力。三个京剧本曾在我当编辑的《海洋文艺》发表，口碑很好。

吴祖光早年便有“神童”之称。过去，有些书本都提到“神童”这一点，并且把它说成曹禺对他的称谓。曾就这一称号探询过，承吴祖光先生的解释，其始末是这样的：

> 关于“神童”的绰号本来不值一提，但开始这样叫的却是夏衍先生，那是1942年我写了《风雪夜归人》剧本时，夏衍刚从桂林到重庆来，看了我的手稿之后，大概是对别人这样说了一句，后来就传开了。那年我已经二十五岁，实在不能算“童”了。

且吟白纻停绿水，
却伴青霞入翠微。
合沓高名动寥廓，
纵横意气走风雷。

吴祖光这首《颂李白》的集唐句，分别从唐朝诗人李白的《白纻辞》、曹松《江西逢僧省文》、李白《述德兼陈情上哥舒大夫》、杜甫《追酬故高蜀州人日见寄》四首诗中，各摘一句，浑然天成，难怪曹禺称许吴祖光有一手好文章，还有一手聪明的毛笔字。

由上面这段话可知，第一个称吴祖光为“神童”的不是曹禺，而是夏衍。然而第一个赏识吴祖光的人是曹禺莫属了。1937年吴祖光才二十岁，便写出了话剧《凤凰城》，曹禺看了大加赞赏，并为之荐引。

曹禺是吴祖光的伯乐。曹禺曾这样描述年轻的吴祖光：“我认识祖光大约在1937年，在南京剧校，我们同在那里教书。他只有二十岁，他在那里教国文，很得学校同学的爱戴。我初见他时，他像是一位白面书生，不大说话，而自然有一种翩翩然的风度。”又说：“……但我相当羡慕他，他有一手好文章，无论写什么，他可以洋洋洒洒写下去，毫不困难。还有那一手聪明的毛笔字。这都会使人有深刻的印象。”

《凤凰城》因是吴祖光的处女作，有欠圆熟，王瑶在《中国新文学史稿》曾指出：“吴祖光的第一个剧本《凤凰城》，是写一个英雄人物游击队领袖苗可秀的故事的。剧中偶然性的穿插太多了，运用了许多旧剧的手法，不能算是成功的作品。”

尽管这样，吴祖光在这个时候已显露在戏剧创作上的才华了。而《凤凰城》在抗战期间却是在前线后方上演次数最多的一个剧本。

曹禺并没有看错人，在抗战期间，吴祖光很快表现出洋溢的才华。他的文采风流开始在这时期崭露头角，他的剧作，如《风雪夜归人》《正气歌》《嫦娥奔月》《捉鬼记》等都受到好评，其中《捉鬼记》在嬉笑怒骂之中，对时弊有入木三分的针砭，令人感到痛快。

《正气歌》是吴祖光的第二部剧作，是志记中国抗御外敌的民族英雄文天祥事迹的。当时正值抗日的高潮，文天祥“留取丹心照汗青”的气节，很鼓舞人心。1943年，《正气歌》在上海上演，风靡一时，连演近一百场，可说是万人空巷。

1978年复出后的吴祖光，以三个月的高速度，创作了一出五幕话剧《闯江湖》，剧中的主要人物达二十二人之多。

《闯江湖》是一部深刻反映中国民间艺人——评剧演员的苦难生活的戏，同时也是一部饱含辛酸泪水的喜剧风格的戏，很受欢迎。

评剧与其他的中国地方剧种一样，来自民间，它的演员和曲艺艺人，备受欺凌，在社会的最下层挣扎求生，在饥饿线上辗转呻吟。由于吴祖光的妻子新凤霞是著名的评剧演员，曾有“浸透着泪水和血痕的记忆”，也有大量亲身经历的被欺压、被迫害的往事，为吴祖光提供了最丰富的素材，所以更直接地说，《闯江湖》中的女主角，本身就有新凤霞的影子和烙痕。

吴祖光曾说道：“我写了大半辈子剧本，计算起来，恐怕也有四十来个了。可是，最使我感情激动，甚至产生一种特殊偏爱的，就是这个《闯江湖》!”这说明吴祖光在这个剧中曾灌注了心血。对这个剧本他为什么有这样深厚的感情？无他，主要是因为吴祖光夫妇在“文革”期间，就是深受迫害的一对艺术家。

令人心痛的晚年吴祖光

吴祖光曾编写了一部《新凤霞》的电视剧，主要记载新凤霞30年代学艺到50年代的演艺生活。

为什么只写到50年代？照吴祖光的解释是，1950年以后，他结识了新凤霞，最后成亲。从此，吴祖光闯入新凤霞的生活，所以吴祖光觉得写下去非与他自己有关不可，不好说话。

这部电视剧的结局只写到老舍给新凤霞介绍吴祖光，吴祖光递给新凤霞写上自己地址的纸条，便戛然而止。

新凤霞与吴祖光的结合，是老舍做的红娘。但在他们相交之前，两人互相倾慕已久矣。

提起这段姻缘，还是新凤霞采取主动的。第一次请吃饭，是新凤霞做的东。事缘吴祖光肩负《新观察》杂志采访新凤霞的任务，新凤霞主动提出请吴祖光在北京前门外泰丰楼饭庄吃饭。

过去只有捧场客请吃饭的份儿，哪有名角请吃饭这回事，所以对新凤霞来说还是第一遭（她请了大众剧场经理盛强代订的位）。这是新凤霞倔的一面，她要以主人翁的姿态出现在吴祖光面前。

新凤霞一个心思地向着吴祖光，但吴祖光在爱情路上永远是被动者，新凤霞只好演反串角色——拿出巾帼气概。

饭席上，她冲着吴祖光借《刘巧儿》主宰自己的婚姻表明心迹。可是吴祖光一世聪明，在感情问题上却是牛皮灯笼——恁地点不明。新凤霞只好摆出一字马——直话直说："我想跟你结婚，你愿不愿意？"且看吴祖光如何反应，新凤霞记载这一桩事：

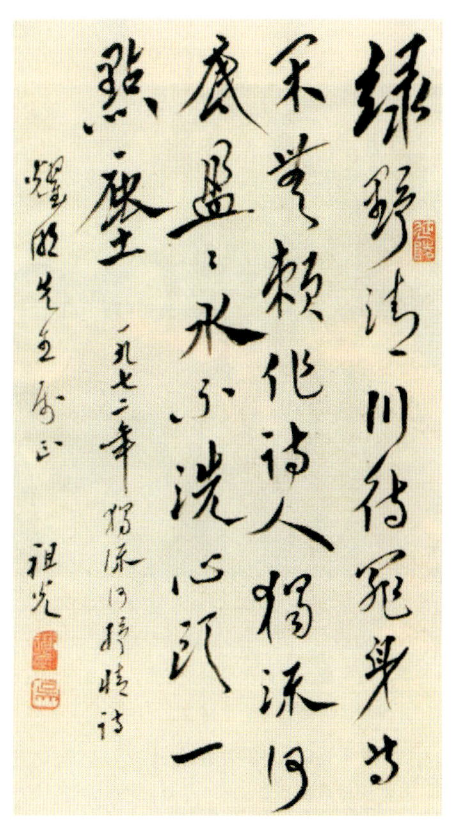

这是 1983 年吴祖光题赠我的诗，原诗题目是《有寄》。“文革”期间，吴祖光以“戴罪之身”，凝望独流河盈盈绿水，却洗刷不掉心湖的蒙尘。

> 啊！他一点精神准备都没有，他站起来停了一会儿，像大姑娘一样脸轰的红了！小声说：“我得考虑考虑。”这下子可伤了我的自尊心，我自言自语地说：“唉！我真没有想到，这像一盆冷水从头倒下来呀！是我没有看准了人。”祖光用很有分量的语气说：“我得向你一生负责。”

吴祖光也没错，结婚兹事体大，是向对方一生负责的问题，所以他要慎重考虑，这一犹豫，却伤了新凤霞的自尊心，但新凤霞回心一想，这表明吴祖光不是一个轻率的人。

吴祖光、新凤霞的婚姻所以经得起考验，一个是敢于主宰命

2002 年夏天摄于吴祖光（右）北京寓所，此时吴祖光已患老年痴呆症了，左为吴祖光的女儿吴霜。

运，一个是慎重其事，不光是情投意合那么简单。

吴祖光、新凤霞的婚后生活，很快便受到考验。

两人婚后不久，遇上“反右”运动，敢言直说的吴祖光很快被划成右派，被遣送到北大荒劳动改造。

这个时候，上头派了一位姓刘的副部长威逼利诱地劝新凤霞离婚，与吴祖光划清界限，只要她坚定立场，便可以让她入党，政治前途无限云云。新凤霞却不为所动，坚决表示，她要等吴祖光回来，并且慨乎言之：“王宝钏等薛平贵十八年，我可等他二十八年。”

自此后，新凤霞被戴上右派帽子，经常受到批斗，后来还是周恩来有了指示，新凤霞才摘掉了“内控右派”帽子。

“文革”更是一场噩梦。吴祖光、新凤霞身心俱残，遭受连番毒打、侮辱，“文革”结束前夕，新凤霞发高烧还被迫劳动，昏倒后吴祖光送她入医院，单位不给介绍信，以致其失医左下身偏瘫。

新凤霞在《我与吴祖光》的压卷篇写了一段她对吴祖光的评价：

> 我跟祖光四十年的夫妻，从五十年代就觉得，他是一位心口如一，对国家、对朋友、对亲人真诚的人。为什么有的人总是对他采取不信任的态度，有机会就整他呢？像他这样无私的人有多少？把父亲留下的字画、古董，都是价值连城的古物哇！一分不取地捐献给国家；动员我把多年唱戏的戏衣全部捐献国家；把自己从香港带回来的钱，买了一所地段最好的坐落在王府井的四合院捐献给国家，自己落得一无所有。这和那些向党要级别、要待遇，想尽方法争房子，还有那些发国难财，像老鼠一样偷偷地挖洞的人怎么比哪？

新凤霞以上的文字，是十分中肯的，以事论事，对吴祖光的形象并没有刻意拔高。

1998年4月12日新凤霞逝世，对吴祖光是致命的一击。

1998年6月，吴祖光来香港参加儿子吴欢的画展，神情憔悴，一个八十一岁的人，在香港无论是公开或私下的场合，一提到新凤霞的名儿，语气便哽咽得难以继续下去。

据吴祖光的家人说，在家中，吴祖光闲来抚摩新凤霞的旧物，睹物思人，常情难自已，悲泣不已。

此后每去一趟北京，我都要跑去探望吴祖光，目睹他身体每况愈下，以致患了老年痴呆症，目光涣散，连亲友也无法辨认，令人心痛。

2003年4月9日，吴祖光因心脏病逝世，与新凤霞是同月逝世的。

吴祖光新凤霞主演的现代版《牛郎织女》

七夕月色明如玉，
一带银河泪似泉；
法海于今胜金母，
年年牛女不团圆。

1983年与吴祖光一起参加美国“爱荷华国际写作计划”。吴祖光把他在早年写的一首《七夕》诗，郑重其事地题赠给我，作为见面礼。

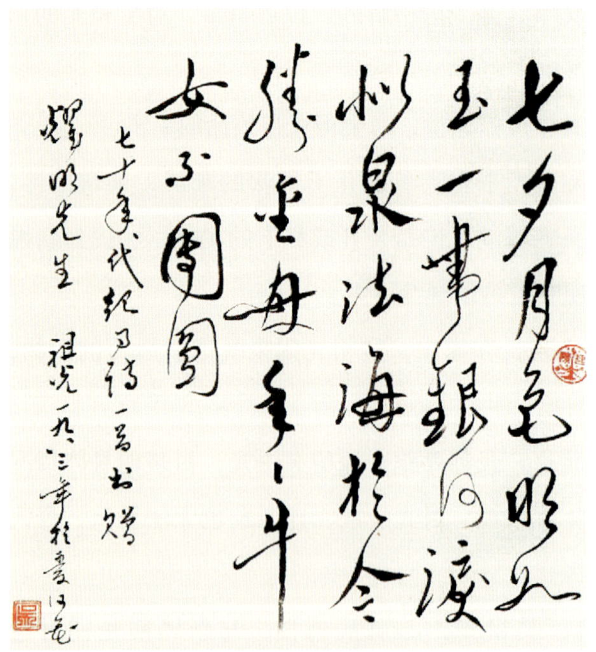

这首《七夕》诗，是吴祖光1972年10月11日于干校写的，“金母”即王母娘娘，诗中的“法海”比拆散牛郎织女的王母娘娘更有甚之，后者还让牛郎织女每年七夕一会，现实版的法海蛮横地使牛郎织女年年不得团圆。

可见这首诗对吴祖光来说，是饶有深意的。

这首诗写于1972年。吴祖光刚在干校度过第三年，那时正处于“文化大革命”的高峰期，吴祖光在《干校三年》中，有这样的诗句：“一场大革命，雷霆震九州。老头下地狱，小将上高楼。”此时许多知名老文化人被罗织各种名堂的罪名，被打成“反革命”，吴祖光也不例外，因所谓“二流堂”事件，经常遭受红卫兵的批斗。

那个年代，黑白颠倒，像吴祖光这种有识之士纷纷被打入十八层地狱者，大不乏人，连夫人——知名演员新凤霞也不例外，然而那些无恶不作的红卫兵却被捧上了天。

新凤霞曾目睹身受下面一幕——

> 1966年8月26日到28日，北京是“打全堂”的时候，老舍就是这时死的。我那时准许回家了，可白天得跟“黑五类”一起集中。小白玉霜跟我在一起连话也不敢说。整天的打人声、哭喊声，“黑帮”们唱鬼歌：“我有罪……我该死”，“革命无罪，造反有理”的喊声，吓得我魂都飞了。一天上午红卫兵在剧院当中烧了一大堆戏衣和剧照，火苗高得过了房。我们这些主要演员、走资派、黑七类、黑八类的牛鬼蛇神都被逼着围着火跪下……
>
> 这时就听见有人高喊：“打！”红卫兵手里的皮带顿时上下起落，无情地打在我们这些所谓的罪人身上。鞭子一下去，一条血印就从白衬衣里渗出来。打得我和一些人满地打滚，全身是血。

难怪吴祖光慨叹道：“老头下地狱，小将上高楼。”世道沦落，竟至于斯。

吴祖光于“反右”“文革”失去自由身九年间，在劳动改造、写检讨书之余，写下二百多首诗，收在1997年出版的《枕下诗》(花山文艺出版社)中。

吴祖光幼年习唐诗，在老祖母严格管教下，对唐诗倒背如流，但因对旧体诗格律存有怯意，虽偶写诗，寥寥可数。他称:“至1957年的‘反右’把我驱赶到冰雪的极北大荒三年，又六年之后，史无前例的‘文化大革命’来了，我已经五十岁了。革命一开始，虽然不知道为了什么原因，却‘理所当然’地难逃作为‘黑帮’的命运。”

已届五十岁的吴祖光，举唐代诗人高适“五十岁学诗”为前驱，开始下笔写诗，以浇积压心中的块垒:“身体没有自由了，但是人总是会思想的。”吴祖光的思想，不能吐不敢言，只能背地里偷偷用诗来表白宣泄。

1938年7月7日日机轰炸重庆，吴祖光曾写了一首《临江仙·重庆日机轰炸》，其中有“漫道中华国界广，任它轰炸何尤。今宵又见月当头。起来天似水，摇出一江秋”。

七夕对吴祖光来说，是很复杂的，有家国情、民族恨，还有爱情、别离情的交织。

可以说，吴祖光对于七夕别有一番滋味在心头。

他的第一部话剧和诗剧，写于抗战时期，就是《牛郎织女》。照吴祖光的话说是“根据古老的神话传说发抒我自己的感情”。

1951年，当时红极一时的评剧明星新凤霞，要求吴祖光为她写一部《牛郎织女——天河配》的评剧本，原因是内地“尽管年年都要上演《天河配》，却从来也没有固定的脚本”。

吴祖光对新凤霞言听计从，很快与新凤霞所属的北京首都实验剧团的几位老演员一道交流，并由新凤霞等人“口传心授”评剧本，其后吴祖光只花了十天时间便写出名为《牛郎织女》的评剧本。

这出评剧《牛郎织女》上演后大受欢迎。

讽刺的是，在舞台下，吴祖光与新凤霞却上演了另一出《牛郎织女》的现实版。

1966年“文化大革命”后，9月杪吴祖光被单独幽囚在地安门桥东侧中国戏剧研究院的后院，完全失去了自由。他感怀身世，在10月1日国庆节作了一首《菩萨蛮》，颇能刻画中国大地的翻腾变化，并表达有家归不得的愤慨：

中秋十五团圆月，清光小院增凄切。
举市正欢腾，山呼万岁声。
建国十七载，焰火驰星彩。
此际心想谁？有家不准归。

月夜、七夕、家、新凤霞，都是吴祖光《枕下诗》发自肺腑的题材。他在《与新凤霞纪事诗十五首》中，也有一首写七夕的诗：

一曲银河泪仙泉，悲声应彻九重天。
瑶台戟指西王母，忍令牛女别年年。

吴祖光借棒打千千万万鸳鸯的西王母和法海，诉说现实的乖戾和无情。其时，吴祖光就正是现代版的牛郎，相应地，新凤霞是现实版的织女了。

玉为风骨雪为衣

——新凤霞的福气与倔气

20世纪80年代，我负责香港三联书店的编辑部，曾筹划一套《回忆与随想文丛》，主要是老作家的回忆文集，其中有一部是由吴祖光的夫人新凤霞执笔的。

书出版后，有香港的文友觉得纳罕：新凤霞虽然是一代评剧皇后，但熟悉的人都知道她是文盲，虽然后来也曾听说她老大年纪才开始学文化，但不相信她可以写作，大都怀疑是吴祖光代的笔。

我说，我经常探望吴祖光、新凤霞伉俪，目睹新凤霞辛勤笔耕，文章写好后，的确是经吴祖光过目，吴祖光也给了意见，甚至修改过，但文章是由新凤霞自己写的，是毋庸置疑的。

新凤霞是在贫民区长大的，自幼失学，流浪卖艺，后来凭着坚强的意志，断断续续学认字，勉强可以读懂张恨水的《啼笑因缘》、刘云若的《春风回梦记》。

新凤霞后来回忆说："因为我看了用这些小说故事演的戏，知道了故事再看，半猜半认地读懂意思。"

因"文革"失医致瘫痪的新凤霞，一直得到吴祖光鼓励："写文章吧。像你当年学文化交作业那样，你想到什么就写什么，想到哪儿就写到哪儿吧。"

在此之前，老舍曾送过新凤霞纸、笔、拍纸簿，让她练习写字，加上吴祖光的循循善诱，新凤霞提起笔就写，积压在她心里的许多话，像大水涨满河堤，一俟打开缺口，文思涌现，一泻千里，她"写得那么多，那么快，她的思路就像一股从山顶倒泻下来的湍急的清泉，不停地流啊流……写得最多时一天写一万字”（吴祖光）。

每次提起新凤霞写作，吴祖光又开心又佩服。他说，新凤霞不会写“杜”字，竟在稿纸上画了个“肚皮”……她的第一本书出版以后，有人说这是吴祖光代笔的。吴祖光生气地说：“哪有的事儿，全是她自己一字一字写的！”

吴祖光有一次还特地带我参观新凤霞的书房。他们夫妻俩有各自的书房，上午伏案工作，近午时分，新凤霞把完成的初稿插在不能动弹的左手指间，颤颤巍巍地走到丈夫身边，吴祖光拿到稿往往感动到热泪盈眶，不断地说：“写得好！”

从此，新凤霞笔耕不辍。她说：“我认识了过去从未接触过的新天地，常常使我感动落泪。”

日积月累，新凤霞写出三十部作品，逾四百万字！她创造了人生的奇迹，因为她有吴祖光。

新凤霞后来不光成了作家，还是国画大师齐白石的高足——颇负盛名的国画家。

新凤霞师从齐白石，其间经过，一直为老一辈文人津津乐道——

50年代初，吴祖光与新凤霞新婚燕尔，在家宴客，邀请了包括齐白石、欧阳予倩、梅兰芳、程砚秋、洪深等人。齐白石则由他的护士武德萱女士陪同而来。

在芸芸文艺大家之中，齐白石最具艺术气质，也最恣情。他老人家第一次见到新凤霞，便为她的千娇百媚和夺人的丰采所吸引，情不自禁拿眼光死死盯着新凤霞，弄得大家忍俊不禁。

武德萱女士发现后，不禁暗地里推了齐老一下，轻声提醒道：“不要老看人家，不好……”

20世纪50年代，九十二岁的齐白石大师收新凤霞为徒，并亲自题赠新凤霞两句诗：“桐花十里丹山路，雏凤清于老凤声。”并赐新凤霞字曰“桐山”。

齐白石为此生了气，理直气壮地说：“她生得好看，我就要看。”

齐白石端的是艺术家的脾气，对美好的人、事当然不肯放过，况且他与新凤霞辈分相去甚远。好一个识大体的新凤霞，不但没有忸怩作态，还主动走到齐白石的面前，大方地对齐白石说：“我是唱戏的，就是叫人看的。您只管看吧。”

新凤霞不仅为齐白石解了围，还惹来满堂的欢笑声。

这该是新凤霞的福分，在笑声中郁风打蛇随棍上地撺掇齐白石：“老先生这么喜欢新凤霞，收她做干女儿吧。”

新凤霞福至心灵，口中直喊“干爹”，并且当下在齐白石面前款款跪下磕头，行起拜师礼。齐白石也乐得收这个乖巧的徒儿。

齐白石与新凤霞一师一徒、一老一少，意气十分相投，主要基于他们有一个共通点，兼具的“三气”：骨气、志气、义气。

新凤霞在一篇题为《忆义父齐白石先生》的文章中写道：“齐白老出身贫苦，干小活，当木工，成了国画大师也不忘根本。他说：‘旧社会我卖画养了一家人，不攀权贵，不争名，不争利，连自己的儿女也不为他们去争。本事要他们自己学，要学出骂不掉打不走的本事，成为国家和社会需要的人。无论做人、作画都要讲：骨气、志气、义气。’”

新凤霞深受大师傲傲风骨的熏陶，笔底的作品汩汩流动的也泛冒着霭霭“三气”。

20世纪80年代，吴祖光曾赠我一帧新凤霞彩墨《菊花》，新凤霞下世后，其公子吴欢赠了由他母亲画画、他父亲题字的《梅花》给我。特别是后者，吴祖光以潇洒的书法题了七个字：“玉为风骨雪为衣”，很能体现出这对患难夫妇的风骨和不屈精神，我一直把它悬挂在我的客厅。

这帧画是吴祖光、新凤霞的合作画，相信两人同时画了好几帧同样的画题，在其他博物馆也得见。这也是我所见同类画中的佼佼者。这是吴祖光下世后，其公子吴欢转赠给我的。吴欢知道我与乃父是忘年交，所以从父亲遗物中拣出来的。

自在神仙——汪曾祺

提起汪曾祺，首先映入脑海的是：一个风趣的老顽童。

记得1987年杪，汪曾祺从美国爱荷华写来一信，略谓他将经港返京，希望笔者前往接机，信末特嘱我千万预备一瓶好酒，届时浮一大白也。

汪曾祺说，在美国中西部小城熬了三个月，吃鸡没鸡味，吃肉没肉味，已淡出鸟来了。

汪曾祺是文化界闻名的美食家，有独门烹饪的好手艺，活像金庸笔下的洪七公，是一个嘴馋的人。难怪美国行让他憋得发慌，眼巴巴地盼望赶快来香港这个美食天堂，饕餮一番。

汪曾祺允称酒仙，与酒结下不解之缘。1987年9月杪过港赴美，曾与古华、施叔青等买醉于北角燕云楼，他老人家喝足大半瓶大号茅台，仍意犹未尽，后来一干人再拉队去附近餐厅喝一通啤酒。酒酣耳热，汪曾祺拍拍啤酒肚，兴致勃勃向我们透露了他早年的浪漫史，酒后吐真言，娓娓道来，令座中客又妒又羡。

汪曾祺原是酒不离口、烟不离手的人。烟、酒是他的第一生命，文章、书画才是他的第二生命。从他七十岁生日写的诗可见其概：

悠悠七十犹耽酒，唯觉登山步履迟。
书画萧萧余宿墨，文章淡淡忆儿时。
也写书评也作序，不开风气不为师。
假我十年闲粥饭，未知留得几囊诗。

诗与他的为人一样地洒脱。

他透露，看相的说他会活到九十岁，他自己则说还可以活到八十岁。

他1997年逝世时是七十七岁，他逝世前已验出有肝癌，但他禀性豁达，嗜酒如故。逝世前他还参加邓友梅组织的四川五粮液作家访问团，佳酿当前，他当然不会放过，返到北京病情急转直下，急急去见“醉八仙”了——他生前曾写过一篇《八仙》短文。

按汪曾祺的说法，他应属于看破富贵荣华、不争酒色财气的“自在酒仙”。

汪曾祺这一遽去，应无抱憾，他对生死一早便置之度外，他说，他并不怕死，觉得去日苦多，是无可奈何的事。最可惜是热爱他作品的读者。

汪曾祺1988年赠我的一对联“刚日读经柔日读史，有酒学仙无酒学佛”，可视为汪曾祺逍遥一生的自我况喻。

话虽然是这样说，他也有未竟的憾事，在《七十书怀》文末曾表示，他希望再出一本散文集、一本短篇小说集，把已开笔的《聊斋新义》写完，最后“把酝酿已久的长篇历史小说《汉武帝》写出来”。

也许假他“十年闲粥饭”，不光留下“几囊诗”，还有芸芸佳作。

可惜他走得太快了，他的创作计划并未能如期实现。

40年代他开始发表作品，后来出版第一部短篇小说集《邂逅集》，并未引起文坛注意。

1958年“反右运动”，汪曾祺被划为“右派分子”，“文革”期间被江青看中，编写了京剧《沙家浜》和《杜鹃山》，成为“八个样板戏”之二。他对这段历史从不隐瞒，在文章和私下都直认不讳。

当“四人帮”下台，有人把江青批得一无所用，说她不懂文艺，汪曾祺却持不同意见，写了文章，说江青还是真的懂得一点文艺的。

这是一种实事求是的态度。

汪曾祺是性情中人，文章练达，人也乐天得可以，整天笑呵呵，言语风趣、幽默，虽然两鬓灰白，心态、神态均属青春期，憨态可掬。

难怪与汪曾祺很投缘，吾友小说家施叔青、曹又方，诗人王渝等女中豪杰，对他交加赞誉，表示若时光倒退，一定以身相许。

这当然是讲笑而已，但汪曾祺之受欢迎程度，可想而知。

汪曾祺为人坦率，人们往往故意问他在“文革”中做过什么工作，受到什么冲击？汪曾祺直言他是“御用文人”，当年江青令他编京剧样板戏《沙家浜》《杜鹃山》，他便唯唯诺诺去编，毫无反抗余地。结果两个剧本一出来，备受“中国女皇”称许。

平心而论，《沙家浜》《杜鹃山》是样板戏之中，政治味较淡，也较有瞄头的两部。

难得的是，汪曾祺遵照

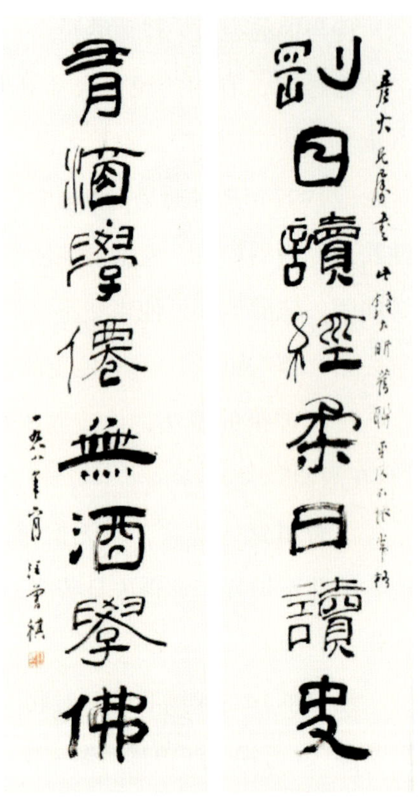

汪曾祺赠彦火的对联，特别注有“彦火兄属书 此钱大昕旧联平仄不依常格”。

彦火注：
钱大昕(1728—1804)是清代大学问家，早年以诗赋闻名江南。后入直上书房，授皇十二子书。晚年自称潜研老人，主张把史学与经学置于同等重要地位，以治经的方法治史。历时近五十年，撰成《二十二史考异》，为后世所推重。钱大昕晚年曾自撰联云：“有酒学仙，无酒学佛；刚日读经，柔日读史。”
此处汪曾祺加以援引，有自况自喻的味道。

1995年赴京探访汪曾祺，他自称遵医嘱，曾花了一年时间戒酒，可惜江山易改，禀性难移，一年后又故态复萌。（彦火摄于汪曾祺北京寓所）

“坦白从宽”的精神，从不讳言这页不大光彩的历史。他说，本家是寻常人，不是神，也不是仙，他也要吃饭、睡觉的。

有谁敢说自己的历史一贯地清白？没有做过大错的事，也有小错的事。在“文化大革命”那样残酷的年代，正如王安忆所说的“每一个深受其害的人若能平静而深刻地反省一下，谁又能摆脱得了关系”。况且，汪曾祺的编剧工作，是江青所指派的，他一介手无寸铁文人，也只好唯命是听了。

这是别人替汪曾祺辩解的说法。汪曾祺自己从不为自己做过的事文过饰非。这是他的性格。

他看似游戏人间的人，其实写作态度是再严谨不过，他笔下的每一个字都是心血浇铸出来的。

汪曾祺“真正文学创作生涯”的开始，是在他五十岁之后，在此之前，人们认识汪曾祺只是止于样板戏《沙家浜》《杜鹃山》的作者。

爱人和爱美女的汪曾祺

汪曾祺被归类为京派作家，他的京味小说，肯定是先在台北冒出来的。

20世纪80年代，台湾主要文学杂志之一的《联合文学》，为他做了一个专辑。此后，美洲的华文报章如《中报》《华侨日报》，竞相转载他的文章。

汪曾祺的文名是属于“外销转内销”式的。早年他的文章，备受副刊主编王瑜的青睐，在美国纽约《华侨日报》刊载最多。

汪曾祺在国外扬了名后，国内评论界才真正注意起这位文体作家。

论者认为汪曾祺的小说人物生活态度恬然怡闲，与老庄的“无为”境界一致，相信汪曾祺受到庄子的影响较深。

汪曾祺年轻时读过《庄子》，但他自称影响他最深的是儒家思想。

汪曾祺曾说过，“儒家是爱人的”，他的作品也是充弥着爱心。虽然他文字简约、精练，但笔下的人物形象，十分饱满，小说情节扣人心弦，很有兴味。这则是受到沈从文的影响的结果。

1939年，汪曾祺曾就读昆明西南联合大学的中国文学系，教写作课的是沈从文。

汪曾祺的印象是，沈从文不擅辞令，讲课没有课本，也欠系统，但他经常训诫学生的一句话“要贴到人物来写”，汪曾祺听进去了，终生受用。

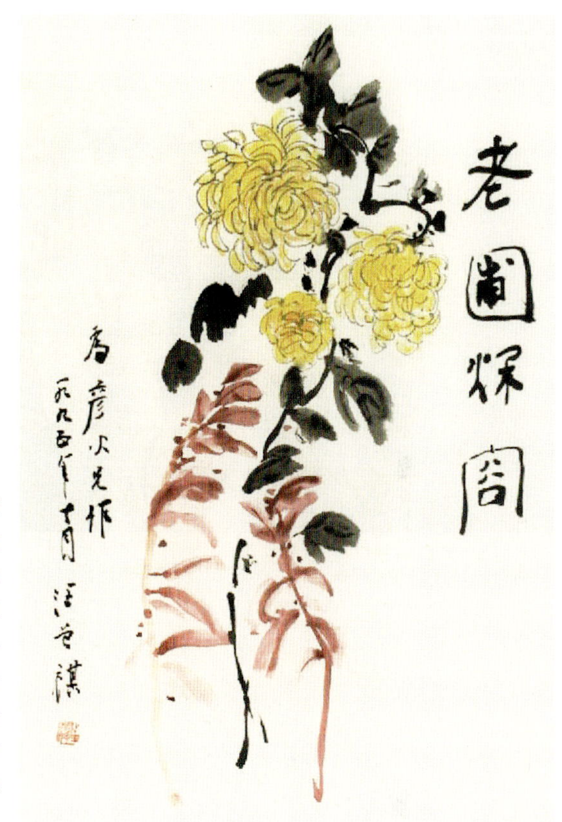

1995年秋，我甫抵北京，便接到聂华苓的大女儿薇薇的电话，她说她准备探望汪曾祺，让我陪她去花市场购鲜花，一道送给汪老。说汪老爱花。待我与薇薇捧了一大束色彩缤纷的兰花到汪老家时，汪老已画好这帧《老圃秋容》送给我。这类题材画的人多，汪老的画，别饶意韵。

沈从文的意思是，作者的笔触，随时要和人物贴紧，切忌飘浮空泛。

我曾说过汪曾祺一生之中，与“四美”分不开，就是美文、美食、美酒、美女。前三美一般人都知之甚详，至于汪曾祺生命中的美女，相信知道的人并不多。

汪曾祺的第一个美女应是短篇小说《受戒》中的女主角小英子。小英子与她的姊姊及娘，都是美人坯子：“两个女儿，长得跟她娘像一个模子里脱出来的，眼睛长得尤其像，白眼珠鸭蛋青，黑眼珠棋子黑，定神时如清水，闪动时像星星。浑身上下，头是头，脚是脚，头发滑滴滴的，衣服格挣挣的。——这里的风俗，十五六

汪曾祺的创作业师是沈从文。1989 年 5 月 10 日，是沈从文逝世一周年。我与在京的几个好友，相约赴沈家看望沈夫人张兆和女士，匆匆向沈老遗像鞠了躬，以示悼念。图为沈从文夫人（前排坐者）与众人合影照片，左起：老报人罗孚、出版家范用、汉学家白杰明、汪曾祺、彦火。

岁的姑娘就都梳上头了。这两个丫头，这一头的好头发！通红的发根，雪白的簪子！娘女三个去赶集，一集的人都朝她们望。”

这是《受戒》里的一段，以后作者单写小英子及与小和尚明海惺惺相惜的感情。小英子活泼开朗，明海有才、画工好，都是十七八岁的年轻人，两人经常厮混在一起，并没有什么异样。

直到有一次，小英子挎着一篮子荸荠到来，“在柔软的田埂上留了一串脚印”。明海看“五个小小的趾头，脚掌平平的，脚跟细细的，脚弓部分缺了一块”，这一串美丽的脚印把小和尚搅乱了，一种从未有的感觉油然而生：“他觉得心里痒痒的。”

文章最后写小英子与明海在情投意合下把船划进芦花荡，戛然而止。

这是一对青春无悔的少年爱情故事，余韵袅袅。

汪曾祺笔下的小英子，像极了沈从文《边城》的翠翠，迷死了不少读者。很多人探询过汪曾祺，小英子的原型是否他的情人，汪曾祺总是支吾以对，留下一串谜团。汪曾祺在小说篇末注明“1980年8月12日，写四十三年的一个梦”。

据写《走近汪曾祺》的陈其昌考证，小英子的原型是汪曾祺早年在庵赵庄邂逅的一个农村姑娘大英子。

1938年汪曾祺与家人躲兵荒，继母难产了，诞下一个孩子，叫海珊。大英子及母亲是被找来照拂弟弟的。

大英子虽生在佃户家，但与汪曾祺常在一起：“在婴儿海珊睡熟以后，汪曾祺、大英子和汪家人都可以在打谷场上乘凉；沐浴着夏夜的风，汪曾祺听大英子谈得多一点，大都是农事、自然现象和民间传说，但从一个充满青春气息的农村姑娘嘴里说出来的话，汪曾祺听起来比夏夜的风还要沁人心脾。”

据汪曾祺的家人说，大英子曾珍藏了汪曾祺少年时的一张照片，一直到晚年。汪曾祺的妹婿金家渝去北京探亲，曾把此事告诉了汪曾祺。汪曾祺表示到高邮要去看一看大英子。

还幸汪曾祺没有看到当下的大英子，不然，他如何把他笔下“眉眼明秀、性格开朗、身体姿态优美和健康”的小英子与已届耋期的大英子婆婆重叠?!

汪曾祺遗下也许是一份遗憾美，因晚年未能如愿看到大英子，却给自己留下一方想象的空间，正如汪曾祺经常说的写文章，应该像作国画一样，“计白当黑”，让人有想象的余地。

汪曾祺写作之余，还写书法、绘画。他自称少年时开始刻印章，为的是“换酒钱”。后来钟情书画。

汪曾祺的画名，比起文名要早得多了，他在《自得其乐》文章写道：“我画画，没有真正的师承。我父亲是个画家，画写意花卉，我小时爱看他画画，看他怎样布局（用指甲或笔杆的一头划几道印子），画花头，定枝梗，布叶，勾筋，收拾，题款，盖印。这样，我对用墨、用水、用色，略有领会。我从小学到初中，都‘以画名’。”

他的书画大都是率性而作的，以花鸟虫鱼为主，大都是小品，随意画几笔，所画多是“芳春”—— 对生活的喜悦，与他的文章一样，画面枝蔓很少，寥寥几笔，便已画龙点睛，用的就是“计白当黑”的构图法，卓然成家，大有“凌霄不附树，独立自凌霄”之概。

自娱遣兴漫说汪曾祺的画作

汪曾祺的文字精练、幽默、风趣，可读性极高。他写他在美国所遇到的人和事及所见所闻所感，笔下如一条涓涓清流，澄澈中不含沙石，果然与一般家书迥异，后者往往失之琐碎。

汪曾祺到底是画家，他写在芝加哥艺术博物馆看后期印象派的画，只用了几句话便活现了几个印象派大师的画风：

> 看了凡高的原作，才真正觉得他了不起。他的画复制出来全无原来的效果，因为他每一笔用的油彩都是凸出的。高更的画可以复制，因为他用彩是平的。莫奈的画，他的睡莲真像是可以摘下来的。有名的《稻草堆》，六幅画同一内容，只是用不同的光表现从清晨到黄昏。看了米勒的《晚祈》，真美。

以上寥寥数语，都是行家之言。汪曾祺自称："我常把后期印象派方法融入国画。我觉得中国画本来都是印象派，只是我这样做，更是有意识的而已。"

可见，汪曾祺把国画和西方印象派画风相提并论，他的画擅于把两者互为融合，兼收并蓄，创出"不中不西，不今不古"的写意画，别出心裁。

汪曾祺曾说过："我读初中时，有一位老师希望我将来读建筑系，当建筑师——因为我会画一点画。当建筑师要数学好，尤其

是几何。这位老师花很大力气培养我学几何。结果是喟然长叹，说‘阁下之几何，乃桐城派几何’。”（大笑）

汪曾祺作画因是遣兴自娱，所以一般不设色，以素净为基调。他画画时，随兴之所至，画意来了，裁一方宣纸，就案头笔墨，匆匆涂抹几笔，景物跃然而现，墨韵盎然生趣。

汪曾祺写了一首五言古风自喻：

我有一好处，平生不整人。
写作颇勤快，人间送小温。
或时有佳兴，伸纸画芳香。
草花随目见，鱼鸟略似真。
唯求俗可耐，宁计故为新。
只可自怡悦，不堪持赠君。
君若亦欢喜，携归尽一樽。

汪曾祺遗下不少画作，大部分是馈赠文友。他逝世后，他的家人及一班好友曾为他出过一本画册。

我以为汪曾祺的墨迹手稿，应集中在他的故乡高邮的“汪曾祺纪念馆”展出。

2007年应贾平凹之邀，去扬州当“第六届全球华人少年美文征文大赛”终审评判。到了扬州，披阅来自内地及新加坡初中、高中组的众多散文，特别感到初中生的散文写作水平颇高，心情很是愉快。我首先想到的是扬州毗邻高邮出了一个作家、语文大家汪曾祺。

想到汪曾祺的故居在高邮，胸臆一阵亢热，决定抽空去走一趟。

高邮是秦王子婴的封地，今天还有一条子婴河。秦始皇曾在这里的高地建邮亭，因而得名。

高邮具七千多年历史，史称“江淮首邑、广陵名区”。可见早年曾大大地辉煌过、灿烂过。

高邮不光是水网交错的鱼米之乡，也是文化底蕴很丰富的地方。今天高邮人见到外来人都会骄傲地说：高邮出过两大文豪，古有秦少游，今有汪曾祺。

汪曾祺自称自己的画作，随意性很大。他画花卉，满纸淋漓，水气很足，几乎不辨花形。这帧牡丹就是一例，水气蒙蒙，远观不辨花形，近看才知是两朵殷红盛放的牡丹，在一团团浓黑如烟似雾的漫漶中，隐隐透出一种拔萃及高贵的精神。这也若合了中国写意画的神韵：笔墨极简，趣味涵泳的境界。

我到高邮的第一站是去参观“汪曾祺纪念馆”，她坐落在千古风流的文游台。文游台在泰山庙后，是秦少游、苏东坡、王定国、孙莘老饮酒、赋诗和笑傲江湖的地方。

我去的时候是下午4时许，文游台染满岁月的烟尘，翠竹掩映，苔绿爬满石子路，四周空荡荡，有一份湮远恬淡的苍凉感。

汪曾祺纪念馆占地不大，在文游台的一厢。纪念馆首先映入眼帘的是邵燕祥的楹联，上联是“柳梢帆影依归入梦”，下联是“热

彦火赴高邮凭吊汪曾祺故居

土炊烟缭绕为文”。大抵是指汪曾祺的文章大都是写他的儿时故里，在记忆中寻觅柳梢帆影和他心中的热土炊烟。

纪念馆内有不少当代名作家的题字和汪老遗下的作品及他80年代返乡的照片，真正的手迹、墨宝几乎或缺，令人有一种不踏实的空虚。倒是有些文人的题字和题文有点瞄头，如林斤澜题字“我行我素小葱拌豆腐，若即若离下笔如有神”；贾平凹道“……汪是一文狐，修炼成老精”，一语说到骨子里去；至于王安忆的题文也很传神，她说，汪老的小说是顶顶容易读的，因为“他总是用最最平凡的字眼，组成最最平凡的句子，论一件最最平凡的事情，轻轻松松地带了读者走一条最最平坦顺利、简单的道路，将人一径地引入，人们立定后才发现：原来是这里”。

我热哧哧地跑老远路去参观汪曾祺纪念馆，一颗心仿佛失去立足点，有点失望：汪老的遗物也太少了，他一生写过的文字岂止这么一点点，还有他作品的手迹、书法、画作……怎么全不见了?!

文游台闻名遐迩古今，古有秦少游遗下的游迹和墨宝（包括碑刻），今有汪老道德文章的志记，但是偌大的纪念园地，游人只我、陪同及外地来的一家三口，置身其中，大有“风流不见秦淮河，寂寞人间五百年”之慨了!

现代派诗人王辛笛

形体丰厚如原野
纹路曲折如河流
风致如一方石膏模型的地图
你就是第一个
告诉我什么是沉思的肉
富于情欲而蕴藏有智慧
你更叫我想起
两颊丛髭一脸栗色的水手少年
粗犷勇敢而不失为良善
咸风白雨闯到头
大年夜还是浪子回家

——王辛笛:《手掌》第一段

与“九叶诗人”之一的王辛笛交往，是始于1981年杪。1981年12月21日至12月23日，王辛笛与柯灵、唐弢等人，应邀参加香港中文大学“中国现代文学研讨会”。

在会议结束后，王辛笛留港演讲，他对诗歌创作的体会和见解新颖独到，反响热烈。

在留港期间，王辛笛曾到访舍下，笔者对他进行了一次较深入的访谈，畅叙逾三个小时。

这次访谈，王辛笛系统地介绍了他的创作历程，娓娓道来，俨然是一篇完整的王辛笛创作经验谈。

王辛笛的诗名，在台湾是响当当的，台湾的现代派诗人，无不受其影响。在这次研讨会，知名诗人余光中教授和美籍华人作家叶维廉教授，对王辛笛的诗歌成就评价极高。

余光中特别举王辛笛的《手掌集》，说他的诗兼有中国古典诗歌和西方印象派色彩。

我曾就此探询王辛笛自己的看法。

王辛笛对我称："我是受古典诗歌的影响比较多一些。儿童时代读唐诗、《诗经》，唐诗里面我喜欢杜甫、白居易，还喜欢李商隐、杜牧、刘禹锡等。到了十几二十岁，开始喜欢词，词有婉约派跟豪放派，我比较喜欢婉约派，例如周邦彦、姜白石、李清照等人的作品；豪放派的辛弃疾、苏东坡的词也很好。词我喜欢慢调和长调，诗我喜欢绝句跟律诗，并以七言（七绝和七言律诗）为主。五绝和五言律诗我也喜欢，但不及前者的喜爱。我写旧体诗写七绝、七律，词喜欢写长调、慢调，这是旧的影响。"

至于外国诗人的影响方面，这与王辛笛从小学英语有关。

王辛笛说，他十岁开始学英语，他在十七岁便爱上波德莱尔的诗，那时他买到一本波德莱尔著作英文版的散文诗《恶之花》（*Flowers of Evil*），王辛笛"就把它拿来翻译，翻了几首，登在天津的《大公报》副刊《小公园》"。

1931年王辛笛攻读清华大学外文系，在大学接触英文诗，涉猎惠特曼、泰戈尔的诗歌。到了大学二年级，读19世纪英国浪漫主义诗歌，如拜伦、雪莱、济慈，此外还有18世纪英国诗人蒲柏的诗歌，这些与过去读到的新月派诗人徐志摩的诗，是一脉相承的。

1933年到1935年，王辛笛开始读西方现代派诗人的作品，他们是英国现代派诗人艾略特、奥登，法国象征派诗人马拉美、兰

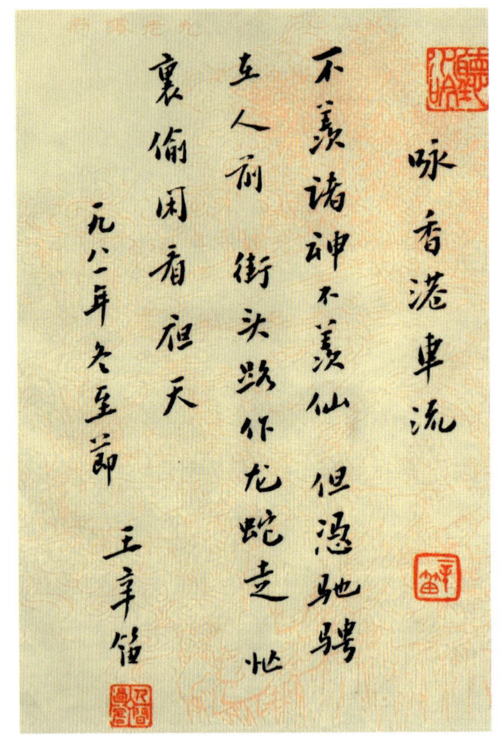
咏香港車流
不羡诸神不羡仙
但凭驰骋在人前
裏偷闲看夜天
一九八一年冬至節
王辛笛

王辛笛1981年12月杪参加香港中文大学“中国现代文学研讨会”期间题赠。诗人在车水马龙的香港，仍忙里偷闲仰望夜空。

波、凡尔哈伦等的作品和诗论，他还读过17世纪英国玄学派诗人约翰·多恩的作品。

王辛笛早在南开中学读书时，便开始写诗，向《大公报》的《小公园》投稿，时年十七岁。

王辛笛自称，他最喜欢的诗人是济慈、惠特曼、朗费罗。

王辛笛认为诗的节奏比格律更重要，所以在大学期间，他不大喜欢有“复古派”之称的闻一多，但却特别喜欢俞平伯所讲的词，喜欢他讲《文选》中的《海赋》《江赋》里，形容江水的容貌、海的容貌的字句。俞平伯的作品《读词偶得》《读清真词》，都是那时期教课用的讲稿，他曾深受其影响。

中国古典诗词加上西方现代诗人的影响，使王辛笛能融合传统诗词的典雅和外国诗歌的现代表达手法。

从他20世纪30年代写的《珠贝集》《手掌集》，可以窥见其创作的脉络和风格。

王辛笛没有像同一时期进步作家与革命跟得那么紧贴。

这并不代表他不追求“进步”。

1949年他也写歌颂新社会的诗，但他“始终写得不怎么好”（王辛笛语）。

他也响应毛泽东《在延安文艺座谈会上的讲话》的号召，作家也不当了，干脆下厂，走与工人结合的道路。

1949年后，王辛笛的诗创作几乎是枯萎了，诗作寥寥可数。

诗人邵燕祥在评论王辛笛与何其芳时，不无感慨，他认为，王辛笛没有像何其芳那样早年参加革命，到了延安就没有写诗了，王辛笛囿于政治形势，在五六十年代已搁笔了。

邵燕祥对王辛笛那一代有才识的诗人，作出这样的评价：

> “诗有别材，非关学也”，不是说诗人可以忽略文化教养，而是强调诗人的天赋才情、慧心、悟性。在这方面，何其芳和辛笛都是得天独厚的，加之他们又都接受了中国古典文学和西方文学的良好教育，如果能有自由发挥的环境，本来可望成为在中西文化潮流汇合点上的弄潮儿，成为有所继承又能创新的闯将。

所以今天我们在论述这些诗人的创作成就时，可供谈资的，只有他们早年的诗作。

不及林间自在啼

——诗人王辛笛的心声

在中国新诗史上，承传中国新诗现代主义的传统而开创一片灿烂星空的“九叶派诗人”，具有举足轻重的地位。

九叶派诗人，包括九位诗人：曹辛之（杭约赫）、辛笛（王馨迪）、陈敬容、郑敏、唐祈、唐湜、杜运燮、穆旦和袁可嘉。

九叶派诗人与西方的现代主义在本质上不尽相同，他们在文学观念上首先主张的就是“人的文学”“人民的文学”和“生命的文学”。在艺术上，他们自觉追求现实主义与现代派的结合，注重在诗歌里营造新颖奇特的意象和境界。

九叶派诗人除了郑敏，已先后作古，我与王辛笛、杜运燮、郑敏有较多的联系。

1949年后，旧体诗被提倡，王辛笛的创作历程，也由早年新诗时代的《手掌集》，进入《听水吟集》的旧体诗时代。

在王辛笛晚年的旧体诗结集——《听水吟集》自序中，王辛笛觉得“旧体诗文，言简意赅，尤堪玩味”，因此“每遇胸有块垒，亦尝试有旧体诗词之作”，且不止于此，诗人颇愿“以诗代史”抒怀。

王辛笛早年浸淫过唐诗宋词，旧体诗写得好。王辛笛于1971年写了一首《六十初度感赋》，颇能刻画他晚年的心境：

艰难不作心酸语，自向溪桥听水声。

到眼青山最堪恋，一生误我软红情。

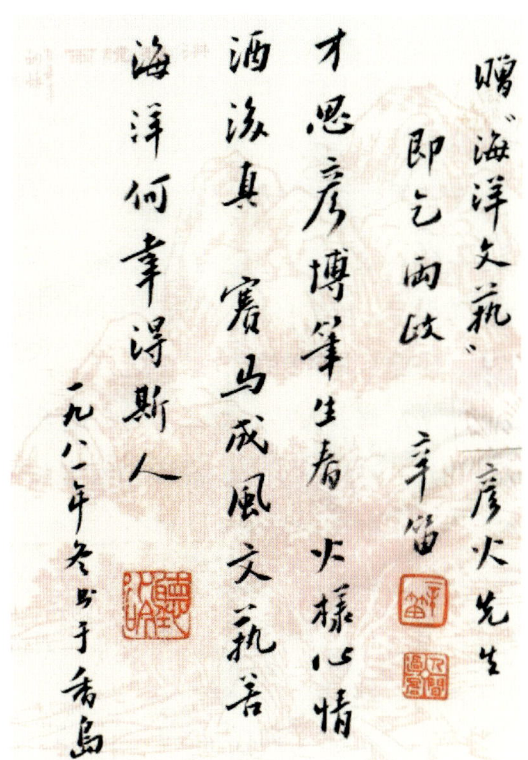

这是1981年辛笛访港题赠的，当时我在《海洋文艺》月刊任职。这首诗有点谬赞了，倒是一句“赛马成风文艺苦”，道尽香港文艺在商业社会受到冷遇的苦况。

根据王辛笛女儿王圣思的解读，王辛笛暗喻自己一辈子情牵山水、注重感情，缺少阶级观点的刚性。“软红情”与他喜欢的《红楼梦》有关。

诗人的情感是丰富而深远的，我曾目睹王夫人逝世对他的巨大打击——

记得2003年10月的金秋，参加浙江嘉兴金庸小说国际研讨会期间，听文友说，王辛笛夫人徐文绮去世，辛笛伤心过度，身体也每况愈下。会后我从嘉兴专门跑一趟上海，打定主意要去探望辛笛。

去时扑脸是瑟飒的秋风，在上海诗人黎焕颐带领下，我们爬上四层楼高的唐楼，辛笛的女儿王圣思已迎了上来。

辛笛不良于行，已安坐在书房与客厅共一室的书桌前，另一角是王夫人的灵位及辛笛亲题的挽联。

辛笛原戴着氧气罩，见到我来，赶紧除下，冲着我绽出一朵久违的笑容。

圣思说，自从王夫人去后，辛笛便不言不笑。他老是一个人枯坐着，像极了入定的高僧。

王辛笛与夫人是20世纪30年代邂逅的，红娘是作家靳以的弟弟章功叙。两人婚后一直相濡以沫，虽然性格不尽相同，辛笛个性懦弱、忧郁而内向，王夫人好强、开朗、擅长交际，但能互补长短，相安无事。

据说王夫人经常引用赵元任的一句话自况：“吵吵闹闹五十年，人人都说好姻缘。”

王夫人去世，对辛笛是一记轰天雷，他自此茶饭不思，默默不语，恍惚生活在另一个世界，可见他对王夫人爱得深澈。

正如英国的卡莱尔说的：“没有爱的诗人在自然和超自然中，都是不可能成功的。”

王辛笛夫妇吵吵斗斗一生，却很恩爱。图为1981年1月9日在彦火太古城家接受访问。（彦火摄）

王辛笛逝世前，在上海寓所与女儿王圣思的合影。（2003年彦火摄）

难得的是，辛笛见到我时有点雀跃，竟然能开腔讲话了，思路也算敏捷。

九十岁的老人头脑很清晰，他还记得于1981年岁末来港参加中国现代文学研讨会，之后还到我家做客的情景，说他是与文绮一道去的。

那次家庭式的叙晤，谈到他对中国新诗的新颖见解。迄今读来，仍然很有启发意义：

> 从写诗来讲，一般的影响来自两方面，一个是古典诗歌，一个是民歌。……写诗的，要是没有历史感，没有对于历史传统的知识、对历史传统的爱好的话，那么他就不是诗人了。艾略特对传统就提得很高。光讲传统和个人才能也不够，应该加上时代感和社会性。生在今天，就得从今天去接近过去的传统，这是时代的烙印了，人不是孤立的。除专门强调个人才

能，还需强调人的社会性，因为我们是一代特定社会的人。

1949年后我们喜欢很简露很直率地写文章和讲话，作为文学作品，在这个时代，光是直率，是不能够表达我们复杂的思想情绪的。自然，对于真正的晦涩，要考虑怎么避免。……

诗人对香港是情有独钟的。他有一首以《香港，我又来了》为题的诗，结尾是这样写的："从天星渡轮上到地铁 / 通过空间缩短 / 时间延伸 / 我们的手会握得更紧更紧 / 我们的情怀会更加端绪纷纷。"

"你走了 / 头也不回 / 走得很远。"（《别情》）辛笛是于王夫人逝世三个月后黯然而走的。对我们而言，他走得很远，但却与王夫人亲近了。

王辛笛早年毕业于清华大学外文系，后留学英国爱丁堡大学，是教授兼诗人，他与同辈的文人一样被勒令进行劳动改造，近六十岁的一介书生，要重新学做体力劳动：第一次赤脚下秧田、第一次筛土糊墙、第一次种菜拔草、第一次为修路搬运石子和煤渣、第一次耙垃圾稻草沤肥、第一次开沟挖渠、第一次挑水灌粪坑 …… 最后让他负责养猪。

1988年诗人在回顾这段历史时，以欧阳修目睹笼中的《画眉鸟》后所作的诗句"始知锁向金笼听，不及林间自在啼"自喻，慨然下笔道：

来去浮云半老身，论诗煮酒几前春。
偶然还作林间唤，不及林间自在啼。

这诗可视为王辛笛那一代文人的写照。

爱写“怪诗”的杜运燮

对于活跃于20世纪40年代的中国诗坛的“九叶诗人”，今人也许不大了了，艾青在《中国新诗六十年》中却给予极高的评价：

> 日本投降后……在上海，以《诗创作》与《中国新诗》为中心，集合了一批对人生苦于思索的诗人：王辛笛、杭约赫（曹辛之）、穆旦、杜运燮、唐祈、唐湜、袁可嘉以及女诗人陈敬容、郑敏。他们接受了新诗的现实主义的传统，采取欧美现代派的表现技巧，刻画了经过战争大动乱之后的社会现象。

艾青以上所列包括杜运燮在内的九位诗人，在40年代曾写出不少脍炙人口的诗篇。

我之所以对九叶诗人之一的杜运燮特别感兴趣，因杜运燮（1915—2002）身份特殊。他属于“归侨诗人”，在星马也有文名，原籍福建古田县，诞生于马来西亚，童年、少年均在马来西亚的“山芭”（农村）度过，十六岁离开大马到中国读高中，之后他与当年不少东南亚华人子弟一样，为了寻求知识和追求进步，走过了十分崎岖的人生路。

杜运燮回国后求学的道路，基本上是平坦的，他在攻读西南联合大学外文系时，接触了联大著名作家、诗人如闻一多、朱自清、沈从文、冯至、卞之琳、李广田等，他因此认识了许多爱好文学，特别是爱好诗歌的同学。他还参加了进步学生团体“群社”。

杜运燮于1942年发表《滇缅公路》，一举成名。全诗七节三十九行，节奏明快，热情挚诚，讴歌滇缅公路和它的筑路工人为抗日战争、为支援前线所起的巨大作用，为那个时代、那条公路留下一页令人难忘的篇章。

这首诗开头的一段是这样的：

> 不要说这只是简单的普通现实，
> 试想没有血脉的躯体，没有油管的
> 机器。这是不平凡的路，更不平凡的人：
> 就是他们，冒着饥寒与疟蚊的袭击，
> （营养不足，半裸体，挣扎在死亡的边沿）
> 每天不让太阳占先，从匆促搭盖的
> 土穴草窠里出来，挥动起原始的
> 锹镐，不惜仅有的血汗，一厘一分地
> 为民族争取平坦，争取自由的呼吸。

杜运燮的诗擅于以细致的笔法，抒描生活中的一切（包括时代和历史的课题、生活中的思想和感情火花），在艺术的表现手法上，大致承继了新月派、现代派，特别是西方现代诗的写作技巧。

我与杜运燮的交往始于1978年内地开放后。他告诉我，1949年后，自己几乎在诗坛消失了。他还被指为专写“怪诗”的诗人——在今天看，他的诗一点也不怪。因为工农兵群众读不懂，在“文化大革命”中他更是厄运难逃，一直被下放山西干苦活。到了1979年才被平反。

时人也许不知道，20世纪80年代内地掀起对“朦胧诗”的批判，首先被点名批判的不是北岛、顾城，却是杜运燮。

杜运燮复出后，1980年在《诗刊》第一期发表了题名《秋》的短诗，这首诗揭开了内地对“朦胧诗”的争论的序幕。

这首诗共分五段二十行，兹摘其受批判的首、四、五段如下：

连鸽哨也发出成熟的音调，
过去了，那阵雨喧嚣的夏季。
不再想那严峻的闷热的考验，
危险游泳中的细节记忆。

紊乱的气流经过发酵，
在山谷里酿成透明的好酒；
吹来的是第几阵秋意？醉人的香味，
已把秋花秋叶深深染透。

街树也用红颜色暗示点什么，
自行车的车轮闪射着朝气；
吊车的长臂在高空指向远方，
秋阳在上面扫描丰收的信息。

同年8月,《诗刊》首先发表一位署名章明的文章《令人气闷的“朦胧”》，指其为“……似懂非懂，半懂不懂，甚至完全不懂，百思不得一解。……”

论者认为“鸽哨”是一种发声的器具，它的声词很难有成熟与否的分别，而说气酿成“透明的好酒”喻义难明；至于“秋阳在上面扫描丰收的信息”，论者认为信息不是一种物件，不能被扫描出来。

杜运燮这首诗其实并不朦胧，只能说在表现手法上较含蓄、委彦火注：这封信写于 1982 年。其间我正在与他进行一次书面访问。他信中提到的“长篇叙事诗”似乎并没有完成。当时我任职的香港三联书店正拟给幸存的“九叶诗人”杜运燮、王辛笛、袁可嘉、郑敏编选四人集，此书后来不晓得什么原因没有出成。《九叶集》由江苏人民出版社出版。

婉而已。所以卞之琳曾经提出反问，假如论者关于“信息不是一种物质实体，它能被扫描出来的吗?”此一说法能成立，则那令人佩服的一句毛泽东的诗“她（梅）在丛中笑”，以及李商隐的“蜡炬成灰泪始干”，“就必定更为荒诞”。

1951年杜运燮由香港返内地，一直在新华社新闻编辑部工作，“文革”中下放山西当农民，1979年初返北京恢复原职，曾在新华社《环球》杂志当编辑。

在桥上看风景的卞之琳

在港台及海外，卞之琳的诗一直为诗歌爱好者所传诵着，从未间歇。我觉得中国老一辈的诗人，可以问鼎诺贝尔文学奖的，除了诺贝尔文学奖评审委员马悦然曾经提到的艾青，卞之琳应是不二之选。

艾青是中国现实派诗人的大纛，卞之琳则是现代派诗人的一面猎猎旗帜。

余光中对卞之琳的哲理诗，大为激赏。余光中在一篇《诗与哲学》为题的文章指出："现代诗中企图表现哲理的作品不少，但成功的不多。"他称颂卞之琳是此中的佼佼者，是"一位杰出的现代诗人"。

余光中举卞之琳早年的短诗《断章》为例，认为虽然寥寥四句，却"是一首耐人寻味的哲理妙品"：

> 你站在桥上看风景，
> 看风景的人在楼上看你。
> 明月装饰了你的窗子，
> 你装饰了别人的梦。

不少海内外评者均论及这首短诗，余光中说得透彻："原来世间的万事万物皆有关联，真所谓牵一发而动全身。你站在桥上看风景，另有一人却在高处观赏，连你也一起看了进去，成为风景的一部分，有如山水画中的一个小人。”“同样一个人，可以为主，也可以为客，于己为主，于人为客。正如同一个人，有时在台下看戏，有时却在台上演戏。”

卞之琳这类哲理诗，比比皆是。

卞之琳（1910—2000）是原名，他的笔名是季陵。今人对卞之琳的名字耳熟能详，倒是把他的笔名淡忘了。

20世纪70年代末与80年代初，笔者写《当代中国作家风貌》和编卞之琳的《雕虫纪历》（香港三联书店繁体版），与他交往较多。最近整理与他来往的信件，拢共有近二十封之多。其中不乏逾千字的长信。他的字很像巴金的字，像一尾尾小蝌蚪，有点潦草，细辨之下，还是分明可读的。

卞之琳给我的信，涉猎的范围很广，其中包括他的生平、创作生活、代表作、对新诗的创作体会和主张。

卞之琳写新诗，既写自由体，更多写格律体，与“新月派”及后起的“现代派”都有缘，既直接受过西方二三十年代各式“现代主义”诗（包括后期象征主义诗）的若干影响，也保持了我国古典诗的主要特点。

卞之琳既然曾经师法闻一多的新格律体，那么他应是属于新月派的诗人，为什么又有人将他列为现代派的诗人？笔者曾就此征询过他，他在回信中解释道：

> 我自己写诗最初是发表在徐、闻等被称为“新月派”编的《诗刊》上，后来又跟号称“现代派”首要人物戴望舒相熟，并曾被他挂名列入他所编《新诗》这本刊物的编委会，难怪人家有的把我归入“新月派”，有的把我归入“现代派”，其实，就诗论诗，我两派都是又两派都不是，不是吗？

这封信是卞之琳于1979年寄给我的。信中提到的老范，是出版家范用，《徐志摩诗选》后来由四川人民出版社1980年出版，序言由卞之琳执笔。

这封信卞之琳也提到徐志摩的优点和不足之处。信中提到他与新月派和现代派的关系，“两派都是又两派都不是”，暗喻已从中脱颖而出，走自己的路。

《雕虫纪历》1979年由人民文学出版社出版。

耀明兄：

寄来《海洋文艺》三期号（上次是老范那里又给我送来两本）和《选集》都收到，谢谢。这一阵太忙乱，未早作覆，歉歉！

《徐志摩诗选》，1958年前后，人民文学出版社就曾约我编选写序，先就我从上海文史馆陆小曼处调阅有关资料，回到我这里的回信，以后搁置起来了，直到今年才旧事重提，我又答应了。只是我手头工作都忙不过来，只好今年还不能“上马”。而陆小曼却已早在六十年代初期病逝了（我当时也不知道），未曾能见到这本书的出版，真是憾事！

我和徐志摩的诗，只是在他逝世前的不足一年时间，而和陆小曼更从没有见过一面。徐诗我看主要是和闻一多诗一样，开始将白话口语写诗，破除化一些文言和欧化的遣词造句，引进西诗的一些格式，使我国新体诗达到一个较成熟的阶段，功不可没。而徐诗本身到今天还是大有可耐读的，[illegible]西诗角度看，本来就已不新“现代”化，这是可供借鉴的艺术享受。

我自己曾经最早是发表在徐、闻等诗稿为《新月》派编的《诗刊》上，后来又跟号称《现代》派诗首要人物戴望舒相熟，并曾被他拉去列入他所编《新诗》这本刊物的编委会，以往人家有的把我归入《新月》派，有的把我归入《现代》派。其实，就我论诗，我两派都是又两派都不是，不是吗？

《雕虫纪历1930—1958》（我不赞同“诗选”而只“诗汇集”），已自己看过九次校样，也送去十月一日国庆节前大概可以出版了。第一辑里1930至1937年[illegible]都不是当初都发表过，而有的当时未发表过的，[illegible]这次编集子都没有收入）。

此请编安。

卞之琳 六月十日

1981年摄于卞之琳家

“两派都是又两派都不是”，这句话好像很难理解，其实并不。所谓“两派都是”，是说卞之琳曾与这两派发生关系，所谓“两派都不是”，是卞之琳又能脱出两派的窠臼，走出自己的道路，在诗歌的创作上，突出了自己的风格。

在卞之琳早期的创作活动中，有三个人与他关系最密切，他们是徐志摩、沈从文和闻一多。

徐志摩是最早发现卞之琳富有诗才的人。1931年初，徐志摩到卞之琳就读的北京大学教英诗，在课外看到卞之琳的诗作，后来他带回上海与沈从文一起读了，大加赞赏，不由分说，分交一些刊物发表，还亮出了卞之琳的真名。

卞之琳深谙化古、化欧之道，知道如何承继传统诗，借鉴西诗，以探索中国新诗的进一步建立。他在50年代初期一次诗歌问题的讨论会上指出，中国古典诗词只有吟唱的传统，而“五四”以来的白话诗受到外国诗的影响，才有“为了念”的传统。他说：“这种新传统到今天也不能说不属于我国的民族传统，而照这种新传统写出来的新诗形式也就不能不是我国的民族形式。”

他在《雕虫纪历·自序》一文就更明确地指出：

> 我写白话新体诗，要说是“欧化”（其实写诗分行，就是从西方如鲁迅所说的“拿来主义”），那么也未尝不“古化”。一则主要在外形上，影响容易看得出，一则完全在内涵上，影响不易着痕迹。一方面，文学具有民族风格才有世界意义。另一方面，欧洲中世纪以后的文学，已成“世界上的文学”。现在这个“世界”当然也早已包括了中国。就我自己论，问题是看写诗能否“化古”“化欧”。

卞之琳这段话，意即中国新诗的道路，除了要有纵的继承，也要有横的移植，并且将继承和移植融会贯通，这就是所谓“化古”和“化欧”之道；此外，还说明了只有将自己的民族传统与世界文学的意义联系在一起，才可开拓中国新诗的发展。卞之琳自己是身体力行的。

卞之琳的成就还不止于诗歌，他是北京大学的西语教授，翻译了不少西方名著，包括《莎士比亚悲剧四种》《英国诗选》等等。

卞之琳单恋张充和不果，一直到张充和结婚，自己再结婚。
图为卞之琳夫妇合影，1981 年摄于北京寓所。

卞之琳的美诗妙译

> 蜜蜂的细腿已经拔起了，
> 多少只果子，而你的足迹呢，
> 沙上一排，雪上一排，
> 全如水蜘蛛织成的水纹？
>
> —— 卞之琳：《足迹》

说起与卞之琳的交往，除了我做现代中国作家研究之外，还有一段因缘。

当年我任职香港三联书店的时候，为他出版《雕虫纪历——1930—1958》（增订版），其间为出书的事与他通过好几封信。

卞之琳在“文革”后复出，1979年人民文学出版社为他出版了《雕虫纪历——1930—1958》，书出版后转瞬间销售一空，洛阳纸贵。人民文学出版社出版的《雕虫纪历——1930—1958》，卞之琳把过去写的诗，特别是1939年以前的部分删得太多，难以窥见卞氏诗风全貌。

其实卞之琳删除的诗，大部分是他为“私生活中一个隐秘因素”写的诗——这些诗可读性相对较高。

后来我在北京出版家范用的荐引下，提出出版《雕虫纪历》的增订版。因为人民文学出版社的《雕虫纪历》已销到香港，笔者曾探询卞之琳，香港版是否改一个书名，况且他把自己诗作以“雕虫（小技）”自喻，是否谦虚过了头？！

卞之琳对书名很执着，理由是《雕虫纪历》已打响了招牌，不好改，倒是他同意香港版的《雕虫纪历》增加了较早删除的部分，至于人民文学版书末所附英文自译诗十一首则予删除。

事后我对这做法，颇感美中不足。

卞之琳补上三十首的诗，很是珍贵，照卞之琳的说法，“其中《群鸦》和《芦叶船》则完全因为从1934年先后曾在上海和北平的出版社在刊物上登过预告，就以这两首的题目作书名，后来并没有出书，而这两首也只分别在另两本集子里出现过一下。”

更难能可贵的是卞之琳把题赠张充和，而因战争爆发未及出版的《装饰集》也收进去，卞之琳在《附记》中，说是“砍了一首大部分，只留了个尾巴，独成一首小诗”。

至于被砍掉的一大部分是什么，相信只有地下的卞之琳，和他为之苦恋一世的张充和女士知道。走笔至此，我不禁想起他香港版《雕虫纪历》的压卷篇——《路》的结尾：

> 也罢，给埋在草里，
> 既厌了“空持罗带”。
> 天上星流为流星，
> 白船迹还诸蓝海。

关于卞之琳的“隐私”，也只好“给埋在草里”，像流星一瞬即逝，像帆船消失在蓝天尽头。

另一个美中不足的是，卞之琳西洋文学根底很深厚，他是北京大学西语系教授，也是翻译家，他的译诗肯定很棒。在香港版的《雕虫纪历》删除“自译诗”，未免可惜，都怪我当时没有坚持保留这一部分。

谈到译诗，卞之琳很有自己的一番见解，他在《翻译对于中国现代诗的功过》一文中，指出时人在译诗时，大都不扣原文，“只顾迎合时尚来译诗，一旦成风，反过来又影响诗创作，彼此互为因果，就形成恶性循环。”

试举以下卞之琳自译的两首短诗，英译与原文紧扣，仿如组构珠贝上下的两叶瓣，开合自如，浑然一气：

这封信是1979年写给我的。信中提到香港三联书店版的《雕虫纪历——1930—1958》（增订版），比之前出版的人民文学版最终增加了三十首诗，而不是信中所说的二十首。
信中提到的《山山水水（小说片断）》，1983年由香港山边社出版。
至于《徐志摩诗集》，还是由卞之琳写了序言。

第一盏灯

鸟吞小石子可以磨食品。

兽畏火。人养火，乃有文明。

与太阳同起同睡的有福了，

可是我赞美人间第一盏灯。

The First Lamp

Birds engulf hard pebbles to grind the grain in their crops.

Beasts fear fire. Men keep fire, and so arises civilization.

Blessed are those who arise at sunrise and sleep at sunset.

Yet I praise the first lamp that opens on a new world.

无题五

我在散步中感谢
襟眼是有用的，
因为是空的，
因为可以簪一朵小花。

我在簪花中恍然
世界是空的，
因为是有用的，
因为它容了你的款步。

The Lover's Logic

Walking listless, I feel grateful
That the buttonhole is useful
Because it is empty,
Because it can hold a small flower.

Fixing the flower makes me remember
That the world is empty,
Because it is useful,
Because it allows your graceful walking.

第一首诗虽短小，但寓意深刻，意象繁富。译来十分考功夫，卞之琳译笔流丽潇洒，琅琅可诵。

第二首分明是爱情诗，原是留空的襟眼，因可以簪一朵小花，而变得有用，偌大的世界，因为你的款款步履而变得有价值。译诗扣紧原文，韵味自成，不啻是美诗妙译。

苦恋一世的卞之琳

我要有你的怀抱的形状，
我往往溶于水的线条。
你真像镜子一样的爱我呢，
你我都远了乃有了鱼化石。
——卞之琳:《鱼化石》

卞之琳的爱情哲理短诗之中，最为人传诵的，除了《断章》，还有《鱼化石》。

《鱼化石》与《断章》一样，全诗只有四句，却有丰富的内涵，也同属爱情诗，是为张充和而写的。

卞之琳在《鱼化石・后记》的解读中表示，诗的第一行借用了保尔・艾吕雅（P. Eluard）的两行句子:“她有我的手掌的形状，她有我的眸子的颜色。”与司马迁的“女为悦己者容”的意思相通。

第二行蕴含的情景，从盆水里看雨花石，水纹溶溶，花纹溶溶，令人想起保尔・瓦雷里的《浴》。

第三行“镜子”的意象，仿佛与马拉美《冬天的颤抖》里的“你那面威尼斯镜子”互相投射，马拉美描述说，那是“深得像一泓冷冷的清泉，围着镀过金的岸；里头映着什么呢？啊，我相信，一定不止一个女人在这一片水里洗过她美的罪孽了；也许我还可以看见一个赤裸的幻象哩，如果多看一会儿”。

而最后，鱼化成石的时候，鱼非原来的鱼，石也非原来的石了。这也是“生生之谓易”。也是“葡萄苹果死于果子，而活于酒”。

诗人反问：“诗中的‘你’就代表石吗？就代表她的他吗？似不仅如此。还有什么呢？待我想想看，不想了。这样也够了。”

四行诗可以引申出一大堆繁复的意象和埋藏那么丰富联翩的遐想，我想古今中外也只有卞之琳才有这份的能耐！

性格极度内向的卞之琳，也许存心与读者捉迷藏，不好直截地表明真正心迹，只好顾左右而言他呢。

还幸，卞之琳在1978年出版的《雕虫纪历·自序》曾隐隐约约吐露了这段感情，使读者才可寻到他感情生活的一些蛛丝马迹：

> 在一般的儿女交往中有一个异乎寻常的初次结识，显然彼此有相通的“一点”。由于我的矜持，由于对方的洒脱，看来一纵即逝的这一点，我以为值得珍惜而只能任其消失的一颗朝露罢了。不料事隔三年多，我们彼此有缘重逢，就发现这竟是彼此无心或有意共同栽培的一粒种子，突然萌发，甚至含苞了。我开始做起了好梦，开始私下深切感受这方面的悲欢。隐隐中我又在希望中预感到无望，预感到这还是不会开花结果。仿佛作为雪泥鸿爪，留个纪念，就写了《无题》等这种诗。

其实，徐迟远在1943年，在《圆宝盒的神话》一文便指出，“……献给一个安徽女郎的《鱼化石》，这一片《鱼化石》中的怀抱着并且照出了全世界各时代的恋。”

这个安徽姑娘不是别人，正是安徽张氏四姊妹之一的大才女张充和。

卞之琳虽然精通中西文化，著述等身，但却拙于口才，寻常讲

卞之琳摄于北京寓所书房(1979年彦火摄)

话讷讷而结结巴巴，很不伶俐，加上内向性格，使他在感情上吃尽苦头。

正如张充和所说的，卞之琳是一个极不开朗极为内向的人，是一个不善于、也不敢于表达自己的感情的人。唯一的途径，只有诉之于文字和诗篇。

对卞之琳的倾情，我相信张充和女士不是全无所知的。张女士在答复苏炜询问时说道："他后来出的书，《十年诗草》《装饰集》什么的，让我给题写书名，我是给他写了；他自己的诗，让我给他抄写，我也写了。可是我也给所有人写呀！我和他之间，实在没有过一点儿浪漫。他诗里面的那些浪漫爱情，完全是诗人自己的想象，所以我说，是无中生有的爱情。"

溯自1937年，卞之琳客居澄州雁荡山大悲阁寺，特地编选了他的近作，题为《装饰集》，注明“献给张充和”的，这已间接表达了浓浓的情谊了，张充和不可能感觉不到的。这本诗集原来打算由戴望舒的新诗出版社出版不果，后来编入《十年诗草》，也是由张充和题的书名。

卞之琳为了表达对张充和的深款情谊，自己曾把《装饰集》抄录一遍，准备把这手抄本，赠送给张充和，最终也没送出去。

问题是卞之琳从未向张充和直截表达过爱意。如果他学习当年沈从文追求张充和的三姐张兆和的死劲——他深埋在地下单恋的种子，说不定有破土的机会。当年沈从文天天给他的学生张兆和写情信，张不胜其扰，把情信交给校长胡适处理，后来沈从文转到别的大学任教，仍然死心不息地给张兆和写情信不辍，终于打动美人芳心。

无疑，沈从文是情关的一员闯将，卞之琳缺乏的恰恰是这份胆识，不免遗恨绵绵。

张氏四姊妹，都是民国享誉一时的才女：大姐张元和嫁昆曲名角顾传玠；二姐张允和与语言家周有光结缡；三姐张兆和在沈从文穷追之下，下嫁于沈从文；卞之琳所苦恋一生的四妹张充和，最终嫁给汉学家傅汉思。

图为苏炜兄代向张充和求的墨宝，张充和于2010年8月3日送赠彦火的手书。九十七岁老人笔下的字，力透纸背，格调逸致，气韵宛在，不减当年。

从爱字通到哀字

沈从文曾在《三生》文章里，隐含揶揄卞之琳单恋张充和的鳞爪："……然而这个大院中，却又迁来一个寄居者，一个从爱情得失中产生灵感的诗人，住在那个善于唱歌吹笛的聪敏女孩子原来所住的小房中，想从窗口间一霎微光，或者书本中一点偶然留下的花朵微香，以及一个消失在时间后业已多日的微笑影子，返回过去，稳定目前，创造未来或在绝对孤寂中，用少量精美文字，来排比个人梦的形式与联想的微妙发展……"

晚年的张充和曾说道："那时候，在沈从文家进出的有很多朋友，章靳以和巴金那时正编《文学季刊》，我们一堆年轻人玩在一起。他（指卞之琳）并不跟大家一起玩的，人很不开朗，甚至是很孤僻的。可是，就是拼命给我写信，写了很多信。"

换言之，这是卞之琳一厢情愿的单恋，这一恋情旷日持久，整整维持了一甲子。打从1933年秋在沈从文家邂逅在北大读书的才女张充和开始，卞之琳便为她的丰仪所倾倒，此后，魂牵梦绕，一发不可收拾。

原来被闻一多称赞不写爱情诗的卞之琳，改变了初衷，为张充和写下大量驰名的、爱情题材的诗篇，如他的代表作《断章》《鱼化石》《无题》等诗篇。

卞之琳的苦恋与日俱增，一层一层地积淀在他的心底，他的情诗原是地下感情熔岩的喷发，所以字字珠玑，行行深情。诗人这份深情虽蘸满心中流淌如泻的泪痕，却刻意显得深沉莫测。这也是他自况自喻的"古代人的感情"："古代人的感情像流水，积下了层叠的悲哀。"（《水成岩》）而时间"磨透于忍耐！""回顾"时还挂着"宿泪"（《白螺壳》）。

卞之琳有点守株待兔式地枯候“吹笛的聪敏女孩子”的眷顾，再没有结识其他异性朋友，直待到张充和1948年与汉学家傅汉思在北平结婚。七年后，1955年他才与现任夫人青林结婚。

婚后的卞之琳，仍然余情未了，念念在兹。

记得20世纪70年代末，内地刚开放，我便收到一篇散文稿，是由北京三联书店总经理范用转给我。文章是给《海洋文艺》，我当时在该杂志任事。当我收到这篇文章时，怔忡老半天。因为整篇文章的笔迹是老诗人卞之琳的，作者的署名却是张充和。

后来我在北京见到卞之琳，我特地就此事探询过他。他腼腆地说：“因为我要保留她的手稿！”

那是个还没有复印机的年代。仅仅是为了保留她的手稿，已届七十多岁的诗人花了不少力气用硬笔一笔一画地誊抄了这篇稿。这篇稿比起诗人自己写的稿更工整清晰、更用心。

卞之琳逝世后，卞之琳的女儿青乔将其父于1937年为张充和手抄的一卷《装饰集》以及一册《音尘集》、一卷张充和手抄的《数行卷》，捐赠给了中国现代文学馆。

《数行卷》（七首诗）是张充和以毛笔蘸银粉，用秀丽小楷写的，卞之琳把这手抄本一直随身携带，直到他离世，可见对其珍爱。

二十多年过去，卞之琳也已走了十余个春秋。他是带着这一段终身不渝的苦恋上路的。

以苦恋的长跑者姿态出现的卞之琳，最终的结局，在他的《白螺壳》已预见到了：

> 我仿佛一所小楼，
> 风穿过，柳絮穿过，
> 燕子穿过像穿梭，

这封信是卞之琳于1979年寄给我的。序文，指卞之琳为《徐志摩诗选》写的序，后在《海洋文艺》发表。

楼中也许有珍本，
书叶给银鱼穿织，
从爱字通到哀字！
出脱空华不就成！

好一句“从爱字通到哀字”的沉痛喟叹，至于是否有“出脱空华不就成”那样的洒脱，相信这只是卞之琳故作轻松的哀鸣而已。

也许心思纤细的女儿，深谙父亲可昭日月的一片苦心，她把卞之琳单恋的私下“定情之物”，让文学馆去珍藏，不让散失。时光荏苒，留下的，恍如鱼化石，凝住了一段天荒地老的痴情，永恒长存。

不管怎样，这段从来没绽过芽、开过花，更没有结过果的感情，长年在诗人心中激荡巨大的波澜，发酵并酝酿成醰然醇厚、流传不衰的诗篇，造就了一代大诗人。

有洁癖的卞之琳

卞之琳给我的二十多封信中，不乏长信。之前发表的短信，因为篇幅所限，内容较简单。倒是他的长信，涉猎的题材较广泛，内容也丰富得多了，从中更可窥他的治学态度、学养，以至他的人生取态。

我特选登一封较代表性的长信，全文如下：

耀明兄：

接到你六月十四日信，还没有顾到作覆，前天又接到七月份《海洋文艺》。

首先让我祝贺你们能发表到《时间》这首诗，我个人认为是艾青年来发表过的最好一首新作，也为国内若干年来少见的好诗。

其次，一定会使你感到扫兴的是：我出于诚挚的关切，劝你不要轻易写那本《中国作家散记》。诚如你自己所说，这是“吃力不讨好的”事情。你当然知道的，去年杜渐、苍梧出于一片好心，从我的随便谈话中整理出一篇访问记，未经我本人看过，发表了，有不少事实和说法错误（倒没有什么政治错误），害得我不得不以补充方式给《开卷》第四期发表一篇《通信》不着痕迹地把一些主要错误更正了。这篇《访问记》又被这里一种内部刊物转载了，在许多编辑部广为流传，每听人谈到，我总要请他找第四期《开卷》看看我那篇《通信》，这也许仅是我出于我一贯的洁癖（我常常甚至于自己一发表了什么就非常后悔），别人爱热闹可能无所谓。死者自己当然更无所谓了，可是也还有尚在的死者的亲友。（你寄给我的那本《选集》序文里，对我所作的评语可能很有见解，而也可能中肯的，只是一些事实错误，例如我用过H.C的笔名之类，使我看来总觉得不舒服。）目前内地一些高等院校中文系编印了好几种中国当代作家传等之类的小传，内容雷同，大多是经过作家自己审核过的，都是内部资料，当然也是公开的“秘密”，我这个循规蹈矩的死心眼人总认为不好寄给你们看，只好请原谅。如果你已经不得已写了那本书，出版前征询一下有关的人的意见，或者也是唯一避免好心好意使人不愉快的办法吧？

最后，我想征询你一点意见。月前我写了一篇文章题为《莎士比亚〈哈姆雷特〉的汉语翻译及其改编电影的汉语配音》，又写长了，约有一万一千字，送交了约我写稿的一个大型刊物。竟以“太深”的理由还给了我。其实，我还是做普及性工作，给学术性刊物，应是太浅了。我这次不怕人家说我“王婆卖瓜”，就一些例子对照一下朱生豪的“权威”译文，和我自己的译文，再通过上影译制片厂1958年根据我的译本给奥里嘉纲埃主演的那部老影片整理配音，作一番检验（这部黑白片今年重新公映，而且上电视，遍及内地各县，看的人次不少），看起来是些琐屑，实际上是讲的运用汉语译诗以至写法的基本功。我是鉴于我国多少年来写诗、译诗、读诗的大半丧失了对祖国语言的艺术性能的感觉力和鉴别力，而费此唇舌。文章全无政治问题，不论是任何地方，除非说琢磨祖国语言也就是一种政治。内地也不是没有发表的地方，只是我想先请你考虑能否给《海洋文艺》发表，或转告苍梧，

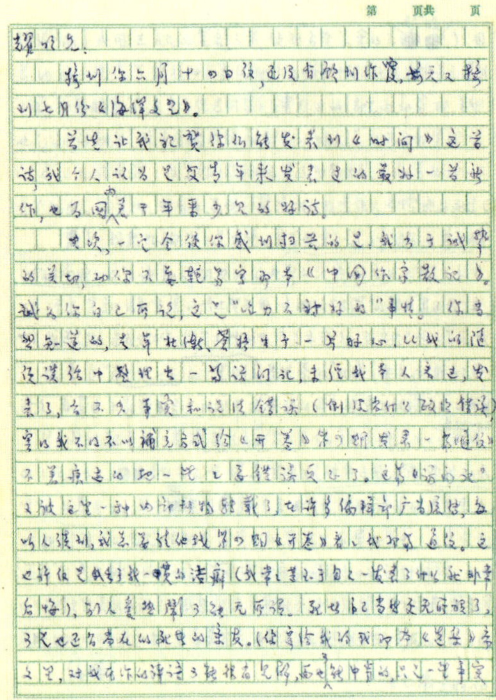
第 页共 页

北制 78.12 20×20=400 (1529)

卞之琳给彦火（潘耀明）的一封长信第一页

他们的《八方》想不想考虑发表。你们是月刊，出得快一点，所以先问问你。

编安！

卞之琳 六月十八日

这封信是我在编《海洋文艺》月刊时卞之琳寄给我的，时间是1979年。

艾青的《时间》（共五十行），发表在1979年7月号的《海洋文艺》上，卞之琳读后，很为激赏，依稀记得这首诗的开首是这样的：“时间与空间 / 有一个共同的母亲 / 叫做‘无限’。”

信中提到的《中国作家散记》，是我于1980年完成的著作，易名《当代中国作家风貌》（正续编，香港昭明出版社），台湾远景出版社后易名《当代大陆作家风貌》出台湾版，并由韩国圣心大学出版社翻译韩文版出版。

书内收有《诗人、翻译家卞之琳》，出版前，曾给卞之琳过目，也承他订正一些错误。

卞之琳是一个治学十分严谨的人，可以说达到一丝不苟的地步，这也就是卞之琳信中所说的“洁癖”。

信中他以1978年11月发表在香港《开卷》文艺丛刊一篇访问记出现的谬误，警戒笔者。

卞之琳对《开卷》的出错，很是耿耿于怀。由香港大学张曼仪教授编的《卞之琳年表简编》，也提到这一笔账：

> 1978年11月，香港《开卷》创刊号刊出古苍梧（古兆申）的访问稿《诗人卞之琳谈诗与翻译》。11月26日，写信给古苍梧对访问稿作出订正加补充，该信刊于《开卷》第四期（1979年2月）。

卞之琳是莎士比亚研究专家。他1929年考入北京大学英文系，便译了莎士比亚的《仲夏夜之梦》，时年十九岁。

此后，他还翻译大量西方诗人的作品和文论。1954年完成《哈姆雷特》的翻译，此后他完成“莎士比亚悲剧四种”，除了《哈姆雷特》，还有《奥瑟罗》《里亚王》《麦克白斯》。

信中提到他写的《莎士比亚〈哈姆雷特〉的汉语翻译及其改编电影的汉语配音》长文，原先给《海洋文艺》发表的，主编吴其敏嫌太长，最终转由《八方》发表。

爱死美文美女的蔡其矫

家乡福建，当代文坛出现不少大家。诗歌和散文都优秀，小说是比较弱的一个环节。

散文、诗歌中，如早年的冰心，其后的蔡其矫、郭风、何为，乃至闻名海内外的当代诗人舒婷，都是广大文化天空一颗颗闪亮的星宿。

每个成功的人，在她（他）的生命中，肯定有一位在特定时间出现的伯乐。所谓千里马比比皆是，伯乐难求，舒婷这匹千里马，是由蔡其矫这位伯乐发现的。

舒婷的成名作是《致橡树》。

1977年3月之前，舒婷还未真正涉足文坛。某日她陪老师蔡其矫在厦门鼓浪屿散步。一生追求人间美好事物——包括美女的蔡其矫表示，在他的过去经历中，邂逅了不少漂亮女性，可惜大多数是头脑简单，缺乏才气；然而有才气的女性，样貌不一定娟好。既聪明兼且美丽的女性，不是没有，却失之泼辣和强悍，令人不敢造次。

对此一论点，舒婷大不为然，与之争论不休。她觉得天下男人都要求女人的外貌、智慧和性格的完美，这只是从男人的角度出发，以为自己有取舍受用，其实作为女性的角度，她们有“自己选择标准和更深切的期望”。

舒婷因此有感而发，返家一口气写了《橡树》这首成名作，并由蔡其矫转交艾青过目，获得肯定。后来给北岛发现了，把题目改为《致橡树》，发表在《今天》杂志上，备受好评。此后舒婷一跃

[illegible]明弟：

非常赞成改变称呼！民族饭店初晤，我就喜欢你了。我逢人就说你年小有为。你的文笔我也喜欢。按道理我也应称你为兄，但从心里却把你当作弟弟，所以字上不从俗，而照感情办吧！

我已经欠你许多信了。寄来两本《风光》，大约没收，但也应该告诉你。贺年片收到，却未回音。年初收到你一封信，一直放在随身带着的提包里，到北京开诗歌座谈会，想回信却又忙于别的事未落笔，随后又带着它去参加诗刊社组织的以艾青为团长的海港访问团，想在广州就近给你发信，也未成。最后又把那信带回福州，这一圈竟费去了三个月。今天四月三日，刚到福州，又读你二月十四日来信。

在北京召开的诗歌座谈会，是建国以来的第一次。二十九省市都有人到会，连北京的在百人以上。中宣部部长[illegible]作了重要讲话，也是难得的。有不少激动人心的发言。艾青和白桦，说得最好，贺敬之的也极精彩。其中也不免有些斗争。天安门事件的参与者，发言最激烈。我倾心于他们。这次集会，可以为作未来的全国文代会的序幕。已经是解放思想，原订的谈创作几乎冲没了。从这会中，可以预测未来的诗坛将出现新星。而有些老人，却也有被淘汰的可能。北京"自发"的文学刊物《今天》也到席，在会上出售他们的油印本，那上面的一首《回答》已刊在诗刊三月号上。

座谈会成果之一，是组织了海港访问团，由艾青率领，二月二十一日在广州会齐，到海南岛、湛江港、广州港，上海港，花了四十天时间，写了六百首诗，尚有一部份人去青岛港。艾青带头写了二十几首。已送出部分诗给《作品》、《诗刊》发表。上海的《解放日报》已抢先发表一些。

四川决定出诗刊。广州想先在报纸付刊上办诗刊。上海已出[illegible]诗歌月刊。我曾建议四川办的专登新诗，上海办散文与诗的合刊，再在有条件的地方去办个译诗的刊物。

贵刊用《元宵》和《圆舞曲》，很受国内欢迎。你们也是一支队伍，希望多吸收老人和新人。我也将继续支持，仍[illegible]贤侪之好。

谢谢你赠送的月历和旅游画册！紧紧握手！

其矫 四月三日晚

这封信是蔡其矫1979年寄给我的。信中特别提到建国以来的第一次诗歌座谈会，是于1978年底到1979年初在北京举办的，气氛热烈，各位代表踊跃发言。当时作者与诗人们都认为这是文坛开放的标志。受这次大会影响，上海、广州、四川都筹办了诗刊。

信中提到，"北京'自发'的文学刊物《今天》"，原是地下诗刊，由北岛主编，在3月号刊登了北岛的成名作《回答》。

信中提到的《风光》杂志，即《风光画报》，我曾当督印人及编辑。信末提到的《元宵》和《圆舞曲》，均为蔡其矫"文革"后的新作，发表在《海洋文艺》上。

而成为当代中国诗坛的一员大将。

我认识蔡其矫，是1978年夏天在北京史家胡同艾青的家。当时我是作为香港文化界代表团的一位成员，应廖承志的邀请而上京的（团长是蓝真）。其间曾跑去看望艾青。当时在艾青家刚巧有一位身材魁梧的客人，艾青拉着我的手，说给我介绍一位福建老乡诗人。

我紧紧握着一双粗壮的大手，眼前赫然是心焉神驰的诗人蔡其矫，读过他不少抒情诗篇，爱上他明丽而柔情的诗篇，想象中的他是一个翩翩风度而有点彬彬弱质的男子，真人却出乎意料地英伟。

蔡其矫是抒情的，特别从他不徐不疾的谈吐和优雅的举止中，那是属于蔡其矫式的。

蔡其矫是追求美、善的。他不讳言他爱死美诗美文美女。2005年情人节，他在福建的诗歌朗诵会期间购买了九十九朵玫瑰花，当着闹市向经过的美丽少女，献上一枝玫瑰花和他的诗作《思念》。时年八十七岁。

读罢这则新闻，我不禁莞尔：这就是蔡其矫！如果你读到以下这两句诗，你就不会感到纳罕了："为了一次快乐的亲吻，／不惜跌得粉身碎骨。"

这是诗人的恣情，也是蔡其矫的恣情。据知，他曾因热恋一个将军的千金，差点陷至万劫不复的地步。

诗人对感情是不矫饰的，他的诗不光是激情，还有沉淀后的明澈。我曾说过，蔡其矫的诗像一片云，投影在一碧清潭中。

蔡其矫的诗作中，有着云的轻舒和云的洒脱，行云流水，是对文气而言，在这里指的是"诗气"，是蔡其矫诗的风格。从以下的一首短诗，我们看到"云的纯洁"：

我看见一队少女在击浪扬波，

太阳照射她们如一群洁白的天鹅；

而风吹乱嫩绿的柳丝和她们的头发，

向每个心灵唱着青春的歌。

——《玄武湖上的春天》

在蔡其矫之前，我想象不到还有哪一个诗人，写过如许朝气可爱、扬波击浪的少女 —— 在明艳太阳照射下，恍如一群洁白无瑕的天鹅，那一匹为湖风搅乱的头发，柔软如“嫩绿的柳丝”……所有这些，在洋溢着春天涨满的乳汁，撩动人心。

下面且看另一片云的流响 ——

南方少女的柔情，在轻歌曼声中吐露，我看到她，独坐在黄昏后的楼上，散开一头刚洗过的黑发，让温柔的海风把它吹干，微微地垂下她湿的眼帘，发出一声低低的叹息。她的心是不是正飞过轻波，思念情人在海的远方？还是她的心尚未经热情燃烧，单纯得像月亮下她的白衣裳？当她抬起羞涩的眼凝视花丛，我想一定是浓郁的花香使她难过。

——《南曲（又一章）》

《南曲》是盛行于闽南的古老曲调。这种曲调本身就很委婉动听，诗人遄飞的联想力，从少女的弹唱中向人们展示很轻柔、很澹美的境界，如云在水中的流响，汩汩地流进人们的心间，使人进入不是抽象而是形象的音乐的境界。

诗如其人，现实中的蔡其矫也是“一片云”，他在我们头上悄悄飘逝，却在每一个人的心间划亮人间真情的火花。

忍受黑暗的蔡其矫

仿佛是作为一次大变革的纪念
你于无人知的地下储存
忍受长期黑暗的埋没……

以上是蔡其矫代表作《常林钻石》中经常被人引用的诗句。

在风雨如晦的年代，中国不知道有多少才智之士，为政治的秋风卷落叶般扫落，萎化泥尘，渗入深邃的地层，渺无声息，“忍受长期黑暗的埋没”。

也许有一天，风雨过后，阳光普照的日子，“常林”经过地壳变动，被深埋地层、千万年淬成的“钻石”，终于出土。

但是在现实社会，出土的几率是很低微的。因为——

当你处身在深邃的地层
僵硬、冰冷、微贱而无光色
经历时间和风雨无数冲洗
你逐渐显露，逐渐呈现光泽色彩
藏身在流水下，又为泥沙掩盖。

有些被湮没的文学天才，刚在文坛崭露头角，很快又被无形的政治巨手打入万丈深渊，“又为泥沙掩盖”。

还幸蔡其矫与他的同一代人，在埋没二十年后，又重新出土。

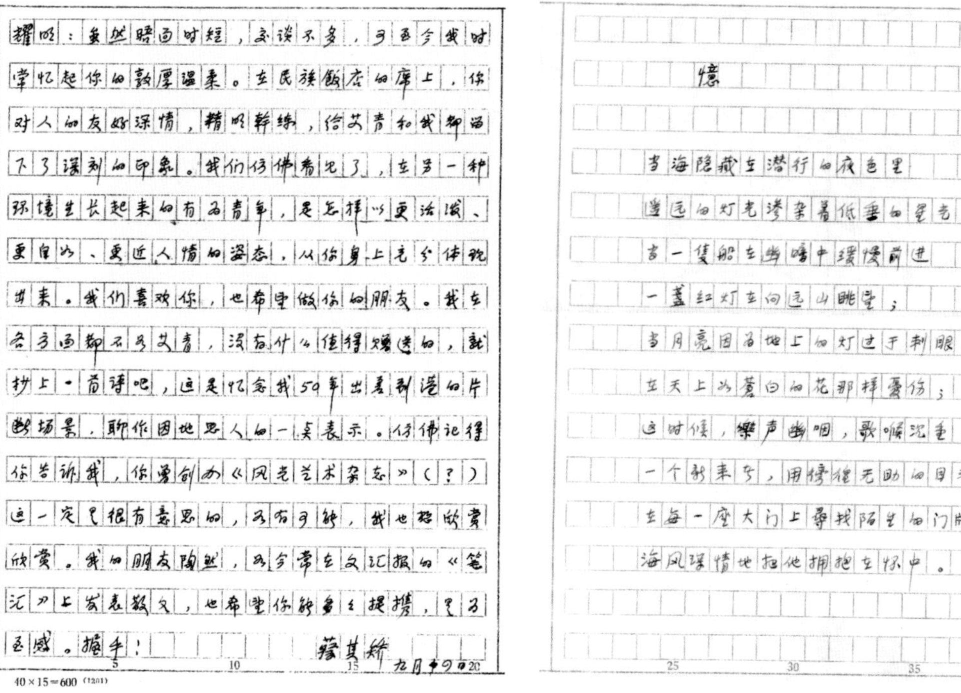

耀明：虽然时间短短，交谈不多，可至今我时常忆起你的敦厚温柔。在民族饭店的席上，你对人的友好深情，精明干练，给艾青和我都留下了深刻的印象。我们仿佛看见了，在另一种环境生长起来的有为青年，是怎样以更活泼、更自然、更近人情的姿态，从你身上充分体现出来。我们喜欢你，也希望做你的朋友。我在各方面都不及艾青，没有什么值得赠送的，就抄上一首诗吧，这是忆念我50年出差到港的片断场景，聊作因地思人的一点表示。仿佛记得你告诉我，你要创办《风光艺术杂志》（？）这一定是很有意思的，如有可能，我也想欣赏欣赏。我的朋友陶然，如今常在文汇报的《笔汇》上发表散文，也希望你能多多提携，实为至感。握手！

蔡其矫 九月十四日

憶

当海隐藏在潜行的夜色里
遥远的灯光渗杂着低垂的星光；
当一只船在幽暗中缓慢前进
一盏红灯在向远山眺望；
当月亮因为地上的灯过于刺眼
在天上如苍白的花那样忧伤；
这时候，乐声幽咽，歌喉沉重
一个新来者，用惶惑无助的目光
在每一座大门上寻找陌生的门牌
海风深情地把他拥抱在怀中。

40×15=600

左：这封信是蔡其矫1978年寄给我的。信中提到的《风光艺术杂志》，其实是《风光画报》，我当时是督印人及编辑。

右：蔡其矫50年代曾因公干到过香港一个月，后来写了《忆》，回忆他香港行的点滴感受。

诗人无不感慨地写道：

二十年，并不是短暂的瞬间
历史上有过烜赫一时的文化
并不比它漫长！

……

这已经是悠久的行程：

1985年12月，蔡其矫摄于香港

错误的假设
付出多么沉重的代价
以为一切轻而易举
以为语言法力无边
毁坏多少精华
留下多少破烂！
——《二十年》

二十年后的蔡其矫，在当代中国的诗坛上十分活跃，还幸他没有像"常林钻石"，一直被埋没。

蔡其矫（1918—2007），祖籍福建晋江，1918年12月12日出生于晋江圆坂村。他父亲早年便到南洋谋生，1926年，鉴于战乱，举家迁往印尼泗水市，蔡其矫在那里接受了小学教育。他的父亲希望他继承父业经商，1929年，十一岁的蔡其矫却从印尼回到中国。

少年的蔡其矫怀着对祖国、对生活的热望，单身匹马去迎接生活的风浪。

他先后在厦门、泉州的教会学校度过五年寂寞的学校生活。1934年，他赴上海，进入暨南大学的附中，在那里他受到“一二·九”救亡运动的感召，直接参加到火热的斗争中去，并开始发表救亡运动的文章。当运动陷于低潮，蔡其矫在中学毕业后，重返福建，旋后又回到印尼泗水家中。

蔡其矫对祖国炽热的感情，使他无法安于谐适的生活。

1938年，他又开始第二次的远征，他先到新加坡，经缅甸、香港，再与一群同学，经武汉，奔赴延安。

后来，蔡其矫到河南新四军做宣传工作，由于患上疟疾，被送回后方，于该年初冬第二度到延安，并进入鲁迅艺术学院，开始对文学著作的研习。八个月后的1939年夏，他与三千名青年开赴敌后，经历了三个月的艰苦行军，进入晋察冀。1940年，任华北联合大学教员。

此后，蔡其矫曾一度担任新闻报道工作。日本投降后，蔡其矫任随军记者，进入张家口，并参加绥远战役。1946年华北联合大学在张家口复办，蔡其矫在该校任文学系教员，在那里他邂逅了艾青，自此后便有深厚的交谊。

蔡其矫曾说过，“在中国古典诗歌中，我最爱的是李白的诗”；“在中国现代诗歌中，我最敬爱的诗人是郭沫若和艾青”；“在外国诗人中，我最喜欢的是惠特曼”。

蔡其矫在《涛声集·后记》中，道出他在创作上的探索，其中之一就是力图“在意境上去学习古典诗歌”，把“古典山水诗中的出世思想，变为现代人心理上所必然具有的欣赏山水和热爱生活的天然联系”。

蔡其矫诟病内地流行的长篇抒情诗:“好像一大盆白开水，无色无味，灌得你肚子快要胀破，而仍有饥饿之感!”

蔡其矫诗的气魄、格局也许不够宏伟，但他的诗短小精悍，语言新鲜，风格清丽，抒情味浓重，可读性甚高。这是蔡其矫对语言艺术下了苦功的结果。

臧克家的“爱情游戏”及其他

爱就爱个死，
眼泪，苦痛，失眠，发疯，
要爱，就押上整个生命。

这是臧克家《感情的野马》中的诗句。当感情的野马被释放出来时，主角的他——抱吟，一位“带着笔随部队上前线的诗人”，当他认识了“荣誉军人招待所”的女所长，他把她“俨然宠成了一尊神”，疯狂地爱上她，已“把心血，把名利，把肉体，把灵魂，做了孤注”。一旦“输给了爱情，赢了苦痛”以后，其结局是带有毁灭性的：

天地，爆炸吧，
人生，爆炸吧，
脑子，爆炸吧！

这种宣扬“爱情至上主义”，诚然令人震撼，但与臧克家后来予人“进步诗人”的身份，真是有点格格不入了。

所以论者指出，“他只是个恋爱的游戏者”（孔休）。

我第一次见到臧克家，是在1978年秋。我是由国务院负责港澳办事务的廖承志邀请的文化界代表团成员之一。

那个年代，有一批著名艺术家、作家刚从劳改营或牢中“解放”

了。诗人之中，包括臧克家和贺敬之等人。

当代诗人之中，艾青、臧克家、卞之琳是我心仪的诗人。

臧克家是最早“被解放”的诗人之一，这也许是与他的表现有关。

印象中，在这次与香港文化界的会见中，臧克家精神矍铄，表现得十分活跃。

臧克家无疑是中国当代诗坛的杰出诗人，他的第一本诗集《烙印》，洋溢着过人的才气，也是他芸芸诗集里最具诗质的作品。

臧克家早年的诗作，特别是《烙印》里的不少诗篇，像律诗，很精练，也蕴含哲理。且精选其中意味隽永的诗句如下：

> 真想它来个痛快的爆炸，在死灰里找点静谧。
>
> ——《都市的夜》

> 混沌的活着什么也不觉，既然是谜，就不该把底点破。
>
> ——《烙印》

至于他的那一首《像粒砂》，更令人沉吟再三：

> 像粒砂，风挟你飞扬，
> 你自己也不知道要去的方向，
> 不要记住你还有力量，
> 更不要提起你心里的那个方向。
> 从太阳冒红，你就跟了风，
> 直到黄昏抛下黑影，
> 这时，天上不缀一颗星，

你可以抱紧草根静一静。

——《像粒砂》

在大革命失败之后，笼罩全国的政治低气压，臧克家与许多知识分子浪迹远方、埋名隐姓地过着逃亡生活，他感到人生无常，“像粒砂”，无法在风暴中主宰自己的命运。

臧克家的《烙印》确实写得好，他的点题之作《烙印》在30年代便脍炙人口，这首诗开首的四句诗，已令人低回不已：

生怕回头向过去望，
我狡猾地说“人生是个谎”，
痛苦在我的心上打个印烙，
刻刻警醒我这是在生活。

“痛苦在我的心上打个印烙，刻刻警醒我这是在生活。”是那个大动荡的年代知识分子心迹的真实写照。

还有那一首《老马》，对现实社会刻画得入木三分，凸现中国广大老百姓的忍辱负重和彷徨无助：

总得叫大车装个够，
它横竖不说一句话，
背上的压力往肉里扣，
它把头沉重地垂下！

这刻不知道下刻的命，
它有泪只往心里咽，

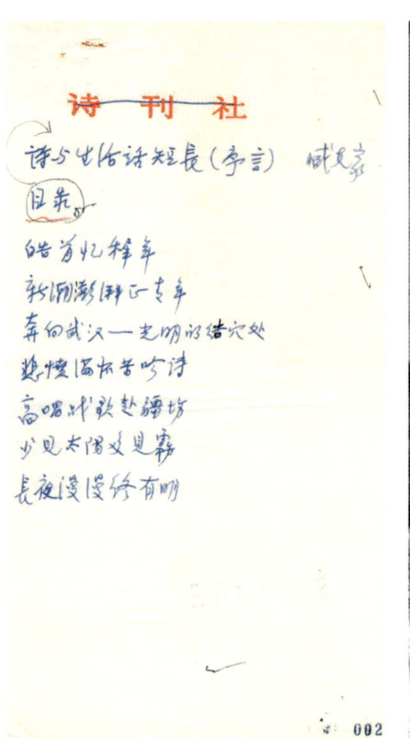
诗刊社

诗与生活话短长（序言） 臧克家

目录

皓首忆稚年

新潮澎湃正青年

奔向武汉——光明的结穴处

悲愤满怀苦吟诗

高唱战歌赴疆场

少见太阳多见雾

长夜漫漫终有明

002

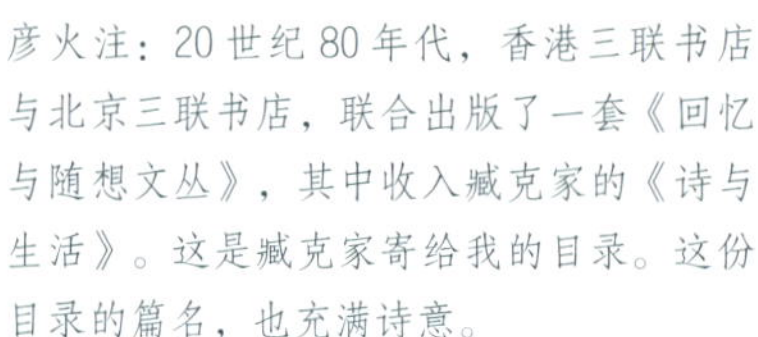
彦火注：20 世纪 80 年代，香港三联书店与北京三联书店，联合出版了一套《回忆与随想文丛》，其中收入臧克家的《诗与生活》。这是臧克家寄给我的目录。这份目录的篇名，也充满诗意。

臧克家摄于北京寓所（1979 年秋）

眼前飘来一道鞭影，

它抬起头望望前面。

臧克家写了不少描写农民命运的诗，如《三代》：

孩子

在土里洗澡；

爸爸

在土里流汗；

爷爷

在土里葬埋。

臧克家的诗有许多精警的炼句，如果没有深厚的文学根底，是写不出来的。

我曾问过他是怎样从学古典诗歌到写新诗的，他答道：

古典诗歌，我从八九岁时就读了一些，还能背诵。当然，对于诗的内容并不了解。写爱情的《自君之出矣》；写荆轲的《易水送人》…… 叫一个儿童如何能理解？虽然不明白其中的意义，但为它声调的铿锵所打动，读起来觉得蛮有意思，充满了兴趣。

到1923年，入了前期师范，接触新文艺，读了郭沫若、穆木天、冰心、冯至、冯乃超 …… 许多诗人的新诗，自己开始学习写作，正式在大刊物上发表新诗，是1929年，在国立青岛大学补习班读书的时候。

臧克家的第一部诗集《烙印》出版时，闻一多便在该书的序文中说过这样一句话："克家的诗没有一首不具有一种极顶真的生活意义。"这虽只是对《烙印》这本诗集而言，除了《向阳集》，我们把它移用在臧克家自《烙印》之后的诗作上，也是妥帖的，他的诗是具有现实意义的，他自称，他的"诗的花是开在生活的土上的"。

曾获毛泽东召见
——受政治冲击较少的臧克家

臧克家（1905—2004），山东诸城县臧家庄人，30年代即以“农民诗人”著称，1933年第一本诗集《烙印》出版后，声名鹊起，其后出版的《罪恶的黑手》《自己的写照》《运河》等，已确定其在诗坛的地位。

臧克家20世纪70年代末，在接受我的书面访问时，谈到他的诗歌创作的道路，他答复如下：

> 由于家庭环境关系，从小培育出爱好文艺的兴趣。我祖父、父亲都喜欢诗，也能作。我父亲与族叔武平结诗社，与乡村诗友赛诗。另一位族叔亦蘧（笔名一石），中国大学毕业，写新诗，自费出版了三本诗集。由于他的启发、鼓励，我才学写诗的。
>
> 在当时作家、诗人中，我最崇拜郭沫若先生。我把他的一帧照片从杂志上剪下来，贴在案头上，题上了“沫若先生，我祝你永远不死！”一行大字。我学写诗，也模仿他的调子。
>
> 1930年，我考入国立青岛大学（后二年改为国立山东大学），读中文系，主任是闻一多先生——《死水》的作者。
>
> 和闻先生接触以后，我对新诗的观点，完全变了，从随意走笔，到谨严精练。受到《死水》和“新月派”影响很大，

当然，只是在艺术形式方面，在思想内容上，则迥然不同。

陈梦家先生那时跟着闻先生到了我校做助教，他是“新月派”后起之秀，曾编过一本《新月诗选》。我俩友谊关系不错，常一道谈诗，从他那里我也得到过益处。但是，我曾对他说：“你的灵魂在天上，我的灵魂在地下。”

臧克家的伯乐肯定是闻一多，他的第一本诗集《烙印》，是闻一多与王统照合力促成的。两人还各赞助他二十元作为出版费。

臧克家是众多现代作家中受到政治迫害程度最轻的一位。这大抵与他1957年受到毛泽东的召见，并编写《毛主席诗词讲解》有关。

臧克家避过了反右运动，“文革”中虽然也无不例外地被下放到湖北咸宁进行劳动改造，但也只是三年时间而已。

“文革”后复出的臧克家，文化活动频仍，相信也是他那一辈作家中最吃香的。

臧克家给我的来信，大抵因为太忙，大多是短信，以下是一封较长的信。从这封信也可窥见臧克家晚年的创作与生活梗概。兹录如下：

耀明同志：

昨晚收到你编的《作家风貌》先翻了一下，容当细读。这样的书，读者会欢迎的，你功不可没。关于我的部分，有两个错写：①227页末行第四字“从”应为“纵”。②233页二行“古典行歌”，“行”应为“诗”。别的都正确。

我们通信虽然不多，但我时常怀念你。也常读到你的文章。《特区报》《特区文艺》《南风》、香港《文汇报》副刊，均见曾刊。

一二年来，我身体不错，精神也好。工作繁重，找的人太多，范围超出文艺圈子。(《新体育》《长寿》……）从七月到现在，为人写字多达七十幅，我不甚书，友情难却。我的《长诗选》(山东出)、《甘苦寸心知》(谈自己的诗，四川出）样书均已到，俟大批书到后，寄上求正。湖北十二月份出我的《散文小说集》，约九十二万字。花城出版社约我编本散文集（一年来作品），尚未着手。山东师大副教授冯克廉和另一位同志刘增人搞了我的一本《集外集诗》140多首，来年出书。

吴伯箫同志担任的“中国写作研究会”会长及《写作》杂志主编，他逝世后，让同志推我担任，辞谢不得，只好勉为其难，但声明不作具体工作。

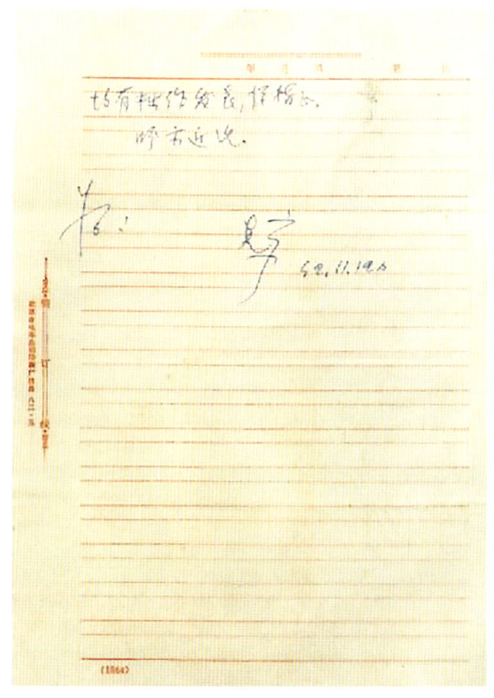
均有拙作发表，请指正。
盼示近况。
好！
克家
82.11.12日

这是臧克家1982年给我的一封长信

最近活动多。纪念郭老90诞辰，就有四个会。十七号纪念李白逝世1220年，将开大会，“作协”要我主持。

十月号《人民文学》《诗刊》《散文》均有拙作发表，请指正。

盼示近况。

好！

克家

82.11.12日

以上臧克家来信中提到的《作家风貌》，是指拙作《当代中国作家风貌》（香港昭明出版社出版），其余缕述的都是创作、文化活动两忙，精力过人，令人欣佩。

大才女赵清阁

前些日子，读到董桥在专栏特别提到才女作家赵清阁。脑际首先浮现了赵清阁写她母亲的一段文字：

> 听说母亲除了长于女红刺绣以外，能诗会画，不愧是书香门第的女儿。但是她年轻，身体就不好，经常生病，为这她很忧郁；因为她热爱生活，爱她的母亲和我。可恨苍天无情，她才只有二十六岁的年龄，就被夺去了生命，从此离开了人间，离开了我。

赵清阁大抵兼具年轻早夭的母亲的基因，也是能诗能文会画，而且还是电影编剧家和戏剧家。

她曾告诉我，她是因为反叛才走上文学创作的道路，母亲在封建社会所受到不公平的待遇，使她产生了满腔愤懑的情绪。

赵清阁在读初中的时代，受过一位姓陆的英文老师的思想教育。他是黄埔一期的学生，他不但教她读书，还教她反抗封建家庭。这一教导，对赵清阁的一生起了重要的作用。

1929年赵清阁初中快要毕业，她偷听到她父亲与继母谈及要她嫁给“旗杆”（有功名的人家），萌念了出走的决心。

这一年的严冬，十五岁的赵清阁告别支持她出走的祖母，只身跑到开封，从此开始她颠簸而勇敢的生活。

由于赵清阁从小受到她喜欢绘画的母亲影响，虽没有经过专门训练，竟然考进了河南艺术高中，这间学校的校长焦端初，是上海美专毕业的，也喜欢文学，便经常给赵清阁予帮助和支持。

这时候，赵清阁一面用心绘画，一面继续攻读中外文学名著，还写了一些诗文抒发她对父亲和封建家庭的怨恨不满。

赵清阁在一封信中回答我有关创作的询问：

> 我第一次正式在报刊发表的作品是一首诗，题目已忘了，内容大约是反家庭封建压迫的。发表在1929年或1930年的《河南民报》的副刊上。
>
> 我的诗发表后，我发现投稿还是一条通向经济自立的路。于是我以后便向各报投稿，我什么都写，小说、戏剧、散文、杂文，我把一肚子怨气都倾泻到笔墨间，我不仅抨击自己的封建家庭，也批评揭露亲友的家庭，我激怒了父亲，也得罪了亲友，但是一个血气方刚的少年，是不知天高地厚，不受礼教束缚的。

赵清阁因受到“五四”影响，她笔下的题材，大都是揭露黑暗，讴歌光明。

这是那一个年代进步知识分子必由的历程。

我与赵清阁相交于20世纪80年代始初。先是笔墨之交，后来还特地跑到上海去拜访她。

年逾花甲的她，打扮素雅，齐刷刷的短发，还是40年代流行的发型，一身深色装束，难掩那一份高贵而端庄的气质。

一个斗方的居室，布置得一尘不染，整洁井然，墙上挂的都是

赵清阁摄于1982年4月（王以德摄）

大家早年送她的画，有徐悲鸿、傅抱石……还有一帧是国画肖像，我忘了是出自哪一位名画家的手笔。

画中人不知是否赵清阁，穿着的是民初对襟服装，梳了一个髻，衬着窈窕的身段，这一身古装打扮，更显得款款娉娉婷婷。难怪她的绰约风韵，曾迷倒老舍先生，赵清阁更为老舍先生终身不嫁，也可以看到她个性刚烈的一面。

也许母亲性格的软弱和不幸，使她更觉得独立人格的可贵。

我曾为她在香港编过一本《沧海泛忆》，收入香港三联书店的《回忆与随想文丛》。本文开首提到她写《母亲》的文章，是这本书的第一篇，可见母亲在她心目中的地位。她写道：

> 我记不清母亲的音容笑貌了，但是从外祖母、祖母她们的嘴里，我知道母亲是一个聪明、贤淑、风雅、富才情的女

赵清阁 1935 年 12 月 24 日写了一篇题为《母亲》的稿件，让我编入在香港为她出版的《沧海泛忆》（《回忆与随想文丛》，1981 年，香港三联书店）。

子；这在照片上也能看得出，她的形象十分优美，因此我更爱她，怀念她！

虽然在她五岁时，母亲便逝世了，但她对母亲恁地念念不忘，在《母亲》这篇文章中，有一段文字写她在汴梁读书时，梦会她母亲的动人情景，读后令人热泪盈眶。

小清阁在梦中欣逢亲娘，母女相拥而泣。小清阁发愿永远不离开母亲。母亲实在给她缠得没有办法，只好让她闭上眼睛，表示要带她到一个没有太阳、不见光明的地方——

我觉得母亲的话是骗人的遁词，世界上怎么会没有太阳，不见光明呢？我暗自好笑，笑她把我当成三岁小儿了。但是此刻蒙上了眼睛，确是眼前一片漆黑。我只好闭上双目，由

1982 年 4 月赵清阁（右）与上海出版家赵家璧合影（彦火摄）

她牵着我走出去。走呀走的，不知道走了多少路，走得我有些腿软，头晕，而内心却是十分愉快。我想象着今后我就不再是没有娘的孩子了，我为这莫大的幸福而陶醉！

记不清过了多长时间，我有点不耐烦了，我喊了一声"娘"，没有回应，我便睁开了眼睛，多么离奇的事情呀，手帕不在了，母亲也不见了，面前是一片荒芜的旷野。我不禁怔住了，宛如冷水浇头，利箭刺进心扉！我痛绝地倒在地上，我又起身四处寻觅，大声地呼叫！寂静笼罩太空，黄沙弥满天地，我的泪眼模糊了……

文末，赵清阁写道："梦醒了，一切依旧；我依旧没有母亲，依旧孤独……"

此后，赵清阁在创作与感情方面，都是孤身上路的。

赵清阁与老舍的结缘

写赵清阁不是一桩容易的事，一方面是她的人生和感情的不凡和多彩；一方面是她的创作范围的广泛和丰富。

赵清阁与老舍的邂逅与结缘，与她的编剧才华息息相关。

在抗战时期的重庆，赵清阁和老舍合写了三个话剧剧本:《虎啸》《桃李春风》《万世师表》。

在小说创作成就方面，当然是以老舍为牛首，谈到剧本创作技巧及创作经验，赵清阁肯定比老舍尤胜一筹。

两人合作创作剧本，取长补短，可谓天衣无缝。

赵清阁曾表示：

> 当初老舍叫我同他合作剧本的时候，我不大赞成，因为他的意思，是希望发挥两个人的长处！他善于写对话，我比较懂得戏的表现。而我却担心这样会失败。
>
> 合作的经过是如此：故事由我们两个人共同商定后，他把故事写出来，我从事分幕。好像盖房子，我把架子搭好以后，他执笔第一、二幕。那时候我正住医院，他带着一、二幕的原稿来看我的病，于是我躺在床上接着草写第三、四幕。但文字上还是他偏劳整理起来的。
>
> 老舍的对话很幽默，如第一、二幕情节虽嫌平静，对话却调和了空气，演出博得不少喝彩声。

两人这一合作可谓水乳交融，情愫也由此默默地滋生了。

早年我曾探询过赵清阁关于电影和戏剧创作的情况。她在回信中写道："1936年我曾试写过一个电影剧本《模特儿》，取材自美术学校模特儿的悲惨生活。发表以后，我的老师倪贻德看到了（他是美专教授、创造社的作家），记得他笑着摇摇头说：'这题材在中国没有人敢拍成电影，刘海粟（美专校长）当初首倡画真人模特儿时，被封建权势斥为叛逆。如果今天把模特儿搬上银幕，虽然时代变了，恐怕也还难免物议。'给他这么一说，我就不再考虑拍摄的问题了。但我总算尝试了电影剧本的创作。到了抗日战争的时候，我的兴趣转到话剧创作，当时我写了不少宣传爱国思想、反帝斗争的话剧本。"

这段话的意思是，抱持叛逆心态的赵清阁本来想把《模特儿》搬上银幕，打破中国旧道德的界限，却被老师劝住了，不然赵清阁编的《模特儿》真正放映，其轰动效应，不下于刘海粟当年首倡的真人模特儿的巨大反响了。

赵清阁告诉我："1947年我为'大同'编了《几番风雨》（1946年，上海大东书局；1948年10月投入摄制）。话剧、戏曲有：《女杰》（多幕话剧，1940年，重庆华中图书公司）、《潇湘淑女》（多幕话剧，1944年，商务印书馆）、《此恨绵绵》（多幕话剧，1946年，上海正言出版社），根据小说《红楼梦》改编多幕剧《冷月诗魂》《鸳鸯剑》《流水飞花》（1946年，上海名山书店）、《贾宝玉与林黛玉》（1957年，上海新文艺出版社）和近作《鬼域花殃》（又名《晴雯赞》）；根据古典戏曲改编的《桃花扇》（1953年，上海杂志公司）。

"此外，根据古典戏曲《牡丹亭》改写的中篇《杜丽娘》（1957年，上海文化出版社）；

"至于电影剧本有：《几番风雨》（与洪深合作，1948年，大同电影公司拍摄）、《自由天地》（1950年，大同电影公司拍摄）、《女八十年代第三春，聲聲爆竹喜迎新。百花絢爛文苑茂，日月崢嶸照乾坤。

耀明先生雅正

一九八三年元月趙清閣於上海

赵清阁 1983 年题赠给彦火的条幅。赵清阁“文革”后复出，创作不辍，心情开朗，从这一首诗也可见一斑。

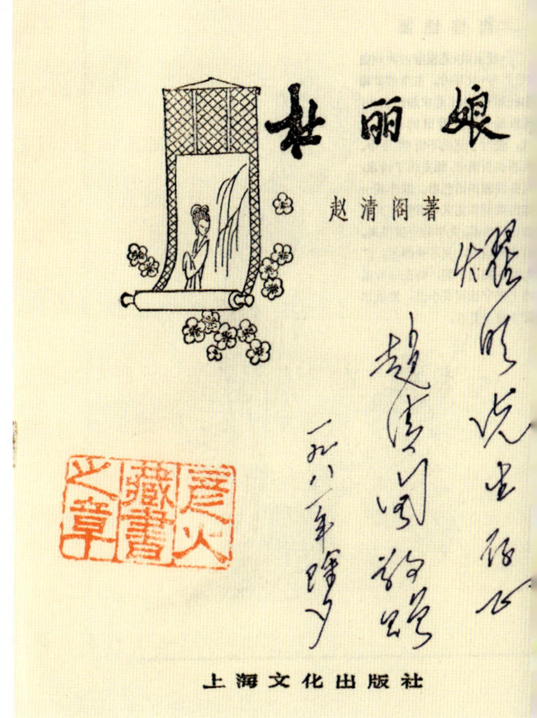

赵清阁题赠彦火的著作《杜丽娘》。这是她于 1956 年根据古典戏曲《牡丹亭》编写的，出版后受到读者的欢迎。“文革”中受到批判，一直到 1981 年才由上海文化出版社重版。

儿春》（1951年，大同电影公司拍摄）、《向阳花开》（1961年，上海天马电影制片厂拍摄）、《凤还巢》（1963年，香港电影公司拍摄）和近作《粉墨青青》。”

赵清阁也许因为人言可畏，她给我所列的话剧著作，故意略去了上述与老舍合作的三个剧本。

可见，赵清阁在编剧上的才气过人，比起老舍有过之而无不及。

“文革”期间，老舍饮恨跳太平湖自尽；赵清阁在受批斗之余，心灵和精神上的创伤相信是巨大而深广的。

还幸她禀性刚强，终于熬过漫漫的艰苦岁月，1982年她在一封给我的信中写道：“……其实一个作家是永远不会‘退休’的。相反，越是余年有限，越要争取时间多写点东西；唯其如此，生活才有意义。”

她在1988年的信中还列出她在“文革”后出版的作品（包括著作修改重印及主编作品的目录）：

（一）“文革”后出版的作品

一、《沧海泛忆》——回忆散文集（1982年香港三联书店）

二、《行云散记》——回忆散文集（1983年天津百花文艺出版社）

三、《红楼梦话剧集》——旧作及近作剧本四个结集（1985年四川文艺出版社）

四、《月上柳梢》——长篇小说修订重印（1986年宁夏人民出版社）

五、《皇家饭店》——近代中国女作家小说散文集（长沙文艺出版社即将出版）

（二）近年来发表散文新作数十篇，约计三十余万字，已结集两册，一为自述回忆录《流水沉渣》，一为记故人的《师友情》。

赵清阁：让落叶埋葬梦一般的爱情

赵清阁的感情生活，因当事人守口如瓶，仿佛披着一层神秘的外衣，一直是个若隐若现的谜。

1982年间，我曾以书信形式，向赵清阁探问道：“可以简介一下您的感情与家庭生活吗？”

赵清阁答曰：“一直是孑然一身，只有‘文革’时患难与共的老保姆为伴。”赵清阁巧妙地避过对她的感情生活的答问，以后我再不敢造次了。

后来了解到，赵清阁晚年做伴的老保姆叫吴嫂，照拂她生活凡三十二年。

大抵因为赵清阁是以“第三者”出现，加上当时的政治环境，

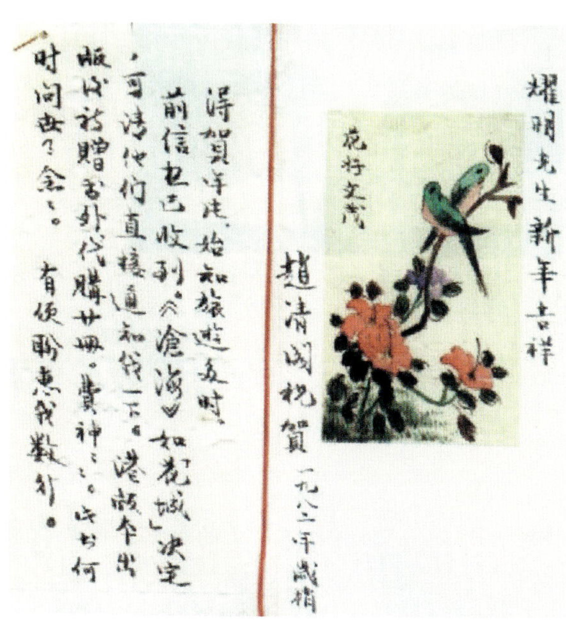

得賀年片，始知旅遊去時，前信也已收到。《滄海》如「花城」決定，可請他們直接通知我一下。滄海今出版的話，贈書外代購廿冊。費神之。此书何时问世？念念。有便盼惠我數行。

“耀明先生新年吉祥
赵清阁祝贺
一九八二年岁梢”

令她刻意回避与老舍相关的话题。在她晚年出版的五部回忆性质的文集里，笔下涉及几十位师友，恁地没有一篇是忆述老舍的。

据诗人牛汉说，赵清阁曾向他出示过一封老舍给她的信件，此后也曾向史承钧展示过多封老舍给她的信。但是，在她临终前已把以上的信件，连同过去老舍给她的近百封信全部销毁。

倒是在赵清阁生前编选的《中国现代著名作家书信集锦》中，收录了老舍在1949年新中国成立后给她的四封信，也是夹杂在其他名家的书信中，刻意不予张扬。

老舍这四封信写于红色年代，他与赵清阁分居北京与上海，四封信的内容，大都是闲话家常，老舍关切赵清阁的生活、身体和病情。

但从下面的一封信，也可以说明老舍与赵清阁情谊之深浓。

清弟：

快到你的寿日了：我祝你健康，快活！

许久无信，或系故意不写。我猜：也许是为我那篇小文的缘故。我也猜得出，你愿我忘了此事，全心去服务。你总是为别人想，连通信的一点权益也愿牺牲。这就是你，自己甘于吃亏，绝不拖拉别人！我感谢你的深厚友谊！不管你吧，我到时候即写信给你，但不再乱说，你若以为这样作可以，就请也暇中写几行来，好吧？我忙极，腿又很坏。匆匆，祝

长寿！

舍

1955年4月25日

果来信，不必辩论什么，告诉我些工作上的事吧，我极盼知道！

从这封信可略窥，之前大抵老舍写了一篇两人相关的“小文”，赵清阁不愿再纠缠——更多是怕影响老舍的声誉，当时老舍在内地，身兼多项要职，所以存心不给老舍回信。因而老舍有“你愿我忘了此事，全心去服务。你总是为别人想，连通信的一点权益也愿牺牲”之句。

原是十分内敛的老舍，也不顾这许多了。老舍这封信还是为赵清阁祝寿而写的，倾满眷顾与关爱之情。

限于现实环境，赵清阁“自己甘于吃亏，绝不拖拉别人”，老舍在信中所以耿耿于怀的，是他希望能常常听到赵清阁的信息，并向她央求道:“就请也暇中写几行来”。

事实上，赵清阁每届生日，老舍都千方百计设法赠送礼物给她，要么写信，要么写诗，衷心祝贺她。

其中最为人传诵的，是赵清阁1960年四十五周岁生辰，老舍特地重抄他1942年写于重庆的一首旧诗赠她：

杜鹃峰下杜鹃啼，
碧水东流月向西。
莫道花残春寂寞，
隔宵新笋与檐齐。

诗味隽永，蕴含对赵清阁勖勉的殷殷之情。

1961年，赵清阁四十六岁生日，老舍题赠了一副对联给她：

清流笛韵微添醉，
翠阁花香勤著书。

过去许多文字都提到赵清阁生前把老舍的这对联，悬挂在家里客厅中，但是，我于1982年间往上海探访赵清阁，赵清阁家里的客厅除了挂有徐悲鸿和傅抱石送给她的画外，我并没有发现这对联。难道是心思缜密的赵清阁，格于我这个香港访客，把这对联收藏起来?!

凡了解赵清阁的人，都知道她对外绝不提与老舍间的感情关系，人言可畏，她怕损害老舍的形象。

我们从赵清阁早年公开的另一封信，可见她与老舍两人密切关系也是有迹可循的：

清弟：

我已回京月余，因头仍发晕，故未写信。已服汤药十多剂，现改服丸药（自己配的，不是成药），头部略觉轻松。这几天又忙，外宾甚多，招待不清。

家璧来，带来茶叶，谢谢你。

昨见广平同志，她说你精神略好，只是仍很消瘦，她十分关切你，并言设法改进一切。我也告诉她，你非常感谢她的温情与友谊。

你的剧本怎样了？念念！

马上须去开会，不多写。

北京市文联已迁至：北京西长安街三号。

祝健！

舍

老舍在这封信告诉赵清阁的病况（也许赵清阁前信曾关心过的），赵清阁还托赵家璧捎给老舍茶叶，老舍又从鲁迅夫人许广平处打听她的近况，进而她的创作。

从一句“马上须去开会，不多写”，可见老舍是在百忙中抽暇偷偷地写信的。

信末写上新迁的北京市文联地址。

关于他们之间的亲密关系，最得其形迹的，倒是来自牛汉的忆述。

牛汉为编《新文学史料》找过赵清阁，希望她能写回忆录。牛汉在《我仍在苦苦跋涉：牛汉自述》一书中写道：

> 她在重庆时期和老舍在北碚公开同居，一起从事创作，共同署名。后来胡絜青得到消息，万里迢迢，辗转三个月到重庆拆散鸳鸯。
>
> 胡絜青路过汉中时，我在西北大学的同学何庚去看望他们母子几个人。我在1943年、1944年间知道这个故事。我和方殷到上海见到赵清阁，问她能不能写点回忆录，赵清阁向我展示老舍1948年从美国写给她的一封信（原件）：我在马尼拉买好房子，为了重逢，我们到那儿定居吧。赵清阁一辈子没有结婚，她写的回忆录给“史料”（牛汉时为《新文学史料》主编）发过。这封信没有发。

我对老舍在马尼拉购房子有点不解，因那个年代，马尼拉并不是安居乐业的地方。据熟悉两人关系的史承钧教授说，赵清阁曾向他透露，老舍是要她去新加坡生活。

但是，我对牛汉倒是了解的。20世纪80年代因为要出版《现代中国作家选集文丛》香港繁体版，曾与他有过交往。

牛汉当时负责人民文学出版社的文学编辑室，经常见面，他倒是一个做学问严谨的人。他写的关于赵清阁与老舍关系的文字，应是可靠的。

可惜，赵清阁是一个外圆内方的人，刚强自重，以大局为重，没听从老舍的提议，最终把感情野马释放出去，反而受到周恩来辗转之托，写信劝客居美国四年的老舍返国，使这段波澜起伏、热火亢奋的感情急转直下。

返国后的老舍，因大环境使然，唯一的出路，只有面对现实，回归北京原来的家庭生活，至于近在上海的赵清阁已知道他们俩的感情历程，自此将画上句号了。

也许40年代在重庆的时候，赵清阁已预卜到这一段感情的结局了。

赵清阁在1947年写的短篇小说《落叶无限愁》，对他们俩这段感情的下场，已作了预告。

赵清阁在1981年12月写的一篇《〈落叶〉小析》中写道：

> 在这篇小说里，我塑造了两个我所熟稔的旧中国知识分子——女主人公画家和男主人公教授。他们曾经同舟共事于抗日战争的风雨乱世，因此建立了患难友谊，并渐渐产生了爱情。但在大敌当前，爱国救亡第一的年月，他们的恋爱只能是含蓄的，隐讳的。他们仿佛沉湎于空中楼阁，不敢面对现实，因为现实充满了荆棘。直至抗战胜利，和平降临了，画家才首先考虑到无法回避的现实；她知道了对方是有妇之夫而且是有了两个孩子的父亲；他们不可能结合，也不适宜再这样默默地爱下去；于是她毅然决然地远走高飞，逃遁现

实；她以为这便结束了他们的诗一般、梦一般的爱情，尽管很痛苦！

不言而喻，小说的女主角——女画家是“画公仔画出肠了”，不是别人，正是赵清阁自己，赵清阁读过上海美专，闲来也画画；至于那一位教授——有妇之夫，有了两个孩子的父亲，指的无疑是老舍。

赵清阁在文章中谈到，这位教授曾购买了两张机票，准备与她海阔天空去旅行。但画家头脑很冷静，“与其将来大家痛苦，铸成悲剧，不如及早煞车，自己承担眼前的痛苦，成全他们的家庭”。

这篇小说，写的是一段刻骨铭心的婚外情，小说的结尾，正如篇名一样，最后“落叶”埋葬了这一份“诗一般、梦一般的爱情”，余绪袅袅，令人低回不已。

赵清阁这篇小说，写于1947年。在此之前即1937年到1943年的不到六年间，赵清阁与老舍在重庆相聚，前者主编《弹花》文艺期刊，后者为主要撰稿的作者。

大时代把他们撮合在一起。他们一块合作创作剧本，一起参加抗日文化活动，志趣一致，加上毗邻而居，终于擦出熊熊爱情火花，共同谱写一阕天上人间、扣人心弦的美乐。

迄到1943年的秋天，老舍夫人胡絜青风闻老舍有外遇的传言，决定携同三个孩子，举家辗转到了重庆与老舍一起。在残酷的现实面前，赵清阁只好毅然引退。

之后，她接受冰心的劝告，把全副心思放在写作上，包括改编《红楼梦》的话剧。

不管怎样，赵清阁在小说写成的三十多年后，那么费心力去解读，岂不是向世人表白她彰彰的心迹吗？

序

行年六十又八，步近古稀，对一般人讲，近乎并不老；而对饱经忧患、身体多病的我来说，这段坎坷漫长的人生历程，已跋涉得使我心力交瘁，疲惫不堪了！但写作执拗，愈是眼见余岁不多，越企望争取时间，为祖国人民，为文艺事业有所报效。这也意味着我不死，晚晴弥珍！

我没有别的能耐，只能会写写小文。屈指从开始发表文章到现在，也有五十二个寒暑了，除去动乱的十年被迫辍笔，四十年来未尝间断过写作。特别近四年中，我写得更勤奋，文较舒畅，比文革前的十多年写得还多。侨居海外的作品不少，可说反映了一点热爱祖国人民，忠于文艺事业的赤子之心的碎片，它寄出了我的爱，我的恨，我的良知！

20×15=300　第　页

彦火注：这是我为赵清阁编的香港版《沧海泛忆》的《序》。赵清阁这本书所涉的文友，独欠与她亲近的老舍，其心态是否如文中所说的“欲说还休”哩！
从这篇序言，也可窥赵清阁晚年在“心力交瘁”之下，以“泪水渗透墨水”，笔耕不辍的怆然和倔强的背影！

此后她矢志“把爱和智慧献给艺术”，也是她一直奉行的夙愿。

但是，情牵两地的坚韧之弦，任凭风吹雨打，从没有断裂过，即使藕断了，那一缕缕一丝丝仍然密密匝匝地苦苦地联系着。

据赵清阁的好友韩秀说，老舍1966年逝世后，赵清阁每天“晨昏一炷香，遥祭三十年”。闻者无不为之动容不已！

走笔至此，我不禁想起德国作家奥恩托说过一句话：“爱，不管多么遥远，它总是在那里。就像星光那样永远地遥远，却又是那么近。”

鲁迅夫人：赵清阁缄默文静，学生气很浓

赵清阁是1999年逝世的，她比老舍晚走了足足三十三年。她的才艺是多方面，她的人生是丰富多彩的。

我们且简括地回顾赵清阁的文学人生——

赵清阁（1914—1999），河南信阳人，在30年代文化活动十分活跃和广泛，主编多个杂志，影响颇大，1936年，只有二十二岁的赵清阁已任上海女子书店总编辑，主编过《妇女文化》月刊。全面抗战爆发后，赴武汉参加中华全国文艺抗敌救亡协会，并为华中图书公司主编《弹花》文艺月刊，宣传抗日。后又主编《弹花文艺丛书》。1943年在成都为中西书局主编《中西文艺丛书》。抗日战争胜利后，主编上海《神州日报》副刊。

赵清阁是一位多才多艺的女作家，她对小说、戏剧、电影等多有贡献。她写了二十多部戏剧和电影剧本，六七部中、长篇小说，出版过三个短篇小说集，此外，尚有散文和文艺理论作品等，凡二百余万字。

赵清阁幼年对文学便表现了极大的兴趣。她的文学启蒙老师，是小学时代的宋若瑜（蒋光慈夫人），还有一位姓孙的国文老师。大约九岁，她进了信阳女师附小，插班三年级，到高小五年级时，姓孙的国文老师对她的成绩很感满意，就让她主编了级刊墙报。她的作文经常被选用，这就刺激了同学们的竞赛，级刊变成了竞赛的园地，十分活泼有趣。

音乐、体育老师就是宋若瑜，她发觉赵清阁喜爱文学，常常叫

她到屋里去为她讲解新文学知识，介绍她阅读“五四”以来的新书和杂志，如冰心的《寄小读者》和《小朋友》月刊等，在她和孙老师的培育下，赵清阁这棵幼苗便逐渐奠定了文艺的兴趣和志愿。

赵清阁从小喜欢绘画，曾考进了河南艺术高中。两年后，赵清阁高中毕业，进入河南大学中文系旁听。

这时她主编了《新河南报》的文艺周刊和《民国日报》的妇女周刊，并给《河南民报》和上海《女子月刊》写稿，对贫富悬殊、妇女解放、穷孩子受教育等问题发表新颖的见解，受到当政者的警告，于1933年逃亡上海，进入上海美术专科学校插班，跟倪贻德教授学习西洋画。

后任上海天一电影公司出版的《明星日报》编辑，认识了剧作家左明、洪深等“天一”公司导演，对她日后的电影戏剧创作的影响极大。

1935年春，赵清阁在左明陪同下，获鲁迅接见，并受到鲁迅的鼓励。许广平后来在回忆早年对赵清阁的印象时，认为赵清阁与萧红性格迥异，前者缄默文静，学生气很浓；后者则是活泼的女青年。

鲁迅20世纪三四十年代，是中国年轻人和青年作家的崇碑。虽然赵清阁只见过鲁迅一面并亲聆教益，但对她以后创作的影响是巨大和深远的。

赵清阁在《从鲁迅想到许广平》文章中写道：

> 那是一九三四年的春天，我才二十岁，当时我还在上海美专学习，并在天一电影公司工作。因久仰鲁迅先生诲人不倦，便不揣冒昧写信给他，还寄去我发表了的小说、散文和旧体诗，一些幼稚的作品向他请教。我以为大文豪也许不会理睬一个无名小卒，不想没几天就接到他一纸短笺，约我去

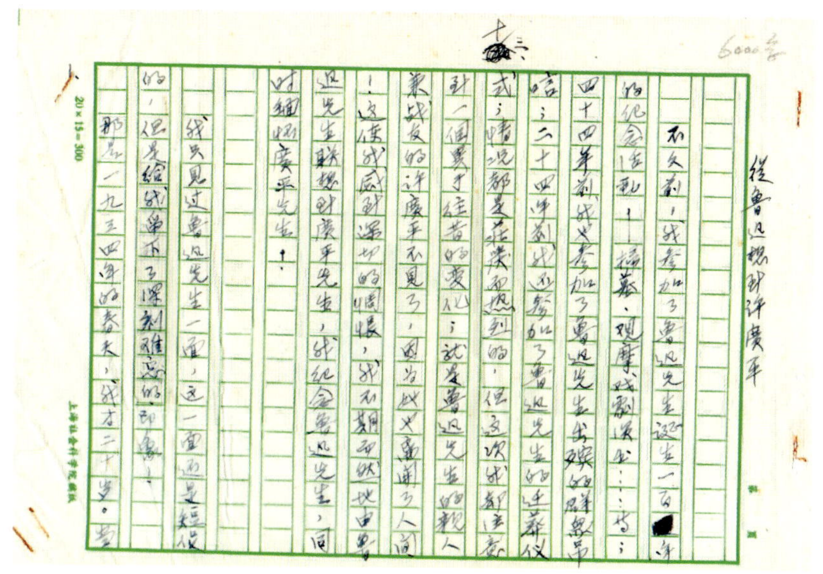
從魯迅想到許廣平

不久前，我參加了魯迅先生誕生一百■年的紀念活動——繪畫、觀摩、戲劇演出……等；四十四年前，我又參加了魯迅先生出殯的群眾悼；二十四年前，我又參加了魯迅先生的追悼儀式；情况都是莊嚴而熱烈的，但這次我卻注意到一個數字往昔的變化；就是魯迅先生的親人兼戰友的許廣平不見了，因為她早已離開了人間！這使我感到深切的惆悵，我不期而然地由魯迅先生聯想到許廣平先生，我紀念魯迅先生，同時紀念廣平先生！

我只見過魯迅先生一面，這一面雖是短促的，但是給我留下了深刻難忘的印象！

那是一九三四年的春天，我才二十歲。當

赵清阁 1981 年抄写的《从鲁迅想到许广平》手稿，收入《沧海泛忆》（香港三联版）。

施高塔路（今山阴路）内山书店见面。这真令人喜出望外！

鲁迅在与赵清阁的会晤中，对赵清阁谆谆教导，让她不要尽写旧体诗，希望她改写新诗。并表示：“写散文要富诗意，作新诗对写散文有帮助。散文无论抒情或叙事，都必须辞藻优美、精练。然而更重要的是，诗与散文都应言志，不要空洞无物。”

鲁迅还鼓励赵清阁好好学画。

此后，赵清阁便认定文学艺术这条不归之路。

其实，赵清阁与之交往的作家之中，和茅盾的友谊最深厚。赵清阁与茅盾在1937年认识，直到茅盾1981年病逝，其间四十四年的悠悠岁月，除十年“文革”，茅盾与赵清阁都保持密切的联系。这一段漫长友谊，比起老舍还久远。

1976年，茅盾八十大寿，赵清阁还绘制一帧山水小轴《秋江孤帆图》送给他。赵清阁寄出后，恐防为好事之徒作为口实，曾要求

1981年岁末，赵清阁给我的自制贺年卡，画面的画题是“秋江塔影”。1976年茅盾八十岁，她送贺的山水小轴画题是《秋江孤帆图》，说明她对秋江景色情有独钟。

茅盾裁去题辞。

茅盾不以为然，给她回信道：“秋江孤帆图，甚有飘逸之意致，鄙意原题倘若裁去，则于全布局有损，当珍藏之，不以示人也。”

1981年3月23日，赵清阁接到茅盾病危电报，翌日赶赴北京见他最后一面。可见两人情谊深浓。

余生也晚，我没有看到赵清阁送给茅盾的《秋江孤帆图》，倒是1981年岁末，我收到一帧她自制的贺年卡，画题是“秋江塔影”，精致澹美，也不失飘逸之意，令人爱不释手！

赵清阁笔下的俞珊

大地春回送岁寒，人事桑沧奈何天！
忭喜百花获解放，堪惜高艺遭摧残！
倾听北都莺歌舞，不见南国一琼珊；
魅魑嫉才忍相害，音容渺茫泪阑干！

上述的七律诗，是赵清阁写于1977年粉碎“四人帮”之后，题目是《新年闻歌有感》，除了抒发当时欢忭的心情外，还缅怀在“文革”中受迫害的戏剧明星——俞珊女士。

我在为赵清阁编香港版《沧海泛忆》时，她写的《南国琼珊》特别感人。我读罢掩卷良久，不能自已。

俞珊（1908—1968），民国名媛，著名女星，出生于浙江绍兴。俞氏家族是世代书香之家，先祖俞文葆，在湖南做官，其长子俞明震，是晚清著名文人，曾是鲁迅的老师。

俞明震的长子俞大纯，是俞珊的父亲，早年被热血青年刺杀身亡。

俞珊出身名门望族，自幼受到良好教育，少时就读天津南开女中，后入上海国立音乐学院，20世纪20年代毕业于南京金陵大学。

俞珊拥有优良的学历，精通英语，热爱戏剧，才色艺兼备。后被田汉邀请入当年的著名戏剧社，成为南国社一颗璀璨的明星。

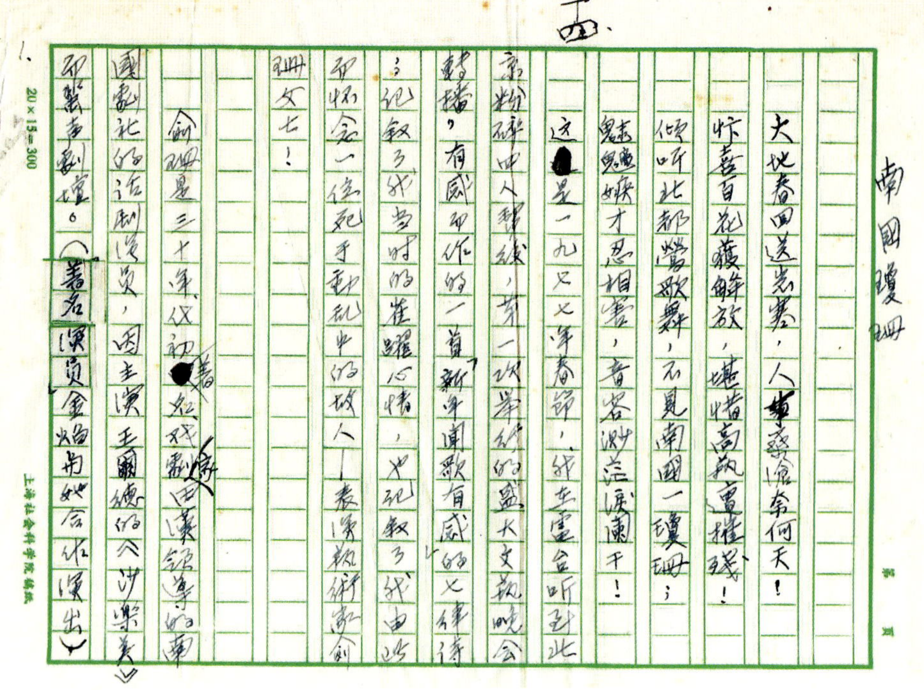

南国瓊珊

大地春回送光寒，人事蹉跎奈何天！
忭喜百花獲解放，堪惜高執重權殘！
傾听北都鶯歌舞，不見南国一瓊珊；
魑魅嫉才思相害，音容渺茫淚闌干！

这是一九七七年春節，我在電台听到北京粉碎四人幫後，第一次举行的盛大文藝晚会轉播，有感而作的一首新年開歌有感的七律詩；紀叙了我当时的雀躍心情，也記叙了我由此而怀念一位死于動乱中的故人——表演藝術家俞珊女士！

俞珊是三十年代初著名話劇（田漢領導的南國劇社的话剧演员，因主演王爾德的《莎樂美》而蜚声剧壇。（著名演員金焰曾与她合作演出）

赵清阁撰写的《南国琼珊》手稿，收入《沧海泛忆》（1982 年，香港三联书店）。

早年戏剧的女主角，概由男演员担纲，俞珊是第一位在中国话剧台上扮演英国唯美主义作家王尔德名剧《莎乐美》的女主角，从而一举成名。此后她还在田汉改编的《卡门》一剧中，担任主角，活现一位具反抗精神的吉卜赛女郎的栩栩形象，备受称许。

过去见诸文字的，大都津津乐道于俞珊的话剧表演成就，赵清阁写的《南国琼珊》，着墨于俞珊的京剧表演艺术。关于俞珊在京剧上的成就，过去罕人闻问，赵清阁无疑为我们补上了这一页空白。

俞珊后期舍话剧而专攻文武花衫，师从京剧大家王瑶卿。王瑶卿特别宠爱俞珊，把自己的看家本领倾心相授，还把自己的拿手好戏《贵妃醉酒》授予爱徒。

俞珊深得恩师真传，首次在北京粉墨登台演出的剧目就是《贵妃醉酒》，王瑶卿亲莅撑场。京剧大师梅兰芳也出席观赏。

散场后，梅兰芳对俞珊演出，甚为激赏，称赞道：“俞小姐表演细腻感人，我也不如也。”

这也足证俞珊京剧表演的功力。赵清阁在这篇文章指出：“我觉得她表演的成功，与她具有一定的文学素养分不开，她早年就读于天津南开女中，中外文基础都不坏，看了许多中外文学戏剧的作品，这对她的表演艺术起了辅助作用。”

俞珊的《贵妃醉酒》遐迩闻名。40年代初，由郭沫若领导政治部文化工作委员会，发起为前方战士义演，还特别邀请俞珊演出《贵妃醉酒》。赵清阁写道：

> 当时俞珊已经三十开外了，而她在表演杨贵妃醉酒的前、后、左、右的“卧云”身段时，还能屈伸自如，舞姿婀娜；贴切地表现出贵妃的醉态娇媚，也表现出内心的幽怨与骄矜；配合上婉转动听的大段四平调唱腔，使得观众也不禁为之醺醺然。演完以后，掌声雷动，我和田老师也不住地热烈拍手，直到闭幕散场了，我们还一个劲地拍手。安娥（彦火按：田汉夫人，剧作家）指着我们笑道：“你们倒是真醉了！”一点不错，我们为俞珊的精湛表演艺术而陶醉了！

而后，周恩来也曾邀请俞珊为解放区演出首本名剧《贵妃醉酒》。

赵清阁笔下的俞珊，才艺过人，为人热情豪爽。早年下嫁著名教育家赵太侔。赵太侔长她十多岁，后来离异，“和一位京剧爱好者结了婚”。

“文革”刚开始，田汉便被打成“黑帮分子”，被关进秦城监狱，最后不堪折磨病逝；1966年俞珊遭到抄家，1968年被迫害致死；她的前夫赵太侔同年在青岛投海自杀。

俱往矣！正如幸存者赵清阁在七律诗的末句所云：

魅魑嫉才忍相害，
音容渺茫泪阑干！

让我们为一代艺人俞珊一掬同情之泪！

老舍的第二段感情生活

在老舍六十七春秋短暂的一生中，共有三段刻骨难忘的感情。

除了之前介绍过他与赵清阁的亲近关系外，在此之前还有两段深挚的情感。

老舍的初恋情人是他在十七岁邂逅的刘家小姐。老舍在自传体小说《正红旗下》有所记载。

《正红旗下》里的“定大爷”这位人物，其实即是现实生活的刘寿绵大叔，是一位积极办文教事业及慈善事业的殷商，曾协助老舍求学。

刘寿绵有女初长成，娴慧怡静，与老舍同为师范学校的毕业生。老舍经常出入刘家，偶与刘小姐有机会接近，日子久了，萌发了情愫。

老舍曾私下告诉他的同学、著名语言学家罗常培：限于自己生性内向，一直不敢向刘家小姐表白。

刘寿绵为人慷慨大度，花钱如流水，又不善经营，事业迅速败落，最终出了家，还让夫人和女儿带发修行，做了居士。

老舍知道心爱的人出家，为之心碎，带着巨大的伤痛，毅然远走英国。

初恋是最刻骨铭心的，尔后在老舍的小说，如《微神》中，也有刘小姐的身影。

老舍的第二段感情，女主角便是胡絜青。

胡絜青是旗人，在北京师范大学念书，家教严谨，但那个年代的年轻人，大都受到五四运动影响，热爱新文艺，与同学组织了文学团体——真社，兼学书画，颇有才气。

1930年老舍回国，已发表了《老张的哲学》《赵子曰》等名篇。胡絜青因对老舍慕名，在师大校务长的荐引下，以真社名义邀请老舍来校演讲，自此有所交往。

但因两人对男女私情都是不擅表达的人，发展缓慢，最后在亲友的撺掇下，通过书信往还，互相传达倾慕之情。1931年，老舍终于与胡絜青成亲。

两人的结婚仪式是采取中西合璧的，颇为轰动。老舍喝过洋墨水，衣着颇为西化。迎亲那天，老舍西装革履，戴着白手套，率领迎亲团，到西城宫门三条胡家迎亲。

老舍原意是采取西式的文明婚姻，发请柬邀请众亲友一起聚餐，但因双方父母坚持旧俗，只好新旧兼用，既有过门磕头、拜堂、互相鞠躬等礼仪，也用证婚人宣布两人结为夫妇等西式行礼。

婚后半个月，老舍携眷到济南，他继续在齐鲁大学任教，胡絜青则在一家中学教书，夫唱妇随，生活十分惬意。1937年，他们已有三个孩子了。

同年9月底，日本入侵山东，形势告急，老舍怕一旦济南失守，被迫当汉奸，为了保住气节，老舍决定仿效其他知识分子出走流亡。

老舍的三个孩子，一个四岁，一个二岁，一个才三个月。胡絜青把一家担子拢在自己身上，决定让老舍出走。

老舍历经离乱，后远赴重庆参加抗日，遗下胡絜青面对苦难的日子。老舍在《自述》文章写道：

> 妻是深明大义的。平日，她的胆子并不大。可是，当我要走的那天，铺子关上了门，飞机整天在飞鸣，人心恐慌到

极度，她却把泪落在肚中，沉静的给我打点行李。她晓得必须放我走，所以不便再说什么。……

胡絜青后返到北平，在沦陷区生活了五年，当了四年中学教员，饱受国亡家破的苦楚和辛酸。

中国妇女的坚贞不屈的性格，也在胡絜青的身上得到充分体现。她在北平，一直待到老舍母亲在北平逝世，为老人办理丧事，才携儿挈女，千里跋涉，其间经过几许盘问、空袭、生命威胁，历时五十多天，穿过重重封锁线，逃出日伪封锁区，千辛万苦地于1943年11月17日，辗转到了重庆，与老舍会合，可见其坚强性格，这时他们两人前后睽别整整六年。

此时老舍在重庆的红颜知己——赵清阁，只好黯然引退。

关于老舍在“文革”被批斗后自杀，目下有多种说法，莫衷一是。在中国知识界，与老舍同年的人，都没有一个好下场。“文革”刚开始，江青便扬言：“老舍每天早上要吃一个鸡蛋，是一个资产阶级作家。”非置他于死地不可。

香港三联书店与人民文学出版社合编的《现代中国作家选集——老舍年谱简编》，“1966年条目”，有以下记载：

7月31日至8月15日患支气管扩张大量吐血住在北京医院治疗。

8月23日病后第一天去北京市文联参加“文化大革命”的学习，当天下午与萧军、荀慧生等市文化局与市文联的二十多位领导与知名人士被红卫兵拉至文庙，跪在焚烧京戏戏装的大火前遭受毒打，头破血流。回到市文联后继续受到毒打直至24日凌晨，遍体鳞伤，奄奄一息。24日夜在北城外太平湖含冤去世。

老舍逝世后，晚年的胡絜青倒是竭力亲自为老舍整理了不少文集，还亲自写序。如《老舍文集》《老舍生活与创作自述》《文牛》等，还把早年老舍创作、因政治原因未能出版的《正红旗下》，也重新校订整理出版。

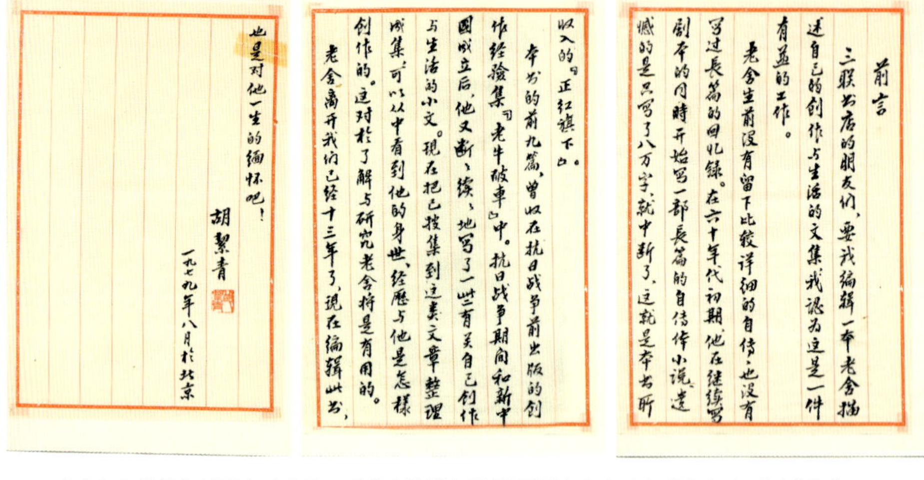

前言

三联书店的朋友们，要我编辑一本老舍描述自己的创作与生活的文集，我认为这是一件有益的工作。

老舍生前没有留下比较详细的自传，也没有写过長篇的回忆录。在六十年代初期，他在继续写剧本的同時开始写一部長篇的自传体小说，遗憾的是只写了八万字，就中断了。这就是本书所收入的『正红旗下』。

本书的前九篇，曾收在抗日战争前出版的創作经驗集『老牛破車』中。抗日战争期间和新中國成立后，他又断断续续地写了一些有关自己創作与生活的小文。現在把已搜集到这类文章整理成集，可以从中看到他的身世、经歷与他是怎樣創作的。这对於了解与研究老舍将是有用的。

老舍离开我们已经十三年了，現在编辑此书，也是对他一生的缅怀吧！

胡絜青

一九七九年八月於北京

老舍夫人胡絜青1979年为香港三联书店编辑出版所写的《老舍生活与创作自述·前言》手稿。

老舍之死

老舍是1966年8月24日投太平湖自杀的。

究竟是什么事驱使老舍走上自绝之路？迄今众说纷纭。

根据老舍年谱记载，1966年7月31日至8月15日，老舍因病住北京医院进行检查与治疗。

老舍8月初住院检查期间，与挚友臧克家通过一次电话，他在电话中声音低颤地说："我这些天，身体不好。气管的一个小血管破裂了，大口大口地吐血。遵从医生的命令，我烟也不吸了，酒也不喝了。市委宣传部长告诉我不要去学习了，在家休养休养。前些天，我去参加一个批判会，其中有我不少朋友，嗯，受受教育……"由此知道，老舍不仅已知道他的一些朋友遭到批判，而且出席了批判会。

此后康生曾托人捎话，让老舍"参加运动，感受这次政治斗争的气氛"。

老舍应命到北京市文联，参加了文联举办的会议。端木蕻良事后回忆道："室内正在认真开会，忽听窗外人声鼎沸，随着便有造反派闯入，拿着名单唱名，叫到的人，赶快出去到广场上排队，随即往他脖颈上挂块牌子。凡是挂上牌子的，就算是'金榜题名'，进入牛鬼蛇神的'行列'了。我和老舍是最后两个被点名叫出去的。"

关于老舍投湖的原因及尸体处理，有两个版本，都是出自相关人士之口。

其一是出自当年北京文联"文化大革命"委员会副主任浩然（当

年以《艳阳天》和《金色大道》成名）。

老舍被红卫兵批斗，浩然是身历其境的。

老舍是与萧军、端木蕻良、骆宾基、荀慧生、裘盛戎等，被红卫兵一起揪出来批斗的。

老舍先是被红卫兵从文联拉到孔庙批斗，当时已被殴打致重伤，头上包着水袖，身上还染着鲜血，颈上挂着“牛鬼蛇神”牌子。

后来老舍等又被拉到市文联，正赶上从全国各地来串联的红卫兵。据浩然说，红卫兵最初“不知道老舍有什么问题”。

现场上的另一位女作家草明，为了自保，曾站出来说：“我揭发，老舍把《骆驼祥子》的版税卖给美国人，不要人民币要美金。”

草明话音甫落，红卫兵为之起哄，据浩然说：“大伙儿一听就嚷：让他把牌子举起来！红卫兵从他头上摘牌子，这时老舍打了红卫兵。”

从浩然后来的谈话，说是老舍打了红卫兵才引起被红卫兵毒打。

老舍当时以受创的身体被批斗，还要他举起牌子，不甘受辱，也许推撞了红卫兵也是有的，即使是这样，力气也有限。（浩然以老舍打红卫兵，是反革命行为，命令把老舍抓起来，送到派出所。）

据浩然说，当时派出所乱哄哄一团，未暇理会，让他把老舍接走，那已是子夜时分。浩然事后表示，他本来想让老舍夫人胡絜青来接的，但“他的老伴态度很不好，我让她想办法来接，她说没办法”。

浩然辩称他找不到车子送老舍。

老舍的下场是可以想象的：肉体被毒打致重伤，作为革委会副主任的浩然还让他翌日到文联交代检讨出手打红卫兵的事，身心俱裂，孑然踯躅街头，前路茫茫，他唯一的出路——只有走上“自绝于人民的路”——跳太平湖自尽！

据浩然说：“第二天半夜有人来了电话，说发现了死尸，有人认为是老舍。”他“获通知第二天找到舒乙。舒乙说他们不知怎么办”。胡絜青听到老舍自杀的消息，她反应很冷淡，说：“死了就死了呗。”

另一版本，是来自老舍的公子舒乙，他在事后接受报章访问时说：

> 浩然在说谎！实际上是浩然心里有鬼！想掩饰他个人的责任。老舍在投湖的前一天受到红卫兵的摧残和侮辱，当晚是我母亲把他从派出所接回家的，为他脱下了血迹斑斑的上衣。投湖辞世，后事也是母亲和我操办的。老舍失踪，母亲让我去找周总理。尽管天气炎热，我还是把父亲的血衣穿在里面，连夜赶到国务院，一位接待我的军官看了血衣。回家后，就接到总理办公室的电话，说总理已知道了此事，他非常着急，将派人尽力寻找先生。家属对先生焦急的程度，绝不像浩然所讲的那样。

关于老舍之死的真相如何，除了当事人，外人是无从置喙的。

走笔至此，我想起老舍《小人物自述》的一段文字，若合了老舍临终心态的写照：

> 每逢看见一条癞狗，骨头全要支到皮外，皮上很吝啬的附着几根毛，像写意山水上的草儿那么稀疏，我就要问：你干吗活着？你怎样活着？这点关切一定不出于轻蔑；而是出于同病相怜。在这条可怜的活东西身上我看见自己的影子。我当初干吗活着？怎样活着来的？和这条狗一样，得不到任何回答，只是默默的感到一些迷惘，一些恐怖，一些无可形容的忧郁，是的，我的过去——记得的，听说的，似记得又似忘掉的——是那么黑的一片，我不知是怎样摸索着走

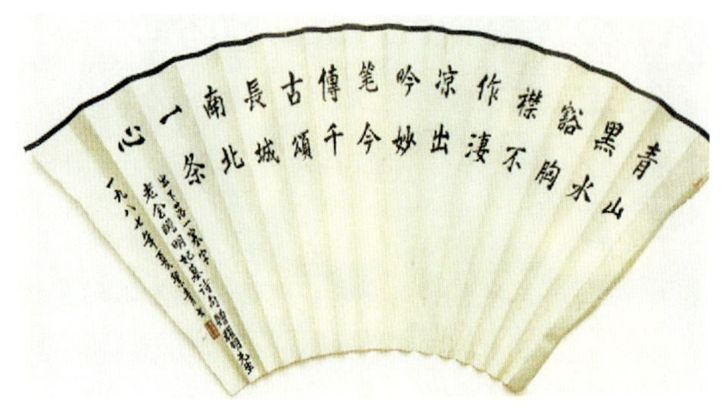

这是胡絜青 1987 年题赠的扇面，正面是抄录老舍写的《内蒙即景·七》。这是老舍 1961 年访昭君墓时写给曹禺的，因为他正拟写王昭君剧本，一变前人的看法，化凄楚为欢快。胡絜青在抄录这首诗时，落了“塞”字。

这是老舍 1963 年登岳阳楼题胡絜青《三秋图》画稿诗，因扇面空间限制，胡絜青抄写时，除落“百”字，还落了最末两句诗：“凭栏欣北望，日夜大江流。”

出来的。走出来，并无可欣喜；想起来，却在悲苦之中稍微有一点爱恋；把这点爱恋设若也减除了去，那简直的连现在的生活也是多余，没有一点意义了。

“你干吗活着？你怎样活着？”不是老舍从“癞狗一样”的生活中体验后提出来的诘问吗?！当老舍发现世上已没有“一点爱恋”，生活已“没有一点意义了”，除了自尽，他已没有其他出路了！

老舍妻子胡絜青的丹青之路

我与老舍的两位爱人胡絜青和赵清阁都有交往。在印象中，胡絜青是一个沉稳内敛的人；赵清阁则是开朗与主动进取的人。前者更倾向中国传统女性的矜持的蕴藉；后者更多的是典型五四运动后新女性活泼而积极的生活态度。

两人都是多才多艺的女性，酷爱书画。前者一味寄托丹青，后者创作之余，也擅书法绘画。在动乱和白色恐怖的时代，她们都熬过来，都是从文艺得到寄托，取得心灵的平衡和慰安。

胡絜青（1905—2001），是旗人（满族），别有一种端庄高贵的气质。她自幼学习绘画，北平师范大学念书期间，曾受名画家汪采白、杨仲子、孙涌昭的影响。大学毕业，她先后在济南、青岛、北平、重庆等执教鞭，却从未放弃画笔。

1938年，由齐白石女弟子引见，胡絜青为齐白石两位儿子补习诗词，后于1950年正式拜齐白石为师。

胡絜青与郭秀仪成为齐白石晚年所收的正式弟子："追随齐杖履，侍奉砚笔达六年之久。"

胡絜青得此一大机缘，不仅向齐白石学习写意花鸟画，也向老人学工笔草虫，深得齐白石衣钵。

齐白石也视她为爱徒，称许她的"兰花草虫图"，"非有细心不能有此作"，还亲自题了"絜青画，白石题"。

胡絜青在画艺上广采博纳，不仅随齐白石学画，还向于非闇问道于花卉、翎毛、草虫等写意工笔画。

胡絜青在名家调教下，果然下笔不凡，频有佳作面世，深受好评。

1957年，她已与大家陈半丁、于非闇、孙涌昭联合举办画展，1958年成为北京画院一级画师。

我与胡絜青及其公子舒乙、女儿舒济均有交往，我曾协助其在香港出版几本关于老舍的作品。接触较多的是舒济，她在人民文学出版社当编辑，协助胡絜青整理老舍的作品。

我以前任事的香港三联书店与人民文学出版社合作出版的“中国现代作家选集丛书”的《老舍卷》，就是舒济负责编辑的。

我较近距离接触胡絜青是1980年，她在香港举办画展的时候。

事后不少报道，称她这次来香港是举行个展的。其实不然，与她一块还有书画大家赖少其，后者独创“以白压黑”技法，成为新徽派版画创始人，他以诗、书、画驰名，还以木刻和书法入印，被唐云誉为四绝。

这次画展是由新鸿基地产集团操办的，作品在湾仔的新鸿基大楼会场展出。

印象中，展品的售价不菲。胡絜青、赖少其的中轴画作，标价都在二三十万元港币以上，大画更有过之。

印象最深刻的是赖少其的一副对联，标价是十万元。

胡絜青与赖少其是内地甫开放，在香港举办内地名家画展的，有市有价。

临离开香港，胡絜青及赖少其分别送我一帧中轴国画和一副对联以为纪念。

胡絜青的绘画成就是与她刻苦努力分不开的。她在《自述》一文指出：

这是胡絜青女士1980年在香港举办画展送赠给我的一帧中轴。画面是一群小鸡包围着一只蟋蟀，小鸡表情不一，但所有焦点都对住小蟋蟀，小蟋蟀成为瓮中之鳖，大有象征意义。

我是学文学的，前半生教书。可是，从小就喜欢画画，练字，四十岁起才开始拜师习画，可谓半路出家。

但我是幸运的，我的写意老师是齐白石，我的工笔老师是于非闇。我从他们那里不光是学到了技法，还学到了当艺术家的道德规范，可谓机遇难得。

我有一个好家庭，丈夫一辈子从事写作，虽然他自己的作画水平不及一个幼儿园的孩子，却偏偏天生地有一双鉴赏家的眼力，评论起来头头是道，加上为人热情，喜好交结画家，家中常常画家如云，墙上好画常换，满壁生辉；我们有一个小院子，种花养草是我们的共同爱好，极盛时栽培的独朵菊花多达百盆，秋天经常举办家庭花展。我陶醉在百花丛中，它们都是我的天然好老师；而家庭艺术沙龙式的漫谈常

胡絜青写书画，一般不落日期，这幅画大抵是20世纪80年代末，由公子舒乙来港赠给我的。胡絜青曾师从齐白石、于非闇大师习画，笔下的虫鸟花草栩栩如生，画面上一只绿色螳螂矫健地爬行在嫣红的牵牛花上，画面活现了勃勃的生气，这也间接反映晚年的胡絜青已从“文革”的阴影走出来，心里充满阳光。

常使我处在创作的激情之中，可谓环境助我。

我爱观摩各派古画，我爱旅行，我爱写生，我爱走到哪儿写生到哪儿，我并不认为这样做有什么值得特别夸耀的地方，不，这是我生活的一部分，我由传统中走来，想在生活中找到新东西。想用新的方法去表现，去画，去画我自己的东西，我老老实实地画，我老老实实地写，我老老实实地做人。

老派画人的作品都有深厚根底，都是苦心孤诣、浇铸了心血的。

胡絜青最为人乐道的，是她早年创作的巨幅工笔画《姹紫嫣红》，中国政府曾作为国礼，馈赠越南胡志明主席。

胡絜青除了擅写国画，她的书法，功力也深厚，其书法和散文也备受好评，曾多次获奖。

顾城二十年祭

没有想到，顾城已走了二十年。

还是从报上读到王安忆的一篇纪念文章，才恍然初醒。

王安忆的文章题为《蝉蜕》，提到我主编的《明报月刊》在顾城逝世后向她约稿的事。1993年11月号《明报月刊》做了一个特辑：《诗人顾城之死》，约请了顾城生前亲朋和好友写稿。王安忆还提到1991年沪港文学交流计划见到顾城。那个时候，顾城刚从德国经香港，某天晚上我组织了一次作家太平山之旅，顾城、谢烨也同行。

顾城与夫人谢烨在德国柏林大学作为驻校作家，在那里勾留了一年。

与顾城交往应溯自20世纪80年代，他与谢烨还特别跑到《明报月刊》编辑部来找我。此后，顾城与谢烨寄了不少他写的文章及传媒访问他的文章，乃至他的画的影印本给我。当时内地的作家拥有复印机的极少，也许是通过他的父亲顾工的复印机印发给我的。顾工曾是内地有名的写实诗人，也写电影剧本。

与顾城交往的人，无不觉他思维方式、行为偏离现实生活，仿佛是来自另一个世界的人。他对身边的事物，几乎是视而不见。他的同辈诗人舒婷为他起了一个“童话诗人”称号，从此“童话诗人”这个名字，不胫而走。究其实，他是活在自己的童话世界里，因他拒绝世俗社会，所以能永葆童真。

顾城一直在追求一个既朦胧又纯粹、既简单又田园式的世界，换言之，即使他生活在动荡的年代、混沌的尘世，他也一直在寻

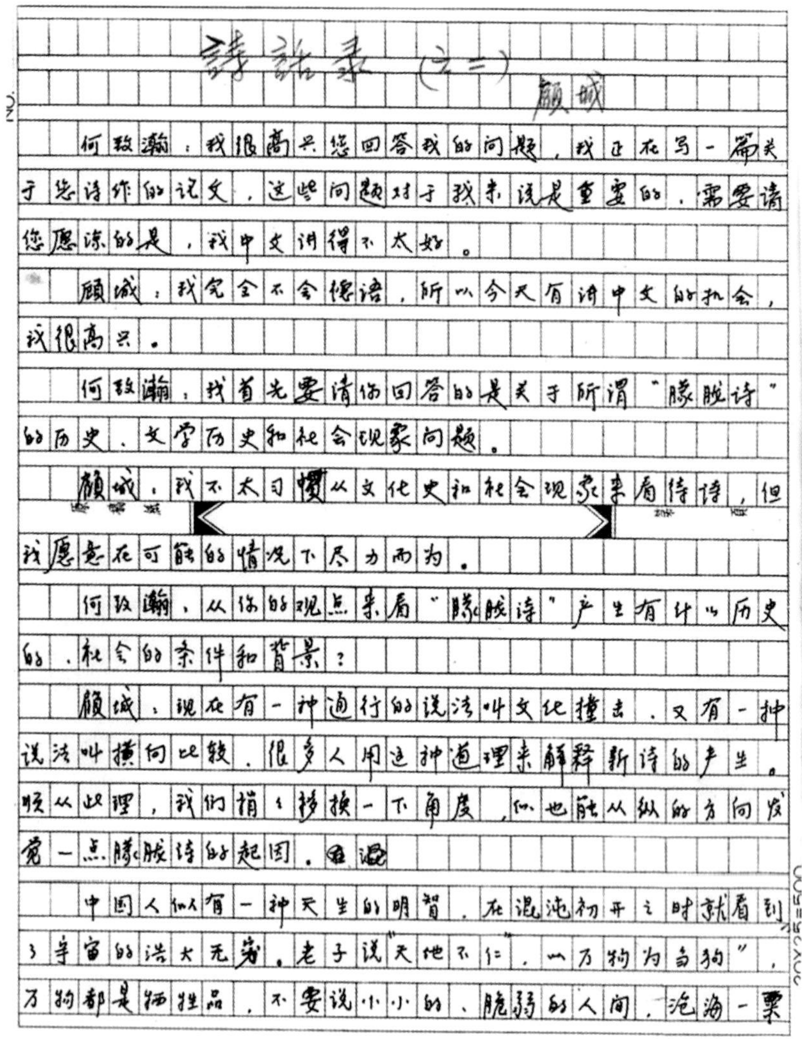

诗话录（之二）

顾城

何致瀚：我很高兴您回答我的问题，我正在写一篇关于您诗作的论文，这些问题对于我来说是重要的，需要请您原谅的是，我中文讲得不太好。

顾城：我完全不会德语，所以今天有讲中文的机会，我很高兴。

何致瀚：我首先要请你回答的是关于所谓"朦胧诗"的历史、文学历史和社会现象问题。

顾城：我不太习惯从文化史和社会现象来看待诗，但我愿意在可能的情况下尽力而为。

何致瀚：从你的观点来看"朦胧诗"产生有什么历史的、社会的条件和背景？

顾城：现在有一种通行的说法叫文化撞击，又有一种说法叫横向比较，很多人用这种道理来解释新诗的产生。顺从此理，我们稍稍移换一下角度，也能从纵的方向发觉一点朦胧诗的起因。

中国人似有一种天生的明智，在混沌初开之时就看到了宇宙的浩大无穷，老子说"天地不仁，以万物为刍狗"，万物都是牺牲品，不要说小小的、脆弱的人间，沧海一粟

顾城寄给彦火的《诗话录》影印本手稿。手稿上有顾城写上的题目名和修订。

觅，甚至一直在做白日梦，一心钻进自己的梦想世界。套谢烨的话："生活对他来说不过是走向梦海的沙滩。"

顾城自幼便随父亲顾工下放农村，接触大自然的风光：日、月、星辰、小鸟、树、村景、流水。

他的心灵恒与万物融汇合一，并自觉地能与万物对话："……

我们相信习惯的眼睛，我们视而不见，我们常常忘记要用心去观看，去注视那些只有心灵才能看到的本体。日日、月月、年年，不管你看到没有，那个你，那个人类的你都在运行，都在和那些伟大的星宿一起烧灼着宇宙的暗夜。”（顾城:《诗话录》）

顾城的诗是反城市的。他觉得城市人缺乏自我认识，“城里的路是规定好的，城里的一切都是规定好的。…… 可就是没有那种感觉，没有大平原棕色的注视，没有气流变幻的生命幻想曲”。

“城里人很注意别人的看法，常用时装把自己包裹起来。”顾城极力想从现代城市尽快走出来。他认为人类有一种能力，能够感到美，并从这种美感，衍生假想的美：人类可以幻想成为鸟、树、蓝天、河水、男孩子和女孩子时的生活。

他“会像青草一样呼吸”“把一支歌献给了所有花朵”。他庄严地宣告:“我相信在我的诗中，城市将消失，最后出现的是一片牧场。”

现实生活的顾城，也是反城市的，在大都市，他总常戴着一顶牧羊人式的帽子，他说，戴着高帽子他才感到有安全感。据谢烨对我说，这顶帽子是他自己缝制的。谢烨把头戴帽子的顾城称作“可汗”，这是古代西域和北方各国对君王的称谓，顾城听罢高兴得手舞足蹈，从此，顾城便以“可汗”自居。

谢烨1985年曾寄一篇她写顾城的短文给我，文末是这样写的：

> 上天把人造成麦粉团和泥土一样的东西，上天让人像动物一样的跳跃、穿上各种衣服走来走去，这些都太多了；上天只在极少数人的心里保持了通往天空的道路。在他的眼睛里，在他被声音遮蔽的隐秘的台阶中，我知道穿过这片喧闹会有怎样的寂静和光明。

这是1992年2月顾城寄给彦火一帧标准照片。头上戴着他自制的帽子。

1988年，顾城干脆偕同妻子跑到新西兰一个远离大陆、人迹渺少的海岛——怀希基岛去过着原始的生活。反讽的是，在英语的国度，顾城却是岛上唯一不懂英语的人。

他与谢烨曾在那里养鸡卖鸡蛋。他对我说，他们最高纪录养过二百只鸡用来下蛋，并由谢烨开车到市场上售卖鸡蛋，以维持生计。后因被邻居投诉当局，被勒令不准养鸡。

顾城向我述说，他在绝望下，只好操刀当起刽子手来，把所有畜养的鸡只在一天之内全部杀光。他说，他杀到日月无光，满身沾满鲜血。他在缕述这段往事时，却十分轻描淡写。我听罢则为之毛骨悚然。

没有鸡与鸡蛋的生财工具，他们只好采集野生木耳、野草及捡拾海边的牡蛎来吃，甚至刨树根来吃。

顾城对岛上的木耳有一种偏爱，所以他把唯一的儿子起名叫“木耳”。

谢烨与木耳尽显母子舐犊之情（摄于1991年12月新西兰怀希基岛）

在与顾城的接触中，他的爱情生活予人的印象是挺美满的。1979年，他在从四川赴上海的火车车厢里，发现一个窈窕、身材高挑兼气质清纯的她，顾城万万没料到，他心中的维纳斯，竟然就坐在他身旁。

一见钟情，并没有错。只是女方出生在大上海，家境又较优裕。一个穷诗人如何养妻活儿？——这是令女方家庭反对这婚事的头等理由。

顾城死心不息——发挥他的蛮劲，跑了六次上海，起初为了表示诚意，干脆坐在谢家门撒赖不走。其间他拢共写了六百多封情信，曾一度感动女方家长。但1979年上海《文汇报》刊了一篇批判顾城的文章，说顾城“走入自我的死胡同”，把他与波德莱尔相提并论。这篇文章，无情地打破了顾城的结婚计划，结婚日期也延宕了。

顾城并没有灰心气馁，继续苦苦追求，最终赢得美人归。顾城是1983年8月5日结婚的。

诗·生命

顾城说，当他们的爱情不顺利的当儿，他可以两天写八十四首诗；当他结婚之后，他写诗的速度和数量也显著下降了。

这是否意味着婚姻对他写作反而成为反力量，还是他不甘婚姻使他走入世俗窠臼而减少创作的动力？然而，他不少诗作及中篇小说《英儿》，是经他妻子谢烨一笔一画替他誊清、整理的。

谢烨实际上是顾城生活上的保姆。

顾城不光天生是诗人，还天生活在诗人的王国。除了诗及与诗相关的东西外，顾城一概不关心，他日常生活应付能力很低。我亲眼看到的，吃饭，认不得菜肴；走在街上，不知何去何从。假如有一天他妻子不在他旁边，他肯定成了落荒的迷途者。

他从小还有一个嗜好，在白墙上涂鸦——画图，把满墙壁画满难分难解的图案。

在常人眼中，顾城的举措，不算优点，但他的妻子，在谈到这些，却是开心而抱着欣赏的态度。

顾城是一个早慧的人，他在十二岁时已写了哲理小诗《烟囱》：

烟囱犹如平地耸立起来的巨人，
望着布满灯火的大地，
不断地吸着烟卷，
思索着一种谁也不知道的事情。

那时是1968年，正是“文革”闹得如火如荼的当儿。高高在上如烟囱般屹立的巨人，喷着袅袅烟雾，筹谋着一种常人深不可测的主意。四句诗只有四十二个字，便把时空、地域全交代了，并且引出一个令人寻思的问题："巨人是谁？"

顾城后来告诉我，他写这首诗，刚从学校放学，在返家途中看到一支巨大的烟囱在吐出乌黑的浓雾，不禁若有所思，返到家便立即伏在桌上写将出来。

这哪像是十二岁孩子写的诗啊？！

严家炎主编的《二十世纪中国文学史》，虽然对顾城着墨不多，但有一段评语是很中肯的：

> 顾城诗的迷人之处是，它们不是以成年人的理性给混乱的世界一个清明的解释，而是像安徒生《皇帝的新衣》那样，以少年的心理想象"谁也不知道的事情"。这里，童真的想象新鲜而率真，被想象的世界却十分严酷，因而迷人又具有反讽性。

顾城八岁便与其父亲顾工作诗酬唱。他十四岁写的《生命幻想曲》，因被认为是"朦胧诗"的代表作，声名大噪。

顾城早年与舒婷、北岛、杨炼、芒克等人，均是"朦胧派"诗人，他们在20世纪70年代末期崛起，在北京的地下刊物——《今天》发表诗作，北岛是主编。

由地下诗人到地上诗人，是一条颇蜿蜒曲折的道路。首先获得认可的，是福建的舒婷。她的诗作《祖国呵，我亲爱的祖国》，获得1979年度的全国新诗奖。舒婷是一个幸运儿，她很快便脱颖而出；继之是北岛、杨炼等。

顾城是一直被冷落了的诗人。很多诗人，如上述的舒婷、北岛、杨炼早已获得出国机会，并且活跃在国际诗坛。然而，有一段时期，顾城的诗连出版的机会也感到困难。

舒婷在叱咤风云的时候，并没有忘记曾在同一战壕的朋友。她以她和顾城联合的名义，出版了《舒婷、顾城抒情诗选》（1982年，福建人民出版社）。这本诗集共收舒婷、顾城的新诗作凡五十余首。

收入诗集的诗不标出两人的名字，读者只能从诗作中的风格去辨别每一首诗谁属。这表面上是存心让读者猜谜，其实间接起了保护作用。

顾城的第一本个人专集是《黑眼睛》（1986年，人民文学出版社），书名是源自他著名的诗作《一代人》，全诗只有两句：

黑夜给了我黑色的眼睛，
我却用它寻找光明。

意喻“文革”的浩劫，给中国年轻的一代带来了创伤，他们用受创的心灵去掬迎光明，以敏锐的眼光去识别真理。

当顾城把这本诗集送给我时，他在扉页上郑重其事地写上：

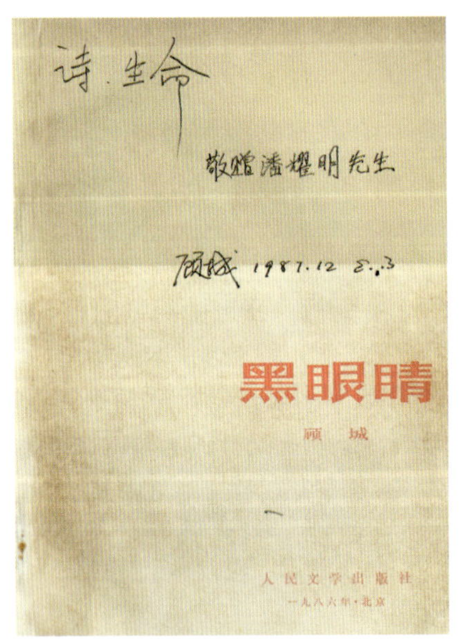

顾城送给彦火的《黑眼睛》诗集（人民文学出版社，1986年）

“诗·生命”。意喻他已把生命与诗画上等号了。

顾城的诗，除了容量大，意象万千，特别重诗质——语言。

顾城追求文字的纯粹性。他于1987年在香港中文大学讲演时说，语言像钞票一样，在流通过程中被使用得又脏又旧。所以顾城很注重语言，他有时为了推敲一个字，花了几天功夫，而且拣那些未受污染的字句——像处子一样，以一个孩子的眼光去看这个世界，是清澈、不沾点儿尘埃的。

他看到星星点点的野花，“像遗失的纽扣”。

他看到月亮和星星，是由于“树枝想去撕裂天空，／却只戳了几个微小的窟窿，它透出了天外的光亮”。

他写东西，“像虫子／在松果里找路／一粒一粒运棋子／有时是空的／集中咬一个字／坏的／里面有发霉的菌丝……”

我还未看到有谁可以把写作比喻得如许恰如其分，毫厘不差。

顾城的情爱与死亡

我想死一回
我想在生命的边缘行车
去看看那边海岸的风景
去看一瓣瓣玫瑰和帆走过
我想爱一回
就像青色的小虫爱着
湿漉漉的花朵一回
我想把蜜水饮尽

——谢烨:《要求》

诺贝尔文学奖评审委员马悦然教授对顾城的新诗，曾给予很高评价。当1983年顾城应邀访问瑞典时，马悦然以《顾城：中国诗歌的先锋》为题，亲自撰文推介：“青年诗人顾城是中国新一代诗人中最优秀的诗人之一，也是‘文化大革命’中开始写作的青年诗人之一。他的诗歌创作融汇了中国诗歌传统，融汇了和诗歌传统有着不可分割联系的道家的神秘意识；同时也融汇了来自西方的现代主义诗歌的形式成分。”

这里意味着顾城的诗歌成就，已获得国际评论界的认同。

顾城认为一个大诗人，首先要具备的条件是灵魂：

> 一个永远醒着微笑而痛苦的灵魂，一个注视着酒杯、万物的反光和自身的灵魂，一个在河岸上注视着血液、思想、情感的灵魂，一片为爱驱动、光的灵魂，在一层又一层物象的幻影中前进。
>
> 人类的电流都聚集在他身上……他具有造物的力量！

顾城以上的话，旨在塑造一个“诗神”的形象，也许也包含着他不懈的追求。

顾城是个极具潜质的诗人，综观他不多的诗集，除了《黑眼睛》，还有《城》《水银》《顾城诗集》《顾城寓言童话诗选》《雷米》等，可以断定，他在诗歌创作的成就，已可以傲视同群，如果不是英年早逝，应有更骄人的表现。

顾城的遗作是长篇小说《英儿》。

这是他小说的处女作。他自称是爱情的忏悔录，他在给我的信中说，这是一个真实的故事，男主角就是他。他这部小说是写给他的两个妻子——谢烨与英儿。

《英儿》的开篇，顾城写道：“你们是我的妻子——我爱着你们，现在依旧如此。”

英儿原名麦琪，是顾城在大学演讲邂逅的，此后互通鱼雁，并成为密友。谢烨为了满足顾城的欲望，给英儿寄了机票，让英儿也来到新西兰的激流岛——怀希基岛，与顾城和谢烨同住。

这部小说，谢烨是参与撰述的，即是书中的“雷”——顾城称谢烨为雷米。最令人感到滑稽的是，英儿来到小岛后，谢烨还塞了一把避孕套给顾城。

从《英儿》可知，雷只是主角英儿的陪衬。小说有不少顾城与英儿性爱的细腻的情色描写文字。英儿的出现，使顾城激发新的欲望：“我的愿望无穷无尽，一直一直生长着，而她明快地包围、承受着我，走在路上的时候我都在想起她，微微生起，感到最初的激动。但是从来没有想到我们的身体和欲望是如此的吻合。她的轻巧给了我一种放肆的可能，一种男性的力量的炫耀，这是我在你面前所无法做的，你无言的轻视，使我被羞愧和尊敬所节制。”

顾城把这部小说称为“顾城情爱忏悔录”。已出版的《英儿》，把英儿的裸体照做封面，照片上的英儿只在私处遮盖一块树叶。全书除了恣情地描写他与英儿的热炽情色故事，并没有半点忏悔的意识，作者真正用意若何，不得而知。但语言和文字很有诗意，却是优美和上乘的。

顾城的《英儿》，应该还有下篇。据顾城姐姐顾乡说，顾城还有小说未竟的一部分在计算机上，他原来想返回新西兰继续写……

后半部的《英儿》是怎么样的结局，相信只有顾城自己知道，是没有人可以猜得到的。

“顾城的处女作小说，既是作者的真实自传，又是充满了真实

1991 年顾城（左）与彦火摄于香港缆车上。
认识顾城的人，都知道顾城一直戴着直筒帽，头不离帽，这是一帧罕见的顾城没有戴帽的照片。1991 年秋，我与顾城等一干内地作家乘缆车上太平山看夜色。当时车厢内的风很大，把顾城帽子刮落，我让陪同一起的同事赶快拍下这张照片。没有戴帽的顾城有点失措，满脸茫然。

的梦幻，梦醒之时，《英儿》下篇就开始了。由诗的漫无边际，由散文的一咏三叹，到有场有景的回忆道白，三月初还像是马上就要爆炸的顾城，小说写到七月、写到下篇，就将散则成气的上篇，慢慢归拢，下篇聚之成形了。反省他、谢烨和不知所终的英儿，在新西兰激流岛上的种种情事……”（史明）

史明是顾城在柏林认识的朋友，他对顾城《英儿》下篇的缕介，也许是顾城生前在柏林向他透露的情节，可惜读者却缘悭一面。

1992 年当顾城与谢烨在德国柏林大学作为驻校作家期间，与顾城以生死相恋的英儿与老外跑掉。与此同时，在柏林期间，却有一个博士生热恋谢烨。谢烨曾与顾城取得协议离婚。……所有这些都是令顾城疯狂的事。因为此前，顾城曾一再向两位妻子表明：“你们当中任何一个离开我，我必死亡无疑。”何况，这一次是两个人都要离开他！难怪他要发疯了。

顾乡在顾城杀妻自戕后接受《明报月刊》特约记者访问时说，顾城一直想自杀。他对顾乡表示，他一俟把在柏林大学期间的小说写完，他就要自杀，“可以把这本书哄起来……”可见，顾城早有以死来推销他的小说的预谋。

结果顾城等不及把那部书全部写完，在失控状态下，采取了灭绝人伦的极端手段——杀妻自戕，酿成“童话世界”以外的大悲剧！

至于谢烨的下场，她是否真正实现生前所写的诗的“要求”，像小虫一样，曾把“蜜水饮尽”？可是她“想死一回”兑现了，却很不诗意。

析顾城与谢烨、英儿的三角恋

谢烨与顾城的相恋相爱，双方基本上都付出了真感情。

后来这份感情发生微妙的变化了。从前如胶似漆的恩爱，因为英儿的闯入，已经逐渐减退乃至完全褪色，到后来，剩下的只有夫妇的名分。

顾城整个心思都一股脑儿扑在英儿身上，原来的主角谢烨，反倒成了配角。

英儿的离弃，对顾城的打击是致命的。那是1992年的事。

套谢烨的话，远在柏林的顾城，一旦知道英儿离开他、与气功教练结婚后，他整个人变成伤痕累累的大伤口，不再是一个完整的人。按顾城的说法是："就像习惯用手去拿杯子，手没有了一样，就像在手术后，被拿走了心。"

顾城自己事后这样对朋友描述："仿佛是坐在窗口的卖票人，虽然还有一张可以说话的脸，还有外面一层薄薄的理智，但窗口以内的人其实早已经疯了。"

顾城像一头受伤的野兽，仰天悲鸣："如果说这一生，我有什么后悔的事，就是这个事。我没什么后悔的，可如果有人这样问，我还是要这样说：我后悔这个事。我离开了我的岛，离开了我的家，我的归宿。我应该死在那儿；—— 雷（顾城对谢烨的昵称），你知道吗？这真像一把锋利的铁铲铲了一下，在我的心里。我那么多年要做，不可能做的事，做成了，又没有了。""…… 因为这铁铲铲得太深了。它不仅毁坏了我的生命，而且毁坏了我生命最深处的

这是谢烨 1990 年 11 月寄给我的一批画作其中的一幅。在谢烨寄给我的顾城二十多帧画作中，只有这一帧画“英儿”的速写。

根，我的梦想。”

谢烨当然知道顾城内心的痛苦万状，她希望顾城以写作来宣泄他心中抑郁的块垒，所以她劝顾城写一本忏悔录。

谢烨是希望顾城通过这本忏悔录，能如实写出英儿对其家庭的介入以致背叛，当然她也一厢情愿地希望顾城能写出他们始初的恩爱，和她为他和家庭所付出的无偿的代价及生活的艰辛，并能作出自我反省。

《英儿》成稿后，与谢烨的意愿大相径庭，相信谢烨万万料不到，英儿反而成了顾城笔下的宠儿。诚然,《英儿》的三分之一文字的篇幅，是抒写顾城对英儿热烈而疯狂的爱恋。

在顾城笔下展现的是他对英儿少女体态的癫狂，倾泻出的是他对英儿童稚、纯真的欣赏和陶醉之情。

他把与英儿之床笫间奔放热炽的乳水交融，幻化成呼应大自然天籁的契合，美好而沁人心脾。

据英儿事后称，顾城出国之前，她只见过他四次。

其实，英儿的形象，早于1988年已盘踞着顾城的脑海。他给还在北京的英儿写信：“我们是一起躲雨的小虫，花壳壳，你是花瓢虫，好看的一种。在天冷之前，我们已经找好了藏身的地方，也许在大岩缝里铺上木板吧，像过家家一样，外边大山谷里大风吹着——很小的锅里煮十五粒豆子。”

那是顾城刚刚远适新西兰小岛的当儿，他对眼前的妻子——谢烨仿佛视而不见了，他的心早已放飞了。

顾城自白道：“……但是不可否认，在我心里也有着不易察觉的期待，我也需要一点异样的东西，这是我在正常的人生中间所无法得到的。……”

最终顾城终于如愿以偿，谢烨让英儿跑到新西兰与他会合。

在顾城的笔下延伸的是一幕幕他与英儿澹美的性爱景观：如诗如画，如梦如花，如风如雾，如花如树，如云如雨，溢满诗意和玫瑰色的霞光。

我不知道，当谢烨一笔一画为顾城抄这部小说时，当发现英儿是顾城心中的女神，而她自己不过是一个陪衬的角儿，她的内心是怎样地翻腾起伏?!

最令人莫名所以的是,《英儿》这篇小说，注明是顾城与谢烨合撰的。

也许是上天的作弄，在谢烨对顾城已完全绝望的时候，柏林有一位叫“大鱼”的博士生，对谢烨展开追求，谢烨的已干涸了的爱情心湖，如久旱逢甘雨，情愫油然产生。但上天对这一个一味付出的苦命女子，并没有予以眷顾，最终还让她赔上一条宝贵的生命。

至于原名李英的英儿，报道说她不喜欢顾城为她起的名字，所以事后她自己起了一个“麦琪”的笔名。

这一说法显然是以讹传讹的。

20世纪八九十年代之间，顾城曾向我推荐过英儿写的新诗。当时他给我来信是用“我的好朋友麦琪”的字眼的，英儿的诗作者署名也是“麦琪”。我不敢肯定,“麦琪”是否顾城早年为她起的笔名，但“麦琪”这个笔名，肯定不是“顾城暴力事件”之后李英才起的。

耀明先生：

来函及明報月刊均已收悉，非常高兴。我们这山高岛鸣，就是見不到中文。偶偶尔尔見一辆車坏在路边，门上有几个汉字，还是日本的。所以我们真正謝謝您了。

当然也要请您原谅，我们信回得这么迟，一则想写完养鸡的短文寄您（不料越写越长了），二则山中日月若现若隐，冬夏不分，只有几种花果交替，梦梦醒醒，只在眨眼间。

虽然此说还是失礼，先寄上些短小文字，照片请一阅。也有我的朋友麦琪的诗，她也在我们岛上。我明年一月去柏林时大约可在香港一驻，望过新年。现在异州也是故乡了。

我信神，却不信神让我信它。

遥祝　如意

顾城敬上
九三.七月

顾城 1993 年寄给彦火的信，信中谈及他在新西兰海岛上的生活。麦琪即是英儿，顾城称是他的两位妻子之一。

顾城是一个占有欲十分强的人，他在《英儿》的纪实小说中，对英儿并不是完全没有贬语。这一贬语是隐约的，来自他的大男人主义的心态。他在第一次与英儿发生关系，因发现英儿不是处女而耿耿于怀。

至于英儿，在顾城自杀后，她一再表明，顾城只是她少女心目中的文学偶像而已，她真正喜欢的是老诗人 —— 刘湛秋。刘湛秋早年曾与刘再复、刘心武被称文坛的“三刘”。二十三岁的英儿与当年已婚的近六十岁的刘湛秋一见钟情，英儿后来与澳籍气功师离异后，与离婚的刘湛秋一起。

“顾城事件”后，刘湛秋曾鼓励英儿写出“澄清真相”的《魂断激流岛》。刘湛秋后来亲自把书稿带来香港给我，我交由明窗出版社出版。

不管怎样，顾城、谢烨、英儿的三角关系，已过去二十年，死者已矣，幸存者有解读的权利，至于世人如何理解，则是另一回事了！

顾城的伊甸园

我只想，去一个
没有大象和长铁链的地方
去在那里伟大，我只有
不停地在河岸上奔跑
……
—— 那里的小房子会睁眼睛
那里的森林都长在强盗的脸上
那里的小矮人
不上学就能对付螃蟹和生字
……

—— 顾城：《我要编一只小船》

在顾城的诗歌里边不乏对大自然的向往和讴歌，江河、山峦、草原、土地，成为他笔下的宠物 —— 所有这些大自然的景物，加上他联翩的浮想，都是他童年美丽、宁谧、纯净世界的折射。

他小时候是一个拒绝接受正规教育的放猪娃，他放过四年猪。放猪娃奔逐于田野间，感到天地很大。

他对这段生活，有过甜美的回忆，他写道：

又一个夏天，我赶着猪群走进河湾，在这里没有什么能躲避太阳的地方，连绵几里的大沙洲上，闪动着几百个宝石一样的小湖，有的墨蓝，有的透绿，有的淡黄，我被浸湿，又被迅速烤干。在我倒下时，那热风中移动的流沙，便埋住了我的手臂。真烫！在蓝天中飘浮的燕鸥，没有一点声息。渐渐地，我好像脱离了自己，和这颤动的世界融为一体。我缓缓站起，在靠近水波的沙地上，写下了我少年时代最好的习作——《生命幻想曲》。

入住城市后，他感到彷徨无依，他说他“看见的就是人们那些细小的生活，看见的是那些在墙上看我的脸。我小时候看这些墙很害怕，那时我知道人死了是要变成灰烬的，这墙是灰烬粉刷成的，我害怕，我感到我迟早要被涂在这些墙上。后来我慢慢知道了，这种痛苦一直伴随着我”。

城市的喧嚣，使他感到惶恐，他留恋童年乡郊的放猪生活。他的诗歌，大都是重拾童年回忆的琐片。

有一年秋天，他曾约同另一位诗人江河，跑到长白山的大兴安岭，去徜徉于山林间。

事后他逢人便津津地忆述这段难忘的经历。他写他到大兴安岭后的雀跃欢忭之情：

我感到获得了一种东西，一种复归的东西。那个地方只有自然史，没有人类史。那儿的白桦树非常美丽，像中学生一样；那儿的蘑菇长得很大，野果子也很多，当时就觉得到了伊甸园，我往山上走，就看见很多云在地平线上晃，我想起了我放猪的日子。昨天我出去看见云，我也想起很多那时看云的日子。那时我和猪在一起，我很快乐，因为我觉得我并不比狗好，也并不比猪坏。

自此后，顾城一直想躲避城市的生活，这就是后来他自我放逐异域小岛的原因了。与此同时，顾城还孜孜不倦于构筑他的伊甸园。

顾城在《英儿》书里，有一节写到他在人迹稀少的新西兰海岛建房子的故事。他希望为他与两位妻子建造一个理想的房子，成为世外的一片伊甸园。这原是他们较早在北京构筑的理想之国：“我们在北京一起看过画报，和萧纹一起，还有英儿。看那白栅栏后边，一片片樱花遮荫着精致的别墅，一条小溪，绕过磨坊和原木筑成的小屋，一道长长的回廊，一片从教堂的小窗子里看出去的淡色田野，所有木器都垂着铜环。”

也可以说，在那个时候，顾城已决定为她们构筑一个美好的爱巢。

顾城从小便喜欢当木匠，他敬慕当过木匠的安徒生。他在《英儿》的纪实小说里，有一章的名目就叫作《房子》。他花了不少篇幅，记叙他在新西兰激流岛建房子的片段。他之所谓的建房子，也是稀奇古怪的。

顾城写道：“刚上岛的时候，我就画了一张图纸给你（英儿），是一个漂亮的仰视的伊斯兰堡。有尖形的拱门和吊桥，蜿蜒纵横的堞垛，有飞廊横在空中。”“我们一边在山里采石锯木，一边争论这城堡房间楼梯的每个细节。三年过去了，我们筑好了一些台阶和墙基，一些护坡，三重梯田，挡住了山土的崩塌。我们的手上都是伤痕，照这个速度进展，我们的城堡需要五百年到八百年左右建成。”

此外，从其中的一段文字，写他临离开小岛赴柏林之际，还在忙于建他的房子，也可见一斑：

> 临走的时候，我忙极了，几乎顾不得跟英儿说话。我把土从房子后边挖出来，挖出一小块平地，准备将来盖厨房，上边还要盖两个小卧室给你和英儿。

①叶公主　②绿荫公　③第二次告别

顾城构思的“伊甸园图”。
顾城于1992—1993年间，曾寄了一组《房子》的图画给我。

> 我把挖下来的土，通过平台的滑槽倾倒下去，堆在房子前边。又筑起一道墙，用墙挡住那些土。这也是我们城台的一部分。我甚至在树影下固执地挖出一个坑来，把一个旧澡盆放在里边，澡盆边缘垒上好看的石块。这是一个池塘，可以养鱼，我在那构想。

可以想见，那当儿顾城还在筹划建房子，对未来充满了憧憬。

英儿事后在说起顾城所建的房子时，曾指出：“顾城对我做‘那事’（性事）的房子非常破，我住的地方是客厅后面的一个拐角，没有门，只有一个窗帘。这件事对我的刺激很大，有一种坍塌的感觉。”

顾城曾寄了他画的一组《房子》给我——这些画作描叙着他心目中的伊甸园，无不异想天开。

不管怎样，顾城自杀前远没有建成他的伊甸园——伊甸园只是他想象的世界，离现实太远太远了，那只是顾城纷沓的梦幻，也随着他在人间的消失而消失了。

顾城与谢烨的“游戏生活”

顾城与谢烨和英儿的三角关系，表面看来是很微妙，也有点玄，其实如了解个中的内情，是不难理解的。

谢烨是顾城的第一个恋人，后来成为他的妻子。

由恋人关系发展成为夫妇关系，是由恋爱的状态，进入夫妻的状态。

前者，特别是热恋的时候，有许多想象的空间。很容易把对方的优点和缺点混淆，兼容并收。即使看到对方缺点，也很容易加以包容，甚至看成优点。

情人眼里出西施，虽然是一句老旧的话，却万变不离其宗。当顾城在火车上第一次邂逅谢烨，不禁为之惊艳，无疑把她当“西施”看待，才会展开长达六年的无完无了的追求。

这个追求过程，在顾城与谢烨事后回忆（见之文字），都是美得不可方物、甜蜜则个的。

所有这些，在婚后已落得“只待追忆”的过去式。

在顾城来说，婚后的谢烨，除了妻子的身份外，主要角色是保姆，他只要一耍赖，保姆便要哄住他；只要他使性子、发脾气，保姆就要给予安抚；只要他受惊着凉，保姆要给予呵护……

对谢烨而言，顾城永远是一个任性的小孩，所以对顾城的要求，无不言听计从，想方设法予以满足。

顾城出于一己的需要，不让谢烨读书、打工，谢烨最后不得不屈服了，乖乖在家帮顾城誊抄稿件，校订书稿；

顾城一概生活料理，谢烨得一一打理：衣服、钥匙、证件、日常三餐无所不包；

顾城要过原始生活，谢烨陪他远涉新西兰的激流岛 —— 怀希基岛过其原始生活 ……

初婚后，两人关系还是颇迩密的。谢烨在1985年曾写了一篇稿:《他 —— 记顾城》。这篇文章，记叙了顾城的一些乖戾的行为。1991年谢烨寄给我发表在《明报月刊》（1992年12月号）。

谢烨写道:“他有许多爱好，除了收集一些稀奇古怪的东西和在纸上画画，他还喜欢独自一人想，这种状态的不断持续，会使他变得异样起来，他的脑袋似乎像蘑菇一样越长越大，大得连他自己都担心将来会到不可收拾的地步。也许因为脑袋太重，他经常睡觉。不管在什么情况下只要有五分钟没人同他说话，就五分钟，他便无声无息到梦乡里去了。”

谢烨已熟悉顾城的一切非常人的举止，譬如他睡过了头，醒了已是夕阳西斜，他可以揉着眼睛说:“太阳竟然不是在东边。”

又如，某天他突然从梦中起来:“紧张极了，他抓住我说闻到一种类似蜗牛的气味，他受不了了，并且有二百个大棉被卷住他舌头，如果不马上喝一点水，他就会爆炸。”

类似的顾城突兀的举措，在谢烨写来，还是挺欣赏、挺新鲜的:“没办法，我一想起来还想乐。”

与此同时，谢烨还寄了一篇她在内地报刊发表的文章《游戏 —— 我和顾城》给我参考，记叙他们初婚后的“游戏生活”：

—— 他剥豌豆，把老的和嫩的分开，然后排成两队，当成两方对垒的战阵，他自己则当统帅；

—— 他烹饪类似饲料的“波澜壮阔可汗汤”，家人都拒绝吃他的“可汗汤”；

吃饭的时候
他淌下了木头眼泪
又长出了獠牙
又断断续续地想
雷 1985.7
月下雷米图
城84.10
最好雷米图
城84.9
雷米冬天图
城84.10

顾城 20 世纪 80 年代寄给我的一批速写画，主角都离不开谢烨。

图中可见，顾城日思夜念着“雷”——顾城为谢烨改名为“雷米”，“可汗”是顾城的自称，这个名是谢烨为他改的。从这一帧图，可见这一时期顾城对谢烨的依恋。

—— 他从七岁开始筹划“冶金”计划，当人们开始做饭的时候，他就赶紧把一只泥巴做的小坩埚伸到饭锅底下，然后宣布：他要开始“冶金”了；

—— 结婚以后，他决定用锡“铸一个独脚丫”。“他非常喜欢火，淡蓝色和红色的火，几乎伴随他度过了整个少年时代。火中有一种东西召唤他，好像一切触及了火，就会忽然变得奇异起来，变成灰烬，或者泡沫。他最喜欢看熔化的金属慢慢地冷却，显示出那种新生的光泽。”（谢烨）

……

对于与顾城这段婚后生活，谢烨的忆述是蛮有兴味的，她写道：“我不时地责备他，其实我很高兴。每天都有奇怪的事情发生。每天都不一样，每天都是新的，我们好像拉着手，一直跑回了童年的山上，在那看我们生活的城市。”

谢烨在同一篇文章的开首，对月老把两人牵在一起，是感恩和充满美丽的憧憬的：“生活，很早就开始了，我们各自的生活。我们好像只是在河的两岸玩耍，为了有一天能在桥上相遇，交换各自的知了壳和秘密。我们站在桥上往下看着。看两岸过去的风景，看时光流逝。”

初婚确是美丽而悦愉的，但这种“游戏式生活”一旦成为生活恒常的基调，无疑是一种负担！包括谢烨她也不得不承认：“在一起生活久了，关于他可乐的事我知道的也越来越多，渐渐地也就淡漠起来。”

当两人相处的时间一久，初恋的滋味已淡远了。

于顾城来说，他已厌倦了与“保姆”一起生活了，所以他希望英儿来作陪。

谢烨在给家人写信时，表达了婚后的疲惫。她在信中向母亲诉说:“太累了，实在太累了。”

谢烨终于敌不过顾城对英儿的思念之情，毅然让英儿来与他们一起生活。

两女一男相处，对男的来说，是两全其美的齐人之福，对顾城尤其如此，他既有一个保姆照料他的一切日常生活，包括起居、写作，还有一个年轻貌美的少女，可供他床第之间的嬉戏，满足他生理和心理的需求。难怪顾城对这一时期的生活，颇有踌躇满志之慨!

谈顾城的画

画出“死亡的感觉”

也许
我是被妈妈宠坏的孩子
我任性

我希望
每一个时刻
都像彩色蜡笔那样美丽
我希望
能在心爱的白纸上画画
画出笨拙的自由
画下一只永远不会
流泪的眼睛
一片天空
一片属于天空的羽毛和树叶
一个淡绿的夜晚和苹果

我想画下早晨
……
我没有领到蜡笔

没有得到一个彩色的时刻
我只有我
我的手指和创痛
只有撕碎那一张张
心爱的白纸
让它们去寻找蝴蝶
让它们从今天消失

我是一个孩子
一个被幻想妈妈宠坏的孩子

我任性

——顾城:《我是一个任性的孩子》

在以上援引的诗句中，顾城原来企求一个彩色缤纷的童年，但孩童的遭遇，让他的愿望落空了。他没有像其他孩子一样，“领到蜡笔”，过着童年的生活。现实总是残酷的，它制造了幻想，却是为了将它撕破。它曾给过孩子美丽的梦，却没能让他拥有“一个彩色的时刻”来实现这些梦。

这个无助的孩子，拥有一颗受伤的心，针对现实加给他不平的拨弄，怀着一颗逆反的心，在他的行止、在他的笔下执意做他“任性的孩子”。从顾城生前的画作，也不难找到他这一如影随形的心魔。

顾城生前画了不少的画。他的画作，比他的诗更天马行空，线条是细腻优美的，有点原始，也抽象，夹杂着他的童心，插上幻想的翅膀，意象联翩，甚至匪夷所思，其线条却表现出美术专业的浑

顾城以铅笔写上《飞飞》的题目，并注明：“1990 年的七月描写”。

“大秃顶闹事，城 90 年 9 月”。

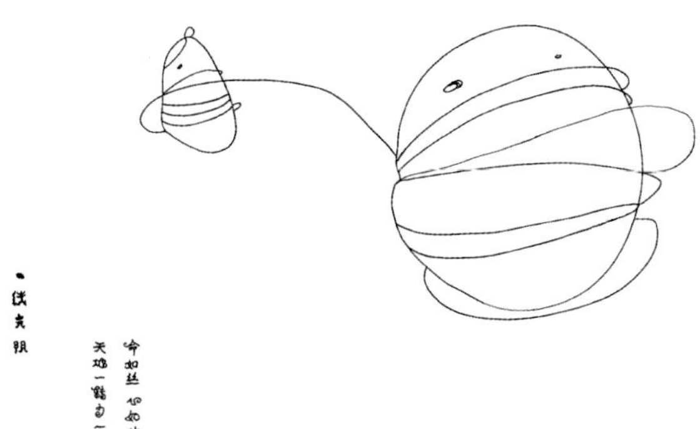

“一线光阴”

这是顾城寄给我的画作的其中三帧，第三帧没有注明日子，相信也是 1990 年画的，这都是顾城远适新西兰激流岛期间画的作品。

厚功底。

20世纪90年代初，顾城与谢烨寄了二十多帧画作给我，并附了谢烨的一篇文章——《顾城的画》给我参考。

这是第一篇全面介绍顾城绘画风貌的文章。从这篇文章大抵可以洞察顾城画作的诡异手法。

顾城自幼便喜欢画画。他在童年的时候，就是一个任性不羁的孩子，他喜欢在家里的客厅和房间的墙壁上涂鸦——画满各种奇异怪状的人物、昆虫、飞禽、走兽、神祇……

每次他妈妈都把他古灵精怪的画从墙上拭掉，他又重新地画上去。如此重复多次，他妈妈也拿他没办法，这样一来，家中便遗下顾城独树一帜的"墙画"。

据谢烨说，她第一次发现顾城的画是1979年的夏天。她与顾城乘同一辆火车，在车厢里顾城不断地画画，"他画一个老人，头发（竖）立着，又画一个有气无力的女孩……"

谢烨还说了一桩咄咄怪事。1984年，谢烨曾带他去外婆的家——一个江南小镇——苏州太仓，他为一个叫魏公公的远房亲戚画人像：

> 顾城为他画了很久，魏公公坐在阳光里一动不动，周围有苍蝇在飞。我走过去看的时候，着实地吓了一跳：那张脸很像，可是毫无生气，严格地说就是一副骷髅。我真正气得够呛，这怎么行呢，我叫他停止，想把那幅已经完成的画藏起来，让他赶快再画一张，可是魏公公已经站了起来，他还是看见了，他要走了他的画，什么也没说。

谢烨及她的外婆对顾城的乱画一通很是嗔怪，顾城却兀自振振有词地说，他在画魏公公的时候，就有“那种死亡”的感觉。

当谢烨和顾城返回上海一个月后，魏公公便下世了。顾城乍听了这一个噩耗后，也给愣呆了，有好一阵子辍笔不再作画了。

顾城与谢烨后来远适新西兰的激流岛，顾城在小岛认识了一位在市场画肖像的加拿大画家后，激发他的画兴，便自己做了一块画板，又重新画画了。

谢烨写道：“他真的喜欢画画，画那些单纯的看着他的眼睛，那些生动的眼神。”“在他的画里，花束、竹子和人都生长起来，手和鱼在一起，眼睛和星辰在一起，表现了他心中的世界和不安，有的时候，他就是这样，那种不安积累起来，使他发疯。他会忽然跌倒在地上，摔碎一些东西，这个时候，他往往只有握住笔，才能得以安宁。”

顾城画作的内容，杂沓纷繁，因随兴而作，时空跳跃很大，无迹可循：“从他的笔尖流出的线，不断地生长缠绕，像时间一样，把一切联系在一起，把不相关的东西联系在一起。所有的鸟、石头和眼睛和人不断不断地生长；早晨和黄昏不断地生长；使这些有生命无生命的东西都成为一体的东西不断生长，于是，他的不安将在这种生长终止的时候结束。”（谢烨）

描出稀奇古怪的梦

顾城除了日间在激流岛上给孩子画画，回家后，旧毛病又重发了，喜欢在墙上作画，谢烨某天出门返来，看到墙壁上画满了稀奇古怪的画：

——第一幅画，画了一女子坐着，有字曰："龙本来是个美人，头上有山楂树。"她头上真的有鹿角一样的山楂树，上边结了红红的果子，嘴唇和开着花的项链都是红的；

——第二幅画连到窗子的另一侧，上边写着"可是后来，上帝瞎了，就命令把龙……"这幅画，画面有点混乱：天上飞着龙吐出火，击毁了上帝的翅膀，上帝的眼睛茫茫然的往前看着，但是很镇定，他正说着什么，有人在他耳边说话，那些长着翅膀的小蝙蝠鬼，从麦田里飞来的小蝙蝠鬼也在向他不断地诉说，上帝的脚下踩着一条小蛇，再下边是大片大片的土地，有人赶着车，很小的人赶着豹子、老虎和大象的车在奔跑，他们在跑向一个巨大的蝴蝶虫一样的龙的嘴里。一只羊在山上唱歌……

顾城在一次录音访问中，谈了他对现代主义艺术的解读："我去看瑞典画展，看见一匹马像被开水浇过，痛苦地嘶叫。我看见了现代主义艺术非常痛苦的地方，也是这么多年来使我痛苦的地方，我想走了。现代主义艺术确立了一个绝对的死亡，这死亡在人们面前，它离人们很近，在这面前，痛苦的马在嘶叫，我想起我看见的古老的画页，上面的埃及雕像，平整巨大地默视着地平线，它看见的死亡与我们完全不一样。中世纪的米开朗琪罗使大教堂合拢，末日审判，死亡非常宏大。它简直是被一个无比的力士扛着向天空走。"

从现代主义艺术，顾城看到现今的死亡比古代渺小，缺乏悲壮感，因为人类被机器主宰，机器比人类更有力量，"所以人类应该被淘汰"。

顾城曾指出："到了近代，进化论的产生，生物分类的产生，人成了灵长目的一个科，成了蛋白质的一种存在的形式，一套神经系

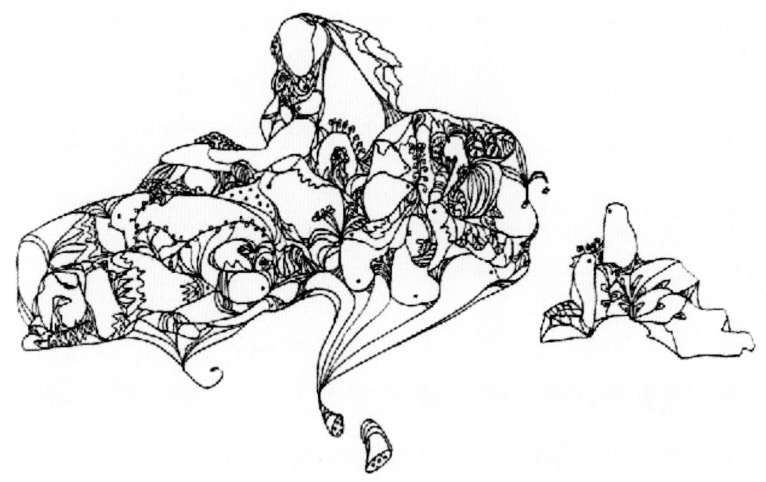

顾城于1990年间画的作品：

1. 没法落地的石头
2. 大傻定亲
3. 岛爷图——二踢升天或踢脚升天

彦火注：
第一帧有点匪夷所思：状似一块大石头上，有鲜花、植物、动物、水鸟……总体形状，又恍似一只掉了尾的风筝，令人不解；第二帧“大傻定亲”，大傻与伴侣，全部“自然化”了，让人捉摸不了；第三帧“岛爷图”的岛爷（岛上的企鹅）相信是顾城的自喻，“二踢升天”倒是一语成谶，顾城这个“岛爷”，最终自己升天，令人喟叹。

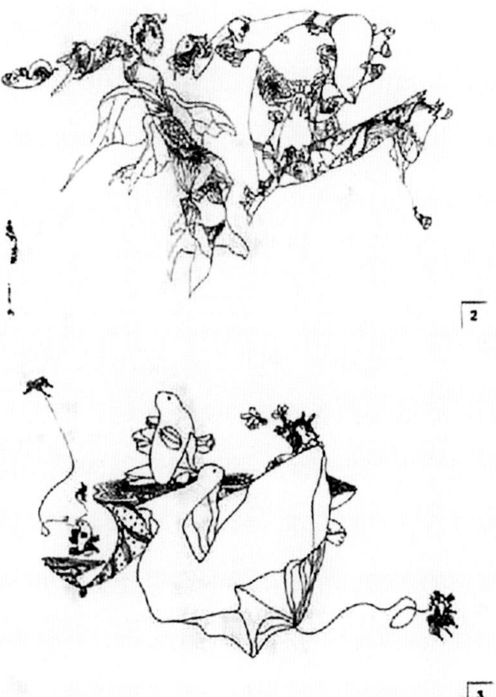

统，大脑神经元可以用电子计算机复制下来。那么，人究竟为什么还要存在下去呢？机器可比人更有力量，单从生产的意义上说，人类应该被淘汰了。这道算术非常简单，简单得使人目瞪口呆，几乎忘记了他们自身，忘记了他们自身不灭的东西，那超乎一切欲念和死亡的光明。”

可以说，顾城的作品，包括诗歌和画作都是反现代的。

顾城早年曾远离烦嚣，到了一趟大兴安岭，投怀大自然的世界，他开始思考人类和文化艺术的进化，他说：“当人类在洞壁上画下第一个线条的时候，那时还没有文字，人们想获得内心的情感，获得一个自由，想画下在天下飞的感觉，鸟的感觉，树叶摇动的感觉，他们就画了，不是为了展览。可是后来，人们画了第二个、第三个了，就想画得比第一个更好，这就迫使他遵循一个规律，线的规律，艺术的规律。这条线就缠在了人们手上，在挣扎中，优美的搏斗中产生了很多伟大的艺术，人们生活在这些伟大艺术的光明和阴影之间，人就成一个文化的产物。他是美丽的，有人道主义的东西，同时他也是最悲惨的，他远离了自然那种最芳香的气息。人们相信文字，相信文字能组成人的全部生活。其实我们有时读一片叶子，叶子更美丽，而我们的文字就是从叶子的脉络中来的。”

顾城刻意要远离“文化产物”的人，去亲炙自然，去读自然，他说，当“我看见一棵柳树被锯倒了，它的树皮被剥掉，非常白，我就看到了百合花一样的光明，我把手放在上面，于是想起了好多以前的事情，好多在诗中幻想经历的事。我曾经是很大的猛犸，是个很微小的微生物，是一块矿石，我是男孩儿也是女孩儿，我会像水草一样游动，像彩虹一般发出淡蓝的紫颜色。这时，你就从狭小的封闭自己的小瓶子中释放出去了，如云一样展开，非常幸福”。

以上顾城的话，也许可以略窥顾城画作对大自然与天籁的追求和呼应。

顾城在山上思考的日子，并没有找到人生和艺术的真正出路，反而使他陷入惶惑、迷惘和不安。他一直在琢磨艾略特的一段话：“我们不知道我们是什么，所以我们不知道要什么，我们不知道我们要什么，所以我们不知道我们是什么。”这就是使顾城痛苦的原因。

与此同时，顾城一直嗅着死亡的气息，他表示：“我们只能活着讲述死亡，没有死人来讲述死亡。”

顾城为了逃避死亡的阴影，他宁愿在梦乡中，找寻他童年的伊甸园。

谢烨曾说过，顾城真能睡，他过去一生中，有泰半时间是在梦乡中。顾城说，他“一眨眼就睡着了，一眨眼就醒了，我睡着了就变成一个蘑菇，醒了就变成一只瓢虫。觉得很幸福”。

这就是为什么顾城的笔下不乏梦幻的景物。

顾城在谈到他的画时，表示他画作的线条可分成两类：“一种是女性的有生命的柔韧的线是水；另一种生硬、僵直、倔强的线是石头，这两种线有时交织在一起也构成了画面的一种意味。”

顾城自称，“我做了男孩儿就爱慕女孩儿”，他对女性有一种天生的沉溺，他认为女性的生命是水，在他笔下延伸往往是柔韧的线条；他对现实生活感到生硬、僵直和倔强，所以他采用石头般粗糙的线条，这都可在他的画作中找寻到个中的蛛丝马迹。

萧乾——进行第三类接触的人

在写“作家与手迹”专栏连载的过程中，我一直有一种负疚感。因为，从现代中国作家群中，我与萧乾（1910—1999）来往颇为迩密，手头上起码有他四五十封信。此外，他一直把我当小老弟，关怀之情，无处不在。可以说，我的文化工作、写作道路，一直是受到他鼓励。

收到萧乾太多信，整理需时。与萧乾的交往打从1979年开始，到他逝世的1999年的二十年间，从未间歇过。每当要下笔时，杂感浮现，真是千头万绪，不知从何写起。所以我一直没敢动笔。直到日前在香港中文大学“新纪元全球华文青年文学奖”晚宴上，遇到上海《译林》杂志的创办人李景端先生，我的负疚心更沉重了，我想，我应提笔写萧乾先生了。

我与李景端先生是初相识，李先生是著名翻译家，李先生表示，萧乾生前一直谈起他香港的这个小老弟，还把我的名片给他，要他到香港找我。那已是20世纪80年代的事了。三十多年过去了，我与李先生相见恨晚，原因是我们有一个共同好朋友——萧乾，所以那天晚上的话题一直围绕着萧乾先生的道德文章、生活趣事。

说到萧乾的推荐信，使我想起1982年第一遭赴美国，萧乾怕我人生路不熟，给我写了六七封推荐信，以便我沿途可以有人照应。譬如西岸的陈若曦、庄因，东岸芝加哥有许达然、非马，纽约的有於梨华、董鼎山，波士顿有刘年玲……

那一年赴美时，持着萧乾的推荐信，我逐站与相关人士联系，

Mr. Chuen Chih Kao. 高全之兄
2720, W. 167th St., 电话
Torrance, CA 90504 213-536-3165

人民文学出版社 洛杉矶

全之兄：你好！

好友潘耀明（作家，香港三联出版社编辑主任）来美访问，特介绍给你们一会，如方便，并祈代为介绍张振翱、葛浩文教授。[illegible]

著安

萧乾

197 年 月15日

彦火注：
我1982年秋第一次赴美国，萧乾写了六七封介绍信给我沿途探访文友。这是一封没有派上用途的信，是一封致学者高全之先生的信。信中还请美国电脑工程师和评论家高全之先生介绍洛杉矶的张振翱教授（即张错，任教南加州大学比较文学系）、汉学家葛浩文教授（时任旧金山州立大学中文系教授），其实后两人，我早已认识。

都受到热情的接待，甚至解决吃宿的问题。有个别萧乾推荐信提到的朋友，因时间的问题没能联系，推荐信一直保留至今。

对一个晚辈文人，萧乾竟然那么倾心提携，可见他仁者风范和恢宏气度。

我与萧乾第一次见面是1979年初秋。萧乾与毕朔望，应美国爱荷华写作计划主任聂华苓女士、保罗・安格尔的邀请，途次香港。因当时内地和美国还没有直航。

这是IWP首次邀请的中国内地作家。（萧乾此次赴美，备受海内外传媒重视，因为海峡两岸仍处于敌对状态中）两岸作家第一次在第三地带 —— 爱荷华相遇，颇为轰动，套当时在台湾《联合报》担任副刊主编痖弦的话，萧乾、毕朔望爱荷华之行，是不兼涉政治、纯文学的“进行第三类接触的人”。

当时我与香港三联书店总经理萧滋先生去接车。在红磡火车站，萧乾迈着大步子而来，强有力地握手，听觉上虽不大灵光，反应却是敏捷的。这是有着活力的老人。

后来我还到当时新华社（中联办前身）在摩星岭道的招待所接他与毕朔望出来吃饭。

我在招待所的会客室静候萧乾。不久，萧乾阔步而来，白衬衫、深蓝色裤，活像从早晨的阳光里钻出来，脸上闪漾着动人的神采，与会客室室外澄澈的天空、亮丽的秋阳互炫着。

我不是诗人，但诗一样的灵感却使我掏出照相机，请求他走出露台，在此情此景下，给他拍几张照片。他欣然颔首，头顶着蓝莹莹的天，足下傍着几盆柔美的秋海棠，灿放如红珊瑚；他凭栏而立，像在凝思，像在追忆，展露一朵充满信心和欢忭的笑容。

我一壁咔嚓咔嚓地拍了好几张照片，一壁在脑海中翻出一段澹美的文字——

> 谁曾在红日升到中天时分，仍呆坐在白石阶上，用回忆的手捕捉半夜那个朦胧的梦呢？谁又痴得竟还在梦境里胡乱摸索？
>
> 我爱凝看罩满尘埃的楠木桌上，露出微微平滑的印迹，那上面堆起一座珊瑚盆景逝去了的形影。我更喜欢一道枯涸了的小河，凭着颓圮的桥栏，寻找昔日的涓涓水波。
>
> 许久了，为着一个踏实生活，我时刻捆绑这些闲不住脚的回想。“止步罢！”我严厉地命令着它，一个更响朗的声音在命令着我。

这是萧乾的代表作之一《梦之谷》的开首，文字的优美一如散

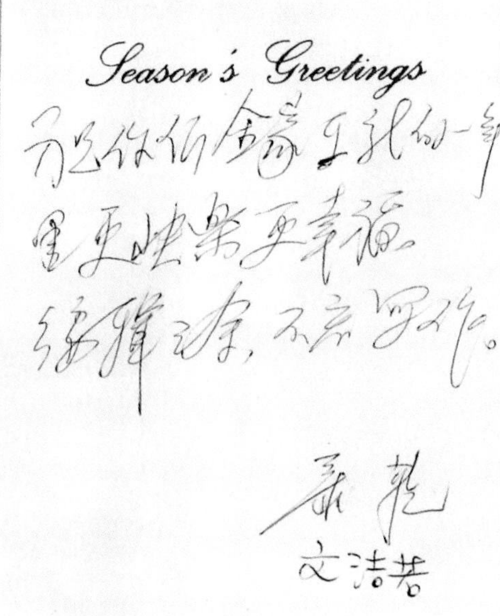
Season's Greetings

预祝你们全家在新的一年里更快乐更幸福。

继续读书，不忘写作。

萧乾
文洁若

萧乾与夫人文洁若每年都寄贺年卡给彦火。

文诗，萧乾的文章，服膺他自己这样的说法：“一切精彩的文字，其含义和价值都必须高高溢出那表面的边缘，勾出繁复辽远的情绪。”正因为这样，萧乾文字奇丽鲜活，能引人入胜。

以上这段文字作者所要呈现的是，在过去的阅历中，他有着丰富多彩的经验，所以他止不住那联翩而珍贵的“回想”。

走出招待所，僻静的摩星岭道，找不到的士的踪影，只能沿摩星岭道走到蒲飞路去等候，那是一段不短的斜路，萧乾说：“这里大抵不易找到的士，让我们走一段路吧。”语气是轻松而年轻的。

摩星岭道林木蓊郁，四周岑寂，只有从明明灭灭的幽深处，偶尔传来几声鸟儿的鸣啭，天气清明，山岭下是波光粼粼的西环海面，几片风帆轻盈地在晃荡，只有一二艘水翼船如一只飞梭，织了

萧乾 1979 年访美途经香港摄于西摩台（彦火摄）

萧乾于 1981 年 5 月再次参加美国“爱荷华写作计划”后，回程途经香港，摄于香港流浮山，左为彦火。

一条条又白又直的波浪。

走完那段斜路，他的步履仍然是健捷的，没有气咻咻的疲态。

在谈话中，知道他患有冠心病，我感到歉意。他说不要紧，他还可以走路。后来知道，除了吃药之外，他还坚持打太极拳等运动，这叫积极疗法。

我们在蒲飞路登上的士。的士所经过的西环、上环、西营盘、上环、中环、湾仔，他都能一一指出，甚至有些地方虽然起了很大变化，他仍然能准确地道出区域，和过去这里有什么建筑物。

萧乾说，他在香港工作、居住过，时间在不到一年的光景，最近的一次，离现在也有三十多年了。时间的浪涛并没有淹没他过去的印迹，在他来说，那远去的事物，还是那样朗朗上口，仿佛像在昨天那样，历历在目。

我有点惊异地私忖：他的记忆仍然那么清晰可靠，并未随着年纪老迈而衰退。

萧乾与沈从文的师徒恩怨

萧乾允称名记者、名编辑、小说家和翻译家。这是人们公认的了。

1979年，内地开放后萧乾第一次出国，赴美国爱荷华参加国际写作计划，途经香港，在一次晚宴上，萧乾说，他什么也不是，他只是老报人。这是他的谦逊，但从另一方面的意义来说，他更像一位报人。

他一跨出大学的门槛，就被有名的天津《大公报》聘为副刊编辑，跟着他又以记者身份，在中国抗战时期，奔走于大江南北之间。第二次世界大战时期，在硝烟弥漫、枪林弹雨之下，他驰骋欧陆战场，向国内报道欧战的最新信息，写下大量的通讯和散文，他著名的《人生采访》，就是这个时期写下的作品。

萧乾1979年访美途经香港，拜访了彦火（右），左为香港作家海辛（摄于彦火太古城家）。

而且，就是那次赴美国爱荷华参加国际写作计划活动，他还担任着记者的角色，他准备乘这次活动之余，搜集有关英国18世纪的小说家亨利·菲尔丁的资料。此外，他还要采访斯诺第一任夫人。

萧乾曾说过："一个对人性、对现实社会没有较深刻理解的人极难写出忠于时代的作品。"他又说："在文坛上有成就的人也莫不是和实际生活有密切的接近。伟大的作品在实质上多是自传的。想象的工作只在修剪、弥补、调布、转换已有的材料，以解释人生的某方面。"

萧乾本身就是一个有着丰富的人生经验的作家，因此，他的成就也是骄人的。他以上的话对文艺工作者是很具启发性的。当时高龄的他，不是正要进行另一次崭新的人生采访吗?!

萧乾的文学道路，第一个恩师是沈从文。1931年萧乾在北京辅仁大学与安澜合编《中国简报》，经国文课教师杨振声介绍，去采访沈从文，沈从文十分欣赏这位勤奋、进取的文学晚辈，从此成为文学至交。

这期间，沈从文经常给萧乾写信，讨论文学问题，大都用"乾弟"亲昵的称谓。

萧乾年少时已立志当作家，并以此作为人生目标，所以他经常骑自行车去向沈从文求教。

一向以"乡下人"自称的沈从文，也希望萧乾保持"乡下人"的脚踏实地的精神，"不要相信天才，狂妄造作，急于自见。应当养成担负失败的忍耐，在忍耐中产生他更完全的作品"。

沈从文还把自己对写作的严谨态度和对文字运用的技巧和心得，传授给萧乾，并告诫他："文字同颜料一样，本身是死的，会用它就会活。作画需要颜色且需要会调弄颜色。一个作家不注意文字，不懂得文字的魔力，有好思想也表达不出这种好思想。"

萧乾对此有深刻的认同和体会，他曾说过：“字不是个死板的东西。在字典里，它们都僵卧着。只要成群地走了出来，它们就活跃了。活跃的字，正如活跃的人，在价值上便有了悬殊的差异。”

他还服膺沈从文的写作动机：“因为我活到这世界里有所爱。美丽，清洁，智慧，以及对全人类幸福的幻影，皆永远觉得是一种德性，也因此永远使我对它崇拜和倾心。这点情绪同宗教情绪完全一样。这点情绪促我来写作，不断地写作，没有厌倦。只因为我将在各个作品各种形式里，表现我对于这个道德的努力。人事能够燃起我感情的太多了，我的写作就是颂扬一切与我同在的人类美丽与智慧。若每个作品还皆许可作者安置一点贪欲，我想到的是用我作品去拥抱世界，占有这一世纪所有青年的心。生活或许使我平凡与堕落，我的感情还可以向高处跑去。生活或许使我孤单独立，我的作品将同许多人发生爱情和友谊。”

沈从文对萧乾厚爱有加，主动提出来，要求萧乾提交短篇小说给他过目。

萧乾在恩师的鼓励下，回家认真写了一篇叫《蚕》的短篇小说，寄给沈从文，三个月后，这篇小说在当时赫赫有名的《大公报》副刊刊登了。萧乾发现这篇文章，曾经沈从文细心修改过，把别字誊正了，把虚字去掉，这对萧乾是一个激励，也是鞭策，他后来写道：“……但从那以后，我把别字看成鼻尖上的疤，对赘字养成难忍的反感。学着他那简练的榜样，我少用‘虚’字，少说无力的废话。自然我还不行，我仍得努力下去的。”

后来一代才女林徽因读了这篇小说后，还通过沈从文约见了萧乾。

可见《蚕》是萧乾的成名作。

1935年7月，萧乾刚大学毕业，也是由杨振声和沈从文联合推荐进入《大公报》编文艺副刊的，其后兼任旅行记者。

沈从文还为萧乾的短篇小说集《篱下集》亲自写了《题记》，说了热情洋溢的话："他（萧乾）的每篇文章，第一个读者几乎全是我。他的文章我除了觉得很好，说不出别的意见。"

最为人津津乐道的是，沈从文与萧乾联名出版了文艺书信集《废邮存底》，无形中也提升了萧乾的文学地位。

而后，萧乾因"八一三"《大公报》缩版遭遣散，往后生活费也是杨振声和沈从文给予补助的。

凡此种种，都可说明沈从文对萧乾的恩重如山及无微不至的关怀，已超出一般师徒关系。这种亲迩的关系一直维持到"文革"后期。

可是，在萧乾早年赠送给我的作品，包括萧乾与夫人文洁若写的相关萧乾传略中，对沈从文这段恩情却只字未提，令人百思不得其解。

萧乾与沈从文之间的纠葛，外人讳莫如深，直到2001年12月萧乾发表了那一篇题为《我与沈老关系的澄清——吾师沈从文》的文章，读者才恍然大悟。

萧乾叮嘱文洁若待他身后再发表。到了萧乾逝世后多年，萧乾的夫人文洁若女士才把文章托人捎给我，要我在《明报月刊》发表。文章于2001年12月号《明报月刊》登载。萧乾在文章中记述了他与沈先生深厚的师生情。

萧乾自称是沈先生带他进入文艺界的。文章开首便写道："人家都说汪曾祺是沈从文的大弟子，其实我在文学道路上得到沈从文的指引提携，比汪曾祺要早。他是我的恩师之一，1930年把我引上文艺道路，我最初的几篇习作上，都有他修改过的笔迹。"

同一篇文章，特别提到萧乾在"文革"末期，曾为自己及沈先生的住房问题向有关当局做过呼吁，沈先生却不领情。萧乾写道，在一次两人相遇时，沈先生“他声色俱厉地对我说：‘我住房的问题，用不着你张罗。你知道吗，我还要申请入党呢。’说罢，掉头而去。”据萧乾事后分析：“沈从文对我说‘我还要申请入党呢’，我认为他的用意无非是奉劝我这个‘摘帽右派’少管他的闲事。我不相信他真的想申请入党，只不过是用此话来表明，他没有像我那样沦为次等公民，在政治上占我的上风。”

由沈从文的女助手王亚蓉女士撰的《从文口述——晚年的沈从文》一书中，对沈萧的关系也略有涉及，提到沈从文对萧乾与丁玲的来往也颇有诟病。

沈先生的另一位得力助手，也是考古专家的王㐨在接受访问中也提到沈先生对萧乾有意见，一说到萧乾就生气。沈先生还对家人说，在百年之后，不让萧乾参加他的身后事，“不准沾他边儿”，还写了长信“责骂”萧乾，王㐨看了这封信，认为其“措辞之严厉是不可想象的”。

萧乾在上述的文章总结出他与沈从文的交恶，主要有两方面：

其一是在沈从文与丁玲闹翻后，丁玲在多个公开场合，毫不留情地抨击恩师沈从文，萧乾仍然与丁玲保持密切来往，没有与丁玲划清界限。对此，萧乾的解释是，他与丁玲有密切工作关系：“1983年6月，丁玲大姐被任命为全国政协文化组组长，我是副组长。我们经常在一起开会，谈工作，相处融洽。”

其二的原因较曲折和复杂——

1957年，毛泽东提出“百家争鸣”，萧乾为了向党交心，发表了《放心·容忍·人事工作》文章。

文章援引西方的名句为例：“我完全不同意你的看法，但是我情愿牺牲我的性命，来维护你说出这个看法的权利。希望共产党人事部门对知识分子放下心来，健康地开展‘鸣’和‘放’的工作。所谓‘民主精神’，应该包括能容忍你不喜欢的人，容忍你不喜欢的话。”萧乾无疑成为被引出洞的“傻蛇”，很快被扣上右派的帽子。

萧乾在发表文章同时，还曾鼓动沈从文“鸣放”，还幸沈从文没有为其所动，如果他像萧乾天真地写文章，最终肯定也会被打成右派。

沈从文一生对政治向来是十分淡泊的，他于1949年便主动要求进故宫博物院当一名讲解员，专心研究古代服饰，可见他大隐隐于市的心态。

然而，在非常时期，沈从文为了自保，难免也被迫说出违心的话、做出违心的事。

据萧乾透露，沈从文1957年在文联大楼曾公开批判萧乾，他“竟把我（萧乾）协助美国青年威廉·安澜编了八期的《中国简报》（这原是一份朴质地对外宣传中国新文学的英文刊物），耸人听闻地说成是萧乾‘早在30年代初就与美帝国主义进行勾结’”。沈从文1977年为投当局所好，也曾勉力写了一首《红卫星上天》的政治长诗，但并没有成功发表，这原不是沈从文的本心，牵强不来。

那是人性扭曲的年代，也许就沈从文而言，心水清净的他，觉得萧乾与政治扣得很紧，注定倒霉，如一场“反右”运动，已把知识分子整得死去活来，所以他不愿与萧乾走得太近，是可以理解的。

由于政治的原因，也使沈萧这段可歌可泣的师生关系受到严重污染了。据萧乾在同一篇文章透露，他与沈从文在晚年已达致和解。

萧乾写道：“1988年春，《人民日报》记者李辉告诉我，沈老师同意见我。由于李辉要出差，我们商定，他一回来就陪我去崇文门沈老师的寓所去拜访他。没想到，五月间沈从文老师这颗文坛巨星，突然陨落，就失去了机会。”

我们倒希望这两位中国文坛巨匠，在天堂能够冰释前嫌，重叙师徒之情，握手言欢。

萧乾的感情之旅

梦之谷之恋

萧乾在生前，曾委托传记作家李辉寄给我他少年写的一篇三十多页的佚文，我把它刊登在1999年3月号《明报月刊》上。

这是一本萧乾的私人笔记，主要是记录他在潮汕一家中学任教时的随感札记。他在这里邂逅了一位潮州姑娘，她成为他唯一长篇小说《梦之谷》的女主角。

萧乾1928年在北京崇实中学读书的时候，因参加学运，传闻当局将通缉他，作为孤儿的他，惶恐中仓忙远走汕头，并在汕头的角石中学教书。当年只有十八九岁的萧乾邂逅了一个潮州姑娘萧曙雯（小说《梦之谷》的W）。初恋最是刻骨铭心的，况且是血气方刚的年轻小伙子，简直是如痴如醉。

但是这段感情却触礁了，因为萧乾知道校长看中她。萧乾怕惹事，只好匆匆返北京，但两人相约待到萧乾大学毕业后，一块远走南洋，过双宿双栖的自由生活。

这只是一个爱情童话。别离后的恋人，大都劳燕分飞。萧乾的W也被迫离开学校，从此音讯杳然。

1935年6月，萧乾入《大公报》编文艺副刊。30年代刚巧是中国文坛鼎盛的时期，萧乾在巴金和靳以的鼓励下，开始动笔写《梦之谷》，原是以散文的形式，写他这段初恋故事，他自己并没有打算写一部长篇。

《梦之谷》在上海《文丛》发表时，靳以在目录注明是“中篇小说”，并作了预告：“本刊将连载萧乾的中篇小说《梦之谷》，一个优美而悲哀的爱情故事。”

萧乾不得不硬着头皮写下去，《梦之谷》便成为萧乾一生中唯一的长篇小说。

萧乾自称：“这本书是在太平年月动笔的，也是写给太平年月的。当它在杨树浦一家印刷厂里排印着的时候，不只我，多少人都还酣睡在那更广泛的‘梦之谷’里。先放下这书本身种种不可想的缺陷，它终于被‘订’成了书，也只是为了一集丛书的完整，一点广告上的信用。”

小说《梦之谷》描写30年代初期一个北方知识青年，由于遭受政治迫害，流浪到岭东。他人地两生疏，语言不通，终于在一家中学谋到一个教国语的职位。因身受语言隔阂之苦，便在校中奋力从事推广国语运动。

在一次筹款演出中，他结识了当地一个受后母虐待的大眼睛潮州姑娘，两人同病相怜，遂产生了“纯洁的爱情”，并在充满南国情趣的幽谷中度过了一段甜蜜的日子。但那里的一个有国民党党部作后台的土豪劣绅刘校董，硬将这位姑娘霸占，使一场美好姻缘以悲剧而告终。

全书通过穷人没有恋爱的权利这一点，对社会作了有力的控诉。

《梦之谷》对萧乾初恋的日子有细腻的描写：

我们便拉着手，像古今中外传奇里所描写的少男少女一样，徜徉在梦之谷里了……，那是一段短短的日子，然而我们配备了一切恋爱故事所应有的道具：天空里星辰那阵子

人民文学出版社

Mrs. Chung-ho Frankel
87. Ridgewood Ave,
Hamden, Conn. 0851
U.S.A.

人民文学出版社

彦火注：信没写年份，估计这是萧乾1982年间寄给我的信。内中也提及他唯一的长篇《梦之谷》。

嵌得似乎特别密，还时有陨落的流星在夜空滑落出美丽的线条。四五月里，山中花开得正旺，月亮也是分外的皎洁，那棵木棉树也高兴得时常摇出金属般的笑声。当我们在月下坐在塘边，把两双脚一齐垂到水里，沁凉之外，月色像把我们通身镀了层银，日子也因此镀了银。我们蜷曲着脚趾，互相替洗着，由于搔痒，又咯咯地笑着……

萧乾对于这段感情，是全力以赴的。

在现实生活之中，萧乾回燕京大学读书，本来他打算“两年后混张文凭同‘梦之谷’里的那个大眼睛潮州姑娘去南洋”。然而，感情生活丰富多彩而善变的萧乾，却没能实践他的诺言。

当萧乾步入人生的黄昏阶段，他终于找着这位初恋情人。他与夫人文洁若曾一起去汕头找她，但“近乡情怯”，萧乾为了保留初恋情人美丽的形象，最后没有去看望她，只有由文洁若去探望。

出现在文洁若眼前，萧乾笔下天使般的W，已成了垂垂老矣的婆婆了！

文洁若后来写了一篇《梦之谷奇遇》，记载她与萧乾这位初恋情人见面的经过。

当时文洁若是以记者身份去探访萧曙雯的。当年萧曙雯虽然为角石中学的陈校长威迫利诱、向她求婚，她并未为之所动，在萧乾人去如黄鹤后，她后来同一位复旦大学毕业的教师结婚。

文洁若写道：“萧曙雯把一生都献给了小学教育。自1932年起，她就在金浦乡小和汕头市第三小学当教员。日军侵占潮汕后，她同丈夫用扁担一头挑着孩子，另一头挑着行李逃难。由于她能教国语、美术、音乐、手工四门课，所以教学从未中断过。扁担挑到哪儿，她就教到哪儿。”

可见萧曙雯是一位为人师表的好女孩好老师。她的遭遇也是十分坎坷：“1957年她被错划为右派；‘文革’期间，又被诬为‘国民党潜伏特务’，三次遭到抄家。1970年被迫迁至一间破板屋，原住房由另一户人家强占。儿子也被赶到农村去劳动。”几个月后，老实的丈夫因抑郁患肝癌死去。

“文革”期间，还有人把《人民日报》批判萧乾的文章贴到萧曙雯的门上。没有想到，萧曙雯在“文革”中还受到萧乾的牵累。

后来待到文洁若的文章刊登后，萧曙雯的居住环境才得到改善。

第二任的洋太太

清理萧乾及夫人文洁若给我的信件，发现萧乾晚年原想写一些感情回忆录，特别是想把之前三次婚变的来龙去脉写出来，向公众作出一个交代。

据文洁若给我的信写道："连书名都想好了，叫《七情六欲》，但最后未写出来。"

可是，萧乾怕"谢格温所生大儿子萧驰闹事，他又不甘心吃哑巴亏，所以把情况都告诉了柳琴（文洁若，下同）"，萧乾希望柳琴把自己三次婚变写出来，"因为将来（百年后）谁是谁非，就说不清楚了"。

这是文洁若在萧乾1999年2月11日逝世后，7月25日给我的信。

在此之前，她还寄了萧乾逝世之前、1998年12月12日在医院写的给文洁若的一封信影印本，全文如下：

> 洁若，感谢你，使我这游魂在1954年终于有了个家——而且是幸福稳定的家。同你在一起，我常觉得自己很不配。你一生那么纯洁，干净，忠诚，而我是个浪子。
>
> 谢谢你使我的灵魂自1954年就安顿下来。我有了真正的家。我的十卷集，一大半是在你的爱抚、支持下写成的。写得太少了，很惭愧。能这样，还不能不感激你。

文洁若还在这封信的背面写了密密麻麻的解读，主要为澄清过去加给萧乾的种种说法。全文如下：

> 1953年我初识他时，他不但被郭沫若说成是黑色的，政

治上背了黑锅，私生活上也由于离了三次婚而背了黑锅。其实，他真是冤枉。1939年他确实辜负了王树藏，在医院中他写了《心债》。谢格温生了头胎儿子，是早产。她有充足的奶水，却怕影响体形，叫接生的王大夫替她打针，把奶停了。孩子喝普通牛奶不能消化。他在教书和写《大公报·社评》之余，还得骑自行车，满上海去找酸牛奶。而这位半种夫人却与大夫勾搭成奸。有点骨气的男人，谁能不离婚。至于梅韬，她与萧乾结婚前已做了绝育手术（她也离过两次婚）。她在1953年初斩钉截铁地告诉萧：“我当年跟你结婚，是因为你是上海红得发紫的大记者！其实我从未爱过你。过去不爱，现在不爱，将来也不爱！”折腾了半年，终于在1953年6月离婚。

萧乾是一个倜傥风流、感情丰富的作家。除了初恋情人——大眼睛的潮州姑娘萧曙雯外，此后他还经历了好几段感情生活。

1979年他经香港，还告诉我，他在当欧战记者时，也曾有过一位德籍女朋友，后来返国后，无疾而终。他事后曾送过我他在欧战当战地记者时的一帧照片：手握啤酒，形象英伟的他，果然风度翩翩。

他确曾有一位中英混血儿太太，名叫谢格温，是萧乾明媒正娶的第二位太太。

谢格温母亲是英国人，出生于上海豪门，于牛津大学毕业。萧乾与谢格温于1946年在上海结婚。

谢格温是著名翻译家和散文家陈西滢的秘书，萧乾在英国教书时与她邂逅。

萧乾旅英七载，曾先后交过两个英国女友，其后才是谢格温。谢格温陪萧乾返中国，在她的心目中，以为中国是林语堂笔下的小桥流水、花园洋楼的人间乐土，结果在战火烽烟蹂躏下，上海变成

萧乾夫人文洁若影印寄给我的萧乾逝世十个月前、在医院给她写的短简手迹。（1998年）

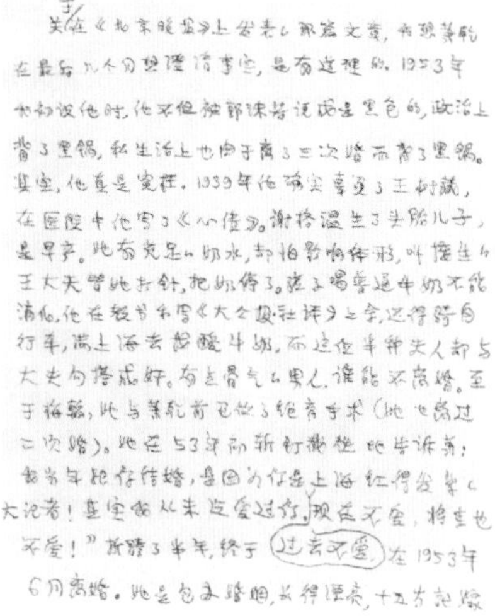

关于《北京晚报》上发表的那篇文章，我想萧乾在最后几个月想澄清事实，是有道理的。1953年他初识梅韬时，他不但被郭沫若说成是黑色的，政治上背了黑锅，私生活上也由于离了三次婚而背了黑锅。其实，他真是冤枉。1939年他确实辜负了王树藏，在医院中他写了《心债》。谢格温生了头胎儿子，是早产。她有充足的奶水，却怕影响体形，叫接生的王大夫替她打针，把奶停了。孩子喝普通牛奶不能消化，他在教书和写《大公报·社评》之余，还得骑自行车，满上海去找酸牛奶。而这位半新夫人却与大夫勾搭成奸。有点骨气的男人，谁能不离婚。至于梅韬，她与萧乾前已做了绝育手术（她也离过二次婚）。她在53年和新订婚 她告诉我：“我当年跟你结婚，是因为你是上海红得发紫的大记者！其实我从来没爱过你，现在不爱，将来也不爱！”折腾了半年，终于（过去不爱）在1953年6月离婚。她是包办婚姻，长得漂亮，十五岁就嫁

文洁若在萧乾的“短简”背后写的密密麻麻的解读。

疮痍满目的城市，使她大失所望。

1948年谢格温无法适应中国，撇下七个月大的孩子，只身返回伦敦。

文洁若还提到萧乾这位第二任太太，在医院养病期间，曾与医院的王院长“勾搭成奸”，这也是造成萧乾与谢格温仳离的导火线。

萧乾与文洁若1984年访英，还一起去探望年迈的谢格温，文洁若写道：“见到了在伦敦舒适的小楼里安度晚年的谢格温。他们分手后，折腾了三十一年（1948年2月至1979年2月），才过上和谐、安定的日子。倘若她像戴乃迭那样一直留在中国，后果不堪设想。”

戴乃迭是杨宪益夫人，英国人，“文革”时与杨宪益一起坐牢。

至于文洁若信中提到萧乾的第三任太太梅韬，原是翻译家。文洁若在《八十述怀》一文中，对萧乾这段婚姻，有以下的记叙：

萧乾与梅韬的婚姻是速成的，并没有很深、很牢靠的感情基础，萧乾只惦着有个家。而梅韬当时大概是把萧乾解放

彦火（左）与萧乾摄于萧乾北京寓所（1995年）

后的地位估计高了。在香港，她常见乔冠华、夏衍、许涤新等到家来拜访他。她觉得萧乾以后能飞黄腾达，她也可以做起舒服的官太太。可解放后，萧乾只是一般的文化干部，而且尚是怀疑对象。到了1950年，梅韬突然对萧乾变得冷淡粗暴起来，以前的温柔缱绻全飞到九霄云外。“土改”时，萧乾外出采访，曾在昏暗的油灯下给她写过万言长信，希望别再离婚。而此时梅是萧的第三个妻子，萧则是梅的第四个丈夫。

梅韬后来爱上一位日本人，主动提出与萧乾分手。

被辜负了的“小树叶”

萧乾在感情道路上起伏很大。他在《我这辈子》（自述）一文中写道：

1936年第一次结婚。王树藏是一位纯洁、朴实而忠厚的女性。我们本来相处得好。她婚后要去日本读书，我也支持她。但1938年在香港我遇上一位四川女性，卢雪妮。是我见异思迁，遗弃了王树藏。这是我一生的恨事。后来我去英七年，带着半中半英的谢格温（回国）。她生了我第一个孩子铁柱（现名萧驰）。由一个王医生接生，她与王有了关系，故在铁柱襁褓中，遗弃了他。我当时慌张无策。幸梅韬前来协助，后结为夫妻。梅当时以为解放后我会任要职，在港时还很好。抵京后知我并未如她所希望之高升，遂即冷淡，四出交际，终于分手。

萧乾提到的第一任妻子王树藏，也是他在其他文章提到的“小树叶”。

这是一个秋天的童话，很快凋零，并不美丽。小树叶如被秋风剪下的一块树叶，飘落在萧乾因初恋失败而渴望感情甘霖的节骨眼上，他们相遇相识、因共同身世使然，很快便结婚了，并且一起南下，令萧乾这个孤儿开始有了家的感觉。

初婚不久，那当儿小树叶刚考上西南联大，萧乾刚完成《梦之谷》小说，应聘到香港的《大公报》任职。

在香港期间，萧乾于工余时间，去一位瑞士籍的教授家教汉语，并向其学法语。他在这里认识教授的义女——卢雪妮，并铸下一段刻骨永志的感情。

漂亮而冰雪聪明的雪妮，多才多艺，除擅弹钢琴，还有一副甜美的嗓子，兼且也爱好文学。

一个是色授魂与，一个是芳心大动，两人很快坠入爱河。据萧乾说，是雪妮主动向他开口求婚的，萧乾在此情此景下也横下了心肠，满口答应，并表示将与小树叶离婚，然后与她双宿双栖。

萧乾回到昆明，小树叶与杨振声、沈从文一起到车站迎接。萧乾在与小树叶的重逢夜，便迫不及待地提出分手的要求，这对小树叶的打击可想而知。但郎心如铁，即使在许多文友如杨振声、沈从文、巴金、杨刚的劝导下，萧乾也铁着心肠，不为所动。

小树叶最终口头上同意离婚。可是，小树叶待萧乾离开后好一阵子才拍了一张电报给他，电报写道“坚决不离”，这对雪妮恍如晴天霹雳，芳心苦碎。

萧乾只好带着一颗失望的心离开香港，应邀到英国伦敦大学东方学院任教，并兼任《大公报》驻英记者。

萧乾去国后，那颗心还遗在雪妮那里，每周均有电报联系，互诉衷情，后来欧战爆发，联系中断了。萧乾随盟军进入欧洲大陆，成为唯一的华人随军记者。

事后萧乾辗转听到雪妮已结婚的消息，令他为之伤心欲绝。

萧乾经过漫长感情的磨摧，可以说心疲力倦。最终得到上天的眷顾，给他遇上文洁若。

但是，这段感情并不是一马平川，个中也有曲折的地方。

萧乾1950年结识文洁若时，文洁若刚从清华大学毕业，只有二十三岁的光景。梳着两条辫子，兼通日语、英语和俄语的文洁若，与萧乾相遇，大抵是互相倾慕对方的才气，很快便迸出爱情的火花。

文洁若到底是年轻而腼腆的姑娘，所谓人言可畏。她担心外人会以为她的出现，导致萧乾与梅韬离婚，因她比梅韬年轻多了。文洁若劝萧乾先找一个不认识梅韬的女子谈恋爱，便不存在“第三者”的问题。此后她主动暂时停止双方往来。

萧乾后来由友人介绍与一位叫小徐的女子认识，二人一见钟情。因小徐是共产党员，被领导劝止与萧乾来往。

1954年春，萧乾与文洁若在没有障碍的情况下，决定结婚。那年4月30日下午，二十七岁的文洁若坐着一辆三轮车，四十四岁的

萧乾寄赠彦火的照片（这些照片只是萧乾寄赠给我的照片之一部分，照片背后都写了“耀明弟存 萧乾”字眼）

①萧乾于1945年秋于德国南部小镇。他作为欧战第一位华人随军记者，手握啤酒，英姿勃勃。

② 1939年初，萧乾抵英国后摄。

③萧乾与第四任太太文洁若，相濡以沫，摄于1962年北京中山公园。

④ 1946年摄于新加坡。

萧乾踩着脚踏车在后跟着。

这是他们难忘的日子。一辆三轮车把文洁若从东四八条拉到萧乾的宿舍。从此，他们的名字便联结在一起。

可是好景不长，婚后刚过了三年缱绻绸缪的生活，1957年萧乾便受到批判，被划为右派。

萧乾1958年被勒令下放监督劳动，上级对他说如果改造得好，十年八年也能回得来。萧乾为之绝望无告。年轻貌美的文洁若却对他说：“下去就下去哩！别说十年八年，我等你一辈子！”

文洁若不仅把两人生的一子一女带大，并且把萧乾前妻生的孩子也包揽下来。1961年萧乾终于被调回北京与家人团圆。

但是，噩运还在后头，1966年，由于萧乾的复杂背景，很快便被批斗，这回连家也抄了。文洁若的母亲由于不堪凌辱自缢身亡，她自己同样被批斗。后来两人双双被关进牛棚，之后又举家被下放到五七干校，强迫接受劳动改造，没完没了地写检讨书和悔过书。直到1979年才得以平反。

这对从荆棘丛淌着血活过来的苦命鸳鸯，恩爱非常，而且因磨难更激发了强旺的创作力。

萧乾晚年“搬动大山”记
——翻译《尤利西斯》的因缘

提起萧乾晚年创作生命力之旺盛，知情者无不动容！

之前在宴会上巧遇译林出版社原社长李景端先生，他表示，萧乾夫妇晚年拼了老命翻译《尤利西斯》是他一力促成的。

他是萧乾、文洁若晚年合力翻译《尤利西斯》的首倡者。

李先生于1990年约请萧乾夫妇翻译《尤利西斯》。当时为疾病缠身的萧乾一口拒绝，认为自己都八十开外了，“搬这座大山太不自量力”。萧乾说此话是由衷之言。但夫人文洁若却一口答应下来。

据李景端表示，他之前曾遍找海内外知名英语翻译专家，不得要领。叶君健是其中一位，但他说：“中国只有钱锺书能译，因为汉字不够用，钱锺书能边译边造字。”

李先生便引述叶君健的话，希望迫钱锺书就范。

钱锺书却婉谢了，他给李先生回了一封信，说：“Ulysses是不能用通常所谓的‘翻译’来译的。假如我三四十岁，也许还可能（不很可能）不自量力，做些尝试；现在八十衰翁，再来自寻烦恼讨苦吃，那就仿佛别开生面的自杀了。”

钱锺书无疑是译此书最适合的人选，他早年在《管锥编》，已用《尤利西斯》的一节来解释《史记》的句子了。

《尤利西斯》是原籍爱尔兰作家詹姆斯·乔伊斯（James Augustine Aloysius Joyce）写的。这位被目为英国文学界的叛逆者，写了一部天书似的巨著。虽然小说的故事人物很简单，只写两个男主角和一个女主角在1904年6月1日这一天的活动，表现手法全是意识流，

1978年冬，画家阿老为萧乾造像。

作者巨细无遗地描写这三个人物的心理活动。

此外，小说还夹杂着法、德、意、西班牙和北欧多种语言，并穿插希腊语和梵文。

恃才傲物的乔伊斯于1921年公开表示："我在这本书里设置了那么多迷津，它将迫使几个世纪的教授学者们来争论我的原意，这就是确保不朽的唯一途径。"

果如作者所料,《尤利西斯》小说面世后，因文字的艰深晦涩，故事的扑朔迷离，使学界往往丈八金刚摸不着头脑，争议不休。也因此使小说一举成名，成为不朽之作。

无知者无惧。我不知道文洁若是否知道之前《尤利西斯》曾遭了多个知名翻译家的拒绝，但以她倔强的性格及她几十年翻译的经验，应是存心挑战这一项非常艰巨而繁复的工作的。

据文洁若事后回忆道："因为我在清华时学的英语专业，当了四十年的文学编辑，英语没怎么发挥。而萧乾在他人生的黄金时期被迫放下手中的笔，长达二十二年间，全部创作笔记在'文革'都被焚彦火注：从 1993 年杪萧乾寄给我这封信可知，萧乾与夫人文洁若正为翻译《尤利西斯》而日夜冲刺。信中谈到等译好后，再给我编的《明报月刊》写稿。

一空！我想如果我们能把这本天书译出来，或多或少能挽回些损失。”

文洁若的动力，是源于要挽回过去因政治运动虚耗逾二十年的损失，兼具力挽狂澜的胆识和气魄。

萧乾最终没有坚决反对翻译《尤利西斯》，是有其心理因素的。

早年，萧乾到英国伯明翰去参观一个莎士比亚世界译本的展览。萧乾目睹展览厅一角“东方译本”的说明牌下，摆放的是日本坪内逍遥的全套译本，而“中国译本”只放置一本由田汉所译的《罗密欧与朱丽叶》（中华书局）。时值两次大战，日本是敌国，而作为“伟大盟邦”的中国，却如此不济，当时令萧乾连头都抬不起来，狼狈地逃出展厅。

因民族自尊心的驱使，萧乾夫妇执意要把外国文学精品介绍到中国来：“我们基本的出发点就是：凡具有世界意义而外国有的东西，中国也应该有，否则就是落后。换句话说，我们这对老人就是想竭尽绵力，在介绍外国文学方面，补上早应补的一个空白。”

这是萧乾夫妇晚年的头等大事。

晚年的萧乾，患上如肾病、膀胱炎、心脏病等疾病，十多年来，大多数时间是在病榻上过的。但是他却写作不辍，连带照拂的夫人文洁若，译著也是一本一本地出来，而且是巨著。《尤利西斯》固是两人巨大的心血结晶。之前文洁若还译了《源氏物语》，稍后更翻译了六十万字的川端康成著的长篇小说《东京人》。

《尤利西斯》原是萧乾所喜爱的，他40年代与一位爱尔兰年轻人便一起研读这部巨著。

一旦承接这一浩繁的翻译工程，他们夫妇立即行动，分工合作，套文洁若的话说：“我打的基础，萧乾就连润色带改，改的都是改在点子上。有的翻译校审表面看，给人改得琳琅满目，不该改的乱改，该改的不改，那是没水平地改。萧乾这个改得真有水平的。他完成了一个心愿，不仅仅是完成了一个工作。”

结果他们从1990年到1994年，日夜赶工，殚精竭虑，花了四年时间，把这部一百二十万字的天书译竣，合夫妇两人之力，搬动了“这座大山”，成为现代版的“愚公移山”。

我曾在一篇文章写道：“对于从事写作的人，萧乾与文洁若这一对是格外令人肃然起敬。他们两人对写作的虔诚，真是无以复加。难能可贵的是，他们两个人一个心思往一处想：写作。在写作的节骨眼上，其他的事情在他们来说，均是身外物。甚至起居饮食、疾病、苦痛等等，都是等而下之的事。”

其间，萧乾因患肾病和膀胱炎，一度曾要体外输尿，我曾在香港为他购买输尿管。我去北京探望他，曾目睹他在体外悬着一个尿袋，他的心脏也不好，要用起搏器，即使这样，他奋斗之心不止，他有生之年的笔从未歇停过，令人折服！

萧乾对21世纪的寄望

萧乾是1999年2月11日逝世的，在他逝世前一年的1998年10月2日，我还让他为《明报月刊》写了一段《人生小语》：

> 我是本世纪第十个年头出生的。如今，差不到两年就是世纪的终点。我出生时，北京皇宫里的宝座上还坐着个娃娃皇帝。如今，国家已进入社会主义时期。国家从四分五裂，任人宰割，如今，命运已握在自己的手里，我正以好奇的心情，巴望下一个世纪。我有信心会看到中国更强大、健康、开放。
>
> 中国将永远同弱者站在一起，反对霸权。
>
> 文化上，健康、开放，在固有的基础上，不断创新。中国人无论走到哪里都挺胸直背，受到尊重。

那个时候，萧乾已病卧北京医院，但是，他还在关心国家民族的大业，他“正以好奇的心情，巴望下一个世纪”，充弥着乐观的情绪。

萧乾是一个乐天派。他喜欢笑，套吴瑞卿的话说，他不笑的时候，也像在微笑。他的“笑与不笑，都似弥勒佛，像杭州飞来峰山上那一尊”，慈眉善目。

凡从死亡关打筋斗翻过来的人，都有一种了无拘牵的超脱。曾自杀过的萧乾，面对死亡的逼迫，从不惊心，以致在临逝之前，仍然忘不了要先向“21世纪”打一声招呼。

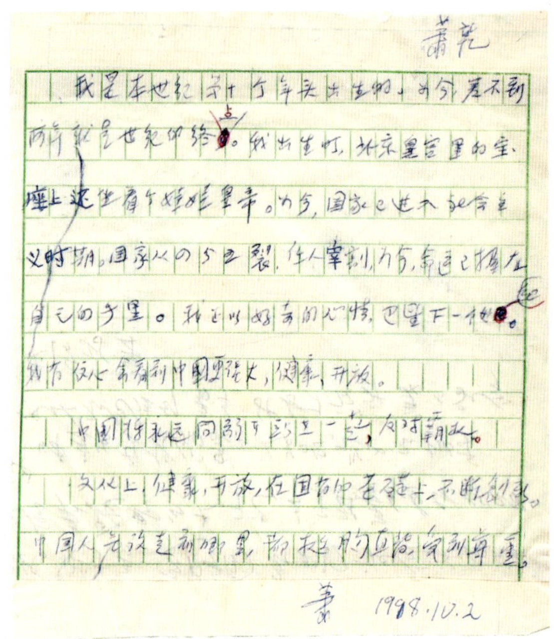
萧乾

我是本世纪第十个年头出生的，如今差不到两个月就是世纪的终点。我出生时，北京皇宫里的宝座上还坐着个娃娃皇帝。如今，国家已进入社会主义时期。国家从四分五裂，个人掌握[illegible]，命运已握在自己的手里。我正以好奇的心情巴望下一世纪。

我[illegible]盼望从今后看到中国更强大，健康，开放。

中国将永远同弱小民族站在一起，反对霸权。

文化上，健康，开放，在固有的基础上，不断创新。

中国人在这[illegible]新的世纪里，[illegible]正当权益，受到尊重。

萧 1998.10.2

萧乾1998年为《明报月刊》写的“人生小语”

萧乾在20世纪之末最后的十个月里，也许潜意识已感到自己来日无多，去日迫于睫眉。他1999年2月11日逝世前一周，写下一笺绝笔书。略谓因了他的一身病，大抵无缘与“21世纪”相会了。但在内心深处，他仍然有一个强烈的愿望：

“瞧！我在打针吃药，就是巴望能望你一面。那么一年，甚至几天，也好。”(《明报月刊》1999年9月号)

据萧乾的夫人文洁若向我表示，题目为《喂，喂，21世纪》的绝笔书，并未写完，也未署名，也未配日期。

可惜时间的老人走得太慢了，也未免太冷酷了，存心把他摒除在新世纪之外。他不过是希望和新的一世纪打个照面而已。

萧乾虽然与21世纪缘悭一面，但他的笔底下，已提早进入21世纪了。

1978年中国内地开放后，我每次赴京，都要去探望一批老作

彦火（左）到医院探望萧乾，与萧乾、文洁若夫妇摄于北京医院。（1998年）

家，萧乾是一定要看的，他是我文学道路上的恩师。

看望萧乾是一桩很开心的事。主要是卧病的萧乾一直很乐天，病魔的缠绕并不减退他对生活的热诚，脸上永远漾着那朵透彻的笑靥，祥和而亲切。

他的人生观中，找不到苦恼和沮丧的字眼，他仿佛与这个世界美好的事物结缘。即使是阴霾满布的日子，他的内心也充弥温煦如春的阳光（他相信一切困苦都会过去），令人感到欢忭与亲和。

见过不少卧病的人，都是愁眉苦脸的多，仿佛人生随时都会在这一刻停止，予人感觉是再沉重不过的。

疾病的苦痛滋味是最难挨的，单看萧乾长年挂着心脏脉搏辅助器，举止行动不便就可想而知。记得每次探望他，都为他难过，他却不以为苦。他曾说，已这把年纪了，每天醒来，便是挣回来的，不快活才怪。

也许历经人生的苦痛，才能体验出人生的真谛。当他只身在欧战中采访，在枪林弹雨下奔走而危在旦夕，生死只一线间的事已是司空见惯的了。反右、“文革”中劳改、坐牛棚，贱如草芥，他都挺过了，在大苦大悲中历练过，便有一种置之死地而后生的硬朗。这是非常的阅历淬砺出来的非常心态。

萧乾晚年在病榻中写了一篇题为《关于死的反思……兼为之唱一赞歌》的文章，谈到他对死的看法。在这一篇文章中，他透露于1966年的仲夏，在政治运动的巨大压力下，对人生的幻灭导致他萌生短见，他曾“先吞下一整瓶安眠药，再去触电”，结果给救活过来，从此，他对生命有了新的体认，既然连死亡都不怕，他已没有什么可畏惧了。

套他的话说，“死亡对我还成为一个巨大的鞭策力量”。他自己曾发誓要“跑好人生这最后一圈”。

1990年1月27日是萧乾八十岁诞辰。走过八十个春秋的他，公开宣称：他要弘扬中国文化而跑完人生最后一圈。

对于一个已届耋期之龄，染了肾病并最终摘除了一个肾的老人，这一决心是颇为悲壮的。也许这是为什么晚年萧乾还担任中央文史研究馆馆长的缘故，因这与“弘扬中华文化”有关。

萧乾在《人生小语》中，希望中国在21世纪“文化上，健康、开放，在固有的基础上，不断创新”。这也是老辈的作家如巴金等人的寄望。

出身新闻界，最终成为出色的作家，萧乾是其中的佼佼者。

萧乾还是萧乾，他葆有文化人固有的风骨。在他逝世后，我收到中央文史研究馆办公室的讣告，全文如下：

> 中央文史研究馆馆长，中国作家协会顾问，中国翻译工作者协会名誉理事，中国人民政治协商会议第七、第八、第九届常委，中国民主同盟第八届中央委员会顾问，著名作家、记者、翻译家萧乾先生，因病医治无效，于1999年2月11日18时在北京逝世，享年九十岁。
>
> 尊重萧乾先生生前意愿和家属意见，先生的后事从简。

为悼念萧乾先生，兹订于2月24日上午11时在八宝山革命公墓礼堂举行萧乾先生遗体送别仪式。

有关萧乾的讣告，是我见到的文人讣告没有政治味的，也符合萧乾的性格。我告诉了远在美国、萧乾生前的好友吴瑞卿，九十岁也许对萧乾来说，是人生一个完整数字的终点。

从夏志清一封信谈起

都说卧病的老人很难跨过大节日，夏公夏志清教授也逃不出这一魔咒，他是在2014年元旦前夕逝世的，享年九十二岁。之前就听白先勇兄说过，夏公心律不齐，经常要住院，曾私下暗忖，他是一个硬朗的人，加之吉人天相，活到一百岁应没问题。

后来杂事羁身，连一张慰问卡也没寄，为此懊悔不已。

与夏公曾通过数通的信札，匆忙中拣出几封。

这是其中的一封——

耀明吾弟：

克毅兄刚转来大函，问及《最新通俗美语词典》由何人写评介较理想的问题。我看到《词典》后，早已同克毅兄通电话，这次非写篇评介不可，寄贵刊同《联副》(或时报《人间》)发表。我久未为贵刊写稿，写篇书评正好将功赎罪。《词典》近六百页，我已毕读且作了不少笔记。这两星期忙于写年卡，忙完即写书评。又我另有一篇英文论文，综论中国古典文学，交梁锡华弟翻译已近一年，一旦译出，亦当寄贵刊发表。王方宇兄寄弟的那篇考证小说的短文，比较冷门，登与不登由吾弟自己决定，与我无涉。王兄那组文字已由北京、台北两种刊物刊出。

十二月号贵刊上星期收到，已把好友何怀硕大文毕读，极为佩服，当在年卡上寄贺他一番。查先生、林文月两篇也拜读

Columbia University in the City of New York | New York, N.Y. 10027
DEPARTMENT OF EAST ASIAN LANGUAGES AND CULTURES
Kent Hall

耀明吾弟：

克毅兄剛轉來大函，提及「最新通俗美語詞典」由何人寫評介較理想的問題。我看到「詞典」後，早已同克毅兄通電話，已以非寫長評介不可了，寄貴刊同「聯合副刊」（或時報「人間」）發表。我久未為貴刊寫稿，寫長書評可以特別賣帳。「詞典」[illegible]，我已讀畢且作了不少筆記。近兩星期忙于寫年卡，忙定即寫書評。又我另有一篇英文論文，綜論中國古典文學，要[illegible]華弟翻譯已近一年，一旦譯出，亦當寄貴刊發表。王方宇兄寄弟的那篇[illegible]十說的短文，比較冷門，登不登由吾弟自己決定，與我無涉。王兄那些文字已由北京、台北兩種刊物刊出。

十二月號貴刊上星期收到，已把好友何懷碩大文畢讀，很為佩服，當在年卡上要賀他一番。查先生、林文月兩篇也拜讀了，林的早期照片尚未見過其他書報。寫信比寫卡更有意思，不再寄卡了。高書詞典書評下星期開始寫。即頌新年大吉

志清 拜

九四、十二月十二日

夏志清 1994 年 4 月 12 日寄给彦火（潘耀明）的信

了，林的早期照片尚未见过其他书报。写信比写卡更有意思，不再寄卡了。高书词典书评下星期开始写。即颂新年大吉

志清 拜

一九九四、十二月十二日

信中提到的克毅，即高克毅，另有笔名乔志高，他与弟弟高克永同是美式英语研究大家，专攻美语中的俚语俗语。高克毅曾以乔志高的笔名，为我编的《明报月刊》写了一个专栏，叫“美语新诠”，后来结集成书。

高克毅（1912—2008），于美国密歇根州诞生，在中国长大以至大学毕业。作品前后发表于30年代上海的刊物和今天港台报章杂志，曾创办香港中文大学的英文期刊《译丛》（Renditions）杂志，

并担任主编。散文集有《纽约客谈》《鼠咀集》等。译作有《大亨小传》《长夜漫漫路迢迢》和《天使，望故乡》等。

克毅先生穷毕生之力，长期搜集美国人日常用俚语、口头禅及大众媒体中习见的词语、电影对话、流行歌词等。

克毅先生花了很多功夫，写下不少相关的文章，为本土美国以外的人士——特别是中国人，解决日常生活中英语运用的一大难题。

克毅先生于1994年把长年累积的笔记，分别归类整理出二千多条目，除词义释解，还加上生动的实例，汇编成《最新通俗美语词典》，由美国读者文摘出版社出版，全书凡六百页，皇皇巨构，诚为海内外华人案头必备工具书。

夏公与克毅先生份属老友，自动请缨，为《词典》写评介文章。

信中写到，夏公通读了《词典》，并写了不少笔记，可见他治学的严谨、认真态度。

这篇文章可视为他的力作。他在信中表示，拟交《明报月刊》及台湾《联合报》副刊或《中国时报》的《人间》副刊刊登。

信中提到王方宇考证小说短文，是关于《〈野叟曝言〉的两篇文章——兼及〈品花宝鉴〉》，另附夏公写的《王方宇藏〈野叟曝言〉和〈品花宝鉴〉》，均刊于《明报月刊》1995年3月号。

至于夏公说要写文章评介《最新通俗美语词典》文章，我复信提出建议，台湾报刊应与《明报月刊》同时刊登或在《明报月刊》出版后。这是金庸沿袭下来的规定。这篇文章最终有没有写成，并未细究。

信中说到何怀硕文章，是《论抽象与抽象绘画》，分上、中、下刊于《明报月刊》1994年10月号、11月号和12月号，而不仅是12月号；至于查良镛先生的文章《金庸的中国历史观》，则是金庸于1994年10月23日在北京大学接受荣誉教授称衔的讲稿整理；林文月的文章《饮酒及饮酒相关的记忆——台静农〈我与老舍与酒〉》，更早已刊于《明报月刊》1993年5月号，夏公把几篇文章刊登时间弄混了。

信中所说林文月的早期照片，其实是我请香港旅美画家李尤飒画的插图。

夏公也许阅读的书报太多，难免有混淆之误，这也是常情。

夏公每逢新年、春节，常给他称“小弟”的我寄贺年卡，所以信末他特别提到今次不寄年卡，在信末一并祝贺。

他虽然学贯中西，却颇有中国传统文化人的风范！

患心脏病坚持练气功

拣出夏公志清教授给我的信中，有一封是写自1995年2月6日的，谈他心脏病复发。

可见由此溯自二十年前，夏志清的心脏已不太好，要定期做检查。因心脏病使然，他只能断断续续地写文章。

但他老人家仍然积极面对，坚持练气功，所以有“我得永远靠气功坚持健康”之句。这封信较短，全文如下：

耀明吾弟：

承托为克毅兄大著写评介，我正月下旬开始动笔，写了一半，心脏病复发，休养了十天，今天血压、Pulse（脉搏）正常，表示已恢复健康了（当然我得永远靠气功坚持健康）。再休息两三天当可动笔把文章写完，迳寄贵社及联副。我要向弟道歉，并请勿在拙文刊出前登载评介高著之长篇文章。短文则可登，如有同类长文，可与拙文同期刊出。

1995 年 2 月 6 日夏志清给彦火的邮柬

克毅兄比我年长九岁，而身体比我好得多，也是他的福气。读他谈Connie寄的新文，想不到此姝也是我的同乡。

再致歉意，即颂

编安

志清 拜上

1995年二月6日

致克毅函，同日寄出

前一封信，夏志清曾谈过他做了不少笔记，准备为乔志高的《最新通俗美语词典》写评介。

夏公在这封信中，还要求在他的文章未刊出之前，《明报月刊》不要刊登“同类长文”，无疑给编者设置一个难题，夏公希望保持他的权威地位，我只好唯唯否否。

收到夏公这封信后，我正应金庸的聘请，拟转到金庸的私人公司——明河出版集团有限公司工作。金庸1994年把明报集团卖给于品海，原想埋头写历史小说，并劝我离开《明报月刊》，与他一起打江山，筹办一份文化历史的杂志，他的长篇历史小说从创刊起便开始连载。他雄心勃勃，准备写长篇历史小说，这本杂志也可以说是为他度身定造的。岂料在我应聘的那一年——1995年3月杪，金庸猝然心脏病发，入养和医院动了大手术，手术过程不太顺利，他在医院住了大半年，出院后，意兴阑珊，写不成历史小说，一年后我返回明报集团。

我当时曾为此复了一封信给夏公，表示我已向《明报月刊》提出辞呈，将应金庸聘请，“入他个人辖下的明河出版社当主编”，至于他的大作，已嘱编辑部收到后尽快刊载云云。

我于1996年返明报集团，先是担任明报出版社老总，时任《明报月刊》总编辑的是古兆申。直到1998年我才兼任《明报月刊》总编辑兼总经理。

我查找离开《明报月刊》期间的目录，并未刊登夏公写的《最新通俗美语词典》评介的文章。是夏公没有写成文章，还是新主编未予刊登，一直是悬而未明的案子，事后我也不好再问夏公了。

夏公为人虽然表现出他狂诞不羁的一面，但是他的学问、写文章甚至写信都是一板一眼的，一反他平常的生活作风。

他寄给我的信件，都是写上地址及姓名的，一点也不马虎。

每次收到的信札，作为晚辈的我，立即毕恭毕敬地给他复信。

夏公与《明报月刊》的结缘，始于1967年。

《明报月刊》1966年为金庸所创办。夏公第一篇文章刊于《明报月刊》创办翌年的1967年12月号，题目名为《评英译〈肉蒲团〉》。

我于1995年离开《明报月刊》后，到1998年的三年间，夏公只给《明报月刊》寄一篇文章:《一段苦多乐少的中美姻缘——张爱玲与赖雅序》。

1998年我重返《明报月刊》，夏公又陆续在《明报月刊》发表了多篇文章。最后的一篇文章即是《我与张爱玲》。

夏公从1967年开始，在《明报月刊》共发表十六篇文章，不少是他对中国现代文学评论和研究的文章，弥足珍贵。

此后，夏公年岁渐大，没有替《明报月刊》写稿，但我仍然与他有书信往还。

最近拣出他2010年写给我的贺年卡，特别提到我在《明报月刊》2010年为他策划的九十岁纪念特辑《世说新语般人物——夏志清先生的幽默与可爱》，执笔者是他的高足王德威教授和挚友刘绍铭教授及宋明炜助理教授等人。

夏公的贺年卡写道：

耀明吾弟：

明年二月我将九十岁，本期明月您为我辟了个华诞特辑，请四位名家写稿，我非常感动，要向您道谢。四十年前我初来港居住二十四个月，老友宋淇要同我接风，但胡金铨也有此意（虽然我是同他初会），居然由他做东，这些事回想是很有趣的。我同Della长居纽约，可能没有机会再来香港了。祝吾弟健康并向贵刊同仁拜年！

志清

2010年10月

夏公的挚友胡金铨、宋淇已先他羽化，信中的Della，即王洞，他的夫人。

文学因缘

夏公生性开朗，喜欢开玩笑，令人感到是玩世不恭的老顽童。

其实他真正的一面——对后辈的提拔和扶持的热诚，是十分具体、细腻而感人的。

《明报月刊》2014年3月号，披载了白先勇写的《文学因缘——感念夏志清先生》，对他多所刻画。白先生表示，他在开始写《台北人》和《纽约客》时，便受到夏公的关注和鼓励，夏公主动与白先勇讨论小说内容，并且撰写长文《白先勇论·上》，给予嘉许和肯定。

这表明夏公的慧眼和卓越的识见。结果白先勇在文坛脱颖而出，成为华文文学一棵卓然魁伟的大树。

我与夏公的交往始于20世纪80年代中期。

记得1983年在纽约大学（NYU）读出版管理和杂志学文凭，曾去哥伦比亚探望他。他一见到我，便笑呵呵伸出双手把我拥抱在怀里。他一直称我为“小老弟”，旁边陪我一起去的朋友悄悄地告诉我，夏公如果见到美女，肯定来一个湿吻。

那一次，他在哥伦比亚大学附近一间上海馆请吃饭。席间叫了一客炖红烧肉，他老人家一壁频频说“吃这东西肯定会死掉的”，一壁却津津有味地大嚼起红烧肉来，满口肥油，弄得众人啼笑皆非。

当年我在纽约的《华侨日报》兼职打工挣点生活费，编了一个读书周刊，广邀海内外名家写“读书体会”，他也义不容辞拔刀相助，寄了一篇稿子来，令我感动不已。

1991年初我应金庸聘请，担任《明报月刊》主编，开辟《十方谈》小品文专栏，向他老人家邀稿，他在收到信一周后，便惠下稿件:《鲁许棣某的新波折》。他在给我的信中，曾说道:“收到8月1

日大函一星期后才能把一篇小文寄上，自感惭愧。”可见他对后辈邀稿的重视。这封信的全文如下：

耀明吾弟：

收到8月1日大函一星期后才能把一篇小文寄上，自感惭愧。一个夏季，忙于搬家、布置新屋，下月开始当可多有时间读书写文，第二篇小说当及早寄上，不误。十方谈家，只有刘梦溪、黄永玉未通过信，算不上是朋友，其余皆是我的熟人，当努力同他们看齐也。港地读者如对Rushdie案不太熟悉，TIME直称“鲁许棣事件”也可。Rushdie等人的译名可能都不合标准，吾弟可按习惯加以改正为祷。此文并无结尾，写信前，加了一个结尾，即最后一段。要加结尾，文章太长了，反不合“十方谈”的体例。我一直未缴稿，如弟已另请高明补我之缺，我也不会生气的，Rushdie文不用也没有关系。《明月》在弟主编之下，内容精彩，想读者必大增无疑。顺颂

春安

弟 志清 上

一九九一、八月十六日

夏公在这一封信中，提到他文章中的译名的统一。

夏公提到8月号“十方谈”的作者阵容十分鼎盛，包括唐德刚、黄永玉、刘绍铭、逯耀东、龙应台、何怀硕、李欧梵、刘梦溪、刘再复等，再加夏公，可谓拢括海内外的文化名人，除了刘梦溪、黄永玉，其余各人均是与夏公有所交往的学者。

夏公在同一日，还给我发了另一封信，与文稿有关的。

夏公的《鲁许棣某的新波折》，文中从1991年6、7月间影星琪

恩·亚瑟（Jean Arthur）、李·雷米克（Lee Remick）先后谢世，接着诺贝尔奖得主、犹太文豪辛格（I.B.Singer）也于7月24日老死佛州，写到《魔鬼诗篇》（*The Satanic Verses*）的日文译者，“四十四岁的教授兼中东专家Hitoshi Igarashi给刺客连戳数刀，倒毙在他办公室门口的走廊上。早于7月3日，同书的意文译者，六十一岁的Ettore Capriolo也在他米兰家里给人刺伤。”最后着笔《魔鬼诗篇》的作者沙门·鲁许棣（Solman Rushdies）。

夏公在这篇文章中，痛斥极权政治对作家的迫害，大义凛然。

夏公是花了气力写这篇文章的，同一日发的这封信，可以窥见夏公对文稿的慎重和做学问的一丝不苟的态度——

耀明吾弟：

文稿及另一封文句改动信想皆已收到。这又是一封，要改正原稿P.1欠妥之处。该文中央一行，I.I.Singer应作I.B.Singer。First paragraph最后（“有空……究竟”）一句（倒数第5—7行）重写如下：

辛格经常光顾的那家犹太馆子（七十二街的Famous Dairy Restaurant），有空我也真想去一趟。又麻烦你改稿，很抱歉。

祝

刻安

志清

1991年八月十六日

p.6“举国拥护的野蛮教主”请改“举国拥护”为“祸国殃民”。

Columbia University in the City of New York | New York, N.Y. 10027

DEPARTMENT OF EAST ASIAN LANGUAGES AND CULTURES

Kent Hall

Columbia University in the City of New York | New York, N.Y. 10027

DEPARTMENT OF EAST ASIAN LANGUAGES AND CULTURES

Kent Hall

夏志清在同一天给彦火（潘耀明）连发的两封信谈到他给《明报月刊》的稿件，足见他写文章的慎重和做学问的一丝不苟的态度。

夏志清逝世前后偶拾

夏志清逝世及逝世前的状况，海内外华人传媒众说纷纭，没有一个确切的说法。

倒是夏夫人王洞女士应《明报月刊》之邀，写了一封短笺（刊《明报月刊》2014年3月号，页35），有较详细的交代，可以说是最准确和可信的。

王洞女士写道："因志清腹部肿胀，我去年12月15日把他送去Presbyterian Hospital，18日医生告诉我他的心脏病已到末期，做检查，治疗，只有让他痛苦，说他还可以活六个星期，叫我把他送到安老院。20日就转去106街的Jewish Home。离我家七条街，我每天都伺候他吃午餐晚饭，他去了安老院九天就走了，算是对我的体恤。因他去世以后，常常下雪，温度在华氏二十五度左右，加上风吹，感觉上是十几度，我这样每天去看他两次的话，一定会因受寒而感冒，并且想到他将不久人世，心中一定很悲痛。根据气象报告，下星期三有四十几度，不久这里的木兰花也会开了。"

根据王洞女士的短笺，夏公是2013年12月15日因腹部肿胀，被送医院检查，诊断出他的心脏病已届末期，只能维持六个星期的生命。

夏夫人应夏公的要求，入住安老院，他在安老院羁留九天，便与世长辞了。

正如夏夫人写道，夏公走后，也送走了寒冷，木兰花才绽放。

夏公去得悄然，但他的音容宛在，令人缅念。

都说夏公是有口不择言的人，可是他的实际生活却是皤然另一个人——活得很真。

1998年杪，他应我的约稿为《明报月刊》写了一段《人生小语》（刊于1998年11月号），这是他晚年作为一个退休学人的真实生活的写照：

> 一个已退休的学人，有了青光眼，看书很吃力，有了心脏病，写文章时血压必然上升，相当可怕——他该怎么办？
>
> 我自己还算幸运，本行中西文学以外，早对欧美电影发生了兴趣。时下音响太强的影片，不宜看，也不想看。纽约住了三十六年，无声名片，60年代以前的有声影片，看过的真不知有多少，有病以来当然还是照旧看下去。月前看了1933年的老《金刚》（*King Kong*），上星期六在现代艺术馆看了德国大导演莫纳（F.W.Murnau）1924年的名片《最后一笑》（*The Last Laugh*）。
>
> 不便听音乐后，当然艺术馆也去得更勤。前星期六在Whitney艺术馆看了美国抽象大师罗斯克（Mark Rothko）的终生作品选展。
>
> 不管年龄多大，只要真有精神去欣赏一种艺术，而且多少把它当作一门学问去研究，人生的乐趣还是无穷尽的。

夏公于1998年（七十六岁）患了青光眼，阅读有困难，加上长年患着心脏病，身体状态可以说是“很糟糕”——套他话说是“相当可怕”，是属于衰老期的症候，但是，生性乐天的他，却不以为意。他寻常仍爱看电影，逛艺术馆，其实即使他在上述短文说到每彦火注：

这是1992年夏公写给我的邮柬。信虽短，但从中可以看到夏公平常要应付如税务等杂项工作，仍念念不忘地要为我主编的《明报月刊》的“十方谈”专栏写稿，并表示“至少一年可写几篇也”，令人动容。

当“写文章时血压必然上升”，他也未因此而放下笔杆。

这以后，除了上述的《人生小语》，他还为《明报月刊》写了或演讲整理了四篇具学术价值的文章，包括：《钱氏未完稿〈百合心〉遗落何方？——钱锺书先生的著作及遗稿》（1999年2月号）、《中文小说与华人的英文小说》（2000年1月号）、《学一辈子英文的最大报酬》（2000年7月号）、《我与张爱玲》（夏志清主讲，林贺超、黄静整理，2000年12月号）。

夏公在《钱氏未完稿〈百合心〉遗落何方？——钱锺书先生的著作及遗稿》一文，对钱锺书自称遗落的未完成的长篇《百合心》，进行了大胆假设，作了以下的评述：

《百合心》原稿一共几万字？他是否迁京前即给扔掉？只有杨绛才知道答案。在我看来，钱氏夫妇皆心细如发，误扔尚未完成之手稿简直是不可能的事。钱要我，也要世人知道，当年他有自信写出一部比《围城》更为精彩的小说，却又不便明说为什么没把它写下去。假如《百合心》手稿还在，真希望杨绛女士及早把它印出，因为这是部大家抢着要看的作品。

我倒不大苟同夏公这一假设，因为1981年4月6日钱锺书先生接受我的访问时，对《百合心》已作了清楚的交代：

假如——天下最快活的是“假如”，最伤心的也是“假如”，假如当时我的另一部长篇小说《百合心》写得成，应该比《围城》好些。但我不知是不是命运，当时大约写了二万字，1949年夏天，全家从上海迁到北京，当时乱哄哄，把稿子丢了，查来查去查不到。这我在《围城》的《重印前记》提到过，倒是省事。如果稿子没有丢，心里痒得很，解放后肯定还会继续写。如果那几年（指“文革”）给查到，肯定会遭殃！

钱锺书在以上答问中，已清楚说明，遗落的原稿只有两万字。他事后庆幸遗落了，否则写成后，“文革”时要遭殃的。所以夏公的“不便明说为什么没把它写下去”的说法，并不成立。

夏公虽是大学者，也不免有大胆假设、缺乏小心求证的通病。不管怎样，倒是患上心脏病、眼疾的夏公，仍然孜孜不倦地做文学研究工作，是值得敬佩的。

曹禺的苦恼和遗憾

之前写了剧作家吴祖光，接下来一直想写曹禺（1910—1996），但是每次下笔，都不知道从何说起。

最近赫然发现，夏志清于1980年写了一篇逾万字的文章《曹禺访哥大纪实——兼评〈北京人〉》（见《明报月刊》1980年6月号），可见其对曹禺的重视。

夏公在这篇文章指出："曹禺在抗战前夕即已被公认为现代中国最出色的剧作家。近三十年来他只写了三种话剧——《明朗的天》（1956）、《胆剑篇》（1962）、《王昭君》（1979）——但声誉不衰，大有蒸蒸日上之势。主要原因，是海内外学人间还没有人从事写一部严正的中国话剧史，把20年代以来还较有成就的剧作家加以细审而评个高下。"

曹禺，原名万家宝，湖北潜江人，1933年毕业于清华大学西洋文学系，在即将毕业的时候，写出第一个多幕话剧《雷雨》（刊1934年《文学季刊》），迅即震动中国戏剧界，可说是一鸣惊人。随后于1935年写成的《日出》、1940年发表的《北京人》，均成为话剧史上的瑰宝。其余剧作有：《原野》（1936）、《正在想》（1940）、《蜕变》（1941）、《黑字二十八》（与宋之的合编，1942）、《家》（根据巴金同名小说改编，1942）。

正因为曹禺在中国话剧史上有一段显赫的时期，中国改革开放后，作为观众和读者，都希望曹禺像他的其他老友作家如巴金、吴祖光那样更上一层楼。

但是曹禺1979年后，刚踏入七十岁，除了写出奉命之作《王昭君》，再也写不出东西。

我曾写道：

> 中国现代两位戏作家曹禺和吴祖光，是好朋友，私交凡四十年，但却是两个典型。
>
> 吴祖光著的《枕下诗》，有一首是写读曹禺《王昭君》的讽喻诗：
>
> 巧妇能为无米炊，万家宝笔有惊雷。
> 从今不许昭君怨，一路春风到北陲。
>
> 在那个年代，大力提倡典型时代与典型人物，从而造成文学作品的“假大空”现象。贵为戏剧大师的曹禺也不能不写“遵命文章”，以“巧妇能为无米炊”的本领，写出高大形象的王昭君。
>
> 吴祖光的一句“从今不许昭君怨，一路春风到北陲”是对《王昭君》剧本偏离事实的质疑。
>
> 第二句诗中的“万家宝”，是曹禺的本名，“笔有惊雷”也是一句反讽。
>
> 吴祖光眼见曹禺一步一步陷入政治框框的泥足，十分痛心。

连《人民日报》资深记者金凤也对曹禺的“奉命”与“遵命”的行事举止，大不以为然：

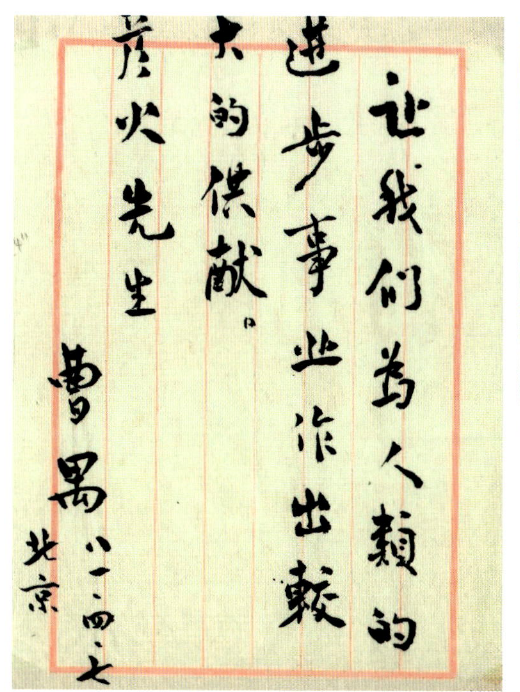

让我们為人類的進步事业作出較大的供献。

彦火先生

曹禺

八一、四、七

北京

1981 年 4 月，戏剧大师曹禺惠赐给彦火的墨宝。

曹禺给彦火题字

> 最近，我去看著名剧作家吴祖光，他和曹禺是极熟的朋友。他告诉我，他去北京医院看曹禺，曾经很不客气地对曹禺说：“你太听话了！”
>
> 曹禺闻之震惊，随即苦笑着点头承认。

1981年9月我曾赴北京曹禺家拜访他。曹禺在与我交往中，曾吐露他自当上全国人民代表大会常委及中国戏剧家协会主席后的生活，寻常忙于社会活动和酬酢的工作，很有点身不由己。他表示，他经常要开会和要面对永远应付不完的日常事务。

他苦恼地告诉我：“我跟所有的朋友曾谈过，请给我一段时间。这段时间是真正属于我自己的，不是非要你干这个，非要你干那

彦火与曹禺（右）1981 年摄于曹禺北京寓所

个——仿佛形成一种习惯力量，到时候不得不去见人，不得不去谈那个、谈这个。现在似乎有一种习惯，认为这个人是写过一点东西，大家也知道他，很多地方和单位都要他出面讲话。其实讲的不过是这样翻来覆去简单几个道理，这个讲一遍，那个又讲一遍，先在这个大学讲，然后又在那个大学讲，讲来讲去，还不是那些。这样一来，把我的时间，甚至连休息的时间也占去了，现在我连出门都怕了。”

我与曹禺的初步叙晤，是他在1980年访问美国六个星期后，他深有感触地对我诉苦说：

> 每一个来访问的人，都问我最近写什么，我却挺惭愧的，说不出来。上次我到美国去，美国现在一个最好的作家、剧作家阿瑟·米勒，他非常热情地邀请我到他家吃饭、讲演，

并且陪我一整天。我看他比我还大两岁，最近就写了两个剧本出来。此外还有一个剧作在排练，他就告诉我他有什么写作计划和其他的什么计划——这位美国朋友有个好处，很爽快，健谈，我们都不那么健谈，我自己关于自己的写作计划就不大谈，最多是谈谈美国的情况，中国的情况，谈谈这些而已。其实我不是不愿意谈，因为我目前确确实实正在计划中，到现在为止，有五篇应酬的稿都压在我头上，曾经有人跟我说过，你的名字老露在报纸上，对你是极不利的现象。

我想起巴金在《随想录》写道，他曾苦口婆心地劝导这位老朋友，不要光写表态文章：

我记得屠格涅夫患病垂危，在病榻上写信给托尔斯泰，求他不要丢开文学创作，希望他继续写小说。我不是屠格涅夫，你也不是托尔斯泰，我又不曾躺在病床上。但是我要劝你多写，多写你自己多年想写的东西。你比我有才华，你是一个好的艺术家，我却不是。你得少开会、少写表态文章，多给后人留一点东西，把你心灵中的宝贝全交出来，贡献给我们社会主义祖国……

在谈话中，曹禺曾向我表示，他正在构思三个剧本。我为他把精力重新放在剧作上而满怀高兴。可是，五年过去了，望穿秋水，直到曹禺去见毛泽东，三个剧本还没有面世，因为他的时间完全被场面上的应酬和写表态文章所支配了，令人不胜唏嘘！

柯灵的煮字生涯

张爱玲的伯乐之一

张爱玲在当代中国文坛占着举足轻重的地位，与夏志清在英文版的《中国现代小说史》中的推崇备至分不开的。

在中国大陆，近年来文坛话题经常把柯灵与张爱玲牵连在一起，一个是伯乐，一个是千里马。换言之，张爱玲这匹娇娆的千里马，如果没有柯灵这位独具慧眼的伯乐的赏识，也许已被湮没在滚滚尘世中。

严格来说，最先刊载张爱玲的文章是由周瘦鹃主编的上海杂志《紫罗兰》，上面登有张爱玲的小说《沉香屑——第一炉香》。1943年接编《万象》的柯灵读到张爱玲这篇文章后，为之击节赞赏，认为是一个“奇迹”，便千方百计找她写稿。

结果在偶然的机会下，给柯灵遇上这位才女。张爱玲当时可

1988 年 8 月 10 日柯灵摄于香港三联书店办公室（彦火摄）

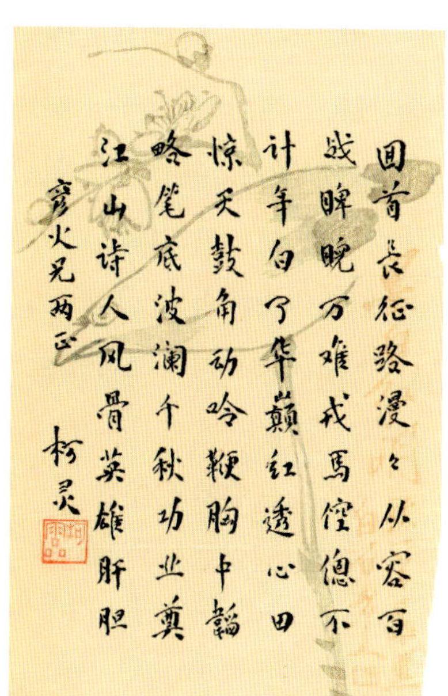
回首长征路漫々从容百
战睥睨万难戎馬倥偬不
计年白了华巅红透心田
惊天鼙角动吟鞭胸中韬
略笔底波澜千秋功业莫
江山诗人风骨英雄肝胆
彦火兄两正
柯灵

彦火注：
1982年柯灵寄给我的信，并附一帧墨宝。柯灵墨宝上的词，按《一剪梅》词牌而填。

谓初露锋芒，她给《万象》的第一篇稿是《心经》，在柯灵这位伯乐不断鼓励下，张爱玲很快便走红了，蔚成了上海炙手可热的女作家。

对张爱玲文学写作表示欣赏、给予热情肯定的，还有傅雷，他当年化名“迅雨”，写了《论张爱玲的小说》（刊《万象》），指出《金锁记》是“我们文坛最美的收获之一”，此文对其另一部小说《连环套》则提出苛责。

张爱玲初出道时并不风光。据黄苗子透露，他记忆中的许多张爱玲的著作，价钱极贱而没人要。（黄苗子《种瓜得豆》）

柯灵有一段话说到骨子里：“我扳着指头算来算去，偌大文坛，哪个阶段都放不下张爱玲，上海沦陷，才给了她机会。”

张爱玲后来到了香港，也是经历过香港沦陷，并且给她以写作题材，成为张爱玲另一个创作高峰期。

可见这次不是乱世出英雄，而是乱世出作家。

据柯灵回忆，上海沦陷后，时局动荡，文人很容易堕入日人圈套。郑振铎曾要他劝说张爱玲不要到处发表文章，建议她写好的文章，可交开明书店保存，再由开明书店预付稿费，待河清海晏时才印行。

张爱玲给柯灵回信说，她要“趁热打铁”。

假如张爱玲听信了郑振铎的话，也许写不出这许多作品。

据柯灵晚年写《遥寄张爱玲》的文章暗示，他于1944年6月到1945年6月曾两度被日本沪南宪兵队拘捕，后来化险为夷被释放，与张爱玲的从中斡旋有关。

柯灵岂只对张爱玲的文章情有独钟，他还在一篇文章中，谈起张爱玲穿上旗袍那一脉妩媚:“一件齐腰夹袄，宽身大袖，小红绸子，黑缎镶边，右襟下是舒卷的云头如意。短夹袄套在旗袍外面，特别炫人。”

旗袍水袖子，放在张爱玲身高五尺六寸半、一百零二磅的骨子架上，体态端得婀娜撩人。

柯灵与张爱玲的政治背景可谓南辕北辙，上苍安排他们在文学这个领域邂逅，为文坛留下一段美谈。

张爱玲体弱多病，柯灵也不例外。柯灵生于1909年，五岁失怙。自幼身体便孱弱，大半生要与医生打交道。记得我第一次会见柯灵是在1981年，当时他躺在上海华东医院，我断断续续给他做了一次访问。

在自学成才的文学家中，我最佩服两位，一是沈从文，一是柯灵。他们都只读过小学而成为大作家，两人同有一流文字，读他们的文章，真如走进山荫道上，除了葱茏的绿、艳艳的花丛和百鸟的啭鸣，还有湲湲的溪流透着沁人清凉。

柯灵常常把自己的写作比作“煮字生涯”，可见他写作时一点也不轻松，要逐一斟词酌句，他有一本散文集，书名干脆叫《煮字生涯》。

他在《序言》中写道："我曾经长期当报刊编辑，煮字烹文，一手伸向读者，借墨结缘，弄云作雨，播火传薪。此中况味，甘苦自知。"

柯灵除了是一个资深编辑，还是一个文体家，他的散文与汪曾祺一样，如一帧帧写意水墨画，计白当黑，重意境，很惜墨。

柯灵30年代曾写过叙事诗《织布的妇人》，写过长篇小说《牺羊》，晚年还奋力写历史长篇《上海一百年》。

柯灵在上海孤岛时期，是地下党员，1947年5月上海《文汇报》被迫停刊，柯灵被列入黑名单，最后才辗转到香港的。

柯灵不管在人生道路还是创作道路上都是颇为崎岖的。他自幼便陷于贫困窘迫的生活中，小学毕业即失学。他的学识及写作技巧，全靠自学。

一闭眼便看见香港湛蓝的海水

提起柯灵的创作，他给我讲述过以下的经历——

他小学毕业，便在故乡绍兴农村小学教书，他利用晚上阅读并尝试写作，分别给上海的《儿童世界》及《少年杂志》投稿。稿件发出后如石沉大海，柯灵也不敢奢想奇迹的出现。

过了两三年后，柯灵偶然进城，在绍兴的大街卖旧书的地摊上，发现了《儿童世界》，翻阅之下，赫然发现了他那篇题目叫《仁术》的文章刊登其上。柯灵说，当时他心情有如哥伦布发现新大陆般欢喜。这机缘，从此使他孜孜于文学创作了。

柯灵十五岁开始发表文章，曾写过儿童文学、叙事诗、杂文、随笔，后来改写话剧、电影剧本。1937年"八一三"至同年11月彦火注：

柯灵来信第一段提到的何为（1922 年出生），是福建知名散文作家，曾是福建作家协会副主席，后长居上海。

信的第二段谈到“你在香港这样环境里编文艺刊物”，笔者时任《海洋文艺》编辑。

信中提到的《长相思》，是 80 年代我曾为柯灵编选的一本随笔文集，收入香港三联书店《回忆与随想文丛》。

信末谈到“中国现代文学丛书”，是由香港三联书店与北京人民出版社合编，为笔者居中策划，分别出版香港繁体字版、内地简体字版，丛书原名是《中国现代作家选集·柯灵卷》，于 1990 年出版。

12 日，因当时的军队奉命全部撤离上海，这个中国最大的城市遂成为“孤岛”，柯灵接编综合性杂志《万象》，成为上海沦陷后隐居上海的作家发表作品的阵地，影响颇大。

后来柯灵历任报刊主笔和副刊编辑，并从事电影编剧工作，他编剧的电影《不夜城》，曾三次受到大批判，轰动整个中国内地影坛。

1981年笔者赴沪，曾拜访卧病上海华东医院的柯灵，谈起1948年5月他曾在香港羁停一年，他侃侃而谈道——

> 1948年春末起，我在香港生活了大约一年，到1949年春，才离开香港，经烟台到了解放不久的北平。我到香港，是为了政治避难，也为了工作。
>
> 1947年5月，上海《文汇报》被迫停刊的当晚，特务就深夜到我的寓所抓人。但我早知道我上了黑名单，预料报纸一停刊，他们就会下手，我事先避开了，因此没有“落网”。
>
> 我在上海东藏西躲地隐居了一年，才到香港参加《文汇报》在港复刊工作，同时到永华影业公司当编剧，在一年里写了两个电影剧本:《春城花落》和《海誓》。
>
> 在香港的一年是很愉快的一年，主要是在精神上，而不是在物质上。在上海“孤岛”时期、沦陷时期、解放战争时期，我过的一直是极度紧张的生活，危险随时在等待我。到了香港，虽然它是殖民地，这种危险却解除了。而且，那是个特定的时代，我那时绝对没有想到，革命胜利会来得那么快，那日子真是过得热烈而又轻快。革命胜利以后还会有些什么困难，什么曲折？是做梦也没有想到的，更不用说什么“文化大革命”了。我至今一闭眼就可以看见香港的湛蓝的海水，我那时的心情，就像海水那样透明和动人。

谈到他的文艺创作道路，他表示:“促使我走上文坛道路的是对生活的爱和恨，对美好世界的憧憬及追求。多年来，我用杂读古今中外作家的作品，来解决我精神上的饥渴。大体来说，年轻时读现代中国作家的作品较多，鲁迅的作品，对我思想上的启发教育最大；进入中年以后，却更热心于中国古典作品和翻译世界名著。我读的书很杂，杂读诸家，铢积寸累，集腋成裘，凡有一善足取的，我就学习，因此他们都可以算是我的老师。其中也有坏老师，他们是我新的反面教员。”

柯灵在少年时期爱上文艺，他却因文艺吃了不少苦头，其中他编的《不夜城》，在1958年和1965年曾两次受到批判，特别是1965年。柯灵回忆道：“《不夜城》影片拍成后，曾被打成大毒草，1958年、1965年，受过两次批判，到了‘文化大革命’，不但第三次大批特批，我还被押到全市游斗。而且还拍成影片，命名为《彻底批判反动影片〈不夜城〉》。这大概是很好看的，但我作为这部片子的主角，却没有欣赏的幸运，因为我在那时是被剥夺一切正常权利的，何况还关在监狱里。这座牢房是历史遗产，从前法租界的殖民统治机器，到林彪、‘四人帮’手里，就移用作镇压干部和群众的专政工具。”

长篇《上海一百年》创作的夭折

柯灵向我表示，他在“文化大革命”中，坐牢三年（正式的监狱，而不是所谓“牛棚”），下乡三年（即所谓“下干校”），靠边三年（剥夺一切正常的政治工作和生活权利），假“解放”三年（名为“解放”，实际仍然靠边）。大体说来，就是如此。加起来，一共是十二年，苦头自然吃得不少。

柯灵有一段美满的婚姻。柯灵在向我描述他受批斗的情况时说，那个时候，他最害怕是让他太太看到他受到的屈辱、泼脏水——

1967年，一个夏季的晚上，造反派把我从监狱中提出来，在上海人民广场开了十万人的批斗会，我的老伴偷偷地跑来旁听了。那时我忽然在茫茫人海中失踪已经一年，这就给了她在台下远远望我一眼的机会。我是低着头的，当然看不见她。其实我心里一直害怕的，是让她看到我在批斗会上的情景。——这是不堪设想的事。但我当时一无所知，在台上也很镇静——斗坏了，泼污水并不能触动人的灵魂。感触自然是有的，在台下如沸的人声中，我默默地口占了一首七绝：

此真人间不夜城，广场电炬烛天明。
卅年一觉银坛梦，赢得千秋唾骂名！

这是地道的打油诗，后两句是从杜牧的《遣恨》里套来的，很有点玩世不恭的嫌疑，我现在记在这里，也算是浮世的一景。

柯灵30年代初写过长篇小说，在杂志发表了部分章节，后因杂志停刊而没有继续，这段历史较少人闻问。

对此，80年代初我曾探询过他——

彦：您30年代初期在《新小说》发表长篇小说《牺羊》，后因《新小说》夭折而没有写完，现在打算重写吗？

柯：我在《新小说》发表的长篇小说《牺羊》，主观意图是想反映中国电影界在进步转变中的形形色色，但没有经过较好的酝酿，就仓促上马，随意随刊，写得捉襟见肘。那时如果《新小说》没有夭折，《牺羊》终于写完，那么不论好坏，也还可以算是当时文艺现象中一个印痕。事过境迁，却完全没有心情续写了。不过我永远不会忘记《新小说》的编耀明兄：

手书奉到。近方自大连之行，回此复信晚了，乞谅。

知尊著《作家风貌》将在台出版，欣以为贺。一水盈盈，情系两岸，意义自不待言。承询近况，惭愧以"垂老不除"四字相报。数年来虽未尝停笔，但文债难了，《文苑漫拾》中许多序文之类，可窥此中消息。《答客问》中提出下决心写《上海一百年》，意不在做广告，而在于自我督促，但至今也尚未开笔。目前正忙于准备赴汉城参加国际笔会，预定九月初过港小驻，届时当谋良觌。（但近日又听说有困难）

有一事要向你求助：今春我编了一小文集，由郑树森先生列入他所主编的《现代文选》（在台湾出版），其中有八篇文章，和《漫拾录》重出（《漫拾录》共收文[illegible]篇）。我想所以可在台湾出书，与香港不至冲突，但据"三联"寄来的合约，则订明"拥有本书世界版权（中国大陆除外）"，这就和台湾出书有了矛盾。当时我曾写信给梅子兄，请他和你商量，取得谅解；承梅子复信，云已得兄首肯，没有问题。现在郑兄来信提及此事，而我迄未见梅子来信[illegible]，因此只好请你简复一信，表示同意将部份文字编入《现代文选》，事出意外，来祈鉴原。

附近照，请检收，此颂

时安

柯灵 88.9.19

秀玉同志，梅子兄致意不另。梅子兄来信及稿费通知单等均已收到，请转致谢意。

彦火注：信的第二段，提到《作家风貌》，是指拙著《当代大陆作家风貌》(1990年，台湾远景出版社出版)，信中特别提到他下决心写长篇小说《上海一百年》。

者郑伯奇同志提携后进的热情，这是值得深深感谢的。

从那时以来，四十几年过去了，我对人生有了较多的体会，对生活有了较多的认识，自信思想上、艺术上都比那时成熟些了。如果天假以年，我将把已经酝酿构思了好多年的长篇《上海一百年》写出来。我现在感到苦恼的是常有许多杂务干扰，不能全部力量用到小说创作上去。

可见，柯灵早年已构思写《上海一百年》了，我当时曾请他谈谈长篇《上海一百年》的创作计划，例如准备写多长，包括哪些内容。

柯灵说道："我准备在1982年完成的《上海一百年》，第一部叫

《十里洋场》。当时上海租界不是称十里洋场吗，这部《十里洋场》大概有三十万字。内容主要是讲鸦片战争以后，英国侵略中国，在上海建立租界。那是40年代的事情了，从那里开始写起，写到60年代，写二十多年来发生在上海的事情。第一章还包括两件历史大事，一是'小刀会'，一是'太平天国'，太平天国三次进攻上海，就写到太平天国时代为止。我现在初步整理的提纲有四十多章。上海的情况实际上是反英近代史一个缩影，是中国近代史最典型的表现。上海我是熟悉的，因为我住了五十年了。但我写的鸦片战争是40年代，我还未出生，反正历史总归也要写的，我想把这个东西快点写出来，剩下的时间已不多了。"

柯灵晚年发愿写的这部长篇纪实小说，打算从1931年冬他初到上海写起，他身经半个多世纪的沧桑巨变，寓真实于虚构，通过写一系列知识分子血和泪、爱和恨、焦虑和期盼、奋斗和幸福的人生历程，展现新旧上海和新旧中国风风雨雨的历史画卷。

十三年后，在1994年第1期的大型文学杂志《收获》上，终于读到《上海一百年》第一章"十里洋场"。

柯灵娓娓叙述鸦片战争英军入侵时，上海县城中一个忠厚正直的知识分子张行健在战乱中殉难自尽的故事。虽然仅仅是这部长篇的一个序幕，笔底的悲剧气氛已扑面而来。

论者认为，其表现手法则集中国古典小说精华之大成，而文字洗练、简洁、淡雅、隽永，尤见功力。

他的好友夏衍读后鼓励说："第一章写得很好，应该继续写下去，待全文写完，我来改编电影剧本。"此话使柯灵大为感动。

柯灵在夏衍的鼓励下，又开始写第二章，大概断断续续又写了几万字。

但作者起点定得太高，不免有点眼高手低，精神压力也因此越大。第一稿不满意，重写；第二稿仍不满意，又重写，越写到后来，他越感到“此事艰巨”“担子很重”。而他的健康状况却越来越差，多次住院治疗，精力不济，不免打乱他的计划，迫使他最终搁笔。

这也是柯灵晚年一大憾事。

出生香港的散文家秦牧

销逾百万册的《艺海拾贝》

某次与台湾散文大家张晓风女士茶叙。谈起写散文的练达，最是难为。

我很喜欢周作人的风轻云淡的潇洒，她则属意冰心的雅丽。

写一篇好散文不易。

近年在内地兴起的知识性散文随笔，眼下有大家余秋雨，较早有南粤散文家秦牧。前者较多以历史典故入题材，后者把抽象的文艺理论加以通俗化，以具象的例子做比喻，再以闲话出之，笔调优美，意趣盎然,《艺海拾贝》是其中的佼佼者。

这本书1961年由上海文艺出版社出版，初版印十万册，一纸风行。

“文革”期间《艺海拾贝》被指为“疯狂地反对工农兵文艺方向，反对文艺为工农兵服务，为社会主义服务”的作品（《人民日报》文章），这本名著在中国内地随即销声匿迹，然而海外的“翻印家”却纷纷翻版，畅销如仪；1978年《艺海拾贝》才由上海文艺出版社重版，第一次重版二十万本，不到几个月的时间，迅即销罄，海外方面也是供不应求，1979年才由香港三联书店重版发行繁体字本。

据秦牧透露，上海文艺出版社1979年再印二十万本。秦牧1979年5月在一封来信中，谈到《艺海拾贝》的影响时说:“《艺海拾贝》大概是发生了一些影响的，上海文艺出版社告诉我，今年将再印二十万本，汇计起来，就有五十多万本了（笔者按：迄今已累印逾一百万册了）。但我自己并不认为那本书有什么了不起之处，不过因为通俗和风趣，引起较多人的注意罢了。”

在内地文学洪荒的年代，这本书曾给不少青年学子以文学的滋养。

秦牧在信中谈到他撰写《艺海拾贝》时说，“注意通俗和风趣”是很重要的。这也是秦牧的散文风格。

难得的是，秦牧的散文，从不板脸孔，也不显颜色，而是如同老朋友在林中安步当车，在荧荧的灯光下喝茶谈心，使人油然产生了亲切感；在艺术的表现技巧上，文章的结构上，秦牧无疑是很考究的。但在遣词用句上，他是尽量通俗化的，回避佶屈聱牙的词句，以浅显的文字、生动的比喻，将文章的意旨在不知不觉中传播给读者。

但这不是一般的读物，而是一本包含着各方面美的美文，精粹处，宛如一颗玲珑透亮的明珠，闪烁着奇异的光彩。

这不是纯写景的美文，也不是抒情的美文，而是一束文艺理论知识的鲜花。

文艺理论是严肃、枯燥的题材，而在作者的笔下却成了妙趣横生勃然生色的小品文。

一些平常令人厌烦的文艺理论术语，通过作者美妙的譬喻，使人感到亲切而生动，如一棵棵枯木，经过连绵春雨的沾化，竟然绽出新芽，发出枝叶，令人感到鲜奇，自有一股引人入胜的魅力。

作者写郑板桥、齐白石、鲁迅、高尔基、托尔斯泰、巴尔扎克、契诃夫，谈到他们的轶事趣闻或作品，也写旧戏、水果、蜜蜂、鲜花、金鱼等事物。

这些都是具象的东西，再将这些人的话或某一种事物，与文艺表现技巧有机地连在一块，使人受到了启发：

如由齐白石的画虾手法，引出朴素和深厚的关系；从高尔基与托尔斯泰彼此对对方的观感，说明艺术家纯真、率直，流露出性情和独特感受的可贵；从鲜花百态，各有妙处，谈到多姿多彩的艺术风格的好处；从并蒂莲、比翼鸟予人的美感，和雌雄血吸虫终生拥抱的令人厌恶，谈到思想美是艺术美的基础。

作者在“新版再记”一文，曾谈到“博采众长”“转益多师是吾师”的道理。同样地，作者在《艺海拾贝》这本书，曾引述了不少先哲的话，采撷了不少生动的例子，再经过精心提炼，繁衍出新意。正如蜜蜂采集的是花粉，却酿出美味的蜂蜜来。

作者认为，在技艺的问题，在艺术表现手法的问题上，是应该博采众长。但也并不意味着生搬硬套，照单全收，而是有所选择，并且要经过消化、再提高的过程。《艺海拾贝》就是一个良好的例子。

作者认为世上既有那么多趣味的自然科学著作，例如《趣味天文学》《趣味物理学》，而我们为什么不可以借用这根魔棒，搞一些饶有趣味的文艺理论？

读者从头到尾，不感到作者是站在遥远缥缈的地方或讲坛上，而是与读者平等地对坐，促膝谈心，很亲切，很熨帖，毫无说教的味道。

作者文笔清新隽永，既有“怒潮奔马”那样的豪放，也有“吹箫踏月”那样的清幽；既有司空图《廿四诗品》中指出“荒荒油云，寥寥长风”的雄浑，也有“娟娟群松，下有漪流”的清奇。

《艺海拾贝》单是书名本身，就很瀞美。作者在初版的《跋》中说：“我好像是来到艺术的大海边缘捡拾贝壳的弄潮儿似的，在茫茫的海滩上俯拾起一颗颗的贝壳。”

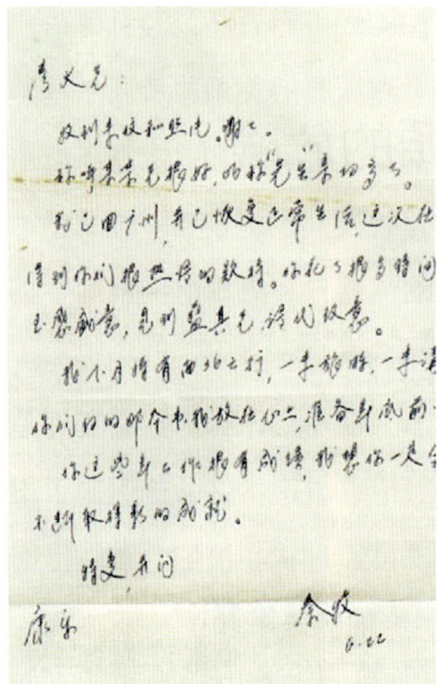

彦火兄：

收到来信和照片，谢谢。

你带来茶叶很好，的确是[illegible]。

我已回广州，并已恢复正常生活。这次在[illegible]得到你们很热情的款待。你花了很多时间[illegible]，[illegible]。

我下个月将有西北之行，一本旅游、一本[illegible]

你们约的那本书我放在心上，准备[illegible]

你这些年工作很有成绩，我想你一定会不断取得新的成就。

[illegible]并问

康乐

秦牧

6.22

彦火注：这是秦牧1983年6月22日给我的信，之前他刚访港。信的第四段提到的那一本书，是我向他约的《回忆与随想文丛》之一，由香港三联书店出版。

1983年与秦牧夫妇摄于香港浅水湾畔

作者又说，这些也许是古老的鹦鹉螺和塔贝，也许是丑陋的骨贝和冬菇贝。

我认为作者捡的，多是珍珠贝。在自然界，有了珍珠贝做母贝，要使它的体内产生珍珠，还需要人为制造的外物刺激才成的。因为珍珠是在外物刺激下，外套膜多分泌出一些珍珠质，把外物包裹起来而形成的。

人们看到这些艺海之贝，是经过作者精心提炼，才孕育出一颗颗亮晶莹洁的珍珠的。

小说改编成香港电影

秦牧晚期另一部受瞩目的散文作品是《长河浪花集》。这是自

1949年以来近三十年间作者的自选集，共包括各种类型的散文五十篇，其中很大部分是选自《花城》和《潮汐和船》，再加上1976年以后写的部分近作，汇编而成的。

书名所以冠以《长河浪花集》，据作者的解释是：“写的是在悠长的数十年间，激起自己思想浪花的那些人事风物。几十年，对于无穷无尽的历史洪流来说，本来只是一瞬。但是因为我们是人，绝大多数只能活数十年，所以对自己来说，也就是一条生命的长河了。”因此，这本散文集可以说在相当程度上反映了作者近三十年的创作历程，是具代表性的作品之一。

这本散文集在表现手法上显然没有《艺海拾贝》那样的蕴藉和含蓄，更多的是正面的礼赞和讴歌，或直抒胸臆的针砭。因为集子内所涉及的各种事物，都是曾经使作者“激动、感奋、欢乐、愤恨或者思索、寻味的事情”。

虽然这样，作者仍力图使表现手法多样化，这就是所谓有时是“粗犷雄浑”，有时是“细腻隽永”，根据题材的需要而运用各种各样的笔墨，所以表达的思想活泼而富生命力。

这本集子中，最脍炙人口的文章之一《花城》，很能表现作者的文笔情趣和奇特的联想力。

《花城》抒写的是1961年广州花市的盛况，先写花市的热闹及其原因，透出时代气氛；又追源溯始，写到我国农历春节的来由，古老的节日在新社会如何被赋予崭新的内容；笔锋一转，又回到旖旎的南国花市，正面描绘逛花市的情趣，着重缕介几种珍异的花卉及其特点，最后归结到人类改造自然的威力，劳动人民共同创造历史文明的伟绩和群众的审美眼力。谈古论今，海阔天空，浮想联翩，饶有意趣。

作者的这本散文集是有着鲜明的倾向性的，他在《花城·后记》

中就明确地指出，他希望用谈心的文学形式，“从各个角度反映我们奔腾澎湃的生活，讴歌我们壮丽的时代”，我们从这些文章，可以看到作者在前进的道路上留下的脚印，在生活的原野上所采撷的一束束美丽而典雅的智慧小花。

相对《艺海拾贝》，这部散文集个别文章失之显露。

我对秦牧首部作品《秦牧杂文集》颇感兴趣。

获诺贝尔文学奖的莫言有一部长篇小说《檀香刑》，深入、细致地描述中国历代的酷刑，读后令人触目惊心。

秦牧这部写于20世纪40年代的文集，对中国历代的酷刑，已做了详细介绍和鞭挞。

以《私刑·人市·血的赏玩》为例，他在这篇文章一开始，便胪列了历史上种种令人胆寒的私刑，从而指出这是“各自为政的封建传统”和“毫无法治精神的野蛮作风”所造成的，根源是封建制度。

面对这些“血的玩赏”的私刑，秦牧痛心疾首指出：“使往古来今一些良善的人为之痛彻肺腑。能为之痛苦的，恐怕也才能瞰视到历史隙缝里漆黑的悲凉，和感到肩上的一份重担吧。”想一想十年的文化大浩劫，与秦牧早年所诟病的私刑和封建残余，不是如出一辙吗！

收入这集子的文章，已开始展现秦牧的创作才华。虽是杂文集，但内容兼具知识性和哲理性，个别作品之凌厉峭拔，不但有历史深度，也有现实意义。

对黑暗社会的鞭挞和揭露，是这一本杂文集的主要内容，例如揭发凶恶的帝国主义和封建军阀的《白鱼·黄鱼·黑鱼》，暴露旧社会走私、人口犯和汉奸罪行的《鬼魅一夕谈》，等等，文章辛辣，流露出他对不合理社会的愤激和深沉的痛恨。

秦牧的独特文风，在“文革”前，很受年轻人的喜爱，初学写作者，很多都把他的作品当模板，学习他的创作技巧。后来“文革”一开始，许多青年作者，凡是文风接近秦牧的，都通通被打成“小秦牧”，并且受到打击和迫害，引起轩然大波！

正如秦牧所说：“艺术植根于生活，生活基础深厚，艺术上的花样才可能丰富。”

秦牧的生活基础是深厚的，他长期从事文化工作，见多识广，生活知识、历史知识和文学知识都十分丰富，因此，他的作品的题材是广泛的，特别是风土人情、历史掌故他都在行，这除了与他长年来积累的生活经历有关外，还因为他平时“博闻强记”，而且能做到“过目不忘”。

与秦牧接触过的人都会得到这样的印象：秦牧举珍闻逸事，必有地方，必有年月；举统计数字，有巨有细。

除了散文的成就外，秦牧还在五六十年代出版小说《黄金海岸》（又名:《远洋归客》）和《愤怒的海》，都以海外的华侨生活为题材，前者曾被香港一家电影公司改编成电影，改名《少小离家老大回》，

1983 年秦牧夫妇参观香港三联书店（彦火摄）

报告文学创作研究会

耀明先生：

新年好！

托人送来的相片、剪报等物都收到。相片拍得非常之好，可见你在这方面也很见功夫。

前托转苏晨的信件已经转了。

最近我在北京有些新作出

报告文学创作研究会

版，届时当寄赠。

关于写回忆与随感的文章，我近来事务很忙，要到下半年才能考虑交出。特先复讯。

谢谢你的关心。

专此

俪安

秦牧

1.1

彦火注：这是秦牧1981年1月1日寄给我的信，信内提到照片，是1980年秦牧访问香港时我为他拍的。信中提到的苏晨，是《花城》杂志的主编。

“写回忆与随感”说的是我在香港三联书店编的一套《回忆与随想文丛》，曾向他约稿。

颇受欢迎；后者以清代末年的广东农村为背景，描写中国农村破产，农民为生活所迫，离乡别井，远涉异域谋生，在海外奋斗挣扎的故事。

这本书写解放前中国农民的悲惨生活，在“文革”中，竟被指为“攻击社会主义制度下的农民上天无路，入地无门，被迫漂泊海外”的大毒草，真是匪夷所思了。

香港三年职业写稿

秦牧原名林觉夫，1919年出生。至于他的诞生地早年坊间的资料多有笔误，过去很多书本都说秦牧诞生于新加坡，其实，这只是讹传而已。秦牧诞生于香港，三岁时随父母亲迁居新加坡，一直待到1932年年底才回国。

对于秦牧的身世，过去也是传说纷纭，直到晚年，秦牧自己有较详细的介绍，他说：

> 我的父亲起初是乡间的一个裁缝，后来漂洋过海，成为资方代理人，是一间米行的经理。为了业务上的关系，他足迹遍及泰国、新加坡、马来亚半岛、爪哇等地。在他比较有钱的时候，先后娶了三个妻妾，我的生母排在第二，是婢女出身，我的三母亲也是婢女出身。生母在我刚懂事的时候就逝世了，由三母亲把我们养育成长。生母和三母亲的悲惨身世对我有很大的影响，这使我从小比较同情贫苦者的遭遇，这种思想感情影响到我选择以后的生活道路。

秦牧的童年和少年时代，都在新加坡学校读书。秦牧自小喜欢阅读文学书籍，也喜欢动物，因为当时新加坡已经是国际城市，经常有马戏团来表演，他几乎每次都跑去看；他还经常与六个兄弟姊妹放假的时候，去马来西亚一个叫“土乃”（译音）的大果园度假，他爱上那里的热带果子，如榴梿、山竹等，还有在森林窜跃的野猪，树上栖息的果蝠、松鼠。因此他幼小心灵里早就孕育了对大自然深厚的感情。

这些对原野的动植物特殊的感情，我们在秦牧后期的散文中可以窥得端倪。

秦牧幼时爱读书，正如他所说：“由于找到什么书都读，在月光下路灯下也读，小学四年级开始戴上了眼镜。”正由于秦牧从小涉猎的书籍十分广泛，所以他具备丰富的知识。

1931年“九一八”事变后，幼小的秦牧也受到震动，他跟学校的其他少年学生，臂缠写着“毋忘国耻”“收复失地”的黑纱。这时，在他的家庭方面突遭巨变，他父亲当经理的米行倒闭，一家渐陷困顿的境地，最后他父亲终于苦撑不下，摒挡回国了。

在回国的前夕，他母亲逝世了，由于长年失去母爱，他成了一个个性独立和感情丰富的人。

回国后，他曾在故乡澄海、汕头和香港等地就学，这时他家里的经济靠在南洋的叔叔、哥哥接济，和乡间的几亩地、一间鱼行股份微薄的收入维持。在香港的时期是1937年春，当时秦牧还未完成中学的学业。

秦牧开始写作，是1938年。刚满二十岁的他，开始在广州报刊发表文章，署名林觉夫，赚稿费帮补自己的生活，1939年到达韶关后，秦牧更勤于写作。

在学校的几年中，正值国难当前，年轻的秦牧，感到一种难抑的愤慨，他爱上邹韬奋编的杂志，也接触到鲁迅、巴金、茅盾、艾思奇等人的著作，文学和哲学通过作品，在秦牧的心间播下种子，并且萌了芽。

全面抗战爆发，秦牧再不能待在课室了，他通过一位教师的介绍，于1938年春，赴广州参加抗战宣传工作，当时日机轰炸广州，秦牧便辗转在粤桂之间，他曾在韶关、桂林、重庆工作过。其间当过演员、编辑、战地工作队员、科员、教师等。

1940年，他任战地记者，先是被派驻在广东中山一带，后因战事一度到港，又再返内地。

从1941年起的数年间，他在桂林的立达、中山中学教书，失业的时候，就靠写作为生。

1943年至1944年间，他开始向当时桂林的《大公晚报》《力报》副刊投稿，以写杂文为生，秦牧这笔名就是在那个时候开始用的。

在桂林，秦牧邂逅了当时《广西日报》的名记者吴紫风，并与之结婚。

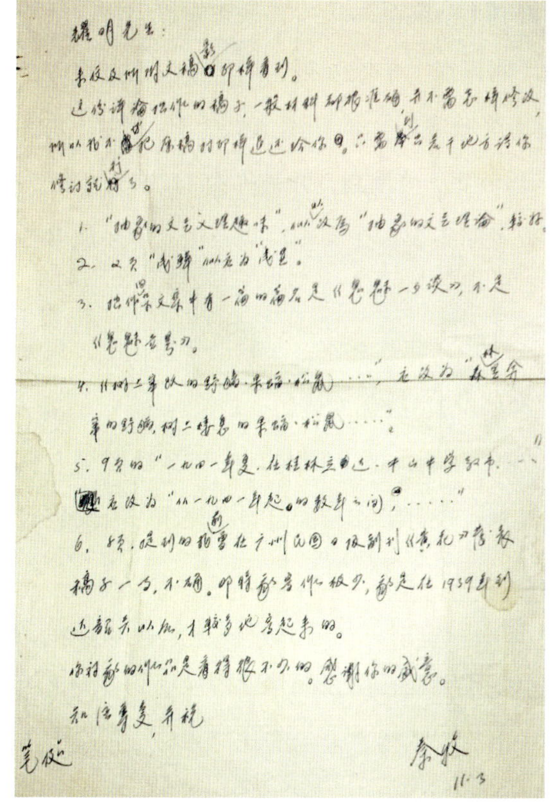

耀明先生：

来信及所附文稿影印件奉到。

这份评论你作的稿子，一般材料都很准确，并不需要怎样修改，所以我不把原稿的影印件退还给你了。只需要指出若干地方请你修订就好了。

1. "抽象的文艺文理趣味"，似应改为"抽象的文艺理论"，较好。

2. 又页"[illegible]"似应为"[illegible]"。

3. 杂文集中有一篇的篇名是《艺海一勺谈》，不是《艺海杂谈》。

4. "树上[illegible]的野藤、黑蝙、松鼠……"应改为"林里[illegible]的野藤，树上[illegible]的黑蝙、松鼠……"。

5. 9页的"一九四一年夏，在桂林立达、中山中学教书……"应改为"从一九四一年起的数年之间，……"

6. 8页，说到的我前曾在广州民国日报副刊《[illegible]》发表稿子一事，不确。那时我写作极少，都是在1939年到达韶关以后，才较多地写起来的。

你对我的作品是看得很不少的。感谢你的盛意。

知信辛复，并祝

笔健

秦牧

11.3

这是秦牧1981年11月3日给我的信，之前我写了一篇秦牧评论，让他过目，他修订了其中谬误之处。

1944年秦牧随着湘桂大撤退，辗转到了贵州、四川，到了重庆后，他参加了中国民主同盟，曾经是民盟的机关刊物《再生》的编委之一，并为《新华日报》撰稿，以后秦牧又当了中国劳动协会机关刊物《中国工人》的编辑。

1946年春，秦牧随"劳协"到了上海，同年秋天，因"劳协"受到当政者的迫害，迁移香港，秦牧也跟随南下，在香港过了三年职业写稿的生活。

秦牧在这之后，担任过省文教厅科长、中华书局广州编辑室主任、中国作家协会广东分会副主席、《羊城晚报》副总编辑等工作。

秦牧在广东三十年，最大的功绩之一是把《羊城晚报》搞得有声有色。他曾慨叹当时报刊上散文品种稀少，缺乏知识小品、旅游杂记等风趣生动的文章，所以在《羊城晚报》用了不少这方面的作品，很受读者欢迎，使《羊城晚报》的销路直线上升，然而，“文革”期间，秦牧也因《羊城晚报》被批判，并被称为“广东的邓拓”，遭受到无情打击，被审查了四年半，在印刷厂当杂工，下乡从事各种艰辛劳动。

我第一次见到秦牧，是1978年在北京，秦牧已年逾花甲，只见他精神抖擞，身材高大硕壮，肤色黝黑而健康，谈笑风生。

他向我表示，由1978年开始，他上调北京，与林默涵等人从事《鲁迅全集》的重新注释、校订工作，配合鲁迅诞生一百周年时出版。

1980年11月，我在香港接待他。他对香港印象最深刻的是治安，他说，他以为香港治安很糟糕，白天固然重门深锁，夜晚出街也是步步为营。他踏足香港后，觉得香港治安比广州好，他晚上出街，自由自在，从未惹过麻烦。

沈从文诗书妙品

1982年沈从文先生八十岁，曾到湘西家乡庆祝大寿。从湘西返京，心情舒泰，自不待言。

其间我曾托其助手王亚蓉女士代求一帧墨宝，沈老很快便挂号寄来，如获至宝。

沈老赠我的条幅是五言古诗，用章草小字写的，全篇凡二百一十字，文友阅后无不称许，视为珍品。

“荏苒冬春谢，寒暑忽流易。”三十二年过去，条幅悬在客厅中，每每浏览，也有进益，却无缘读毕。一来我对章草不谙，二来沈老书法已是自成一家，不一定跟章法。

章草，是由隶书直接演变而来，始于西汉，更准确地说，是隶书的草书，字字独立，接近行草，又别于行草，因汉章帝好此道，故名。

章草在中国书法体系，居功厥伟。汉魏章草笔法新颖流畅，曾一度成为书写主流，其后发展的楷体、行书、草书（今草），都是由章草孕育发展而成的。

沈老的章草自成一家。他虽然只念过几年私塾，但从小好书法，十七岁他追从有学问、好书画的统领官，当上文书，日日练字，乐此不疲。抄写公文之余，往往倾囊搜购历代书法碑帖，细加翻阅观摩、勤加磨墨，日久有功，笔力沉稳含蓄，俊雅温厚，一撇一横，恍如行云流水，自在法度中。

少年的沈从文，不免豪气干云，曾放言他的书法将“胜过钟王，沈从文于1982年题赠我的章草条幅，共二百一十字。

1 沈从文于1982年在家人及黄永玉夫妇陪同下，赴湘西凤凰县家乡庆祝八十岁诞辰，背景“仁者寿”为黄永玉所画。

2. 沈从文返家乡湘西过八十岁生日时摄。

3 沈从文（后排左一）八十岁生日与家人及黄永玉伉俪（前中）合影。

压倒曾李”,“钟”指钟繇,“王”指王羲之,“曾李”即曾农髯、李梅庵，乃张大千的书法、诗词老师。沈书是否已超过前面“四王”，有待专家评定。倒是他的章草，早已闻名海内外了。

说了一大堆沈老书法的话，毕竟是外行卖瓜，反而因自己一直未能完全弄懂沈老写给我的条幅，愧疚兼感憾事。后来，我只好求教于本港书法耆宿吴羊璧兄及文字大家容若兄，合两人之智慧，然后琢磨推敲再三，才完全了然，且誊抄全文如下：

我昔游丹江，乐观建设新。大坝锁汉江，巍巍若天门。民工二十万，昼夜忘苦辛。红旗卷云涛，上下同飞翻。计时争分秒，合龙洪峰前。流汗继流血，建设亦战情。煌煌大禹业，继世长有人。回路经南阳，周道如砥平。刘秀旧家门，犹多如山坟。上多牧羊儿，衣裤同崭新。试问诸葛庐，微笑不作声。事将二千载，早宜付烟云。人人关心事，南水北调成。亦如川蜀间，人裹白头巾。丞相旧祠堂，松柏郁青青。蜀中多伟迹，盐井千丈深。灌县分江流，溉田百万顷。剑阁亦辟栈，开山传五丁。如赋新蜀都，烟蒲密如林。人间创奇迹，铁路接成昆。犹将锁三峡，人人尽五丁。

容若兄说:“既属古风，押韵自不必拘于律、绝之严。时依国音（普通话），时依湘语，亦新文化人诗作之习惯。”

沈老在本诗文述说，他重游丹江，目睹建“大坝锁汉江”之雄伟，浮想联翩，意之所兴，引经据典，上溯上古，环顾眼下崭新景观，沉吟畅咏，侃侃而道。

他以大禹治水比喻丹江水利新工程——南水北调，故有“煌煌大禹业”之句；他身处河南南阳市看到诸葛庐（此处容若批注：

为后代伪造的诸葛亮遗迹），因而缅怀诸葛亮治蜀时已有的水利工程都江堰（此为秦国所建造的），因有“灌县分江流，溉田百万顷”之语；他又忆述晋代歌颂蜀国建设的《蜀都赋》，反观今天在四川建设的水利工程，已远比当年蜀国为伟大，加之穿山越岭的成昆铁路及未来三峡工程，实为“人间奇迹”云云。

沈老一般不写遵命文章，时年八十岁的他，欣逢开放，心情开朗豁达。湖北丹江是他“文革”后被下放五七干校的地方。他当年在丹江采石区荒山进行劳动改造，旧地重游，目睹丹江巨变，面貌为之焕然一新，因而写下这首洋洋二十一行的五言古诗，以为志记。沈老罕有地以重彩之笔，为脚下大地描绘出一帧热气腾腾的丰美景象——我想，更多的是横遭巨劫后他老人家的愿景。

沈从文文学生涯

凤凰城故居内烫金的《沈从文文集》

写沈从文先生文章之前，特别与沈先生生前助手王亚蓉女士会晤过两次（一次在北京，一次在广州）。

王女士劝我多关注沈先生晚年做服饰研究和与此相关的文物研究成就。

她甚至认为沈先生晚年包括中国服饰的文物研究工作的成就及对后代的影响，比之他前期的文学成就有过之而无不及。

王女士的劝谕当然是善意的，而且是有远见的，因为她本人也是中国服饰研究专家。

但是，我的脑海里一直顽固地停驻着一个画面，那是多年前我去参观湘西凤凰城沈从文故居，赫然发现沈从文故居的玻璃柜，陈列了一套1982年出版烫金的十二卷《沈从文文集》(海外版)，十分耀目。这套文集记录了沈先生前半生的文学成就。

《文集》是由香港三联书店与花城出版社合作出版的。《文集》辑入沈先生的大部分文学作品，计小说八卷、散文二卷、论文一卷、自传及其他一卷，共成十二卷，并另汇编《沈从文研究资料》作为别卷。

文集每卷约三十余万字，全套约四百万字，是当年沈先生较完整的著作集。文集发排前经沈先生亲自审阅，因此可以订正坊间版本的谬误和错漏。

我是《文集》责任编辑之一。记得当我写海外版《出版说明》时，是八十年代初某日在太古城的美心餐厅内，由于出版时间紧迫，我把结婚之物——劳力士手表脱下放在餐桌上，一边看时间一边写稿，待写好后离开，忘了拿回手表，离开餐厅后才醒觉，返去寻手表，手表已不翼而飞了。

这篇《出版说明》的代价真大！

我在《出版说明》特别指出："虽然沈从文后期主要从事学术研究，但他在文学方面的成就仍是主要的，影响颇大。"

我说沈先生"在文学方面的成就仍是主要的"，意思是，许多读者是从沈先生的文学作品认识沈先生的，沈先生的文学成就与文物研究成就，各有千秋，至于孰重孰轻，相信后人自有定论。

我是于1979年春认识沈先生的。当时沈先生与沈夫人张兆和女士、助手王㐨先生、王亚蓉女士南下广州，我与香港三联书店总经理萧滋从香港到广州他下榻的南湖宾馆与会，在座还有花城出版社的社长苏晨、资深编辑邝雪林等，主要是洽谈《沈从文文集》的编辑、出版事宜。

在倾谈收入《沈从文文集》的文章时，出版方曾力主把《记丁玲》（上下卷）放入，但沈先生坚决反对。当时沈、丁关系已恶化，沈先生不想因此而添烦添乱，可想而知，这也是《沈从文文集》美中不足的地方。直到两人先后逝世，《文集》才收入，这是后话。

我因编辑工作而认识沈先生后，每趟到北京，我都会往探望，自此来往不绝。

在交往中，也发生一桩不很愉快的事。长话短说——

第一次与沈先生及他的两位助手会面，由于直觉错误，我后来在香港报章写的文章，把王㐨与王亚蓉误为夫妇的关系，后来虽然更正了，但沈先生知道此事后，很是恼怒，写了一封措辞颇尖锐的

彦火（左三）赴广州南湖宾馆与沈从文（右二）、沈夫人张兆和（左二）、沈先生助手王孖（左一）、助手王亚蓉（右一）商量编辑《沈从文文集》时合影（1979年春）

信给我。当年毛头小子的我，没有好好自我反省，反而复了一封不大得体的信给他。其间，经他两位助手的斡旋，前嫌才予冰释，此后来往无间。

事后对自己的孟浪，一直耿耿于怀，待到有一天，我当面向已结成好友的王亚蓉女士道歉，才略为抒解长悬心中的这一纡结。

这虽是题外话，但如鱼骨鲠喉，不吐不快。

我的手头上收藏一篇沈先生的手稿，那是1972年间沈先生撰写的。题目是《一个传奇的本事》，用每页三百字的原稿纸书写的，共五十八页，一万七千四百多字。手稿是早年用过底纸写的（碳式复写纸，今天已绝迹了）。1979年发表在我任编辑的《海洋文艺》上的。

这篇文章曾于民国三十六年（1947年）发表在天津《大公报·星

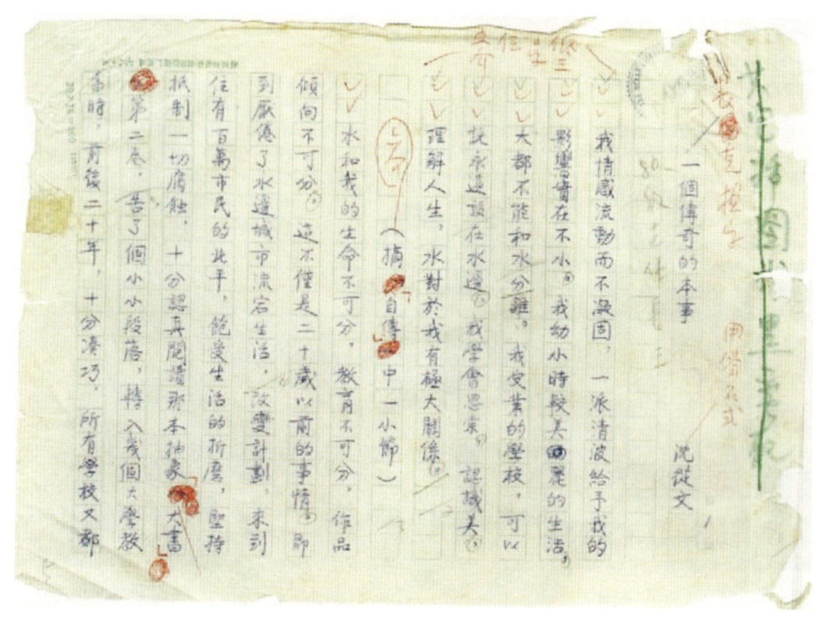

一個傳奇的本事

沈從文

我情感流動而不凝固，一派清波給予我的影響實在不小。我幼小時較美麗的生活，大都不能和水分離。我受業的學校，可以說永遠設在水邊。我學會思索，認識美，理解人生，水對於我有極大關係。

（摘《自傳》中一小節）

水和我的生命不可分，教育不可分，作品傾向不可分。這不僅是二十歲以前的事情。即到厭倦了水邊城市流宕生活，改變計劃，來到住有百萬市民的北平，能受生活的折磨，堅持抵制一切腐蝕，十分認真閱讀那本抽象大書第二卷，告了個小小段落，轉入我個大學教書時，前後二十年，十分湊巧，所有學校又都

沈从文《一个传奇的本事》手迹

期文艺》，1979年重新发表，略有修订。

这是一篇带有半自传性的文章，更准确地说，这是沈先生关于他生于斯、长于斯的湘西地方的写照。

据沈先生在《附记》中说，文章是抗战后，他回到北平不久写的，原是“为初次介绍黄永玉木刻”而写的，文章对黄永玉的作品着墨极少，“却等于我那小小地方近两个世纪以来形成的历史发展和悲剧结局，加以概括性的记录。”（沈从文）

沈先生表示，这篇文章可以与较早写的《湘行散记》及《湘西》二书，“形成土家族方格锦纹的效果”。从中可以看到他“个人对于家乡的‘黍离之思’”。

其实从中也可以读到沈从文文学生涯的发源处和脉络，弥足珍贵。

受“水的德性”的熏陶

沈从文写于40年代、重新发表于1979年的《一个传奇的本事》，是一篇沈从文文学人生观和哲学观的自我表述。

要了解沈从文，非读这篇文章不可。特别头三段，恍若一株挂满智慧果实之树，随手摘下，入口汁液满溢，很是受用。兹抄录如下：

> 我情感流动而不凝固，一派清波给予我的影响实在不小。我幼小时较美丽的生活，大都不能和水分离。我受业的学校，可以说永远设在水边。我学会思索，认识美，理解人生，水对于我有极大关系。
>
> 水和我的生命不可分，教育不可分，作品倾向不可分。这不仅是二十岁以前的事情。即到厌倦了水边城市流宕生活，改变计划，来到住有百万市民的北平，饱受生活的折磨，坚持抵制一切腐蚀，十分认真阅读那本抽象“大书”第二卷，告了个小小段落，转入几个大学教书时，前后二十年，十分凑巧，所有学校又都恰好接近水边。我的人格发展，和工作的动力，依然还是和水不可分。从《楚辞》发生地，一条沅水上下游各个大小码头，转到海潮来去的吴淞江口，黄浪浊流急奔而下直泻千里的武汉长江边，天云变幻碧波无际的青岛大海边，以及景物明朗民俗淳厚沙滩上布满小小螺蚌残骸的昆明滇池边。三十年来水永远是我的良师，是我的诤友，给我用笔以不同的启发。这份离奇教育并无什么神秘性，却不免富于传奇性。
>
> 水的德性为兼容并包，从不排斥拒绝不同方式浸入生命

的任何离奇不经事物！却也从不受它的玷污影响。水的性格似乎特别脆弱，且极容易就范。其实则柔弱中有强韧，如集中一点，即涓涓细流，滴水穿石，却无坚不摧。水教给我黏合卑微人生的平凡哀乐，并作横海扬帆的美梦，刺激我对于工作永远的渴望，以及超越普通个人功利得失，追求理想的热情洋溢。我一切作品的背景，都少不了水。我待完成的主要工作，将是描述十个水边城市平凡人民的爱恶哀乐。在这个变易多方取予复杂人世的社会中，宜让头脑灵敏身心健全的少壮，有机会驾着最新式飞机向天上飞，从高度和速度上打破纪录，成为《新时代画报》上的名人。且尽那些马上得天下还想马上治天下的英雄伟人，为了寄生细菌的巧佞和谎言繁殖迅速，不多久，都能由雕刻家设计，为安排骑在青铜熔铸的骏马上，和个斗鸡一样，在仿佛永远坚固磐石作基础的地面，给后人瞻仰。可是不多久，却将在同地震海啸相近而来的地覆天翻中，只剩余一堆残迹，供人凭吊。也必然还有那些各式各样精通“世故哲学”的“命世奇才”应运而生，在无帝王时代，始终还有作“帝王师”的机会，各有攸归，各得其所。我要的却只是能再好好工作二三十年，完成学习用笔过程后，还有机会得到写作上的真正自由，再认真些写写那些生死都和水分不开的平凡人平凡历史。这个分定对于我像是生存唯一的义务，无从拒绝。因为这种平凡的土壤，却孕育了我发展了我的生命，体会经验到一点不平凡的人生。

沈从文的情感与水是分不开的，他的性情、写作态度、文学生涯和笔下的文字，与此不无关系。

由于他长年生长在岸之滨、水之湄，他的德性受“水的德性”

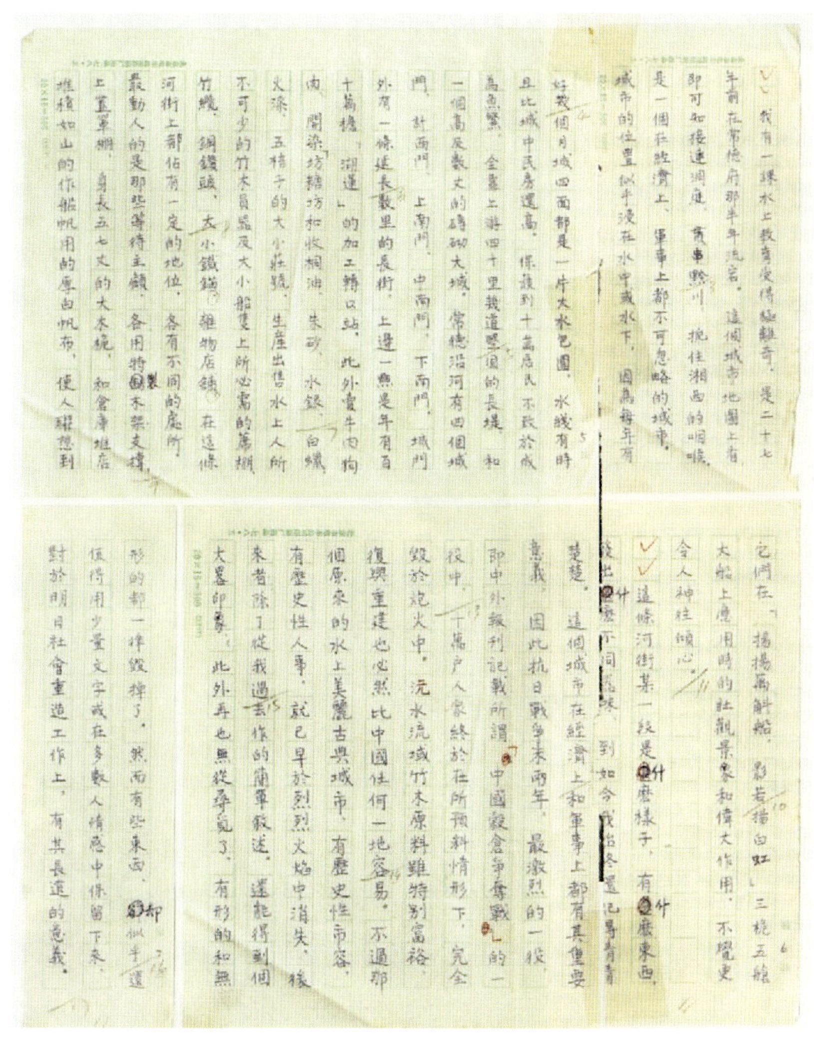

我有一課水上教育受得極離奇，是二十七年前在常德府那半年磨宕。這個城市地圖上看即可知接連洞庭，貫串黔川，扼住湘西的咽喉，是一個在經濟上，軍事上都不可忽略的城市。城市的位置似乎浸在水中或水下，因為每年有好幾個月，城四面都是一片大水包圍，水線有時且比城中民房還高，保護到十萬居民不致於成為魚鱉，全靠上游四十里幾道堅固的長堤，和一個高及數丈的磚砌大城。常德沿河有四個城門，西門，上南門，中南門，下南門，城門外有一條延長數里的長街。上邊一點是年有百十萬桶「湖蓮」的加工轉口站，此外賣牛肉狗肉，關染坊轎坊和收桐油，朱砂，水銀，白蠟，火漆，五棓子的大小莊號，生產出售水上人所不可少的竹木貝器及大小船隻上所必需的篙櫓竹纜，銅鐵頭，大小鐵錨，雜物店鋪，在這條河街上都佔有一定的地位，各有不同的處所。最動人的是那些等待主顧，各用特製木架支撐，上蓋草棚，身長五七丈的大木桅，和倉庫堆店堆積如山的作船帆用的厚白帆布，使人聯想到它們在「揚揚扁斛船」，彩舌描白虹」三桅五艙大船上應用時的壯觀景象和偉大作用。不覺更令人神往傾心。

這條河街某一段是什麼樣子，有什麼東西，發出什麼不同氣味，到如今我都還記得清清楚楚。這個城市在經濟上和軍事上都有其重要意義，因此抗日戰爭末兩年，最激烈的一役，即中外報刊記載所謂「中國疑倉爭奪戰」的一役中，十萬戶人家終於在所預料情形下，完全毀於炮火中。沅水流域竹木原料雖特別富裕，復興重建也必然比中國任何一地容易。不過那個原來的水上美麗古典城市，有歷史性市容，有歷史性人事，就已早於劇烈火焰中消失，後來者除了從我過去作的簡單敘述，還能得到個大略印象。此外再也無從尋覓了。有形的和無形的都一律毀掉了。然而有些東西，卻似乎還值得用少量文字或在多數人情感中保留下來，對於明日社會重造工作上，有其長遠的意義。

沈从文《一个传奇的本事》的一段手稿，描写毁于战火的美丽古典城市——常德府。城市虽然毁掉了，但却在沈从文的文字中留下她不朽的名字。

的熏陶、感染，对外间世界也有“兼容并包”的气度，“从不排斥拒绝不同方式浸入生命的任何离奇不经事物”，丰富他的人生阅历及写作泉源，而他本人并不受那些光怪陆离习气所沾，也显示他独立人格和超越世俗观念的写作态度。

在20世纪上半叶，他已洞彻世态炎凉，对于那些“马上得天下还想马上治天下的英雄伟人”，因寄生细菌的巧佞和谎言繁殖迅速，而构筑的新时期雕像——仿如骑在青铜熔铸的骏马上，地基牢固。哪怕这些人因精通“世故哲学”而被哄捧为“命世奇才”，和那些已不存在帝制时代而自以为“帝王师”，在时代巨变的洪流，“同地震海啸相近而来的地覆天翻中，只剩余一堆残迹”。沈从文这一预见从20世纪末时局的巨变，得到了印证。

沈从文对以上所述的投机取巧的人生取向，嗤之以鼻，他选择了另一条道路，脚踏实地再“认真些写写那些生死都和水分不开的平凡人平凡历史”，由此去体验他“一点不平凡的人生”。

至于沈从文冀望他有二三十年安定的真正写作自由，不过是他的一厢情愿，像他这样甘于以摇笔杆为生的一介文人，却因政治原因而被迫辍笔，是他始料不及的。

现代文明的沉沦

沈从文自己说的，他的理想，其实很卑微。他在一篇文章写道：“这世界上或有想在沙基或水面上建造崇楼杰阁的人，那可不是我，我只想造希腊小庙。选山地作基础，用坚硬石头堆砌它。精致、结实、匀称，形体虽小而不纤巧，是我理想的建筑，这神庙里供奉的是‘人性’。”

沈从文的作品贯穿他执着的文学观。在凡事凡物（包括作品）均打上阶级烙印的年代，沈从文把刻画人性奉为写作的准则，是有他的大勇和大愚，后者被时人目为不识时务者。

正如朱光潜先生所指出的：“在真理的长河中，是非就终究会弄明白的。”

历史是公允的，沈从文的文学成就，已随着历史的滔滔长流，越益焕发出光彩。

在这一个节骨眼上，又显出沈从文大愚之外的大智了。

沈从文在他过去的作品中，孜孜不辍地追求“真美”和“真善”。

这除了指作品境界的美与善外，还包括人性的率真和“向善”的一面。

沈从文认为，好的文学作品，除予人“真美的感觉”以外，还有一种引人“向善”的力量。

沈从文这里所说的“向善”，并不是属于社会道德的“做好人”的习念，而是另有含义的：“读者从作品中接触了另外一种人生，从这种人生景象中有所启示，对‘人生’或‘生命’能作更深一层的理解。”

沈从文反对社会上单方面强调“做好人”的乡愿式的道德观。他觉得这方面的功能应从社会教育方面着手，不必求诸文学作品。

文学作品的功效是属于另一个层次的，“如像生命的明悟”或激发生命离开一个动物的人生观（如饱食暖衣）、“向抽象发展与追求的兴趣或意志”。

沈从文认为这才是“人类一切进步的象征”。

然而，只有小说才可以担当这种任务，道理是“小说既以人事为经纬，举凡机智的说教，梦幻的抒情，一切有关人类向上的抽象原则学说，无一不可以把它综合组织到一个故事发展中”。

沈从文认为文学作品，应该抽离动物性的人生观，对人生或生命做更深一层的理解。

其用意是一个作家，不光是能对社会现存秩序与实际人生的矛盾应有深刻的观察，还应该进入哲学层次去探究。

以沈从文的作品为例，一面是表现“城里人”在“现代文明”

桎梏中的挣扎、沉沦（如他的作品大力抨击城里人 —— 绅士淑女的人性扭曲：庸俗、腐化、自卑、自大、自私、虚弱、作伪），一面则表现湘西“乡下人”植根古老文化的质朴的人性美（如剽悍、刚健、勇迈、诚实、慷慨、热情、好义、乐施的“人与自然契合”的产物）。

贯穿沈从文作品的创作思想，是在城市与乡村两个世界的对立中建构的。人神的统一与分裂、人与自然的契合与人性的扭曲、原始生命力量等等，所有这些对人生的观察，已使沈从文进入哲学的领域。

充满诗意的小说

以沈从文《七个野人和最后一个迎春节》为例，所揭示的是原始生活的美好，“青年过去男女全得做工”“没有乞丐盗贼”、不用向官府“纳税”，自从汉族官府建立后，“好风俗为大都会文明侵入毁灭”。

故事以七个坚持“原始生活”的野人在与官府的对抗中，最终被杀害而提出愤懑的抗诉。

在另一篇作品《龙朱》中，沈从文刻意歌颂未被文明异化的苗族爱情：“在此习惯下，一个男子不能唱歌他是种羞辱，一个女子不能唱歌她不会得到好丈夫。抓出自己的心，放在爱人的面前，方法不是钱，不是貌，不是门阀，也不是假装的一切，只有真实热情的歌！”

现代人的财、貌、门第、作伪，不是苗族人所追求的爱情的东西，他们所要的是一种原始、自由、无羁的婚姻形态。

为沈从文所嘉许的湘西原始文化，相对充满奸诈、虚伪甚至罪恶的“现代文明”，湘西人“他们愿意自己自由平等的生活下来，宁可使主宰的为无识无知的神”。

沈从文的作品追求一种纯美的、诗意的境界。

1941年夏，沈从文在西南联大国文学会演讲，在以“短篇小说”为题的讲演中，特别强调在短篇小说的创作中，诗的抒情是至为重要的，“尤其诗人那点人生感慨，如果成为一个作者写作的动力时，作品的深刻性就必然因之而增加。”

所以，沈从文认为，“从文字学文字，个人以为应当把诗放在第一位；小说放在末位。”

他又称：“由于对诗的认识，将使一个小说作者对于文字性能具特殊敏感，因之产生选择语文的耐心。”

沈从文自己也是身体力行的。

沈从文从事文学活动，是从收集民间诗歌——包括山歌、民谣开始的。

他编了《镇筸的歌》和《乡间的夏》。

他曾为这些民间诗歌的意境所迷醉，认为这些清纯朴实的诗歌，比之现代人所用的“云雀、天使、夜莺、拥吻”等要形象和生动得多。

后来他在湘西军队的表弟又为他搜集了二百多首山歌，沈从文还把其中的四十一首加以注释、评介。

以下兹录《乡间的夏》中的一首，题为《哪个晓得他们为的什么事？》：

或者是热气攻心，
或者是赶路要紧；
老庚们一个二个，

脑壳上太阳边汗水珠像黄豆子大颗大颗。

是吗！躲仔到水中去摸鱼，筑坝，浇水，打哈哈。

看热闹的狗崽它倒“温文尔雅”。

在那刺栎树下摇尾巴。

这首民歌读来朗朗上口，是一帧夏天乡间的掠影 —— 挥汗如雨的赶路人，逐鱼鸟浮沉的村童，悠闲自若的流浪狗，比起佶屈聱牙的西洋诗来得浑然天成。

沈从文的短篇小说，是充满了诗情画意的，而且往往在小说的开首，便能营造出一种诗的境界，如《贵生》:“贵生在溪沟边磨他那把镰刀，锋口磨得亮堂堂的。手试一试刀锋后，又向水里随意砍了几下。秋天来溪水清个透亮，活活地流，许多小虾子脚攀着一根草，在水里游荡，有时又躬着个身子一弹，远远地弹去，好像很快乐。贵生看到这个也很快乐。”

秋水“活活地流”，小虾“躬着个身子”，就有点民间诗歌的味道。又如《松子君》，一开头便把六月的炎夏勾活了:“是这样不客气的六月炎天，正同把人闭在甑子里干蒸一样难过。大院子里，蝉之类，被晒得唧唧地叫喊，狗之类，舌子都挂到嘴角边逃到槐树底下去喘气，杨柳树、榆树、槐树、胡桃树，以及花台子上的凤仙花、铺地锦、莺草、胭脂，都像是在一种莫可奈何的威风压迫下，抬不起头，昏昏的要睡了。”

不客气的炎夏、被晒得唧唧叫喊的蝉类、逃到槐树下喘气的狗、昏昏欲睡的花树，在在描出慵懒的暑夏！

与“乡下人”血肉相连

在沈从文的小说中，往往可以读到诗意的文字，有些更如电光石火，闪烁着睿智的异彩，令人吟诵再三，如《第一次作男人的那个人》，写一个初试云雨情的少男心态，活灵活现：

> 年轻人，为了一种憧憬的追求，成天苦恼着，心上掀着大的波涛，…… 为了一度家常便饭的接吻，便用着战士的牺牲与勇敢向前 ……
>
> 读十遍游记，敌不过身亲其地旅行一回。任何详细的游记，说到这地方的转弯抹角，说到溪流同小冈，是常常疏忽到可笑的。到这时，他才觉得作一个女子身上的游记，是无从动笔。

沈从文在小说中，援引不少苗族的山歌，是恣情的，奔放的，不乏画龙点睛，如在《媚金·豹子·与那羊》写媚金与豹子热烈的恋情：“红叶过冈是任那九秋八月的风/把我成为妇人的只有你（媚金唱）。”“纵天空中到时落的雨是刀/我也将不避一切来到你身边与你亲嘴（豹子唱）。”

在这里，不妨援引沈从文的研究专家金介甫教授的评语：

> 沈从文小说中的湘西世界，像福克纳小说中神秘而丰富的美国南方，充满了诡异、绮丽、粗犷、激烈、放纵而又不驯的地方色彩。
>
> 沈从文，以他独特的思想和情感，顽强而孤独地在激荡的中国现代史中，生活、感受、行动和写作，用他独特的、

时而“乡土”，偶尔“现代”地，以他那经百折而不死的文学，为中国湘西和楚文化树立了斑斓、温柔、瑰奇而又神秘的传统。

对于沈从文的作品，评者喜欢把它归入“乡土文学”，因为他的作品有着传统农村的风味。

沈从文的作品基本具有本土性的一面，他写士兵、部落民族、村夫、码头工人、水手、妓女、小商小贩、农民、村妇……都是名不见经传的小人物。

但在沈从文笔下的这些小人物，都是有血有肉、可亲可爱的，他们有勇敢、正直的人性的光辉的一面，也有愚昧无知和粗鲁的一面，沈从文与其他作家迥然不同的，是他连这些小人物的负面也不忍苛责，而是以宽容谅解的态度视之，显现他博爱的精神。

他对他熟悉的湘西的乡下人，乃至一景一物，是倾注全然的爱心，那份深沉的爱意，就像慈母一样，把溺爱的子女的缺点轻轻放过。

显而易见地，沈从文连篇累牍地以湘西民间风情入题材，用意是批判俗世社会畸形的现象，他力图从城市走出来，进入大自然的山光水色、贫瘠而宁谧的农村或僻壤——部落文化的浪漫境界。

“乡下人”一直与沈从文的作品血肉相连。

在20年代末期，沈从文的作品曾以较多篇幅着墨于湘西军队的粗鄙背德的生活，探讨城市青年爱情的问题，特别对城市中产阶级的揶揄批判，如《绅士的太太》《阿丽思中国游记》。

这一时期，沈从文开始不依文法写作，宣称他已从任何文学形式的桎梏中解放出来。

沈从文这一时期的作品很可能受到史坦纳（Laurence Stem）和

讽刺作家史威福特（J.Swift）等的影响。

30年代，沈从文的文风又转入写实的路子，如《春》《风子》《长河》，都是本土味很浓的作品。

这一时期，沈从文作品语言和文字均十分优美、温煦，从而被誉为文体派的作家。踏入40年代，沈从文已开始从弗洛伊德和乔伊斯吸收创作养分，如他的《看虹录》，仍然可以看到这一痕迹。但这不过是偶然为之而已。

在乡土与现代之间，沈从文是宁取前者。譬如他的代表作《边城》，是一首浓浓的乡土之赞美歌，即使金介甫教授称其作品含有弗洛伊德学说的弦外之音，也不过是美丽的巧合，并不是沈从文的本意。

沈从文的作品还是地道的“乡下人”的作品。正如沈从文自己所说的：“虽然也写都市生活，写城市各阶层人，但对我自己作品，我比较喜欢的还是那些描写我家乡水边人的哀乐故事。”

沈从文的感情同他家乡那条沅水和水边的人们是不可分的。

沈从文爱情的甜杯与苦杯

我行过很多地方的桥，

看过许多次数的云，

喝过许多种类的酒，

却只爱过一个正当最好年龄的人。

——沈从文

顽固地爱着她！

我在写沈从文的感情故事时，沈从文的助手王亚蓉建议我先把近年出版的《沈从文家书》《沈从文家事》读完才动笔。读罢这两部书，我的心情是异样地沉重。

一直以来，沈从文都称自己是一介“乡下人”。

但，这个“乡下人”兼具湘西苗人的淳朴和苗裔强悍的性格。这也包括对感情生活的执拗及对爱情矢志不移的追求。

沈从文“只爱过”的人，正是后来成为他夫人的张兆和女士。

论者在评述沈从文这段姻缘时，提到沈从文对张兆和发动锲而不舍的恣情追求，与他平常木讷嗫嚅的性格，迥异相背。

沈从文温文尔雅的外表举止，掩盖了那一颗择善固执的不羁之心。

张兆和是大家闺秀，父亲是教育界名人——苏州乐益女子中学校长张冀牖，曾祖父张树声历任两广总督和代理直隶总督。

张氏四姐妹都乃大家闺秀，才貌过人，知书识礼，诗词歌曲（昆曲）样样精，遐迩知名。

其时的张兆和刚巧十八岁，婷婷袅袅，美丽娴雅，在上海中国公学念书。

从未进过大学、行伍出身、只有小学文凭的沈从文，由著名诗人徐志摩的极力推荐，被破格聘为这间大学讲师。

张兆和出众的仪表和高贵的气质，使上大学部一年级第一堂现代文学课的老师沈从文，为之惊艳不已，神魂颠倒，连课也讲不上来，只好讷讷在黑板写上“见你们人多，怕了”字眼作为搪塞。

一见钟情的沈从文，内心掀起澎湃的感情浪花。

自此后，这个“乡下人”情不自禁地向少女发出一封封求爱的情信，展开了一段漫长曲折的师生恋。

说起写情信，原是沈从文的拿手好戏。在30年代，沈从文曾替表哥——画家黄永玉的父亲，捉刀写情信给表哥心仪的湖南师范美术系女生，情文并茂，从而打动了女方，让表哥最终赢得美人归。

举凡中外名家的情信，大抵都是有点肉麻兮兮的，也许唯其如此，才能打动异性的芳心。

沈从文也深谙个中的窍门，他也是靠情书赢得佳人的。

且看他是怎样写给心上人“三三”的（“三三”是张兆和的小名，因她在众兄弟姊妹中，排行第三）——

> 我曾做过可笑的努力，极力去同另外一些人要好，到别人崇拜我愿意做我的奴隶时，我才明白，我不是一个首领，用不着别的女人用奴隶的心来服侍我，却愿意自己做奴隶，献上自己的心，给我所爱的人。我说我很顽固的爱你，这种

沈从文于家中（聂华苓 1980 年摄）

话到现在还不能用别的话来代替，就因为这是我的奴性。

三三，莫生我的气，许我在梦里，用嘴吻你的脚，我的自卑处，是觉得如一个奴隶蹲到地下用嘴接近你的脚，也近于十分亵渎了你的美丽。

…… ……

一个堂堂的教授，对一个自己的女学生做出奴隶般的表白，可见他爱的疯狂，愿意为爱豁出一切，包括尊严。

但是，沈从文心目中所塑造的女神，对沈从文排山倒海般的情信，竟然不屑一顾，在同学们的窃窃私语中，三三索性把沈从文给她的一大摞情信送到校长胡适的手上。

受西方教育的胡适，不仅没有认同眼下学生的投诉，反而劝喻这个女学生就范，还替沈从文美言，夸奖沈从文自学成才，具有很高的文学成就云云。

胡适甚至开宗明义地说：“他顽固地爱着你。”

女学生却不为所动，断然地说：“我顽固地不爱他！”

眼看伊人心坚如铁，胡适只好劝沈从文急流勇退：“这个女子不能了解你，更不能了解你的爱，你错用情了。”

流淌着苗裔好勇性格血液的沈从文，仍然不气馁。当他转到青岛大学教学期间，仍然死心不息地一径给在上海的三三写情信。

这一时期，沈从文经过一番反省，换一种较温和平实的手法来写：“我希望我能学做一个男子，爱你却不再来麻烦你。我爱你一天总是要认真生活一天，也极力免除你不安的一天。为着这个世界上有我永远倾心的人在，我一定要努力切实做个人的。”

沈从文的两次自杀

对一个四年来从未间歇给自己写情意绵绵的信的教授，张兆和到底不是一块顽石，她终于被打动了：“自己到如此地步，还处处为人着想，我虽不觉得他可爱，但这一片心肠总是可怜可敬的了。”

张兆和以上写在日记中的话语，是内心的真正表白，他虽“不可爱”，却有一片日月可昭的心肠，令她感到可怜和可敬，为他的精诚所感召，终于悄悄地打开紧闭的爱情之门。

沈张这段姻缘后来的发展，并不如外界所想那么圆满。其一，他们的结合，于女方来说，一直处于被动，不尽是心灵的默契。

两人出身背景反差太大，此其二。

爱以文人入小说题材的钱锺书曾写道：“他在本乡落草做过土匪，后来又吃粮当兵，其作品给读者野蛮的印象；他现在名满天下，总忘不掉小时候没好好进过学校，还觉得那些‘正途出身’者不甚瞧得起自己。”（钱锺书:《猫》）这也暗喻沈从文因出身背景而被奚落，令他产生自卑心态。

当时沈从文被聘为大学教授，国学大家刘文典及著名诗人穆旦（查良铮）曾公开表示轻蔑和非议。

我们不知道这种歧见是否在张兆和的心里留下阴影。

婚后两人的生活起初是绸缪甜蜜的。

这段童话般的爱情激发沈从文极大的创作动力，使他写出经典小说《边城》，小说中黑而俏丽的女主角翠翠，隐约有着张兆和的影子，张兆和在大学期间曾被许为“黑凤”。

沈从文初婚不久，因母亲生病，走一趟湘西，所谓小别胜初婚，其间两人因距离而更恩爱，书信来往不辍，情意绵绵，在沈从文后来出版的《湘西书简》中可见一斑。

在那一年寒冬，张兆和担心二哥（张兆和对沈从文的昵称）的身体，沈从文安慰着三三，深情款款——

> 长沙的风是不是也会这么不怜悯地吼，把我二哥的身子吹成一片冰？为这风，我很发愁，就因为我自己这时坐在温暖的屋子里，有了风，还把心吹得冰冷。我不知道二哥是怎么支持的。—— 三三
>
> 三三，乖一点，放心，我一切好！我一个人在船上，看什么总想到你。—— 二哥

抗战全面爆发了，1938年后，沈从文被迫离开北京，南下西南联大教学，张兆和没跟随，留在北京照看孩子。这期间他们也写信。

从另一部《飘零书简》可见这一期间两人的感情开始起着微妙

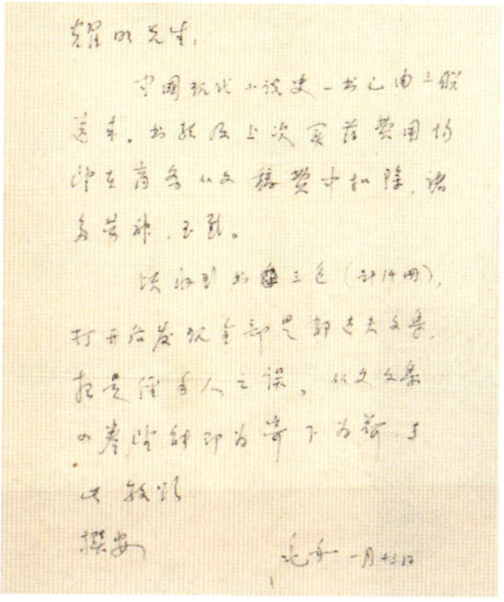

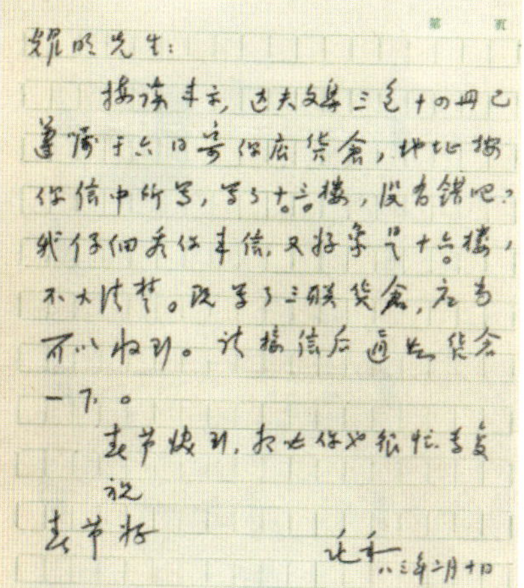

耀明先生：

接读来示，达夫文集三套十四册已遵嘱于六日寄往店货仓，地址按你信中所写，写了十六楼，没有错吧？我仔细看你来信，又好象是十六楼，不大清楚。既写了三联货仓，应当可以收到。请接信后通知货仓一下。

敬礼

兆和 八三年二月十日

彦火注：

这是我珍藏的沈从文夫人张兆和女士的两封信。1982 年我任事的香港三联书店与花城出版社联合出版了《沈从文文集》《郁达夫文集》。书出版后，书店货仓把两套文集邮寄地址张冠李戴，弄错了。

耀明先生：

这里已见到香港文汇报郁沈文集出版广告，不知何时可以见到样书？现在有几件事，劳你代为询问一下。从文想知道，书店准备赠送作者样书多少本，作者本人订购，有无优待？按照什么价格计算。我们想订若干部赠送亲友。赠送国外朋友部分，想请你们直接寄去，地址写下次信中一并寄上。诸多烦渎，为谢。耑复。余不一一，此致

敬礼

张兆和代书 三月十五日

最初我以为只收藏沈从文夫人张兆和女士两封信，后来又发现了一封，是张兆和代沈从文查询《沈从文文集》的作者样书、作者订购优待折扣。我将信转香港三联书店总经理萧滋批示。萧的批示不付稿费，只送样书 20 套。

1983年沈从文居住条件有所改善，沈夫人也可以住到一块了。（彦火摄）

变化。张兆和的信里谈的多是家计、小孩、生活的艰难，埋怨沈从文“打肿了脸充胖子”“不是绅士而冒充绅士”……沈从文则怀疑张兆和已经不爱他，因她一直托词不南下相会，套沈从文的话，总是“迁延游移”，自此两人之间不期然出现了缝隙。

中国内地解放前后，对沈从文是一个噩梦，与他有夙怨的郭沫若首先发难，于1948年3月，在香港的《大众文艺丛刊》以《斥反动文艺》为题，指沈从文背离左翼，是“桃红色作家”“一直是有意识地作为反动派而活动着”。

在当年文坛具有权威地位的郭沫若作出以上批判，对沈从文是一记致命打击。

迨至大陆解放前夕，沈从文已意识到处境不妙，自称“我写的全是要不得的”“我说的全无人明白”（刘红庆:《沈从文家事》），顿感前途渺茫，而萌生自杀的念头。

据他的大儿子沈龙朱说，他父亲企图自杀过两次。一次是想以触电自杀不遂，另一次是以刀片割脉——割手腕、脖子，弄得到处是血，被送到医院抢救过来。

这期间，连家人都认为他精神失常。

在现实面前，沈从文知难而退，钻进了故宫的“故纸堆”，去开创另一番文化事业。即使是这样，妻儿也并不欣赏，曾质疑他从事的“是没有什么意思”的工作，是“老古董”。

一片冰心在玉壶。妻子和孩子们对丈夫和父亲的真正认识是在他身故以后的事。1999年8月23日，沈从文逝世十一年，张兆和在《沈从文家书》的《后记》写了下面的话：

> ……从文同我相处，这一生，究竟是幸福还是不幸？得不到回答。我不理解他，不完全理解他，后来逐渐有了些理解，但是，真正懂得他的为人，懂得他一生所承受的重压，是在整理编选他遗稿的现在。过去不知道的，现在知道了；过去不明白的，现在明白了。他不是完人，却是个稀有的善良的人。对人无机心，爱祖国，爱人民，助人为乐，为而不有，质实素朴，对万汇百物充满感情。

张兆和不免悔疚地说：“太晚了！为什么在他有生之年，不能发掘他，理解他，从各方面去帮助他，反而有那么多的矛盾得不到解决！悔之晚矣。”

可见人与人之间的藩篱，是很难逾越的，夫妻已然如此，更遑论其余！

恩义情仇——说沈从文丁玲的关系

你是一切生命的源泉，
光明跟随在你身边：
男人在你跟前默默无言，
好像到上帝前虔诚一片——
在你后边举十字架的那个人，
默默看着十字架腐朽霉烂。

——沈从文：《呈小莎》

研究沈从文的汉学家金介甫教授，经过一番考证功夫，证明这是1926年3月沈从文写给丁玲的一首爱情诗。

“小莎”许是沈从文对丁玲的昵称。丁玲的代表作是《莎菲女士的日记》，也许与此有关。

可惜，后人对金介甫这一重要的发现，并没有太多的关注，或予以忽略了。

沈从文与丁玲份属湖南老乡，他出生的凤凰城与丁玲的出生地安福，共饮一条沅水，可说毗邻而居。

沈从文认识丁玲比后来邂逅张兆和早得多了，那是1925年，是胡也频荐引的。

一副颀长的身材，加上举止彬彬的沈从文，在丁玲心目中是否留下美好的印象，我们不得而知。

以丁玲叛逆的性格，她不大可能是一个以貌取人的女性，她

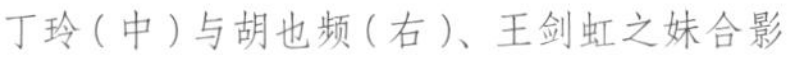

丁玲（中）与胡也频（右）、王剑虹之妹合影

1931 年胡也频遇难，丁玲送她与胡也频生的女儿返湖南时与母亲合影。

之与胡也频的结缡，以至后来不惜作为第三者之热恋的冯雪峰，都是其貌不扬的，特别是后者，“他生得很丑”（丁玲对美国记者尼姆·韦尔斯的谈话）。

倒是沈从文在《记丁玲》中对丁玲的形象描述基本是正面的：“圆脸长眉大眼睛的女孩子”，至于文字中提到她不爱修饰、有一点男人气质，正是“五四”以迄新时代女性的风范。

沈从文认识丁玲时，丁玲已与胡也频恋上了，之后三人成为好朋友，并“同住”（沈从文称）在一个公寓单元内，相信丁沈的关系之维系，更多是对文学共同的兴趣。

换言之，沈从文当年如果心仪丁玲，更多是精神上的单恋，因为他并没能挤进丁玲的感情旋涡之中。

沈从文感情生活最光辉的一页，是他后来追求张兆和获得的圆满结局。然而，晚年与他生命牵连最大的、坊间窃窃私议话题最多的却是丁玲。

他与丁玲的私人恩怨中，其实也夹杂了感情的成分。

记得70年代末，我在编《海洋文艺》的时候，沈从文寄来一篇文章（题目名忘记了），写他在胡也频被国民党枪杀后，如何向徐志摩筹措路费，如何假借丈夫的名义，冒着生命危险，于1931年2月护送丁玲母子安全返湖南常德家乡，最终延误了返学校教书的期限，因而丢掉了饭碗。

同样的内容，他在《记胡也频》一文中也写过，不过更具体而微了。

当时沈从文在上海中国公学任教，胡也频被捕后，沈从文陪着丁玲四处找包括胡适、陈立夫等人营救，沈从文还亲自陪同丁玲到龙华监狱探监。

即使在沈从文疯狂追求张兆和的时候，沈从文也没有疏远与丁玲的来往。

沈从文在误传丁玲遇难后，不光写了《记丁玲》，还写了一篇揄扬丁玲的小说——《三个女性》，通过对三个女性的描述，侧面颂扬遇害女子（暗喻丁玲）的“朴素不矜持”的开朗性格和“革命吃苦”的精神。

在《记丁玲》中，沈从文对丁玲的评价虽然是肯定的，但是他为了加强内容的趣味性，和更加如实反映心目中丁玲恣情的一面，书中对后者的着墨也不乏其多。

其中惹怒丁玲的地方如下：

> ……她的年岁已经需要一张男性的嘴唇同两条臂膀了。……倘若来了那么一个男子，这生活即刻就可以使她十

分快乐。

她的年纪已经有了二十四岁或二十五岁，对于格雷泰·嘉宝《肉体与情魔》的电影印象则正时常向友朋提到。来到面前的不是一个英俊挺拔骑士风度的青年，却只是一个相貌平常，性格沉静，有苦学生模样的人物……

在《记丁玲》中，沈从文对丁玲喜欢的男人，都没有好感，甚至有刻意贬低之嫌。其中他特别提到后来丁玲与之结合的冯达，只是一个“小白脸”而已，沈从文曾劝丁玲不要嫁给他。冯达后来成为“国民党的特务”。相信，沈从文的这一笔戳到了丁玲的伤痛处。

即使这样，沈从文在《记丁玲》中，也为任性的丁玲解了围：

因为她知道必须用理性来控制，此后生活方不至于徒然糟蹋自己，她便始终节制到自己，在最伤心的日子里，照料孩子，用孩子种种麻烦来折磨自己精力与感情，从不向人示弱。

如果通读沈从文的《记丁玲》，也隐约可窥见沈从文对丁玲包含着爱慕和关切之情，只是他不喜欢丁玲所交往的男人，并借题发挥而已。

沈从文早年写的《一个传奇的本事》，其中谈及湘西常德孕育的名人，第一个就是“女作家丁玲女士”，然后才提到法律学者戴修瓒、国学前辈余嘉锡，可见丁玲在沈从文心中的地位。可是，在丁沈关系破裂后，这段话却被悄悄删掉了。

丁玲的开放、自信、豪迈、敢爱敢恨、政治立场鲜明的性格，与沈从文的内敛、温文、怕事、政治冷感，可谓南辕北辙，也许对沈从文来说，这种反差反而造成异样的吸引力。

至于丁玲的爱情观一点也不浪漫，她曾老夫自道地说：

> 爱情是一个可笑的名词，那是小孩子的一些玩意儿，在我看来感觉得有些太陈旧了。一个二十五岁以上的人，若还毫不知道羞耻，把男女事看到那么神秘，男的终日只知道如何去媚女人，女的则终日只知道穿衣服、涂脂抹粉，在客厅中同一个异性玩点心灵上的小把戏，或读点情诗，写点情诗，消磨一个接一个而来的日子，实在是种废料。

相信，丁玲视沈从文充其量是一个道义相存的知交。

沈从文在情绪最低潮的时候——被称为“精神失常”的时候，丁玲偕夫婿陈明去探望他；50年代，丁玲还为生活拮据的沈从文送去二百元人民币（在当时是一笔大数目），可见丁玲对沈从文也是眷顾的。

丁沈的交恶，是始于1979年深秋，当时，研究丁玲的日本汉学家中岛碧女士拜访丁玲，并赠送丁玲香港版《记丁玲》。丁玲才知在世上曾有过这一部书，她细阅后为之勃然大怒，并在全书作了一百二十条批示。

批示的内容套丁玲的话是，她不能忍受沈从文对左翼革命者加以歪曲和嘲弄，和用一己的眼光和低级趣味来描绘丑化她的人格形象和生活。

其实，丁玲最不高兴的是沈从文对她过去的感情生活说三道四，进行揭秘式的描述。

1981年初，丁玲借纪念《胡也频》文章，首先对沈从文提出指责：

丁玲于1981年12月赴美国途次香港时摄（彦火摄）

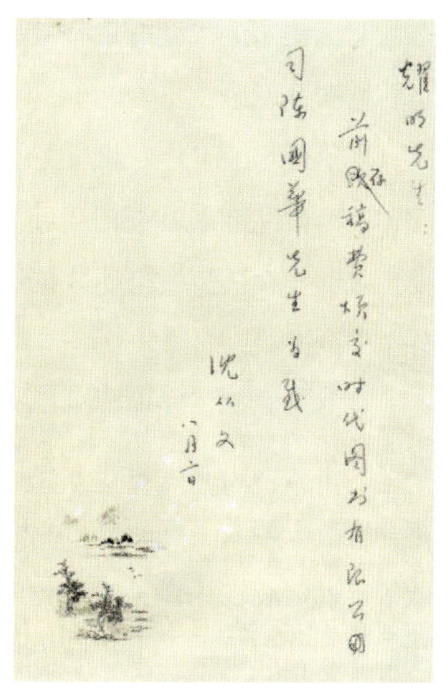

耀明先生：

前账稿费请交时代图书有限公司陈国华先生为感

沈从文

八月六日

彦火注：1980年8月沈从文给彦火（潘耀明）的便条

> 他（指胡也频）曾是一个金铺学徒，有劳动人民的气质。他不像有些绅士或准绅士，戴着有色眼镜看世界，把世界全看扁了，卖弄着说点有趣的话，把才能全表现在编纂故事上，甚至不惜造点小谣，以假乱真，或者张冠李戴，似是而非，哗众取宠。

从上述文字可见，丁玲是笔下留情的。到了1983年4月，丁玲访问巴黎，被记者围问之下才大为生气，公开表示沈从文写的“那本《记丁玲》全是谎言”，是小说，着重在趣味性。

沈从文并没有公开回应，只在给好友徐迟的长信中提到，“有个大作家骂我，我想我有两个地方做得不好，一是把她留在台湾的那个人写了出来，二是嫌我举她举得不够高。”这封信直到沈从文去世后才被发表。

到了晚年，丁玲对沈从文已不太记恨了，她在给友人的一封信中还表示：“去年我在厦门读过一篇批评这本书的论文，我也建议不要发表，实在认为他也受过一些罪，现在老了，又多病，宽厚一些好了……”

1981年仲春，我在广州与沈从文夫妇及其助手会晤，商谈《沈从文文集》的出版，谈到丁玲时，沈先生并没有太大的反应，他也不讳言过去两人是好朋友。如果我的直觉没有错，沈先生还是很喜欢丁玲的。我在处理《沈从文文集》稿件的过程中，曾看到丁玲早年的照片，照片中的丁玲是颇活泼可爱的，丰润饱满的脸膛衬了一双大而清澈的眸子，挺逗人喜欢的。

我相信，假如没有上面那一段曲折的原委，丁沈这段生死之交，应该不是这样的结局。

沈从文《中国古代服饰研究》成书故事

我相信公是公非，因此有把握地预言从文的文学成就，历史将会重新评价，而他在历史文物考古方面的卓越成就，也只会提高而不会淹没或降低他的文学成就。

—— 朱光潜（1982年3月）

毅然弃文学做故宫讲解员

沈从文先生的助手王亚蓉女士因我多次拜访老人家，一再鼓励我多注意沈从文在中国服饰研究方面的贡献和成就。

对此，我心存芥蒂。对服饰研究，自己是真正的门外汉，远观勉强可以，近看殊不容易，入门更是戛戛乎其难。

但是，综观沈从文毕生事业，他的服饰研究成就不可能不提，值得大书特书。

美国汉学家金介甫教授评论沈从文的一生，认为有三个沈从文，一个是做士兵的沈从文，一个是作家沈从文，一个是研究文物的沈从文。

研究文物的沈从文显然知道时代不同，他难以适应“遵命文学”的政治大气候，早早自我封笔，一头钻入故宫博物院，甘愿从一个讲解员做起，熟悉古代文物。

对于沈从文的文学成就，人们较了然，但对沈从文在历史文物考古上的卓越成就，因是另一门更高深的学问，所知不多。

沈从文从50年代开始，埋头于对中国传统文物、民族艺术的研究整理，并且写下了皇皇巨著，其中包括《中国丝绸图案》（1957）、《唐宋铜镜》（1958）、《明锦》（1959）、《龙凤艺术》（1960）、《中国古代服饰研究》（1981）等。

沈从文是一个谦虚的人，他生前很少谈到自己这方面成就有多大，倒是1979年在广州，有机会听到他的两位得力助手王孖和王亚蓉的辗转介绍，当时两王是陪同沈从文到广州校对《中国古代服饰研究》和洽谈花城出版社《沈从文文集》的出版事宜。

王孖是1953年认识沈从文。他从朝鲜战场返北京，参观了历史博物馆，其时沈从文是作为讲解员而认识的。

王孖曾说过，记得讲“十大关系”（1956年4月25日）的时候，还有就是谈正确处理人民内部矛盾的时候，周总理、毛主席见到沈从文，握着他的手说：你还写作吧！他婉转地回答一下（意喻不再写了）。有人评论说沈先生是太聪明了，他要是一写作，有几个沈从文也卷进去（政治运动）了，“文化大革命”这关就过不去。

套王亚蓉的话说，沈从文一头栽进博物馆，“天天在陈列室、库房文物堆中转来转去，对千万种文物，一一细加探究。以一幅社会风俗画为例，大到人物服饰、家具器皿、人事习尚以及作画材料；小至一环一佩、一点一线、一曲一伸，无不充满兴趣加以注意，他完全融化在文物考察之中了”。

沈从文在研究中国服装史的同时，搜集了不少文物资料，其中包括古人的发式、古代的家具、各种织物、皮革制品等等。令人吃惊的是，沈从文穷他的晚年，同时研究四十个专题。

沈从文工作的中国历史博物馆，那时还在故宫里面，午门上面是陈列室的一部分，他办公地点就在故宫的两朝房。

在那边工作的时候，他研究的文物比较杂，不光是研究服装，而且对历代一些工艺技术、文物制度等问题，也比较留意，沈从文研究文物，并不是解放后才开始的，解放前他在搞文学的时候，对历史和文物方面的兴趣已经很广泛了，曾写过不少有关中国古画书法评论和考证的文章。1946年、1947年就写过一篇展子虔《游春图》的文章，大胆指出这不是隋代的作品，他在这篇文章里做了大量详尽的评论和考证，才得出这个结论。他指出："这可能是唐人的《游春山图》。"

此外，他还写过一些关于书法的评论文章。

1949年后，沈从文才专心从事文物方面的工作。他有一个优越的条件，是我们现在所缺少的，即进北京后长期以来他对老北京古董店比较留意和注重。

特别是1949年后，"三反""五反"期间，那些古董店被检查的文物，有八十万件之多，沈从文被指派做这些文物的整理、清点、分类工作，因此，他对文物方面的具体知识积累得比较多。

此外，他在故宫看了很多博物馆珍藏的历代名书画，当时还跟张珩先生（中国著名书画鉴定家）共事过。

在脑海编成的"服饰元素周期表"

沈从文助手王孖文字中介绍，他1952年第一次去设在北京故宫两朝房的历史博物馆参观的时候，有位老者几天陪他参观讲解，但他不知那个讲解员就是沈从文。他陪着王孖看了一个星期博物馆的各类文物。

当年王孖参观时，对文物一点都不懂，有时候一个问题，沈先生会讲很多遍，务求解释清楚为止。这样，王孖慢慢跟他混熟了，每天中午在一起吃些简餐充饥。

七八天以后，参观完了，到分手时，王孖才请教他的姓名，当他听到“沈从文”，方大梦初醒，原来他就是大名鼎鼎的作家沈先生！

据王孖透露，过去沈从文在博物馆，中午往往只剩下他自己一个人，午饭随便买点面包或买串香蕉，吃完了又继续工作和学习。

他对研究工作是身体力行的，常常把自己关在库房里，管理员中午下班时，就把门锁起来，把他也关在里面，他还懵然不知，待到管理员回来上班开门时才发现他被反锁了，忙不迭地说对不起，但沈从文还不知道为什么管理员要道歉呢！他对钻研已完全达到忘我的境界。

沈从文还有一个特点，就是他喜欢亲自写说明卡片，他写卡片跟别人不同，别人做资料卡片，写了之后要分类，要存起来，将来再整理编排分类。但他写完就扔下，强迫自己记熟。他写一遍就强记在脑海里。

沈从文的记忆力特别好，这与他的勤奋和锻炼分不开。所以，一幅画给他过目后，他就能记得清清楚楚，例如整个内容是什么、有多少人物、穿什么服饰，连桌子上、椅子上有什么东西，属于哪一派、哪一系统，他都能了然胸中。

此外，沈从文看画的时候，常常和别的画联系起来，一进脑子里把它排列起来，互相比较。他虽然没有学过自然科学，但他的方法是很科学的，把一些问题高度系统化。

他往往把新看到的一件文物，放到脑子里存的一个“坐标”里去衡量，把纵的、横的关系都搞清楚后，便可以作出判断，决定这东西应排列在哪一个位置上。

就拿个“马镳”（商代到战国初，马镳是套在马口角两颊用绳索相连，供驭手控制马的活动的器具）为例吧，马镳，商朝时是圆

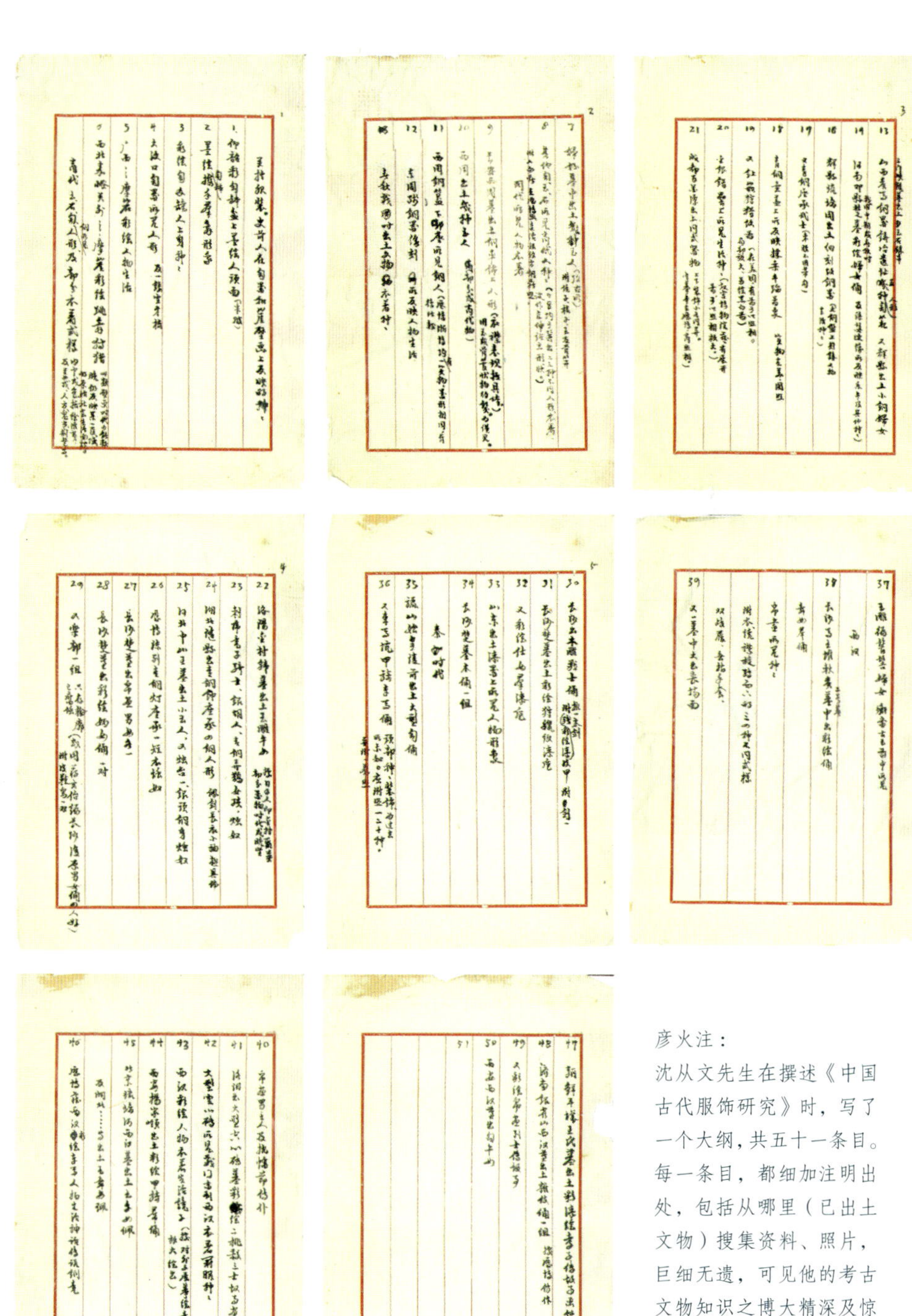

彦火注：
沈从文先生在撰述《中国古代服饰研究》时，写了一个大纲，共五十一条目。每一条目，都细加注明出处，包括从哪里（已出土文物）搜集资料、照片，巨细无遗，可见他的考古文物知识之博大精深及惊人记忆力。

形的，战国时是圆角形的，到西汉以后改为S形，跟着还出土过多种形状。在沈从文脑子里都藏着各种蓝本，所以一旦他看到马镳，就把它在脑子里排列起来，哪怕没有年代，他也可以通过对比，依形象把它分门别类，作出正确的判断，这就是他的过人之处。

沈从文研究的中国历代服装，应用他的方法对文物的断代是很有用的，由于有些文物出土发现时没有碑志，就需要正确地判断它的年代。但沈从文却能依他的丰富常识跟对服装的形制认真研究作出判定。

在他的脑海中，仿佛有一个元素周期表似的，什么文物一经他的脑，就把这个表拿来进行印证，这种考古鉴别和工作经验，是很有意义的。

沈从文写《中国古代服饰研究》之前，本身有个基础，就是他对中国古代历史文献比较熟悉，除史书外还博览过许多杂书笔记，而且他曾经深入研究过古代小说。小说反映了古代社会生活的方方面面，所以他对古代生活也比较了解，他不断将古代各类文物形象和有关历史各方面的知识比较积累。

沈从文手不释卷，对古代的典籍涉猎甚广，记忆力又强，所以他写《中国古代服饰研究》的时候，已储备的丰富知识，并非仅仅写服饰那样简单。例如他在书中提到楚国文化，不但有独特的见解，而且文笔也很生动。

在文物方面，他也不是限于某方面的专长，他的知识广博而丰富，好像对瓷器的历史、玉器的历史，以至丝绸、兵器、历代运河等的情况，他都了如指掌。因为他记忆力特别好，加之特别勤奋，工作的经历使他过目文物无数，所以形成他各方面广博的知识。

写古代服饰这本书，他就擅于选择突出一点，加以阐述，因为服装这方面的文化涉猎面比较广，须联系到当时的纺织生产、纺织技术、服装材料的纹饰、制度等等。

如果对纺织方面不熟悉，谈起来就会受到限制；光谈服装的款式，就会浮于表面，不够深刻；对当时的社会风气、流行习惯不了解也不行，甚至连一些当年细细碎碎的问题也要研究到作为一种佐证。

比如研究唐朝的服装时，提到唐朝人喜马，他就会联系到马那方面去，介绍唐朝有许多专门画马的画家，连专门画病马神态及洗马的画家也有。

唐皇室养有七十万匹御马，而让皇帝骑的马须经什么特别训练，把重重的沙包压在马背上，使它习惯重量不能调皮，皇帝骑上去才稳当安全，诸如此类，他都注意并给大家介绍到。

他写的可能只有一句话，但都有根有据，非常生动，别人读起来一点不枯燥，问题也谈得很深入，这与他敏锐的思考和文学家的手笔是分不开的。

沈从文研究唐代画中人物服饰时，也得利用他对中国古画的知识，从唐代绘画的方法，鉴定画之真伪，判断是不是唐代的。

在研究历代服饰的时候，他对古画做出了许多考证并辨别真伪，由于那些画不是专为画服装而画的，所以一张画里不光是几个人的衣服，画的场面里有乐器、道具、桌上放的物件、手里拿的东西，这些都被一一作为判断时代的考证。

由于沈从文渊博的学识，就算那张画人物穿的衣服是唐代的，但桌上摆的东西却是宋代的，他也分辨得出来，证明那张画是后人根据前人的画稿仿袭的。

周恩来下令编写民族服饰图册

沈从文助手王孖表示，一些画因辗转地描摹，不免出现一些笔误和差错。像现代人摹汉代的画，画出的人像大都偏向现代，人们鉴赏力不高时一般都想把它美化一点，改进一点，结果背景虽然是汉代的，但一经考证，都不是汉代的风格，就知道是后人描摹的。就像这类东西，都要经过周详的考据。

过去一些考证绘画的人，往往只根据笔墨怎么样、印章是真的还是假的等等，仅仅着眼于该画家本人的特点，虽然这些人的认识也很专很细，但还是不够全面。因为作假其实是不难的，若是真正下了功夫来摹，又是此中高手，有时是可以乱真的。

沈从文采取的是综合考证的办法，连画中的书法也研究过，甚至于画纸是什么年代生产的、装裱手法是什么年代特点的，特别是画的内容孰属，都作比较。他采取的这种综合考证，可靠性和准确性就大得多了。因每一个细节他都研究过，这样一来，说服力就强得多。

总之，沈从文这本书出现比较大的争议的地方也是这些部分，因这牵涉到故宫藏画的真伪问题。有些画，沈从文说是后人摹的，有人却觉得是真的。不管怎样，从学术上考虑，这是件好事，引起争论，各人发挥自己的见解，将推动文物研究事业的发展。

沈从文这个方法，是一个科学的综合的研究方法，而且这个高等的唯物研究方法，不局限于一个层面、一件事情。

《中国古代服饰研究》这本书的价值，不仅在从学术上探讨了服装方面的历史；也不仅像教科书似的告诉你：什么朝代的服装怎么样、什么人穿什么衣服。而在于：沈从文根据现有的材料，提出很多问题，有的是可以利用他的研究来肯定的，有的是给后人留下探讨的题目和信息。

例如，殷商时期的人物形象，有的像亡国君被俘虏的形象，有的像奴隶主本身的形象，有的像个王子被当作人质臣仆处理的形象，对于这些他提出很多问题来，供后人继续探索。他书中的观点，不是专门介绍一段历史那么简单，他是作为探讨和研究历代服装问题来写的。

《中国古代服饰研究》原来计划写几部，第一部作为试验，还将写出若干部专史著作，譬如写宋代的、元代的服装研究。

现在是根据出土的、传世的画和艺术品的形象材料来反映及探索服装问题。所以，沈从文的计划是第一本先把年代排列出来，因为要研究古代服装，是没有现成的服装材料的，现在沈从文排出周期来，作为推断年代的一个表，以后发现的服装，就可以和它对上号，方便今后的人作研究。

他打算编一部中国服装的图谱，作为工具书，供今后的人研究时有个系统的资料。原来这桩工作是1964年时已开始做的了，后来被“文革”耽误了十年。1979年这本书已将有关服装部分的出土文物资料都集中起来，按时代做适当的编排，此外，每篇都有作者提出的看法，扼要的见解。

《中国古代服饰研究》的工作是怎样做起来的呢?

事情是这样的：有一次周恩来总理出国访问回来，见到当时文化部副部长齐燕铭，跟齐燕铭提及，说在国外看到许多国家都有民族服装博物馆，服装可代表一个国家的文化，关于这方面的工作，我们国家也值得做，并且印成图册，送给外宾。

对服装有兴趣的人比较多，不像甲骨文那样专门只有少数人看得懂，所以作为礼物送给外宾，是很适合的。

齐燕铭说，沈从文正在做这个工作。周总理很高兴地说：好，就把这工作交给沈从文负责。

周总理与沈从文是相熟的，当时决定调八个人给他当助手，包括有副教授、研究工艺美术的人员及搞文物的专门人员。

沈从文觉得条件还未成熟，大搞的时机未到，他自己只不过是先搞一个试验本而已。沈从文的意思是待初稿搞出来后，让大家看看好不好，然后再请人来共同搞，比较合适。

这个试验本花几个月时间就搞出来了，当时曾经送给周总理和齐燕铭过目，还有其他一些有关人士都看过。当时历史博物馆的美工组有三个人做他的助手，即陈大章、李之檀、范曾。

但历史博物馆的领导不大重视沈从文的工作和研究，可能因解放初期，沈从文曾被人批评过。人们又没对沈从文做深入的了解，在成见之下，对他的工作不大支持，所以他精神很苦闷。

沈从文原来计划开展几项工作，当时如果条件顺利，他可以出版很多具有学术价值的著作。他不像别人，要翻查很多资料。他的文字材料及形象材料就在脑子里，随手拈来就写，个别稍微查对一下，基本上就行了。

1953年，有一个能读《山海经》的波兰东方博物馆的主任到北京，在历史博物馆考察，她提出要看铜镜，沈从文用不着查老账本，即席开出三百个铜镜的目录，摆出来后当场给她详细讲解，这位波兰专家大表惊异和钦佩。

“文革”中被打成毒草

1954年，沈从文曾发表过一篇有关胡子问题的文章，这篇文章引起不少误解和非难，评者认为在崭新的年代里，不应该研究胡子这种鸡毛蒜皮的小事，并责难沈从文不研究大问题，把学术研究引入歧途。

各朝代老年人的胡子，对于历史人物的排列，对于绘制历史画和对于文物断代，都是极有用处的。画古人胡子，绝不能按照现代画家自己的想象来画，这是不科学的，也是违反历史真实的。

那么，沈从文根据历史文物整理出历代的胡子状貌来，是很有价值和必要的，这就不会把历史人像的胡子画成今人胡子那样。但当时历史博物馆便有人起来批评，粗暴地干涉这项研究，使沈从文没法继续下去。

沈从文在历史博物馆的时候，平时要接待大量的现代生产者，如搞工艺美术设计的人员等等，沈从文是真正贯彻古为今用这个方针的。

当时的美术学院大都忽略了历史唯物观，不理解许多事物由古至今的变化，所以沈从文要花很多唇舌向这些美工人员解释，譬如画一朵牡丹花这样简单的图案，也有很多传统技法，要兼顾吸收传统，也要注意创新，但创新是不能凭空想象的。

1956年，他被聘请到工艺美术学院去讲课，他给学生讲清代瓷器，讲义拟好了，先发给学生看，授课时他不完全照讲义来讲，而是加插讲很多如何利用清代的瓷器为今天生产服务的内容。

那时沈从文年纪已有五十多岁了，很有条理，他清楚而生动地指出哪些花卉、哪些灯等可以利用到建设上来，并启发学生的思考活动。其实他当时已是古为今用的实践者了。

博物馆不应该纯粹为研究古代而设，还应为现代生产建设服务，这才是博物馆全面的工作。但当时博物馆的领导却武断地认为沈从文只研究花花草草，不研究大问题，其实沈从文一直是很认真地工作的。历史博物馆开始成立的时候，他从工作出发，写了很多大纲式的建设性的修改意见，但却长期不受重视。

直到1978年，胡乔木才把沈从文调出历史博物馆，并在历史研究所给他成立一个研究室，即古代服饰研究室。当时支持他工作的还有刘仰峤（原教育部副部长、中国社会科学院秘书长），当他知道沈从文工作条件不理想时，便和胡乔木等领导一起对沈从文的工作进一步表示关注。

胡乔木还说过，沈从文是我们国家有数的几个专家之一，不给条件做研究是不对的，现在调到我们社会科学院来，应尽可能地给他创造条件。

此外，没有合适的办公室，还专门给他租宾馆、租房子，因为科学院本身的房子在“文革”时都被占用了，挤得连办公室也没有。对沈从文的研究工作，刘仰峤、宋一平都很支持，后来梅益也很重视。

这与他在历史博物馆和“文革”期间的遭遇截然不同，当时的《中国古代服饰研究》被打成毒草，沈从文也挨斗了，“文革”时甚至还斗争齐燕铭，连沈从文的助手范曾都给他贴过好多大字报。

“文革”后期，历史博物馆宣传队领导还动员沈从文退休，不给他写。甚至想将沈从文的服饰原著文字扔掉，只出插图，这是很粗暴、很短视的做法。作为历史文化方面的领导，竟连一点文化眼光也没有，令人愤慨。

1974年，王亚蓉偶然有机会认识了沈从文并协助他的工作，沈先生为完成他的服饰书主动提出要求申请调她到历史博物馆帮助自己，历史博物馆同意调王去工作，但不批准协助沈工作，结果沈从文自己请她来帮忙，利用业余画点东西，王孖在考古所，也只能业余抽暇帮沈从文找些资料。

“文革”时沈从文被下放到湖北的咸宁五七干校，本来老弱病残者是不必下干校的，但不知为什么，把七十多岁的沈从文也下放了，到了咸宁，那边的人嫌他老迈不要他。但沈从文在北京的家已被抄了，书都被处理掉，东西就堆在院子里，卖掉的卖掉，被拿走的拿走。

1969年底，沈从文还是被赶到干校去，以他那么大的年纪，要到干校，下雨天屋漏，打着雨伞，挽着裤腿穿雨鞋，那景象多令人痛心！

本来去干校之前，他把《中国古代服饰研究》写好了，1964年，试验本已完成，连版也制好了，当时搞了二百多幅图，另加说明十八万字左右，准备1965年出版，结果因“文革”而被搁下。

“文革”时，沈从文到干校去，干校里什么书也没有，资料更谈不上，他就凭自己记忆默写、增添、补充书的内容，并修改了一部分。

1972年至1976年期间，他还弄好了三四十个服装以外各类文物的研究专题，譬如，狮子在中国、妇女坐具、熊经鸟伸……连一些初步文字资料也准备了。

拒绝求姚文元支持

《中国古代服饰研究》这本书，当时已毫无出版的希望。但沈从文却从未中断他的各种研究。一直到1957年，才听闻一点风声，说是想出这本书，但还未确定，可能不要文字部分，只出图版部分。

沈从文自己很难过，但他却没有灰心，他说，不管他们怎样出，作为他自己，把它整理成一套完整的资料留在那里，将来肯定会有用的。

那时候，姚文元还在台上，有人向沈从文提议，劝他找找江青、姚文元他们，请求他们支持一下，出版这本书。

沈从文斩钉截铁地说："我这本书不出也不找他们看。"大家很担心，害怕这话传出去会闯祸。

在这期间，沈从文仍不断继续补充了新的资料。

1972年以后，周恩来批了《考古》和《文物》的复刊——这是"文革"以后最早解禁的两种刊物，当时因为国外认为"文革"破坏了很多文物，为了把这方面的情况弥补一下，于是先复刊这两个杂志，好多新的文物资料是由这里介绍出来。

沈从文也吸收了这些新资料，陆续补充着中国古代服饰研究的内容。

现在看来，补充的内容共增了文字七万字，全书共达二十五万字左右，增加的图片也不少，有些旧图片被换掉，又加进很多新图片；学术方面，再稽查了一些文献，观点比以前更精确了。

这本书的特点不在于引经据典，主要是把考古、出土物和文献三方面的资料结合起来，然后做一些比较、筛选，来弥补、修改、补充过去研究的不足之处。

全书图片的编号编至三百五十一，但一个号码往往有几幅图片，有的多至十幅，少的也有二三幅，而涉及的人物图像恐怕要上千。此书正式展开补订，已是1978年10月份的事了，这时科学院明确规定下来，给予沈从文充足的研究条件。

沈从文最感困难的时候，是在整理这本书开头的时候。当时他刚从干校回来，没有助手，书籍大部分也散失了，领导又不支持他，家里连吃饭也很成问题。

他回来的时候，沈夫人仍在干校。他生活上的一切仍要自己动手，买菜、做饭、洗衣服等等。他的研究只能利用晚上的时间来做。

这本书的修改稿，有的上面贴满了字条，反复推敲琢磨，他常常通宵不眠地工作。

平时就买点炒面充饥，一个晚上有时竟吃掉一斤，他风趣地说：“机器虽老，只要多加些油，就能不停运转。”

1976年、1977年，他到通县（离北京四十里）参加会议，商量编写中国陶瓷历史。他白天到那里开会，会方派车来接他，但他不想特殊化，跟其他人一块挤公共汽车，早上6时出发，到通县已是8时了，参加一天会议，晚上回到家里照样写东西。

大清早王孖去找他出门时，原来他还在写东西。那是北京的冬晨，天气特别冷，看来他大概是一夜没有睡觉。

“文革”中一段时间，沈从文在历史博物馆被打成“反动权威”，要他打扫地方和洗刷厕所，家被抄多次；他家里的三间房子，被别人占用了两间，只剩下一间约十二平方米的小房子。从干校回来他自己一个人住，只有一张床，床上堆满书，晚上把书往里推一推就睡下。

房间四壁，除了天花板太高用不着，到处贴满了一个个纸袋，每个纸袋里放着各种专题的资料、文字和图片。要东西用时，向纸袋里一掏就有，一目了然。

房间实在太小了，如果有朋友去找他，东挪西挪，才腾出个座位给人家坐。

他的房子连厨房也让别人占用了，回来后只得在房子的窗前小小空位处搭一个临时炉灶，结果，仅有的一扇窗也被挡住了大半，白天也得开灯照明。夏天非常燠热，因就在门口窗前做饭，条件很艰苦。

沈夫人回来后，因为房子不够住，只得分住两处。沈夫人住在《人民文学》给的房子，就在小羊宜宾胡同，而沈从文则仍住在东堂胡同那里，中间相隔三里路左右。

每天早晨，沈从文自己做早饭，中午则回沈夫人处吃，沈夫人做好饭等他，不管多忙，甚至刮风下雨，提着个篮子和书包，他一定回去吃饭。

这样一来，也有个好处，让沈从文跑跑路，舒展筋络。吃完饭，他再提着篮子回来，里边就盛着沈夫人给他做的晚饭。

他很怕沈夫人过来探他，免她挂心，因为她是爱整齐、干净的人，但沈从文在这里的生活，说得不好听一点，简直就像个“窝”一样，看上去乱七八糟。

沈夫人每次来一定给他整理，但他却怕整理，因为地方实在太小了，整也整不好，而什么东西放在什么位置，他也习惯了，一经整理过他就不能一下子找到要用的东西。因为地方小，他的书全堆在床上，每次沈夫人一来，他就马上用被单把书盖起来，不让她看到。

耗尽半生心血

为了方便工作，沈从文把自己收藏的杂志和书本都拆成一页一页，哪怕是珍本和孤本，遑论新订的书刊了。因为当时没有人帮做抄写工作，更没复印条件，唯有拆书。

他一心一意埋头钻研，毫不注重自己的日常生活，中午带来的晚饭，有时略变坏了也照样吃掉。

沈从文对年轻人特别热情和关心，不像有些作家、学者那样，怕影响自己的工作，不太愿意接近年轻人。沈从文则不一样，不管你是什么人，也不管自己多么忙，只要有人来访问，特别是年轻人，必定和他谈，而且一谈便很长很深，如果他认为问题仍未谈清楚，事后就会一封十几页的信寄去，继续给对方解释。

例如有一个搞电影的人，为了要设计服装来请教他，谈完之后，他再写一封非常详细的信，并开好供参考的目录寄去，热情感人。

晚上自己则开夜车来补偿白天用去的时间。其实这是令人惋惜的事，因他年纪已这么大了，不应该把精力用在这方面的事上。

他的学问和知识已达到如此超卓的水平，应该留下更多有价值的著作，让更多的人可以阅读和学习。眼下他的时间被部分人分掉了。所以不少人都劝他会见客人要稍微控制一下，于是他自己就写个通告贴在门上，“本人患严重传染病，最近不能见客人”，或者索性写“本人心脏病发作，遵医嘱不能见客”。

沈夫人就专门在门口给他挡驾，但当他在窗缝处看见来者是他想见的人时，就走出来，说这个人我要见、那个人我要见，这样一来，把沈夫人搞得很窘困，她常常被弄得啼笑皆非，说沈从文老让她当众出丑。这也是他们家的喜剧吧。

由于他们分住两处，生活上有很多不方便的地方。例如有人来访问，沈从文一概热情招待，往往就把吃饭的时间也忘掉了，沈夫人一直等到下午两三点钟，才见他回去吃午饭，沈从文甫踏进大门就忙不迭地向沈夫人道歉。

他们几十年相敬如宾，特别是沈从文，对夫人完全像朋友一样尊重，在现实社会里是很少见的，沈从文从来不对夫人发脾气，而且对沈夫人做的菜，总先夸赞她做得好，真好吃，最后还说一声：“谢谢。”

有时回来吃饭晚了，又道歉又检讨，沈从文检讨的机会特别多，因为他常常忘了时间。沈从文也常常说到他的工作如果没有张先生（沈夫人）的支持和谅解是不能设想的。

沈从文几年来都是自己一个人住，一直到唐山大地震后，家里人不放心，要求他搬回沈夫人处住。

当时，他曾往苏州走一趟，回来以后，体力也不行了，才搬来小羊宜宾胡同，生活上让沈夫人多照顾一些，东堂那边的小房子就用来放置书籍并让儿子居住。

小羊宜宾胡同这边房子，屋小且向西，夏天很翳热。沈从文便端一张椅子、一块面板（团面用的木板）和一个木箱到屋外，把面板架在木箱上，坐在椅子上继续搞他的中国古代服饰研究，他的临时书桌，跟着阳光照射的角度而移动，他幽默地管这叫活动办公室，说活动的空间是最大、最有弹性的。下雨天仍坚持坐在走廊里工作。

沈从文对中国前期山水画的研究，也有独到精辟的见解，这在中国文艺研究上也是个重要的课题。

写小说可以凭自己个人喜欢创作和处理，研究工作这里面要花的力量太大了，他要看很多书，查很多资料，反复思考，有时为了一个问题，推敲良久，改过来、改过去，一个字的改动，也要斟酌半天。

可以说,《中国古代服饰研究》耗尽了沈从文后半生的精力和心血！

一鸣惊人的张贤亮

擅写性饥渴的作家

认识张贤亮，是在20世纪80年代初，他的文名与情史都是文化圈热议的话题。

张贤亮个子高大英伟，加上他所写的劳改犯题材小说《灵与肉》《绿化树》及《男人的一半是女人》一举成名，围绕他身边的不乏漂亮的少女。

据张贤亮的好友、俞平伯外孙韦柰告诉我，张贤亮先后虽然拥有不少女友，但用情最深的是某位女友。

有不少人诟病张贤亮的风流佻达，用情不专。韦柰说，这只是表面现象，直到张贤亮逝世前，他念念不忘也是这位女友。

张贤亮近于性饥渴的欲望，不仅反映在他个人身上，也在他的小说中。

这与张贤亮的遭遇有关。

他于1936年12月生于南京，出身“官僚资产阶级”家庭，当过阔少，父母皆为大户人家出身，父亲曾就读哈佛大学商学院，母亲燕京大学肄业，也到美国留学。

张贤亮出生后，1937年日本挥军直捣国民党首都南京，不足一岁的张贤亮随父母撤离，在重庆生活了九年。

正值风华正茂的张贤亮，1957年因诗歌《大风歌》受到批判，被划成右派，同时被遣到宁夏劳动改造。一直到1980年才被摘帽。

1957年7月，初出道的青年诗人张贤亮在《延河》杂志发表一首新诗《大风歌》。诗中写到大风满天吹拂，吹掉旧世界，迎来新世界："我向一切呼唤、我向神明挑战／我永无止境、我永不消停／我是无敌的、我是所向披靡的、我是一切！"

这首诗本来是充满正能量的，但是，刚发表不久，全国性的"反右"就开始了。1957年9月1日，诗人公刘在《人民日报》发表文章《斥"大风歌"》，把《大风歌》批判为"一篇怀疑和诅咒社会主义社会，充满了敌意的作品"。《人民日报》批判之后，西北地区的报纸也对张贤亮展开了铺天盖地的批斗。

1958年5月，张贤亮被打成"右派"，押送劳改农场"劳动教养"，这年他才二十一岁。

张贤亮自称，写《大风歌》之前，包括在劳改营度过的二十二年，他从未近过女色，所以复出后，在心理上和生理上都有强烈的性欲望，这也是可理解的。

张贤亮在接受报章访谈时，他自己说四十岁前都是"童男子"，出狱后和一个女人住在了一起。那个女人离开他，返回家乡之后，他又是孤身一人。然而，"从未恋爱过"的张贤亮却写出了一部部灵欲交织的爱情小说。

在小说《绿化树》中，他已跨越过了内地作品关于"爱"的边界，进入肉欲的广阔世界，这种越界行为，在当时内地文坛，大有石破天惊之效。

最早接触张贤亮的作品也是《绿化树》，1983年秋我参加美国爱荷华写作计划后，在爱荷华大学进修英语。暑假在"爱荷华国际写作计划"兼职，在整理中文杂志资料时，偶尔从《收获》看到这篇小说，阅读之下，甚为激赏。

《绿化树》是写劳改犯的生活。过去也有不少写劳改犯，如张

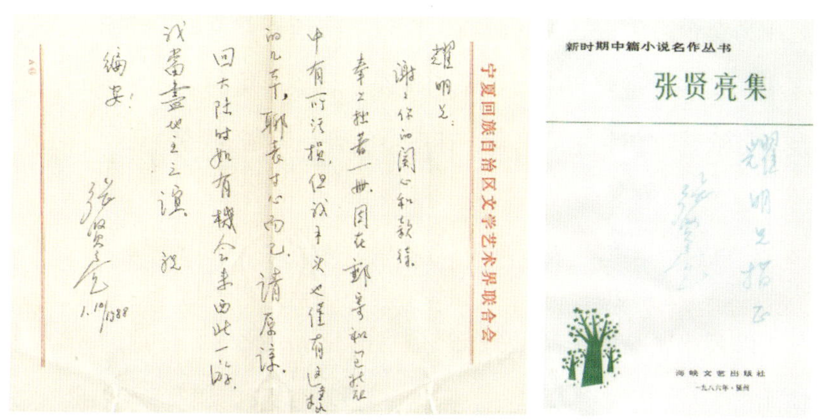
宁夏回族自治区文学艺术界联合会

耀明兄：

谢谢你的关心和款待。

奉上拙著一册，因在邮寄和包装中有所污损，但我手头也仅有这样的几本，聊表寸心而已。请原谅。

回大陆时如有机会来西北一游，我当尽地主之谊。祝

编安！

张贤亮

1.10/1988

张贤亮寄给我的作品是《新时期中篇小说名作丛书——张贤亮集》，1986年海峡文艺出版社出版。

抗抗和从维熙这两位作家，对同一题材，均有涉猎过。张贤亮是后来者，却有异峰突起之势。

张贤亮笔下的劳改犯，人物性格更繁复，层次更多，所以也更来得引人入胜。譬如不光写劳改犯的艰苦劳动，还写了复杂的内心世界，写人的根性，写一种朦胧的性欲。

不足的是，作品为了探讨经济学概念和人生的关系，长篇累牍地援引马克思的经济学说《资本论》的章节，个别地方，令人有一种图解的沉闷。

总的来说，《绿化树》是同类作品中较成功的一部。当时与聂华苓聊起，她也是颇有同感的。这也是1985年聂华苓主持的“爱荷华写作计划”组织，向中国作协指定张贤亮前去参加国际写作计划活动的原因。

除了人们所熟知的《绿化树》《男人的一半是女人》《灵与肉》外，《早安，朋友》都是同类题材。

1985年出版的长篇小说《男人的一半是女人》以其大胆的性描写，犀利的两性关系的铺设，在发表后引起文坛轰动，很多作家读

后斥为黄色、下流。据《收获》执行主编程永新回忆，张贤亮的这部小说发表后遭到很多女作家的抗议，名望很重的老作家冰心，更是写信给《收获》主编巴金，让巴金“管一管”《收获》。

做爱、死亡、完了

综观张贤亮的作品，个人较欣赏的是《绿化树》《初吻》和《习惯死亡》，至于《男人的一半是女人》和《早安，朋友》，大抵写得较匆忙，显然较浮露，欠缺内涵。

不管怎样，张贤亮在内地、港、台已是红透半边天。

某天我与他茶叙，他表示他还要写同类的题材，他正在写一个长篇。

张贤亮在美国接受陈映真访问时，透露他的创作已进入一个新的领域，他称：“长期以来，许多自以为明白不过的东西，现在开始有些糊涂了。我开始生动地迎接而不是忽视、躲避生命中某些暧昧、不明、梦幻般的领域。”

张贤亮的长篇《习惯死亡》就是“暧昧、不明、梦幻般的领域”的现代产品。

我曾问张贤亮的新领域何所指，他答说：“我想写的是一种感觉，而不是一种思考。”

张贤亮创作《习惯死亡》，已解除过去对性欲描写的一切拘牵。张贤亮之前在他的代表作《绿化树》和《男人的一半是女人》中塑造了一个性压抑的男主人公章永璘，相反地，他在《习惯死亡》中却塑造了一个与此相反的“无名氏”——一个性放纵者。从相对的性压抑到对性的完全开放，张贤亮对于性的描写已无所顾忌了。

在《绿化树》里，面对美丽的马缨花，出于道德缘故，男主角章永璘一再克制自己的情欲；在《男人的一半是女人》里，作为合法的丈夫，没有了道德的羁绊，他却失去了男人的机能，重振雄风后，他却又再次压抑了欲望，去追求人生价值的自我实现。

在《习惯死亡》里，主人公把做爱看成如吃方便面那样简单。整部小说予人的印象是除了做爱，便是死亡。

小说的主角无名氏，在年轻时曾经拥有过爱情，被错划为右派后，一切化为乌有，他虽然得到了平反，却再也没有能过上正常灵欲结合的爱情生活。他感觉幸福的那根神经已经不复存在了，使他的身心都发生了畸变。此后他以一种报复性的变态心理，疯狂地渔猎女色，来麻痹和浇熄欲火焚心的煎熬。

他觉得，只有疯狂地做爱才能证明他还活着，仿佛是一个吸毒的瘾君子，不能自拔。他拖着支离破碎的身躯和灵魂全世界乱跑，到处寻找“幸福的感觉”，而在别人看来已经寻找到了幸福时，他却只感受到痛苦。最后他终于明白了，“他的幸福也是虚假的，痛苦也是虚假的，他的破碎已无可救药”“不正常的社会进程造成了众多命运的不正常。他的不幸在于丧失了对幸福的感觉”。

评者认为，小说展示的恰巧是主人公身处时代的缩影：在那儿，人们信仰丧失，道德沦丧，充斥着无数像主人公那样行尸走肉般的男男女女。他们精神空虚，生活无聊，像主人公那样，葬身欲海，最后像主人公般地习惯死亡。总之，看不见任何美好的愿景，一切都“完了”。

张贤亮告诉我，《习惯死亡》是他写得最好的作品。

诚然，《习惯死亡》是张贤亮小说创作的新突破，我读后很感兴趣，特别介绍给香港明窗出版社出版。

有人把张贤亮归类为情色作家，他自己并没有予以反驳。张贤亮公开表示：“我是中国第一个写性的，第一个写饥饿的，第一个写城市改革的，第一个写中学生早恋的，第一个写劳改队的……”

不过，张贤亮是通过人生不可缺的性爱来写人性，从而研探人生命运的课题。

张贤亮在20世纪90年代，宣布投身商海，基本上是弃文从商，创办了银川镇北堡西部影城，自当董事长，出入开宝马车，俨如一个“大款”。

我在一篇文章曾写道：“西装革履的张贤亮，除了倜傥风流之外，予人一种踌躇满志的感觉。”

他在给我的一封信中，特别提到这一点，并称“读后悚然，当自省”。

后来我在香港见到张贤亮，他向我表示，他刚完成一个长篇《一亿六》，带有自传色彩。

耀明兄：

谢谢你寄来的资料和复印件。拜读了散文，写得很好。当然也感谢你在笔下的善意，只是说我“予人一种踌躇满志的感觉”，读后悚然，当自省。

打印机已买上了。且学得很快。是友梅帮我买的，人民币8000元，还是优惠价，对外卖要1万多。我已用它开始写小文章。待熟练后计划写长篇。这机器的功能很多，颇实用。

很高兴你对拙著“习惯死亡”感兴趣。作家的任何一部作品都有他个人经历的影子在内，所以我以为你还是不要说它是自传性作品为好。目前内地人都顾不上读文学，评此书的仅见两篇文章。曾镇南对它评价很高。但更可能的是挨批。如你想写，我请你注意它的艺术手法。那里体现了我早先说过的东西。即“我想写的是一种感觉，而不是一种思考”。我还认为我开创了一种长篇小说的写法，至少在中国。自“五四”以来的长篇，没有这样写的。

祝好！

张贤亮

11.30.1987

彦火注：

这封信提到笔者写的散文，是1987年、1988年在《明报》专栏《变焦镜》写过的关于他的两篇小文章，其中提到他“予人一种踌躇满志的感觉”。

《习惯死亡》由我推荐给香港明窗出版社出版。

张贤亮是内地较早用电脑写稿的作家。

这部小说可视为从《灵与肉》《绿化树》《习惯死亡》下来张贤亮“肉（欲）的征程”的终点，张贤亮小说语境的“肉”是有着双重性的——女性的肉体及性饥饿的满足。

我听罢暗喜：张贤亮终于从商海回归文学了。

其时，我正在策划五十个作家的“世界华文文学精读文库”，我要求他寄样稿给我，以便推荐给编委会参考，他当即唯唯诺诺，以一贯的“言者谆谆，听者藐藐”的态度处之——石沉大海。

这就是张贤亮。

丁玲的浮沉录

从电影《黄金时代》中的丁玲谈起

许鞍华导演的电影《黄金时代》，其中不乏丁玲的镜头。

电影中的丁玲有点男性化，那是她在陕北时期接受革命洗礼之后的形象。丁玲焕发出一种豪迈朗健的气概，她谈吐中语气的坚定、利落，绝不拖泥带水，予人一种巾帼的大气。

有许多人不喜欢丁玲，把她比喻为“马列老太太”。大抵这是指她晚年言行的生硬和泛政治化的作风。

也许这只是丁玲的表面现象。

聂华苓曾一再对我说，她蛮喜欢丁玲的性格：开朗而不装假，是一个通透的人。

私下的丁玲，是很率性的，言行开放。她在1981年第一次踏足美国，好奇心很重的她，跑了不少地方。

美国西岸的文友告诉我，她很想了解方方面面的美式生活，曾要求文友带她到夜总会看艳舞。

这也是丁玲恣情的一面。

丁玲的感情生活，相对萧红是丰富多彩的。可以说，丁玲是主动积极的，萧红往往是被动，甚至是逆来顺受的。

在延安时期，丁玲与毛泽东属湖南老乡，一见如故。

1936年11月，丁玲获得毛泽东的批准，跟随工农红军前方政治部出发，到达战斗的前线。

分别一个月后，毛泽东用军队电报给她发了一首《临江仙·给丁玲同志》的词，以为表彰：

壁上红旗飘落照，
西风漫卷孤城。
保安人物一时新。
洞中开宴会，
招待出牢人。
纤笔一支谁与似，
三千毛瑟精兵。
阵图开向陇山东。
昨天文小姐，
今日武将军。

毛泽东在这首词中，记叙了丁玲在国民党的牢房出来后，1936年9月在中共地下党组织安排下，投奔了红色根据地陕北。一个女作家从国统区到来，在偏僻的陕北地区是一桩值得大书特书的事。中共中央宣传部破格在窑洞召开了盛大的欢迎会。

出席的都是中共中央委员，毛泽东、周恩来、张闻天、博古等中央领导都出席了。如此隆重的场面，丁玲感到非常意外和温暖。她说，那是她一生中最幸福、最光荣的时刻。

毛泽东发表了谈话，对丁玲说："你是从国统区来到苏区的第一个作家，现在这里的条件很差，打仗的人多，文化人少，你来了好，可以把苏区的文化工作开展起来。你在上海领导过左联工作，多想些办法，多发挥一点作用。"

丁玲建议："先要成立组织，比如文艺俱乐部之类，把文艺爱好者聚集起来，开展活动。”

11月22日，中共在革命根据地保安成立了第一个文艺协会组织，在毛泽东的支持下，丁玲被推选为中国文协主任。

丁玲在延安初期，是她人生中的黄金时代，权倾一时。

有道是，丁玲一生中最光辉的岁月，就是早期的延安这段经历。“昨天文小姐，今日武将军。”

1942年，《解放日报》文艺版，发表了署名丁玲的文章《三八节有感》，正面揭露女性在延安的地位和面临的问题。报刊上还连载了作家王实味的系列杂文《野百合花》，批评某些领导人生活特殊化，革命队伍内部生活待遇等级化。

丁玲、王实味的文章发表后，在延安产生巨大的反响，广受好评和认同，从而惹怒了毛泽东。

此后发起延安整风运动，王实味等六十多名文化人迅即被打成“叛徒”“特务”“托派分子”，在1947年延安撤退时，被康生秘密处决了，丁玲则逃过一劫。

在中共中央机关甫进北京，丁玲还是吃得开的，经中共中央推荐，她的长篇《太阳照在桑干河上》和周立波的《暴风骤雨》，获得1950年度斯大林文学奖金。丁玲还当上中宣部文艺处处长、中国文联副主席、作协副主席、《文艺报》主编、中央文学讲习所所长等。

被劳改和下狱

1956年，丁玲被打成“丁玲、陈企霞反党集团”首要分子，丁、陈不服，不断上诉。1957年，《文艺报·再批判》把“丁玲反党集团”升级为“我们的敌人”，矛头直指丁玲、陈企霞、萧军、罗烽、艾青等人。重新批判王实味的《野百合花》、丁玲的《三八节有感》、萧军的《论同志之“爱”与“耐”》、罗烽的《还是杂文的时代》、艾青的《了解作家，尊重作家》等。上述各篇都发表在延安《解放日报》的文艺副刊上。主持这个副刊的，正是丁玲、陈企霞。丁玲从此陷入万劫不复的深渊。

五十四岁的丁玲与上述作家一道，被打成“反党反人民的极右分子”后，押送北大荒农场劳改。

自1958年起，她在农场养鸡，当地孩子骂她为北京来的臭右派，还用石块、土块击打，被折磨得死去活来。她曾亲自上书毛泽东不果，最后还是农垦部长王震施以援手，安排她到小学任教。

1966年“文化大革命”运动一来，王震自身难保，丁玲被投入监狱，一直关押到1977年才出狱。经历二十多年的无妄之灾，丁玲复出已是白发苍苍的老太婆了。

丁玲骨子里是一个作家，潜意识内有着知识分子的傲气，她在发配北大荒的十二个严寒酷暑中，自食其力，毅然决然不领国家的工资。

丁玲从九天之上，摔下万丈深渊，事后她回忆道：“延安枣园里的黄昏，一钩新月，夏夜的风送来枣花的余香，那样的散步，那样的笑语，那样雍容大方，那样温和典雅的仪态，给我留下了最美好的回忆。”

至于她的感情生活却是丰富的。在电影《黄金时代》里，萧军在陕北曾向萧红表示要与丁玲结婚，相信是气中话。丁玲与萧军也许有过亲密关系，但，丁玲是一个眼角高的人，我相信是不会看上萧军的。

丁玲的第一段婚姻，是她去延安之前，丈夫胡也频也是作家，其间丁玲虽然疯狂爱上其貌不扬的第三者、有妇之夫的中共地下党员冯雪峰，直到胡也频给国民党杀害，也没有提出与他仳离，可谓善始善终。

丁玲事后曾表示，如果她离开胡也频，他是会自杀的。

冯雪峰在20年代已以“湖畔诗人”闻名，其时被中共派往北京从事地下工作，与丁玲邂逅，原说教丁玲日语。日语教不成，反而萌生了情愫。

丁玲早年在延安向美国记者尼姆·韦尔斯（Nym Wales）谈及当时的情形：“一天，有一个朋友来到我们家里，他也是诗人。他生得很丑，甚至比胡也频还要穷。他是一个乡下人的典型，但在我们许多朋友之中，我认为这个人特别有文学天才，我们一同谈了许多话。在我一生中，这是我第一次看上的人。”

丁玲是一个强势的人，她看上爱上了人，但愿能不顾一切地投向对方的怀抱。

丁玲在1931年8月11日和1932年1月5日曾写过两封信，向冯雪峰恣情倾诉她的心声：“我什么也不怕，也不想，我们日里牵着手一块玩，夜里抱着一块睡，我们常常在笑里，我们另外有一个天地。”

丁玲在第二封信，谈到与胡也频相爱是“太容易太自然了”，“……然而对于你，真真是追求，真有过宁肯失去一切而只要听到你一句话，就是说‘我爱你’！你不难想着我的过去，我曾有过的疯狂，你想，我的眼睛，我不肯失去一个时间不望你，我的手，我一得机会我就要放在你的掌握中，我的接吻……”

丁玲最终没有与冯雪峰结婚，最大的原因也许是在于冯雪峰的趑趄裹步。

在丁玲感情失意时，闯入一位腋中经常夹着几张外文报章、穿戴整齐的年轻人冯达，吸引了丁玲，并共赋同居，丁玲还为他生了

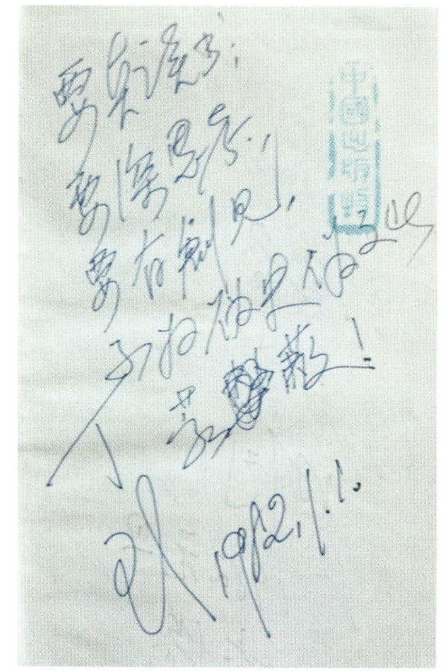

彦火注：丁玲与夫婿陈明于1982年元月1日，从美国经香港返京，我曾前往探访，她在我的纪念册写下："要真读书；要深思考，要有创见，不为伪史伪文所蒙蔽！"相信这是有感而发的。

1982年元月，丁玲、陈明夫妇访美国返京途次香港时，彦火（后）与丁玲、陈明夫妇摄于九龙太子道丁玲朋友寓所，从照片可见，丁玲夫妇亲密无间，陈明在每次拍照都握着丁玲的手。

一个孩子。

冯达后来被国民党逮捕，身份暴露后，丁玲认为是他出卖她，导致她的被捕，所以绝口不提这段感情。后来这段感情给沈从文写进《记丁玲》中，是丁、沈交恶的肇因。

丁玲的爱情道路，没有萧红的崎岖。

她最终找到一位患难与共、相濡以沫的爱侣陈明。

与陈明患难的爱情

陈明与丁玲相差十三岁。丁、陈结婚时，陈明二十五岁，丁玲三十八岁。

他们是在延安认识的，陈明在马列学院毕业后，被派往延安当宣传队长，筹划汇报演出。其时丁玲已是身居要职了，是延安的留守兵团政治部主任、宣传部长，陈明是她手下一名小将。

陈明曾参加高尔基长篇小说《母亲》改编的同名话剧的演出，扮演“母亲的儿子”，为丁玲留下深刻的印象。丁玲后来对陈明甚为眷顾，情有独钟。

据陈明回忆，当时丁玲对他照拂有加，已超越了一般关系：

> 那是在一个小饭馆里，我们坐在炕上。我说，主任，你也应该有个终身伴侣了。丁玲反问我：我们两个行不行呢？我听了吓了一跳。

1982 年丁玲夫婿陈明致彦火的信

事后，我在日记中写道：让这种关系从此结束吧！她看到后，说："我们才刚刚开始，干吗要结束呢？"（陈明：《我与丁玲五十年》）

可见丁玲的霸气。

后来陈明毅然决定照顾丁玲一生，只好向夫人席萍摊牌了。身怀六甲的席萍执意不肯离婚，直到席萍生了孩子后，陈明一意孤行，决定跟丁玲结婚。

陈明曾写道：

我与丁玲的结合，有些朋友对我们的关系能否长久表示担心。我知道，自己不应该也不可能再有变化，我不能错了一次还错第二次。丁玲是值得我去爱的，值得我用我的一生去爱的。我欣赏她的为人，她在西战团的工作，她一生的创作，我希望她能不断取得成功。她是个热情、正义、直率的好人，值得我终生帮助她。丁玲并不总是那种男性化的风风火火，她也有女性妩媚的一面。

丁玲婚后的生活，可以说是美满的。陈明对丁玲的照顾，无微不至，对丁玲更是言听计从，恩爱到不得了。

丁玲在政治和仕途跌宕起伏，陈明不离不弃，千方百计保护她、开解她。他是丁玲的守护人，他对丁玲最贴心，也最了解。他在上述文字表示，"丁玲并不总是那种男性化的风风火火，她也有女性妩媚的一面。"很多人以为丁玲不解风情，其实并不然。

丁玲在"文革"后复出，写了一篇《牛棚小品（三章）》，描述"文革"开始，丁、陈被强迫分开，坐牢期间尝尽刻骨相思之苦。

丁玲被关进牛棚后，暗无天日，只有一扇昏黑的窗户。丁玲趁监视她的人外出，悄悄跳上炕，透过窗棂，去搜寻她爱人的身影："我看见了，在清晨的、微微布满薄霜的广场上，在移动的人群中，在我窗户正中的远处，我找到了那个穿着棉衣也显得瘦小的身躯，在厚重的毛皮帽子下，露出来两颗大而有神的眼睛。我轻轻挪开一点窗口挂着的制服，一缕晨光照在我的脸上。我注视着的那个影儿啊，举起了竹扎的大笤帚，他，他看见我了。他迅速地大步大步地左右扫着身边的尘土，直奔了过来，昂着头，注视着窗里微露的熟悉的面孔。他张着口，好像要说什么，又好像在说什么。他，他多大胆啊！我的心急速地跳着，赶忙把制服遮盖了起来，又挪开了一条大缝。"

在"革命群众"专政下，丁、陈只靠一双无语的眼睛，甚至通过小小罅隙扔进的小纸团互通心曲。

丁玲某天在过道捅火墙的炉子，一群"牛鬼蛇神"从旁经过，她写道："我暗暗抬头观望，只见一群背上钉着白布的人的背影，他们全不掉头看望，过道又很暗，因此我分不清究竟谁是谁，我没有找到我希望中的影子，可是，忽然，我感觉到有一个东西，轻到无以再轻地落到我的脚边，我本能地一下把它踏在脚下，心怦怦地跳了起来。"

丁玲在炉边有时发现苞米的叶子、废报纸一角、破火柴盒，上面往往有陈明片言只语的安慰、叮咛、问候，她如获至宝偷偷地收藏起来，并集成小册子。

丁玲写道："我把它扎成小卷，珍藏在我的胸间。它将伴着我走遍人间，走尽我的一生。"

可惜丁玲出狱时，她贴在胸口的小册子被搜到并被毁掉，否则可作为日后两人患难时相濡以沫动人的历史见证。

丁玲迭受政治打击，关牛棚、坐牢凡二十年，返京后举箸不灵。陈明为丁玲设计的写字板，丁玲晚年就是以写字板写稿，每年写十万字。（李黎摄于1979年10月）

1979年，丁玲与她的丈夫陈明，摄于北京寓所。

丁玲和她的外孙，摄于北京寓所。（1979年）

从以上丁玲的描述，也可窥见她“女性妩媚”和柔情的一面。

丁玲与陈明1979年重返北京，丁玲已是七十五岁，她于1986年3月4日逝世，晚年与陈明只过了短暂七年的安乐日子。

丁玲敢爱敢恨的性格，使她终于觅得一个全心全意地爱她所爱、至死不渝的伴侣，为她风雨沧桑的岁月增添一份慰安和温暖。

笔下女性充满叛逆性

1975年出狱后，丁玲夫妇被安排到山西省太行山西麓的一个叫嶂头的山村，这时丁玲已是年已古稀的人。

丁玲初到山村，由于水土不服，患上风湿病，右手也痛得举箸不灵，陈明几费周章，弄来一块五合板，系上两条带，套在丁玲的双肩。

丁玲写稿时形同画家在郊外写生，或倚墙边，或靠在桌旁，写几行休息一会儿，又写几行，在这样恶劣的环境下，竟给她重写了两万字的报告文学《杜晚香》（这篇稿原作写于1966年春，后“文革”一来，在混乱中遗失了），发表在《人民文学》1979年第7期上。文章描写黑龙江垦区一个模范人物杜晚香的事迹。

跟着她又继续另一部长篇小说《在严寒的日子里》的创作（这本书丁玲于1956年发表了写好的头四万字，后中断了，1965年又写了十二万字，“文革”一来，全丢失了）。内容描写1946年秋土地改革后，桑干河畔的暖水屯（河北省涿县的温泉屯村），在八路军主动撤走后，村上留下的几个新党员，坚持斗争，直到取得最后胜利的故事。

丁玲是1979年初重返北京文坛的，这时她已是年届七十五岁的高龄了，不但染上糖尿病，还患有乳腺瘤。

对于丁玲过去二十年的遭遇，聂华苓在《三十年后》有精彩的描绘：“至于丁玲——在黑暗中消失了二十年的丁玲，她的挣扎，她的奉献，她的苦难全超越了‘人’的份儿，她已经形象化了——庄严的、动人的受苦形象。”

复出后满脸风霜的丁玲，无疑是一个庄严的、动人的受苦形象。她的丈夫陈明原有“数不尽的风浪险，一部春秋乐晚年”的诗

1978年，美国爱荷华写作计划主任聂华苓拜访了丁玲，与丁玲摄于丁玲寓所（照片由聂华苓提供）

句，前一句就是这个形象过去经历的刻画，后一句是这个形象对未来的信心和憧憬。

在回忆那“数不尽的风浪险”的年代，丁玲是不胜感慨的，她1979年5月26日探望叶圣陶时，意味深长地说：“叶老……我又常常想，要是你不发表我的小说，我也许就不走这条路，不至于受这许多折腾了。”

丁玲这番话是发自受创伤的心灵深处，所谓千言万语，不知从何说起了。可是，丁玲发表的第一篇小说《梦珂》，当时的确是投给叶圣陶主编的《小说月报》而被录用并以头条处理的。丁玲跟着投去的第二篇《莎菲女士的日记》、第三篇《暑假中》、第四篇《阿毛姑娘》，也均被叶圣陶以头条地位披载于《小说月报》上。

此外，叶圣陶还将这四篇文章推荐给开明书店，汇编为《在黑暗中》的集子。从此，丁玲便走上文艺创作的道路。

近年在妇女解放运动蓬勃发展的欧美，读书界均认为最能代表1949年以前中国进步妇女的作家，除了秋瑾，就是丁玲了，而E·斯诺所著的《活的中国》，对这位才华横溢的女作家，更推崇备至。以下我们且看一看这位最具影响力之一的女作家所走过的创作历程——

丁玲1904年诞生于湖南临澧县一个有名的贵族和地主家庭，原名蒋冰之、丁冰之。她幼年丧父，曾在常德第二女子师范读过书，后进长沙岳云中学。1922年到上海入平民女校，1924年在上海大学中国文学系旁听。

丁玲第一篇小说《梦珂》，发表在1927年。之后又陆续发表了《莎菲女士的日记》《暑假中》《阿毛姑娘》等。在丁玲参加左翼作家行列之前，共出版了三个单行本：《在黑暗中》（1928年）、《自杀日记》（1929年）、《一个女人》（1930年）。

这时期的作品，充满了五四以来新女性要求解放的精神，大胆地描写了这些女性的精神苦闷以及由苦闷而来的冲决一切的情绪。丁玲在《我的创作生活》一文中写道："我那时为什么去写小说，我以为是因为寂寞。对社会的不满，自己生活的无出路，有许多话需要说出来，却找不到人听，很想做些事，又找不到机会，于是为了方便，便提起了笔，要代替自己来给这社会一个分析。"

丁玲在早期作品中宣泄了她的热情和对现实的不满。因此她笔下的女性充满叛逆性，例如《莎菲女士的日记》中的莎菲，《自杀日记》中的伊萨，《梦珂》中的梦珂，都是生活在封建制度逐渐解体的社会中而受到五四思想冲击的女性。其中尤以莎菲对于爱情的见解最具爆炸性。例如文中一段莎菲自我心理的表白，就相当大胆："我应该怎样来解释呢…… 一个完全癫狂于男人仪表上的女人的心理。我自然不会爱他，这不会爱，很容易说明，就是在他丰仪的里面是躲着一个何等卑丑的灵魂！可是我又倾慕他，思念他……，假使有那么一日，我和他的嘴唇合拢来，密密的，那我的身体就从这心的狂笑中瓦解去，也愿意。其实，单单能获得骑士一般的那人儿的温柔的一抚摩，随便他的手尖触到我身上的任何部分，因此就牺牲一切，我也肯。”

丁玲：中国文坛没有真正评论家

丁玲笔下像莎菲这样狂放的女性，无疑是对旧社会的道德观念的直接挑战，这是过去所罕见的。

1957年批判丁玲时，曾有人将她这一时期的作品，说成是“对肉欲的追求”“下流地描写色情”，这真有点“以己度人”的味道。倒是茅盾的评述较为中肯：“莎菲女士是心灵上负着时代苦闷的创伤的青年女性的叛逆的绝叫者。莎菲是一位个人主义者，旧礼教的叛逆者，她要求一些热烈的痛快的生活；她热爱着又蔑视她的怯弱的矛盾的灰色的求爱者…… 莎菲女士是五四以后解放的青年女子在性爱上的矛盾心理的代表者。”换言之，莎菲、伊萨、梦珂等是那个时代的产物，作者只是将她们给予艺术的典型化而已。

丁玲生前在一次谈话中，谈到《莎菲女士的日记》时说：“姚文元说莎菲是玩弄男人的女性，这是没有读懂。莎菲玩弄别人，另一方面也牺牲自己，不能从这方面看。这是一个叛逆的女性。这篇作品发表后反应热烈，我第一次收到许多读者来信…… 开始意识到文学的社会作用。《莎菲》在我的早期作品中具有代表性。”

1929年丁玲与沈从文、胡也频组织了“红黑社”。1931年参加

丁玲 1982 年访香港，签赠彦火的作品。（丁玲把日期写错了）

中国左翼作家联盟，主编“左联”机关刊物《北斗》杂志。1933年被捕，三年后出狱，后由北平到陕北解放区。

丁玲跨出闺秀文学范畴，接受中国革命激流的涤荡。这时她写了以革命与恋爱为题材的中篇《韦护》（1929年），以1930年上海的群众运动为题材的《一九三〇春上海》（1931年），另一个中篇小说《水》，则反映了农村的破产和农民的痛苦。在被捕的前夕，她写了长篇《母亲》（1933年），描写前代的女性怎样从封建势力重围中挣扎出来的过程。

在延安期间，丁玲有一次借延安召开的边区合作会议的丰富素材，写了一篇题为《田家霖》的通讯，发表在《解放日报》上。

《田家霖》发表的第二天，毛泽东专门派人送来一封信，请丁玲和欧阳山去吃饭，大赞《田家霖》写得好。后来丁玲又写了一篇《一二九师与晋冀鲁豫边区》的报告文学，这是丁玲访问刚从前线回来的一二九师师长刘伯承后写的，在解放区颇受欢迎。

1946年，丁玲参加了土改运动，《太阳照在桑干河上》就是这个时期的产物。文章重现了1946年中共中央“五四指示”到1947年9月全国土地会议以前这个历史时期的“农村阶级斗争”，故事发生的地点在华北的一个叫暖水屯的村子，作者通过农村不同阶级人物（单是主要人物就达三十多个），展开一场规模宏大的、性质复杂的斗争，反映了具有深刻意义的农村变革。

1949年以来，丁玲是文艺界举足轻重的人物，先后担任宣传部文艺处主任、中国作家协会副主席、《文艺报》《人民文学》主编，并主持中央文学讲习所。这个时期的重要作品有《跨到新时代来》《到群众中去落户》和《欧行散记》三个集子，短篇有《粮秣主任》等。

1955年文艺界在全国范围内开展的所谓“对丁玲、陈企霞反党集团斗争”，使丁玲从最高峰堕下无底深渊。十二年的劳动改造，五年的监禁，三年的下乡劳动，积下的是一躯缠绕的疾病。

丁玲在1979年复出接见《朝日新闻》的记者访问时，一针见血地指出：“中国的文坛还没有真正的评论家，而把政治和文学都混在一起。过去的实际情况是，一篇作品有了问题，就否定了写文章的人的一切。这样不能培养评论家……”

口衔叶笛的诗人郭风

继承冰心衣钵的散文诗人

家乡福建文坛有一个奇特现象，出现过大学者，如较早的郑振铎，散文家、诗人如冰心，诗人蔡其矫及当下最瞩目的诗人舒婷，散文家兼学者的刘再复，散文家何为，散文诗人郭风，小说大家似乎欠奉。早年有一个写革命题材的马宁，作品有限，影响也没有以上作家大。

冰心的作品已影响了几代人。继承冰心散文诗的衣钵，郭风是突出的一位。

在烦嚣的大都市生活的人们，格外向往山野的绿、流水的清，甚至一泓浅滩、一堵土墙、一座山冈，或一丛野菊、一扇木栅、一道篱笆和篱笆上的爬藤、喇叭花，在在都会使都市人荡起欢愉的情怀。

与此同时，如果在纷沓的市声中，你读到郭风的散文诗，兴许你也有这种心灵上的慰安和满足，因为，郭风的散文诗，是属于乡土的，他从故乡来，口中衔着一片叶笛，在他吹奏出叶笛声时，我们可以嗅到野外的泥土香：

那笛声里，
有故乡绿色平原上青草的香味，
有四月龙眼花的香味，
有太阳的光明。

郭风的散文诗，大都是抒写故乡的物和事，他描述村庄时，收入笔下的是甘蔗田、龙眼园、橄榄树、山冈、池塘的水草和鲫鱼、木瓜树、竹篱笆、土墙……他的《厦门抒情》，是从木棉树、凤凰木、银合欢树、柏树、榕树、夹竹桃、玫瑰花、仙人掌、葡萄、向日葵写起的。

他是大自然的儿子，他热爱大自然的一草一木。他所选的题材大都是村庄的一景一物，比如一条山溪、一座水磨、一架水车、一片叶笛、一群灯火、一丛郊原的花……这些零星的景物，经过他巧手的串连，构成一帧帧别饶情趣的画面，那上面有诗情，也有画意。

郭风的散文诗是偏重于柔美的，在里面我们见不到挥斥风雷、拔山倒海、金钲羯鼓、错彩镂金的慷慨激昂的情绪，我们却体味到“锦瑟银筝，花前月下的清雅”，后者在紧张的现实生活中，如一道清流，让人们滤去了尘埃，滤去了烦恼，使人们在心灵上得到愉悦之余，更能冷静面对生活。

如果说郭风的散文诗仅仅止于清雅，是不公允的。他也写水库，也写沸腾的生活，透过笛声，我们也感受亮色和时代的激情。

清雅是指他的文风，尽管他写的题材是英雄人物，是大时代，却没有呐喊和口号的显露，而是以抒情的笔调撷取其中的一个横断面，精细地描述出来，使人感染到跃动奔腾的热情。他的《英雄和花朵》就是一例。但是，这部分散文诗大抵是应景，甚至遵命之作，所以相对地逊色。

郭风的新颖的艺术特色之一，就是能把生活上的一些哲理，融汇在诗一样的色彩与线条之中，蔚成画外之诗、弦外有音的扑朔远逸的境界，诗趣盈溢。

由于郭风的风格大致是寓刚于柔，所以他的文章，较少八股味，即使他偶尔顺应政治口号写的《致古巴》《致刚果》《写给大嶝岛邮电支局》等作品，也不会予人太牵强的感觉。

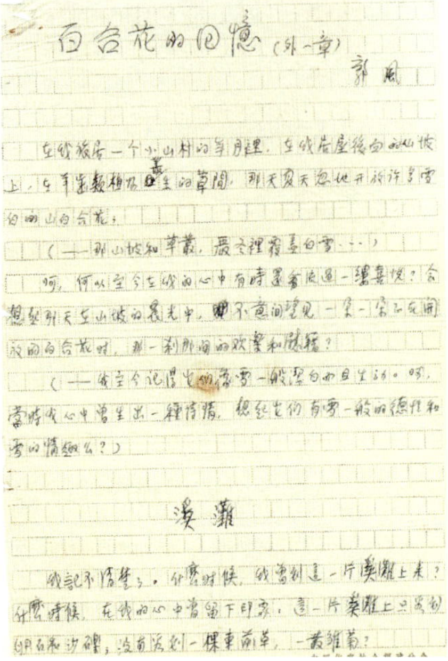

彦火注：这是郭风较典型的散文诗，1980年他寄我发表在香港《海洋文艺》上。

郭风在《关于创作》发言记录中曾指出：“……广泛浏览中外古今的作品；在这个基础上，我以为一个作者，最好还得选择最适合自己的口味的——自己最为受用的作品，经常看，反复地研究。我们可以而且应该接受各种流派作家及其作品的影响，但我们总得使作品有自己的个性，有独特之处。”

在平凡中见美见奇

在表现形式上，郭风曾取中国诗歌的韵律和乐曲的回环吟唱的基本结构。与此同时，他也不排斥外国现代的流派，而是兼收并蓄，汲取其中的精华，以为自己所利用。

有人说，郭风早年在艺术流派上更多得力于泰戈尔和冰心，我觉得这是只知其一，不知其二。其实，西欧后期的象征派和意象派作家果尔蒙（Re’my De Gourmont）、凡尔哈伦（Emile Verhaeren）

郭风（左）与彦火摄于1979年夏福建省文联会议期间

郭风（中）一家（彦火摄于1979年福州郭风寓所）

和阿左林（Azorin），对他的影响远比泰戈尔为早。

郭风在十二岁到十四岁的时候，便在家乡县城一个小小的民办图书室里，读到果尔蒙的诗《死叶》和《雪》、凡尔哈伦的《风车》、阿左林的《西班牙的一小时》，并且深深爱上这些作家的独特风格。

果尔蒙的大胆想象和奇异的联想，凡尔哈伦的充满了对于生之礼赞的力量和乐观，阿左林的精练简洁的文句、对于西班牙乡间和小镇上的劳动者和景物的尊崇的感情，都对少年的郭风产生深刻的影响，特别是这些作家的象征手法和对家乡深沉的感情，对于郭风创作的影响，更是刻骨难忘的。

而这些作家之中，又以阿左林的影响最大，阿左林作品的强烈的艺术个性和真挚的感情，在郭风的散文诗中，也投下了影子。

撷取果尔蒙的丰富想象、凡尔哈伦的乐观思想、阿左林的精练的文风和对农村的挚爱之情，再加上屠格涅夫《散文诗》的特色等，糅合他对中国古典诗歌的炼字、炼句、炼意艺术表现手法的借鉴，和敏锐的观察力、真挚的感情，构成郭风独特的艺术风格。

郭风曾借蒲公英以言志，抒发他追寻平凡事物的美的意愿：“你曾经启示我：要做一个最普通的人，要从心中唱出普通的歌，信实的歌；呵，直到现在我真的能够知道你心灵的美？知道你的全部品德之朴素的美么?”郭风近四十年的散文诗创作，倾注了追求“朴素美”的全部热情。

在平凡中见美、见奇，是郭风散文诗的旨意，宛如盈盈的、含着晨露、绽放笑靥的蒲公英，平凡、朴素，但令人觉得美得出奇！我常常觉得郭风在创作中，具有“化腐朽为神奇”的本领，一些在常人感到平平无奇的东西，在他的笔下往往变得晶莹剔透、玲珑浮凸，具有一种迷人的力量。

他笔下的《秋夜的云和月》中的月是这样的：

>……我从乌桕的赤裸的枝丫间看望这个月亮，感到今夜它是扁圆的；感到今夜它正倾注全部才情在空中发光，是黄色而明亮的！

月在这里十分鲜明突出：扁圆、黄色而明亮，作者进一步将它人格化了，说成这是月的才情的显现，从而产生了迷人的意象。

一朵一朵的石蒜花，在他的笔下是“好像一盏一盏有生命的小红灯，好像一盏一盏照耀着曙光的小红灯，点亮在溪滩上，平凡而又丽明、新鲜”。

他笔下的水磨是“好像一条围裙，一条用珍珠结成的围裙，在舞蹈时，张开着，牵曳着闪亮的风，动人地在飞舞”。

此外，诸如“草启示着生命的繁茂和盛旺”（《草》）“天空的青色，涂着崇高的理想”（《调色夜》）等等，不仅生动，而且隐含着哲理。

意境清美 妙趣横生

除了散文诗外，郭风的童话故事，也是以散文或散文诗的手法出之的，很有特色。

黎烈文认为他是“以一个可贵的童稚心灵，给我们眼目所见的万事万物，一草一木，赋予一种纯真的生命”。以下是一首受称颂的儿童诗：

一只蝴蝶从竹篱外飞进来，
豌豆花问蝴蝶道：
你是一朵飞起来的花吗？
——《蝴蝶·豌豆花》

豌豆花对蝴蝶的反问，真是妙到毫巅，意趣横生。从这首诗中，我们也可以看到郭风擅于运用童话的染色法和自然谐和的句调旋律，从而产生迷人的意象。

郭风的作品，无论散文诗或童话诗，都十分注重内在的音乐美和形象美，铿锵可诵，意境清美。

郭风早年给我的信中透露，他于1978年开放后，倾力于儿童文学的创作，他拟于散文诗的形式写童话，此外，他亦拟以童话式写散文诗。

郭风还以书简形式和日记形式，写了不少可诵可吟的散文和散文诗，对散文和散文诗创作进行了新的探索。如《北戴河日记》《江南日记》《泉州日记》《马尼拉书简》，等等。

《马尼拉书简》虽不算写得太好，但远在异域，郭风仍难掩童稚之心，他在旅馆，很喜欢那里一口池，并且一再提起它，那一口池“池中养着睡莲、水浮莲和很多彩色的鲤鱼。不知怎的，这口池

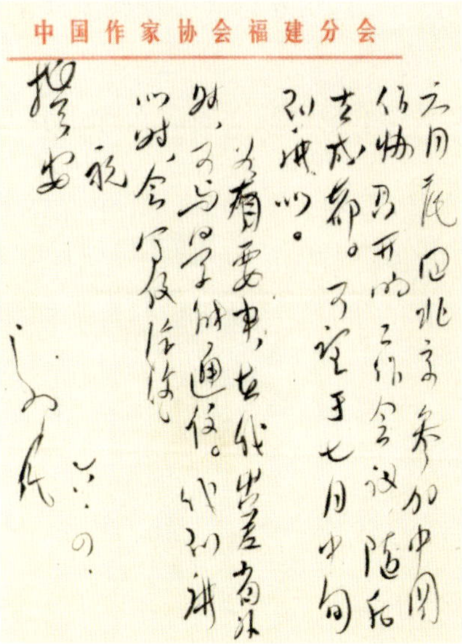

彦火注：在与郭风的往来书信中，他大都是以硬笔书写的，这是其中二封用毛笔写的，也可略窥他草书的功力。

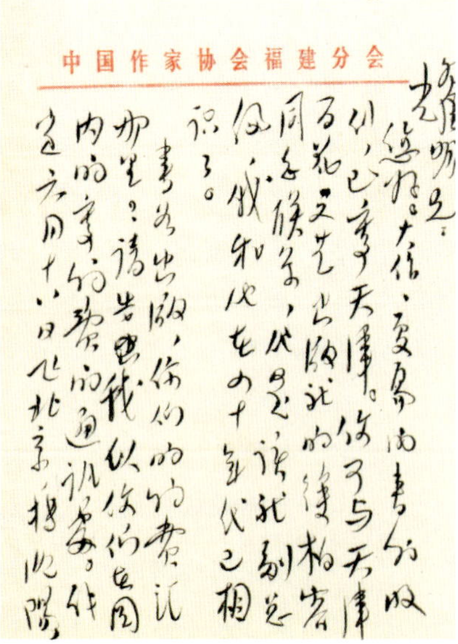

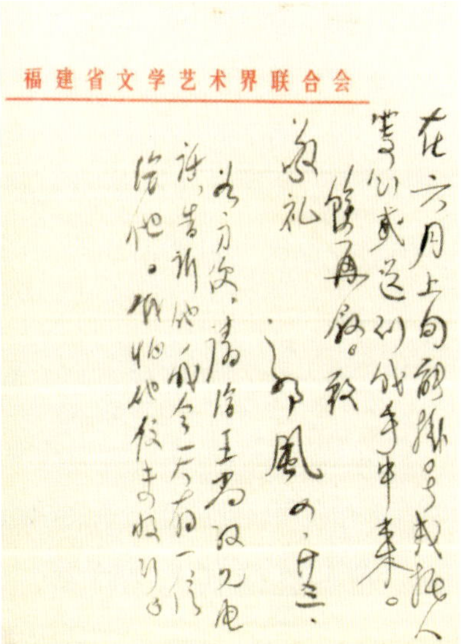

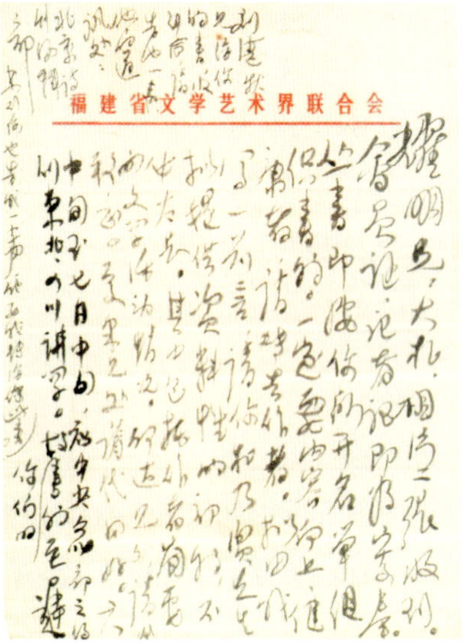

第一封信是 1982 年郭风写给我的。信中提到的“夏易”，香港小说家，已逝，是诗人何达的太太，后仳离；“景能”是他的公子。

第二封信大约是郭风于 1981 年 4 月 23 日寄给笔者的。信中提到会员证，是指福建作家协会的入会证，“记者证”应是误笔。“乃贤”即香港作家陶然，何达及夏易是已逝的香港诗人及散文作家。信中提到是他准备编一套文学丛书，要我开作者名单和组稿。

仿佛能够引发我的童话一般的想象”。这是多么纯真，但却奇异的感情呀！我们体味到的不是一个半百老人横秋的暮气，而是一颗跃动而澄明的赤子之心。

他于20世纪80年代期间重版和新出版的集子，包括《避雨的豹》（人民文学出版社）、《你是普通的花》（选辑自1949年到现在的散文诗一百集篇，人民文学出版社）、《小郭在林中写生》（书内选辑了解放前出版的《木偶歌》中的诗八首，其余均为1949年后所作，上海文艺出版社）等等。

郭风原名郭嘉桂，曾用笔名苏丹、叶于浩、陈月、林车、郭修能，1919年1月18日诞生，福建莆田城关镇人。1938年发表处女作《地瓜》（又名《袭》），在茅盾主编的《文艺阵地》刊出，1945年出版个人专集：童话诗集《木偶戏》（1945年，改进出版社，现代文艺丛刊之一）。

1979年7月，曾在榕城见到这位充满智慧的散文诗人，年逾花甲的他，头发并没有花白，略拘谨的举止中，操着一口很浓重的莆田音的普通话，与他讷讷的朴实的言语，使人感染到那股乡土味，这乡土味，和他的充满了农村的声光与色彩的散文诗，是吻合的。从他闪烁睿智的深邃的双眼，我们可以发现有一种慧黠和灵气的光彩！

80年代他曾为我编辑的香港《海洋文艺》写了一组读书札记，冠以《北窗谈书录》的题目，1979年夏，我在他于榕城写作的北窗下，发现的是凌乱的衣物和书籍，及一张小写字桌，他的连床的客厅，悬着茅盾写给他的一帧中堂和叶圣陶的一帧墨宝，几上的一盆秋海棠，生机盎然，恍如他的一管笔，带着浓浓的抒情味。

郭风于2010年1月3日在福州逝世。逝世前一年，我曾在福州医院探望过他。他的神志已有点恍惚，口中一直念叨着中国作家协会正派人送上一份荣誉文学奖给他，说信差在路途中，令人感慨系之。

闽籍散文大家——何为

凤凰卫视主播何亮亮的父亲

散文这株文艺之花，茁长到21世纪的今天，蔚然是一棵花繁叶茂的大树。但在一片姹紫嫣红的群芳中，能经得起岁月霜雪和时代风雨的考验的并不多。闽南作家——何为的散文是其中挺拔的一株。

何为对香港人来说有点陌生，他的公子何亮亮，作为凤凰卫视的主播，相信很多人都耳熟能详。

知名传媒作家萧乾也是以写散文著称的，他曾经认为，何为的散文体现了中国散文发展的一个新的特点，很值得向外国人推介。

何为散文的特点是什么？如果做一个简单的概括和胪列是：感情＋意境＋联想＋情节＋哲理＝何为的散文。

感情之前，还应该加一个生活的积累。何为的散文题材，大都是发掘于生活中，然后加以艺术提炼，融入感情，通过联想，加入故事情节，以阐发哲理为依归。

何为的散文大都孕育着情节，如缕述一个故事，层层推进，峰回路转，跌宕起伏，所以他的散文是带有小说性的，可以说是小说式的散文，或散文式的小说，过去不少人还管叫他的散文为“小小说”。

譬如他的成名作《第二次考试》就是一个明显的例子。

这篇散文通过一个参加音乐考试的学生的遭遇，反映出中国50年代教育的新面貌。

何为（右）一家，左为何亮亮、何为太太。（彦火摄于1979年何为福州家）

作者以倒叙的手法，先写一位著名的声乐家苏林在音乐试场中，以严肃认真的态度，谛听着第二次考试的女学生陈伊玲的歌唱，这位在初试啼声中有着极优异成绩的学生，在复试中却“声音发涩，毫无光彩，听起来前后判若两人”。作者在这里布下疑点，使苏林这位专家感到纳罕，决意追查造成陈伊玲失败的原因。

通过苏林的家访，从陈伊玲弟弟的口中，展现出一幕幕感人肺腑的场面：原来在陈伊玲参加考试的前一晚，刚巧她家附近发生火灾，陈伊玲为安置灾民而奔波，一夜未睡。至此这位专家感动了，并断定“她完全有条件成为一个优秀的歌唱家”，并且批准了她的第二次考试。

这篇散文不到二千字，有伏线，有故事内容，与一般小说的架构无异，但作者是以散文的笔法来写的，端的是简洁疏朗，情思俊逸，语言精练，符合散文的标准。

不管怎样，这是一篇极出色的文章，它对人物神情、态度、行动的掌握恰如其分，令人叫好。例如对陈伊玲这个人物的刻画，很成功，也很立体，作者调动不同的镜头，用变化的色调和光影，以渲染、烘托、对比的手法，把陈伊玲光艳的形象凸现在读者的

中国作家协会福建分会

彦火注：
信中提到的《风貌续编》，指拙作《当代中国作家风貌续编》（香港昭明出版社出版，1981年）。《第二次考试》被收编入新加坡教科书，可见其受重视。

面前。

陈伊玲参加第一次考试，虽然音乐的禀赋十分高，但她那种“笑容自若”、毫无骄矜之态，与她在第二次考试时困倦的神情，带着抱歉的微笑“飘然走了”的明朗态度，都是十分动人的。作者在这里将人物内心世界的活动和磊落的襟怀，惟妙惟肖地展现在读者之前。

作者还运用了电影的剪接手法，例如在考场上，作者先来一个俯镜，展出“全景”，然后将镜头推向脸部的“特写”。对气氛的酿造，作者也有独到之处，例如考场的热烈、紧张，灾区的黯淡、苍凉，堪成对比。

最妙的是，作者对陈伊玲着墨不多，相反却以大比例的文字，着意刻画苏林教授对陈伊玲第二次考试失败原因的调查。

试做过统计，文章全文一千九百二十八字，描写苏林教授的有一千多字，描写陈伊玲的只有一百多字。

这正是作者高明的地方，作者运用的是烘托手法，因为苏林教授的一切行动，都是为了表现陈伊玲的高尚情操而产生的。作者对陈伊玲的正面描写虽然着墨不多，但在文章中陈伊玲却无处不在。

此外，作者花那么大气力描述苏林教授去发掘人才，揭示了一条哲理：发掘人才的重要。这正如韩愈所说："世有伯乐，然后有千里马。千里马常有，而伯乐不常有。"放着人才，没有人重视和任用也是枉然的。

花这么大的篇幅评述何为的《第二次考试》，是因这篇文章在内地引起强烈的反应，曾被编入语文教材，改编成电影和广播剧，收入多种文学选本，并曾被翻译成英、法等多国文字，也曾收入星、马的中学课本。

可是在50年代末期"反右"运动中，曾被扣上"歪曲了现实，诬蔑了党的政策，否定了集体力量，夸大了个人作用"等"帽子"。但二十年后的1979年，全国高校统考语文试题的一篇作文，题目却把《第二次考试》改成《陈伊玲的故事》，套何为的一段话是：

> 那好像童话里一棵秋天的树，或者说是一棵临近冬天的树，在一个明丽的春天早晨，树上忽然长出来许许多多嫩绿枝叶。繁茂、葱茏，洋溢着活跃的生命，全都像黎明时的露珠那么新鲜。一阵春风吹过，小树叶都学着用自己的语言讲述一个古老的故事。

擅捕捉生活中诗的境界

何为《第二次考试》写于1956年，在这之前，他也写过不少别饶风格的散文，这些散文的旨意自创一格，不仅耐读，而且往往隐含人生哲理，令人沉吟、玩味。如他写于1944年的《白鹭河上》，就是十分出色的一篇。

这篇散文（也可称得上小小说），描述作者遇见年老的磨坊主人和他的两个女儿，一个长得美若天仙，一个长得奇丑无比；后来不久，作者又遇见一个容貌平庸的船夫，他竟成了美丽女子的丈夫。文章充满了幽异感和传奇色彩，手法十分高明。

对于生活上这种不相称安排，隐含着一种漠然的悲哀，但作者对这种现象并没有提出结论和遽然下判断，而是留给读者去寻思、回味。

何为另一篇受称颂的散文是《千佛山的小树》。讲述的是在一场暴风雨中，作者看见一个孩子勇敢地拔脚飞奔上千佛山，作者对孩子这一猝然的举动，产生了好奇心，便跟踪着这个孩子。

一段段的山路的景致吸引着作者，而那个攀越一段又一段山路的孩子的举动更牵动着作者的心，当作者跟踪孩子到山顶，只见孩子正扶起被暴风雨袭击的小树时，他既领略了大自然澹美的风光，也亲炙到一颗幼小而美好的心灵。

作者在这里，既写景也写人，互为交错，一环紧扣一环，层层推进，十分引人入胜。

何为的近作《临江楼记》曾引起广泛的注意，文章抒写1976年10月作者三次瞻仰闽西临江楼的见闻和感触，记叙毛泽东抱病旅居临江楼，在复杂的斗争中如何运筹帷幄，又描绘作者在粉碎“四人帮”前后，由哀思到激奋的腾挪跌宕的心情。

这篇散文写得辽阔高远，苍劲深沉，获得不少好评。但毕竟题目太大，只能视为当时形势的应景之作，相对来讲，反而没有他早年的《白鹭河上》《千佛山的小树》《第二次考试》等那样生动和吸引人。

何为颇有驾驭文字的能力，他的文笔婉约中有一种迷人的意象，以下且录数段作为注脚：

> 石匠的大半生岁月倾注在冷冷的石上，石匠本人就像他手里的石头一样沉默，那叮当的凿石声岂不是他的语言吗？他低声温柔地咕噜着像是和石头谈心。（冰冷的石头与石匠的落寞感，跃然纸上。）
>
> ——《石匠》

> …… 我终于仰起了沉重的头颅，从辽远的山岭和原野，飞跃过来的燎原之火，刺醒了我迷迷蒙蒙的眼睛。我憧憬拂晓时的曙色。于是新的日子开始蛊惑我。（这是作者从上海到大后方时那种对自由、对曙色的憧憬之情，文字很迷人。）
>
> ——《世纪风》

> 一张全新的渔网覆盖着半条小巷，像一片轻舒的云彩飘浮在石块上。（云与网，是很巧妙的比喻。）
>
> ——《画》

何为很喜欢捕捉生活中的“诗的境界”，这种“诗的境界”曾给予作者深刻感受的生活断片，正如他所指出的：“如果说在逝去的生活影集里，有不少相片变得模糊不清，或仅仅留下恍惚迷离的斑斑点点，那么也有些生活的留影，在记忆深处是不会褪色的。”

何为就是把留在记忆深处的生活片断，巧妙地集中、串连起来，加以剪裁，使它们成为一朵朵灿烂的精神之花，闪出耀眼的光芒。

抱憾《聂耳传》

何为，原名何振业，1922年2月19日出生于浙江省定海县，四岁随家庭迁居上海，童年曾涉猎《水浒传》《西游记》《三国演义》等中国古典文学，后扩至中国新文学作家的作品，中学开始广泛阅读福楼拜、都德、屠格涅夫等人作品。

1937年6月，十五岁的何为在《中学生》杂志上发表处女作《路》，1940年7月出版第一本书《青弋江》，主要收入反映新四军斗争生活的见闻、通讯、报告文学等文章。此后陆续出版了《第二次考试》（散文集，1958，中国青年出版社）、《织锦集》（散文集，1962，上海文艺出版社）、《张高谦》（报告文学，1963，福建人民出版社）、《前进吧，上海》（儿童文学，1956，上海少年儿童出版社）。

何为解放前先后任上海《文汇报》记者、《上海联合晚报》记者、上海清华影片公司特约编剧等，1949年以后，在上海电影文学研究所、上海电影剧本创作和上海电影局所属故事片厂任文学剧本编辑；1959年调任福建省电影制片厂故事片编辑副组长，1964年后为专业作家。

认识何为的时候，他已年逾花甲，看上去很硕健，乌黑的头发几乎瞒过岁月的风霜，他的衣着和他澹雅的居室，如他的文章，干净利落，令人有一种舒坦、适意的感觉。

中国作家协会福建分会

中国作家协会福建分会

彦火注：

何为这封信写于1981年10月5日，信中提到他的东京之行，我给他介绍藤泽市“聂耳纪念碑保存会”的小松碧女士。原来我希望这次东京行，可搜集聂耳逝世前后的资料，可以协助他完成《聂耳传》，结果他返国后只写了一批散文，而没有完成这本传记，诚为憾事！

1980年初夏，在玉兰花开的季节，我来到榕城（即福州）这抒情散文家的寓所，坐在他那小而雅致的客厅的沙发上，很是受用。

向阳露台的角落，精心地培育着几盆海棠、仙人掌和一些不知名的小花，玻璃几上放置着一盆小巧的萱草盆栽，吐露着绿意，厅墙上有一帧韩美林的动物画，倍添生气，同去的王尚政兄不禁钦赞道：“啧，很精致，如他的散文。”

从何为的谈话中，我们知道何为的兴趣是广泛的，创作范围也是多方面的，他在40年代末期，深受闻一多和徐志摩等新月派诗人的影响，写过情诗，后来他兴趣的范围不断扩大，他新中国成立前在上海，曾做过清华影片公司（金山组办）的特约编剧，与冯亦代合编过《金砖记》电影剧本，内容是描写一位银行职员临金自盗的物欲思想，著名剧作家于伶曾称赞他很有才华。

此后他又将兴趣移到美术和音乐，他在上海的时候，曾写过不少美术评论和音乐评论。“文革”前，他曾根据过去在上海的素材，写了十多万字的《人民音乐家聂耳》传记。1960年他曾将部分文章交给北京《中国青年》连载了三期。后来夏衍曾对何为说：“我们中国文学传记太少了。”

何为复出文坛后，1980年年底沿着聂耳足迹，到上海和昆明作一次访问。

聂耳是《义勇军进行曲》的谱曲者，1935年7月9日聂耳到日本藤泽避难，同年同月的17日游泳罹难，时年只有二十四岁。藤泽市为此树立了“聂耳纪念碑”。

1981年何为访日，我特地向他介绍了日本“聂耳纪念碑保存会”的小松碧女士，何为此行曾搜集了聂耳一些资料。晚年多病的他，待到2011年1月10日逝世，最终没完成《聂耳传》，是一大憾事。

小说家茹志鹃访问记

王安忆的母亲

在20世纪80年代初，上海文坛有一颗闪烁的文化之星——茹志鹃。茹志鹃是闻名遐迩的小说家王安忆的母亲。那个时候，王安忆还未蹿红，所以传媒提到王安忆时，往往称“茹志鹃的女儿”，后来王安忆声名鹊起，青出于蓝胜于蓝，传媒笔下的茹志鹃写成“王安忆的母亲”。

当时茹志鹃写了一个短篇小说——《剪辑错了的故事》，轰动了中国文坛，获得全国短篇小说奖，聂华苓读了这篇小说，大为激赏，并于1983年邀请了茹志鹃、王安忆母女到美国爱荷华参加“爱荷华写作计划”。当年王安忆还是作为茹志鹃女儿的名义参加。

笔者也是这届受邀的香港作家，同一届的华人作家之中，还有内地的吴祖光、台湾的陈映真和七等生。

“爱荷华写作计划”活动长达三个月，我们这些华人作家相处融洽无间，茹大姐——我们对她的昵称，对我这个形单影只的香港年轻人，更是多所眷顾。我在这一期间，曾对茹志鹃做了一次深入访问。返港后，根据录音整理了一篇访问记。这篇访问记后来一直找不到。1998年10月7日，茹女士逝世，我曾翻遍了所有抽屉，兀自找不到。

三十二年过去了。最近搬了一次家，赫然在我的一个旧公文包内发现了，喜出望外。原来我当时郑重其事地放在公文包的内层。

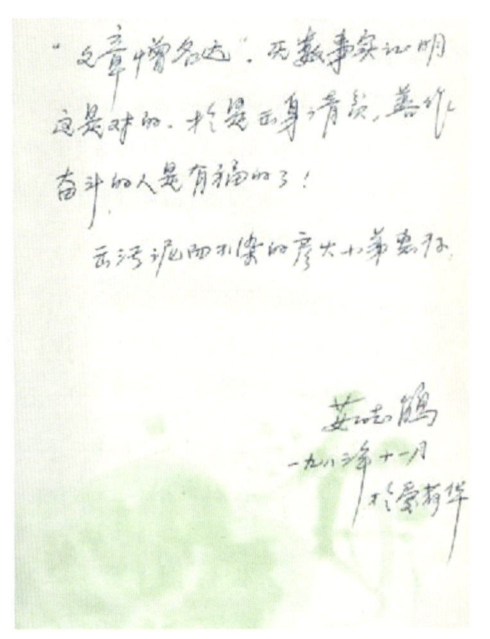
"文章憎名达"，无数事实证明这是对的。於是甘身清贫、善作奋斗的人是有福的了！
出污泥而不染的彦火小弟惠存
茹志鹃
一九八三年十一月
於爱荷华

彦火注：
在1983年一起参加爱荷华国际写作计划期间，茹志鹃在我留言簿上写的手迹。"文章憎名达"原句是"文章憎命达"，出自唐代诗人杜甫的《天末怀李白》，意喻逆境发奋，才能写出好文章。

后来我把这篇访问细读一次，觉得个中不乏过去不少未所闻见的珍贵资料。

茹志鹃（1925—1998），笔名阿如、初旭等，祖籍浙江杭州市，1925年9月13日生于上海市。

茹志鹃先后出版了短篇小说集《高高的白杨树》（1959，上海文艺出版社）、《静静的产院》（1962，中国青年出版社）、《爱的权利》（1980，四川人民出版社）等。

"文革"后复出写作的《剪辑错了的故事》，荣获1979年全国优秀短篇小说奖，好评如潮。聂华苓在一篇题为《中国大陆小说在技巧上的突破——谈〈剪辑错了的故事〉》的文章中指出："它在结构、人物刻画和观点上都是创新的；而且，整篇小说充满了温柔敦厚的讽意和诙谐。"

茹志鹃是内地具影响力的作家，她擅于从生活中提炼有意义的主题，并加以深化，加上她特有的细腻笔触、巧妙的构思、严谨的结构、鲜明的人物性格，使她的作品充弥浓郁的生活气息和强烈的感染力。

以下是访问记——

彦：您只念了四年书，怎样从自学走上文学道路的？

茹：我还是从童年时代谈起。我还未进入过正式的学校念书。七八岁时，生活比较艰苦，开始认识几个字以后，我便很喜欢看书。在书里面我得到另外一个世界。开始的时候什么书都有，很多字我不认识，我就跳过去，我那时大概十岁左右，看《水浒传》《七侠五义》……

彦：您这样早培养读书的兴趣，跟您家庭背景有没有关系？

茹：我的父母老早便逝世了，我当时跟我祖母，生活很艰苦，没有一个固定的地方住，有时跟我祖母到杭州的亲戚家里，有时到上海的亲戚家里，这样不断来回走，一方面是接受亲戚对我们的接济帮助，另一方面找些手工做。由于生活很困苦，我只好在书里找另外一个世界，而忘记我现实世界中的一些忧虑。我自小就得为家里的柴米油盐发愁。我是这样开始接近文学的。到我稍为长大一点，大概十二岁的时候，接触到《红楼梦》，我曾经有篇文章讲到我在杭州住的那个地方，题目是《紫阳山下看红楼》，这个大杂院各式人等都有，都是很底层的一些人，做火柴匣子的，也有失业的。有个米业的老先生，古文底子很好，字也写得很漂亮。我们这个大杂院里，就只他的女儿能上小学。别的青年，譬如做鞋底的，就没有机会上学。这个能上学的女孩子很骄傲，我就感到她很自以为了不起。但是我心里面也很不服气，上学念

茹志鹃1983年在爱荷华五月花公寓举炊，也经常为彦火做早餐。（彦火摄）

1983年秋季，茹志鹃（右一）与彦火（右二）、王安忆（左一）参加由聂华苓（左二）主持的爱荷华国际写作计划，在聂华苓家聚会。

书有什么大不了，念书嘛，不就是念，我在家里也可以念，我读《红楼梦》的时候就把它当作一本教科书来念，把《红楼梦》里的诗词都背熟，背的时候我不一定理解它，但背了后我在生活中逐渐慢慢地了解。

彦：您曾进过孤儿院，是吗？

茹：十三岁时祖母死掉以后，我因为没有家，只有一个哥哥，后来哥哥自己也没办法生活，把我送到上海一个基督教办的孤儿院。我记得我进孤儿院的时候，我什么财产也没有，我只带了一本书。到现在我还记得，我带的书是《爱的教育》，这本书对我也起很大的影响。我念《爱的教育》的时候，读了就哭，我没有机会进学校念书，我就自己读，我自己写毛笔字，背这些书，到现在有些我还记得，这是我在孤儿院的情况，说明我当时已十分喜爱文学。

从孤儿院跑出来

茹志鹃是靠刻苦自学而蟠然成为大家的。以下是关于茹志鹃的自学和踏上作家之路的答问——

彦：您不是念了四年书吗？

茹：我后来去念四年书是这样的，大概在我十岁时，读过一年小学——非常巧的，我就住在小学校的楼上，那个小学是当时上海文联主席钟望阳办的。他当时是地下党，在那里办普及小学，他办这个小学是作为一个掩护，我因住在他们楼上，就到他们学校去念书，我念了一年，后来就没有办法念了，后来从孤儿院出来以后，到上海去补习学校念一年，我念的是语文、会计、珠算。

彦：您在孤儿院待了多久？

茹：我在孤儿院大概半年左右。

彦：您怎样出来的？

茹：我懂得一句话：不自由，毋宁死。因为在孤儿院，我最受不了的是不准我看书。孤儿院上半天课，教《圣经》，另外半天做工——女红、缝纫。几十个孤儿住在一个房子里，不让你出去，我最不习惯，便自己跑出来。

彦：为什么又到上海妇女补习学校念书？

茹志鹃在上海作家协会的办公室（1980年摄）

茹：第一，它不像普通学校那样收费，它是根据你要学什么而选科，只象征式交点学费；第二，可以住。我从孤儿院出来没地方住，哥哥给我一点钱，在妇女补习学校念了一年。哥哥自己的收入很有限，后来我又到美国人办的教会学校念《圣经》，那个学校也可以住，供应伙食。但念的书是《圣经》，念了一年正好太平洋事件，美国人离开了，那个学校就没有了。没有书念以后，我约哥哥到了浙江天目山武康现代中学念了一年。那时候年纪比较大，我想我无论如何要有个毕业文凭，我就插班，考初三，直到初中毕业。我前后是这样念了四年书，混到了一张初中毕业文凭。混到文凭以后，到上海，住在我哥哥的爱人家里。我开始教小学，教了半年，我就离开上海，到了苏东文工团以后，这才是我真正爱好文艺的开始，有戏剧、音乐。

彦：您最初接触的新文学作家是谁？

茹：最初接触的是鲁迅，另外还有解放区的作家。到了1945年，我集中念了些俄罗斯的文学，还有19世纪的外国作品，如罗曼·罗兰、托尔斯泰、契诃夫、屠格涅夫等的作品。

彦：您什么时候开始创作？

茹：我很早便练习自己写诗、写笔记。我的目的不是为了发表，我只是自己觉得写出来心里很高兴。到淮海战役前，文工团的分工比较细，除演出之外，成立了创作组，把我分派在创作组里面。我开始写广场歌舞剧，写快板，什么都写。淮海战役之后，我们演了正规的话剧。我是创作组的组长，深入到徐州去，徐州的火车站很大，我去待了很久，我写了几个话剧如《八〇〇机车出洞》等，主要是歌颂工人阶级的。

彦：您正式发表的处女作是什么？

茹：我正式发表作品应该是参加革命以前。我不是做了半年小学教师吗？在做小学教师时，写过一篇题目叫《新生》的散文，大约一千多字，投给报馆，它发表的时候，我已离开上海，后来才知道它发表了。然后到了解放区，我又在苏东报上写稿，先是写了一篇散文，题目我忘掉了，内容写国民党地区学生的苦恼。然后第三篇是《八〇〇机车出洞》话剧本。这个话剧是集体创作的，但是由我执笔。

拼了命创作

茹志鹃的童年、青少年人生道路都是坎坷、崎岖的，她在非常艰苦的环境下坚持创作，套她的话是“拼了命”。

她的真正创作生涯是在她踏入天命之年（五十岁）才开始。她的创作道路也不是一马平川的，她在接受笔者访问时，曾提到她也

1985年彦火负笈美国返港后，翌年秋便到上海探望茹志鹃，摄于她在上海愚园路内一条小弄的家。

茹志鹃与丈夫王啸平(1919—2003)，后者青年时代在新加坡抗日投入马共，写过小说、戏剧，返国后曾加入新四军。他后来成为著名导演，执导《霓虹灯下的哨兵》等多部电影，六十多岁曾创作《客从南洋来》等三部长篇小说。（彦火摄）

曾受过“政治欺骗”，写过歌颂“大跃进”的小说——

彦：您比较大量地创作是什么时候？

茹：新中国成立以后，我就比较快尝试话剧以外的其他写作形式，如小说创作，我是在1949年、1950年间写第一篇小说，是在上海《文汇报》连载，题目名是《何栋梁与金凤》，写一个护士爱上了战斗英雄的故事。一个护士爱上了一个受伤的战斗英雄，这个战斗英雄伤好了，需要重返前线，当时他心里非常矛盾，一方面很舍不得她，一方面是前方在召唤，重返前线以后，可能有伤亡；另一方面，护士爱他的正好是他的勇敢。所以他非常矛盾。当时我觉得有点小资产情调，一直没有把它收编进单行本，将来有机会我会把它收进去。

彦:《百合花》应是您的成名作吧？茅盾很是赏识。听说这部作品的发表经过很多周折。

茹：主要是茅盾先生提过它。《百合花》我先寄到《解放军文艺》，被退稿；寄到《长江文艺》，又被退稿；后来又转送去《延河》，终于发表了。从《百合花》之后，我自己也拼了命，除了自己有了信心外，一方面因感激茅盾的推荐和鼓励。

写好短篇小说的要诀

虽然茹志鹃早年曾参加过革命，写过不少革命题材作品，但作品中闪烁着人性的光辉，加上清新细腻的文字，往往令读者留下深刻的印象，晚年她仍创作不辍，以自己的经历写了长篇《她从那条路上来》。

彦：您后来写《儿女情》?

茹：这个我是听说来的。比如说爱子心切，孩子希望他成龙，这里面也有我自己在内。革命是我们入城之后，子女都是背包袱。结婚之后，有了孩子，到了60年代、70年代、

茹志鹃（后右）、王安忆（后左）与巴金摄于巴金上海的寓所（彦火摄于1986年）

80年代，孩子长大了，他们承认你这父母是一个高峰。过去这问题不存在，过去还未结婚。

彦：除了这些作品，听说您还在写一个中篇《她从那条路上来》。

茹：中篇已经发表了，在《收获》发表，十一万字。

彦：这个小说在气魄各方面是不是比其他小说要大？

茹：这是我的第一个中篇，在掌握节奏上进行得比较慢，它有短篇的特点，因为里面牵涉到几个不同的问题，分开来都可以成为短篇。写的是20年代、30年代的妇女。我计划里还有续篇，希望续篇里能改进一点，节奏放快一些。这些东西不写出来我感到很遗憾。绝大部分是我自己的经历。正编写我童年到少年一部分，也即是已发表了的那一部分，现在我正在写青年部分，第三部分是参加了解放军以后。

彦：如果写完，规模很大吧？

茹：写完之后是三四十万字。（茹志鹃的《她从那条路上来》原计划写三部。茹志鹃只写了第一部，1998年逝世前并未写完。后来由她女儿王安忆根据其遗稿及大纲整理、编选，并按其大纲，实地拍摄照片，完成了乃母的心愿。）

彦：您是不是可以讲讲您的创作体验、感受，在创作小说方面，您觉得要具备什么条件？

茹：第一，我所写的东西是人们所接触的生活，共见的生活，但我写出来，终归要给别人看见更深入一点的生活，没有这一点的话，读者是不会愿意看。因为你也看见，我也看见，我为什么非看你不可，我一定要给人家比生活更深一点的东西。第二，我非常注意小说的开头，因为小说开头，是很紧要的关头，读者拿上你的小说，如不让他扔下来，一个主要关键是决定于作品的开头。读者为什么要看你的东西。从艺术上，要提出从矛盾设置悬疑，要有所表现。第三，是把故事从繁杂化到单纯，因为故事越是繁杂，越难写成短篇。我觉得短篇在某种意义上来说，比长篇难写，把很复杂的故事揉到很单纯、意义很深刻，也是一部小说成功必备的条件。

彦：您在创作中是否比较重视思想性的东西？

茹：这点是很重要的。为什么读者喜欢看你的作品而不直接去看生活呢？因为你的作品有思想的深刻性，除非你写爱情小说、武侠小说。一般严肃的文学家，给人家一点思索的东西，非要这样不可。我过去读的书——我认为好的书，一是在阅读当中能对我有所启发，给我一些我没有想到的东西。读者阅读后，对一些东西有新的认识，这才是好的小说。

彦：今天内地年轻作家与老一辈作家有很大不同，前者

“她从那条路上来”——正是茹志鹃坎坷曲折、锲而不舍的一步一脚印文学生涯的写照（茹志鹃提供）

不大考虑给读者以教育性、启发性，他们更多的是忠实反映生活，越真实越好。

茹：我觉得他们忠实生活，写好这一个生活，或者那一个具体生活，就会产生社会效果。茅盾评我的作品，他认为我小说里面的正面人物，恰恰不是莲花座的人（彦火按：意指观音菩萨），应该是说文学的目的不在于教训人，只是让你看了以后，使你有所得。

彦：那要不要考虑社会效果？

茹：我认为在文学方面，情况比较复杂。有很多人从旧社会过来，出污泥而不染，在30年代上海这个地方，是各种各样的人都有，在香港这种社会，能保持这种理想就比较难能可贵，但这种可贵的东西，是存在的。

彦：中国近百年来，除了“五四”后，产生过一批重要的新文学作家，逾半世纪，好像还没有出现像“五四”那么重要的作家，您觉得问题在哪里？

茹：对当今的中国作家，我是存在一些希望的。这个还是有些依据，从青年作家来看，我觉得重要作家可能在这批人中产生，有些正在冒出头来。从学术上来分析，我们30年代一批老作家，他们又是作家又是学者。而我们这一代不一样，我们是作家，但我们不是学者。因为环境的关系，我们青年时代是在战火中度过，所以像我这样年龄的人当中，学者很少。而我们年轻的人当中，他们可以弥补我们这方面的不足，例如像张承志这样的作家，已经开始露出锋芒，将来的发展不可预料。他是个学者，搞地质的。像有一些年轻人，他们还有时间，还来得及，可以去读书。他们读书的条件和环境比我们那个年代好。如张抗抗、张承志、史铁生，他们年纪比较小，要补上这一课总不难，而他们正在补。国内也提供很多条件给他们，他们还比较有希望，既是作家，又可以成为学者。

这篇访问记是1983年秋季在美国中西部爱荷华大学参加“国际写作计划”期间做的，尘封三十余年后，终于可以披载，借此遥祭把一生献给文学事业的可敬可爱的茹大姐！

手迹之外一章：我与金庸

提起我与金庸的关系，不知应从何说起。近年来凡是有关金庸的大小新闻，甚至关于红白二事的传言，我都会接到海内外传媒电话，不下数十起，要我发表意见。

特别是内地传媒，都把我冠以“金庸的秘书”“金庸的代言人”“金庸的亲信”的名衔，对此，我不敢掠美。我为此发表过无数声明、澄清启事，甚至对每一位来访者和电话访问的传媒记者一再表白：我既不是“金庸的秘书”，也不是“金庸的代言人”，金庸是我的前辈，我顶多可以说是“金庸的小字辈朋友”。

金庸于我是亦师亦友的关系，他是仰之弥高的崇碑，我只是他卑微的学生。但是言者谆谆，听者藐藐，我这两个身份，似乎已经被传媒大佬钦定，并给度身定造的铜头罩箝住，恁地是脱不掉、甩不了。

为此，我不得不在这里郑重其事地把我与金庸的关系公之于世，以厘清外间加之于这种关系的厚重的迷雾。

我是20世纪90年代初进入《明报月刊》的。当初这一步踏进《明报月刊》的门槛，就跨越了两个世纪。究其实，我在《明月》拢共二十七年，那是处于20世纪之末21世纪之初的交替时期，也是平面出版开始受到网络文化冲击的艰难之秋。

过去不少传媒朋友问我，是怎么进入《明月》，我说是受到金庸文化理念的感召。这是实话。

20世纪的某一天，金庸让董桥打电话给我。董桥说：“查先生要

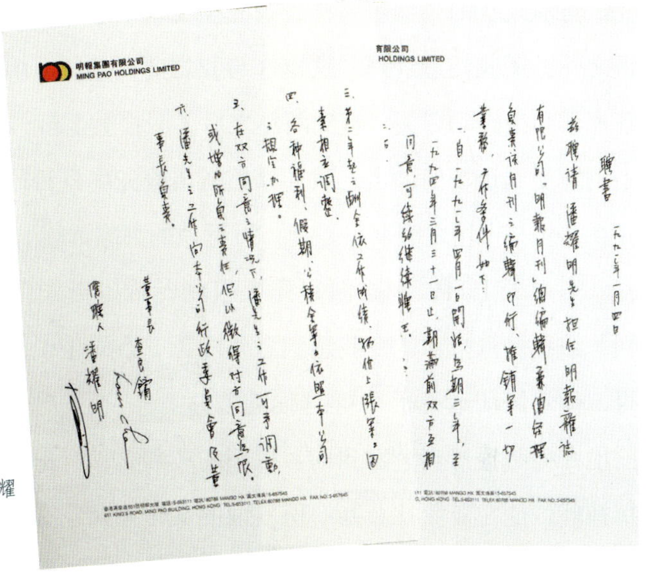

明報集團有限公司
MING PAO HOLDINGS LIMITED

聘書

一九九二年一月四日

茲聘請潘耀明先生担任明報雜誌有限公司、明報月刊總編輯兼總經理，負責該月刊之編輯、印行、推銷等一切業務，工作条件如下：

一、自一九九二年一月一日開始，為期三年，至一九九四年十二月三十一日止。期滿前双方互相同意，可続約継續聘任。

二、[illegible]

三、第二年起之酬金依工作成績、物價上漲等之因素相互調整。

四、各种福利、假期、公積金等，依照本公司之規定辦理。

五、在双方同意之情况下，潘先生之工作可予調動，或增加所負之责任，但以徵得対方同意為限。

六、潘先生之工作向本公司行政委員會及董事長負责。

董事長　查良鏞　Louis Cha

受聘人　潘耀明

1991 年金庸给潘耀明亲自写的聘书

见你。”我听罢有点意外，也有点兴奋。在此之前除了他于《明报》副刊写了一个每天的专栏外，与查先生大都是在文化聚会上遇见。他是公众人物，我不过是文化界晚辈，大家只是点头之交而已。

且说我诚惶诚恐地跑到当年北角旧明报大厦查先生的办公室，查先生与董桥已坐在那里。查先生与我寒暄过后，让我坐下少候片刻，他则移步到办公桌去伏案写东西。时间像墙上挂钟发出的嘀嗒声，一秒一秒地过去，空气静寂得像凝结了。为了打破这闷局，我偶尔与董桥闲聊几句，都是不着边际的话题。

大抵过了约半刻钟后，查先生从书桌起身向我走来，亲自递了一份刚誊写好、墨香扑鼻的聘书给我。接到聘书后，我很激动，也很冲动，只粗略浏览了聘书内容，便不假思索地签署了。当时我是某大出版社的编辑部主管和董事，事前未向原出版社提出辞呈。

这是我迄今接到的第一份手写聘书，而且出自大家之手，岂能不为之动容?!

与前几任的主编不一样，查先生在聘书上写明，除要我当总编辑之外，还兼任总经理。这也许与我之前在美国纽约大学念的出版管理学和杂志学有关。直到两年之后《明报》上市,《明报月刊》也不例外受到市场的冲击，我才幡然省悟查先生良苦的用心：他希望我在文化与市场之间取得平衡，可见他的高瞻远瞩。

第一天上班，例必向查先生报到，希望查先生就办《明报月刊》给我一点指示。令我感到意外的是，查先生说话不多，依稀记得，他只淡淡地说了一句:“你瞧着办吧!”当我向他征询，除了之前他在《明报月刊·发刊词》揭橥的“独立、自由、宽容”的办刊精神外，他在商业社会办一份亏蚀的文化性杂志有什么其他特殊原因吗？他回答得简洁:“我是想替明报集团穿上一件名牌西装。”

换言之，办《明报月刊》的另一层意义，也是为明报集团打造一块文化品牌。后来他在另一个场合对我说,《明报》当初上市的股票，实质资产只有一幢北角明报大厦，每股港币一角，上市后第一天的股值跃升了二元九角。换言之，有二元八角是文化品牌的价值。他说，文化品牌是无形财产，往往比有形资产的价值还要大。

正因为查先生的睿智，经过多年经营,《明报》成为香港“公信力第一”的报纸，相信这也是《明报》无形的财产。

查先生在香港1997年回归前，审时度势，急流勇退，卖了明报集团。从经济利益而言，查先生是一个大赢家，但其真正得失若何，相信只有他最清楚。套罗孚先生的话,《明报》是查先生毕生的事业。查先生没能实现他最终的理想 —— 找到一个如他所言的为他“真正度身定造的接班人”，相信是极大的遗憾。明报集团其后的发展是可预料的。

没有查先生主持大局，市面上频频传出对明报集团不利的消息，加上经营失利，阵脚不稳，明报集团很快被震散，差点成为孤儿。

还幸马来西亚的殷商张晓卿先生见义勇为，接手了这一烂摊子，经过好几年刻苦经营，使她重入轨道。当然经营环境已大不如前了。

查先生卖了《明报》，也曾想过另起炉灶，做一番文化事业。首先他想办一份类似历史文化的杂志，他准备写长篇历史小说，并在这份新杂志连载。于是他找我过档到他自己经营的明河出版社集团有限公司，为他策划新文化杂志和管理出版社。须知明报集团卧虎藏龙、人才济济，他单挑了我，令我不禁受宠若惊。为此，我们曾在他位于北角嘉华国际中心的办公室把酒聊天过好几次。每一次聊天，查先生都运筹帷幄，兴致很高，他从一个隐蔽的酒柜取出瓶威士忌来，亲自给我斟酒，然后自己斟小半杯，都不加冰，是纯饮式的。

查先生每次的约晤，大都安排在黄昏时段。他往往先让秘书打电话来，表示我如得空，让我过去他的办公室聊聊。我从柴湾的明报大厦到他办公室所在的北角，也不过是十分钟的车程。查先生的办公室，更像一个偌大的书房，估量也有近二百平方，两边是从墙脚到天花板、排列整齐的一排排书柜；其余的尽是大幅的落地玻璃。从玻璃幕墙透视，一色的海天景观，可以俯览维多利亚港和偶尔划过的点点羽白色的帆船和渡轮。

那当儿，我们各握一杯酒，晃荡着杯内金色的液体，酒气氤氲。彼时彼刻，我喜欢拿目光眺望玻璃幕墙外呈半弧形的一百八十度海景，只见蔚蓝的海水在一抹斜阳下，浮泛着一条条蛇形的金光，澌澌粼粼地向我们奔来……心中充盈阳光和憧憬。我们在馥郁酒香中不经意地进入话题。在浮一大白后，平时拙于辞令的我们俩，无形中解除了拘牵。他操他的海宁普通话，我讲我的闽南国语，南腔北调混在一起，彼此竟然沟通无间，一旦话题敞开，天南地北，逸兴遄飞。

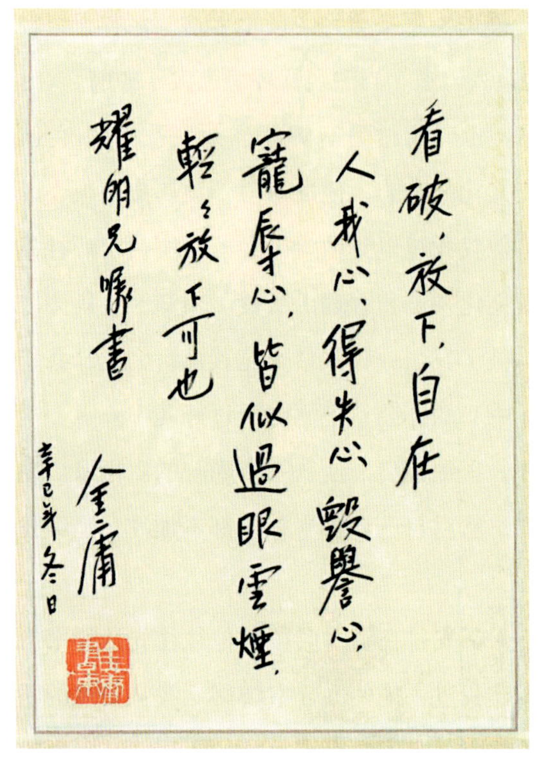

看破，放下，自在
人我心、得失心、毀譽心
寵辱心，皆似過眼雲煙，
輕輕放下可也
耀明兄囑書
金庸
辛巳年冬日

2001 年 12 月金庸寄赠潘耀明的硬笔字

那时的《明报》还是于品海时代,《明报月刊》处于十分尴尬的局面，我毅然辞去《明报月刊》职务，准备追随查大侠干一番文化事业。当时查先生与我签了五年合约，可惜在我入明河社前夕，查先生入了医院，动了一次心脏接驳大手术。这次手术不是很顺利，他在医院住了大半年。我当时只带一位秘书过去。查先生因身体状况大不如前，他的历史小说并没有写出来，对原来宏图大计也意兴阑珊，我只能做一点文书工作，因给合约绾住，令我进退维谷。

张晓卿先生后来买了《明报》。我在明河社无所事事地待了一年后,1996年重返《明报》，接手明报出版社工作。有一段时期,《明报月刊》的业务陷于低潮，当时明报集团的执行董事找我，迫切地希望我能兼办《明报月刊》，我一时推搪不了，这样一兼就十三年!

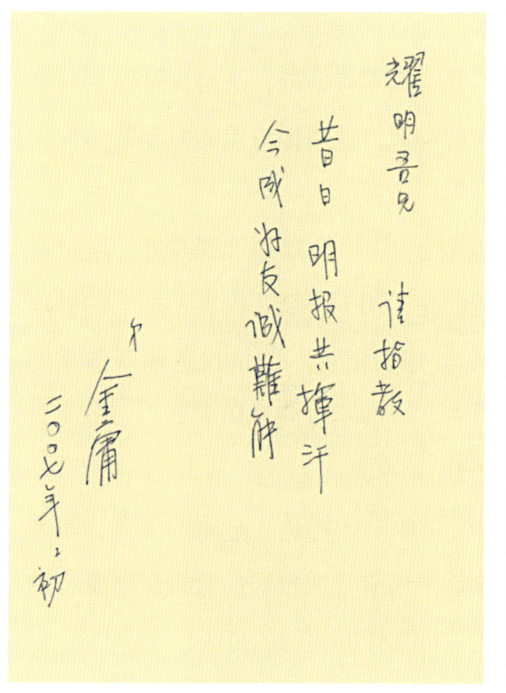

金庸在他题赠的大字版《笑傲江湖》扉页上写的两句话

金庸在他题赠的大字版《书剑恩仇录》扉页上写的两句话

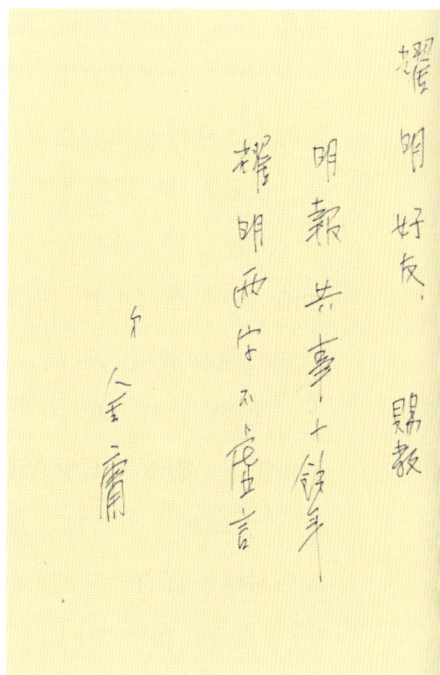

《明报月刊》是金庸亲手创办的，第一任主编也是他。《明报月刊》没有带给他任何有形的财产。有的，也是文化的价值——无形的财产。到了今天，还有人质疑她存在的价值。但是金庸对她却情有独钟。当我返回《明报月刊》当主编后，几乎他晚年所撰写的文章，他都让《明报月刊》独家披载。

世纪之交，我策划了一次香港作家联会与北京大学举办的“二〇〇〇年北京金庸小说国际研讨会”，金庸在北京研讨会一次活动的休憩缝隙，蓦然讪讪地对我说：潘先生，谢谢你替我做了许多事，你离开出版社（明河社）的事，当时处理很不当，你受了委屈，为此，我表示歉意。

与金庸相交多年，他虽然文采风流，却不擅于辞令，以上迸出的几句话，相信是肺腑之言。

金庸主政明报集团，除了开会偶然讲话外，平时大都是用写字条的方式来传递他的指令。与他聊天，他用很浓重的海宁腔与你交谈，很多人都不得其要领。

即使这样，金庸的“明报企业王国”，却是管理有度、应付裕如的，令人刮目相看。他奉行的是“用人不疑，疑人不用”的管理原则。他深谙用人唯贤、人尽其用的道理。一旦找到他所器重的人，便委以重任，放手让其发挥，一般不过问具体事务。所以明报集团旗下，凝聚了不少有识之士。

“金庸的字条管理”是明报企业一大特色。金庸的字条，都是浅白易懂、言简意赅的，好比后来所有《明报》的管理层所奉行的“五字真言”和“二十四字诀”，可视作办刊物的秘诀。

《明报》评核一篇副刊文章之好坏，金庸定下的“五字真言”——“短、趣、近、快、图”的标准，为此，金庸亲自做进一步阐释：

> 短：文字应短，简捷，不宜引经据典，不尚咬文嚼字；
>
> 趣：新奇有趣，轻松活泼；
>
> 近：时间之近，接近新闻。三十年前亦可用，三十年后亦可用者不欢迎。空间之近，地域上接近香港，文化上接近中国读者；
>
> 快：金庸初提“快”字，后改用“物”字，即言之有物，讲述一段故事、一件事物，令人读之有所得。大得小得，均无不可；一无所得，未免差劲；
>
> 图：图片、照片、漫画均图也，文字生动，有戏剧舞台感，亦广义之图。

选稿的标准，以二十四个字为依据：

新奇有趣首选

事实胜于雄辩

不喜长吁短叹

自吹吹人投篮

以上用稿标准，虽然他原先是针对《明报》副刊而言的，但是已成为明报编辑选稿的标准了。

金庸自己对文字的东西，从来都是一丝不苟的。记得我开始编《明报月刊》时，收过他两三次字条，大抵是他翻阅《明报月刊》时，发现哪一篇文章有误，诸如题目不达意，哪一页有若干异体字，哪一处标点符号不当……

每当收到金庸字条，编辑部的同事都格外紧张。所以在校稿时特别用心。迄今,《明报月刊》每篇文章，要求有五个校次，尽量做到少出错，甚至零错字。这都是金庸择善固执的优良传统。

金庸的博识，与他喜欢阅读有关。陪金庸出游，他每到机场，往往趁余暇的时间，要我陪他去逛机场书店。1995年初春，他接受日本创价大学颁授荣誉博士头衔，来回程经东京机场，他都乘空寻隙去逛书店。他除了精通英文外，还谙懂日文、法文，他在机场书店一站就大半句钟，拣到一本好书，如狩猎者猎到猎物，喜上眉梢。

金庸除了办公室书多，他在山边的复式寓所，上层近三百平方米，其三幅墙都做了书架，触目是琳琅满目的书海，置身其间，大有“丈夫拥书万卷，何假南面北城”之豪情胜慨！

金庸的成功是多方面的，这与他的博览群书、渊博的学问、广

2011 年 6 月 14 日与金庸摄于港岛香格里拉酒店龙虾吧

阔的襟怀和独特的眼光等诸因素都有关系。

集成功的报人、成功的作家、成功的企业家于一身的金庸，相信在海内外都是空前的，在这个商品味愈来愈浓重的社会，恐怕也很可能是绝后的。

其实，金庸不光是我工作的上司、老板、忘年交，也是我从之获益良多的老师！

（京权）图字：01-2025-2611

图书在版编目（CIP）数据

这情感仍会在你心中流动 / 潘耀明著. -- 北京：作家出版社，2025. 7. -- ISBN 978-7-5212-3580-7

Ⅰ. I267

中国国家版本馆 CIP 数据核字第 2025ES7676 号

这情感仍会在你心中流动

作　　者：潘耀明
责任编辑：丁文梅
封面设计：丁奔亮
出版发行：作家出版社有限公司
社　　址：北京农展馆南里 10 号　　　**邮　　编：**100125
电话传真：86-10-65067186（发行中心）
　　　　　86-10-65004079（总编室）
E-mail:zuojia @ zuojia.net.cn
http://www.zuojiachubanshe.com
印　　刷：北京盛通印刷股份有限公司
成品尺寸：152×230
字　　数：360 千
印　　张：30
版　　次：2025 年 7 月第 1 版
印　　次：2025 年 7 月第 1 次印刷
ISBN 978-7-5212-3580-7
定　　价：98.00 元